www.bbulmedia.com

www.bbulmedia.com

좀비묵시록 82-08

좀비묵시록 82-08

14

박스오피스 현대 판타지 장편 소설

뿔미디어

CONTENT

1장 업그레이드 7

2장 손실률 5% 61

3장 판도라 119

4장 에너자이저 189

5장 건대 쉘터 함락 279

1장

업그레이드

1

연사 모드로 바꾼 진우의 K−2는 맹렬하게 5.56㎜탄을 쏟아냈다.

잠시 허공을 가르던 총알 궤도가 헬기 부근으로 고정되자, 티잉— 팅! 팅! 티잉! 검은 헬기의 랜딩 기어와 하체에서 작은 불꽃이 튄다.

쐐애애애앵—

헬기는 재빨리 자세와 각도를 바꾸며 진우의 시야 밖 상공으로 올라가 버렸다. 진우도 얼른 배낭을 집어 들고 다른 위치를 찾아 뛰었다.

저 정도의 위협을 받았으니 분명 놈들도 긴장을 했을 것이고, 당연히 좀 더 안전한 각도를 찾아 저격을 하려 들 것이다.

그런데 검은 헬기의 탑승자들은 진우가 짐작한 것보다 훨씬 더 놀랐고, 훨씬 더 겁이 많았다. 그들은 이런 식의 전투를 하게 될 거라고는 생각해 본 적도 없었다.

단순히 어린 새끼들이라고만 깔봤던 상대방 중에 순식간에 헬기를 맞출 만한 실력자가 있다는 걸 깨달은 쉐도우 실드 대원들은 무조건 철수하기로 마음먹었다. 그들이 좋아하는 건 일방적인 유린이지, 목숨을 건 결투가 아니니다.

하지만 그러면서도 동료의 죽음에 대한 최소한의 보복은 해주고 싶었다. 그래서 그들은 상공으로 물러난 뒤, 고가도로 앞에 세워져 있던 유빈 일행의 자동차를 향해 MP5를 쏴댔다.

투투투투투— 투투투투—

탄창 두 개를 소진해 가며 총알을 쏟아붓자 자동차에서는 금세 검은 연기와 함께 화염이 피어올랐다.

"좀비들 상대로 실컷 싸우다 뒈져라, 개새끼들아!"

검은 헬기는 확성기를 통해 마지막 저주의 말을 남기고는 북서쪽 하늘로 멀어져 갔다.

"다들 괜찮아? 아무도 다친 사람 없어?"

프로펠러 소리가 멀어진 것을 확인한 진우가 뒤를 돌아보며 외쳤다.

"응! 괜찮아! 너야말로 안 다쳤어? 너 엄청 가까이에서 싸웠잖아. 바로 총알이 막 날아오던데……."

되는대로 엄폐물을 쌓아놓고 있던 유빈과 보안관이 일어서며 되물었다.

얼—

대장 개 삼식이도 무사하다는 걸 알리며 달려온다. 진우는 녀석의 목덜미를 쓸어주며 대답했다.

"나는 괜찮아. 근데 지금 저 새끼들 도망가기 전에 뭐라고 지껄였던 거야? 좀비… 어쩌고 했던 것 같은데. 쿨럭! 쿨럭! 어휴, 이 연기."

깨진 창문 사이로 흘러 들어오는 검은 연기 때문에 진우는 코를 가린 채 친구들 쪽으로 돌아왔다. 유빈도 콜록거리며 반대편 창밖을 내다봤다.

불타오르는 자동차는 기둥에 가려져 보이지 않았다. 그가 본 것은 그저 계속해서 벽을 타고 피어오르는 검은 연기뿐이었다.

"건물에 불이 났나 봐… 가스통 같은 게 있었나? 젠장, 빨리 여기에서 나가야 될 것 같아, 우리."

그렇게 유빈이 착각을 하고 있을 때, 바람의 방향이 바뀌면서 동쪽 선착장 쪽에서 좀비 특유의 악취가 바람에 실려 날아왔다. 이내 진우의 팔에서 소름이 돋아 올랐다. 진우와 친구들은 고개를 돌려 창밖을 돌아보았다.

"왜 저렇게 많이……."

멀리 공원의 잔디밭을 가득 메우고 걸어오는 좀비 무리들을 보며 삼식이가 중얼거렸다. 적어도 천 마리는 훌쩍 넘을 것 같다.

"젠장! 이 동네 도는 놈들인가 보네. 가자, 빨리! 신입이랑 다 데리고 와서 도망쳐야 돼!"

보안관이 짐을 챙겨 들고 외쳤다.

"잠깐만! 혹시 지하철로 들어가서 못 나올 경우도 대비해야지!"

매점의 카운터를 넘어가 비상용 플래시를 꺼내 온 유빈이 배터리의 종류를 확인하며 소리쳤다. 다행히 카메라용으로 같은 사이즈의 배터리를 판매하고 있다.

제니는 쇼케이스를 열어 비닐봉지에 음료수를 담았다. 다들 꽤나 오랫동안 아무 수분도 섭취하지 못했다.

"아! 맞다! 우리 차! 이쪽에 세워놓지 않았어? 불이 옮겨붙으면 안 되는데!"

태권소녀와 보안관이 통탕거리며 계단을 뛰어 내려갔고, 나머지도 그 뒤를 따랐다. 근거리이긴 하지만 차를 타고 이동하는 편이 더 빠르다. 그리고 그래야 길이 엇갈리거나 하는 불상사도 방지할 수 있다.

"야, 어떻게 해… 이 연기… 건물에 불이 난 게 아니었어. 우리 차가 타면서 나는 거야……."

자욱한 연기를 훑으며 가장 앞서서 계단을 뛰어 내려간 태권소녀가 뒤를 돌아보며 힘없이 말했다. 보안관이 깜짝 놀라 소리를 질렀다.

"뭐어? 진짜? 이 개새끼들이 뭘 하나 했더니, 우리 차를 쐈구나!"

콰아앙―!

그 순간, 폭발음과 함께 검붉은 화염이 치솟아 오른다.

윽, 보안관은 팔을 들어 열기를 막았다. 온몸을 흠뻑 적셨던 땀이 순식간에 증발할 만큼 뜨거운 불길이다.

"아니… 근데 이상해. 차가… 왜 하나뿐이야? 또 한 대 어디 갔어? 카니발……."

자욱한 연기가 걷히고 불길이 좀 진정되었을 때, 보안관이 중얼거렸다.

응? 진우를 제외한 모든 사람이 의아한 표정으로 변했다. 분명히 두 대를 나란히 세워뒀는데, 지금 불타고 있는 코롤라 옆자리는 텅 비어 있다. 카니발이 감쪽같이 사라져 버린 것이다.

"이제 어떻게 하지? 하아~ 하아~ 차가 없으면 그냥 지하철로 상봉역까지 쭉 걸어가야 하나? 걔 안 될 것 같은데?"

태권소녀가 비틀거리는 유빈을 가리키며 물었다. 유빈은 도리질을 하며 과장되게 엄지손가락을 치켜 올린다.

"아니야, 나 멀쩡해. 지하철로 가자."

다들 걱정스러운 눈빛으로 유빈을 바라봤다. 한눈에도 허세라는 걸 알 수 있을 정도로 퉁퉁 부은 얼굴, 오금과 허벅지를 계속 두들겨 맞아 피멍이 든 두 다리는 계단도 잘 오르내리지 못한다. 보안관이 한숨을 내쉬었다.

"괜찮아. 얘는 내가 업고 갈게. 진우가 앞장서면 되니까."

그때였다.

빵— 빵—

고가도로 아래 주차장에서 라이트를 켠 자동차 한 대가 맹렬한 기세로 달려왔다. 그러고는 운전석 밖으로 못생긴 얼굴을 내민 신입이 큰소리로 외쳤다.

"빨리 타! 이 새끼들아! 빨리! 좀비 온다고! 도망쳐야 돼!"

"신입!"

삼식이가 놀란 목소리로 부르자, 신입은 고개를 저으며 운전석 문을 탕탕, 두들겼다.

"알아! 나 대단한 거! 그러니까 빨리 타기부터 하라고! 칭찬 나중에 하고!"

드르륵—

뒷자리의 슬라이드 도어가 열리자 임수정과 규영의 얼굴이 보였다. 규영도 애타게 손짓을 한다.

"형아! 형아! 누나아~!"

"와! 너희 어디 있었어? 응? 이 차는 언제 빼놨고?"

"야! 됐어! 그딴 소리 지껄이지 말고 빨리 뒷자리로 옮겨! 다 탔어? 히에에에엑!"

보안관의 뒤쪽에 가려져 있던 대장 개 삼식이가 모습을 드러내자, 신입은 숨넘어가는 비명을 내지르며 아직 문도 닫지 않은 채로 출발하려 들었다. 옆자리에 탄 삼식이가 얼른 녀석을 만류했다.

"아냐! 아냐! 재는 괜찮아! 나쁜 개 아니야! 내 친구가 키우는 개야!"

"뭐? 네 친구? 네 친구라야 다 여기 있는 새끼들인데, 갑자기 뭔 개를 키운다는 거야……."

친구들과 신입이 난리를 치는 동안 진우는 불길 사이를 뚫고 달려가 쉐도우 실드 놈들의 시체에서 무기를 회수했다. 정말로 다급할 때에는 총알 한 발에도 목숨이 왔다 갔다 한다.

기관단총이 몇 정이나 떨어져 있고 실탄도 수백 발이 널려 있는데, 그걸 회수하지 않았다가는 두고두고 후회를 하게 될 거다.

"받아!"

진우는 자동차 안으로 가방을 넘겨주고, 좁은 차 안에 몸을 밀어 넣었다.

"저, 저건 누구야? 총, 총을 들고 있잖아……."

신입이 긴장한 목소리로 물었다. 삼식이가 자랑스러운 표정으로 대답했다.

"응, 쟤가 진우야. 너도 들은 적 있지? 우리 친구 중에 군대 간 애 있다는 이야기."

"몰라… 난 모르겠고, 어쨌든 간에 이제 출발하면 되는 거지? 다 탔지?"

아홉 명을 태운 카니발은 빠르게 속력을 올리며 공원의 자전거도로로 진입했다. 태권소녀가 규영을 꼭 안아주는 동안 신입은 룸미러를 통해 뒤를 힐끔거리며 외쳤다.

"봤냐? 규영이, 이 새끼야? 이래도 내가 배신자냐? 응? 이래도 나한테 지랄할 거야? 아니잖아! 나 때문에 살았잖아! 이 새끼야!"

"그건 또 뭔 소리야? 왜? 규영이가 뭐라고 했는데?"

삼식이가 묻자 신입은 그간의 억울함을 담아 목청껏 소리를 질렀다.

"아니… 지하철로 도망쳤다고 저 새끼가 내 등을 후려치면서 얼마나 지랄을 해 대는지. 의리도 없는 배신자라고… 응? 내가 무서워서 그런 게 아니라고… 급할 때는 일단 카니발 열쇠부터 챙겨야 한다고 했던 말을 기억해서 그런 거지. 지금도 나 아니었으면 어떡할 뻔했냐? 응? 어떡할 뻔했냐고! 흐윽~ 이 개새끼들아… 히잉~ 나는 너희 다 뒈지는 줄 알고… 흐으윽! 씨발, 존나 무서웠는데, 흐윽… 살아 있어서, 살아 있어서 고마워… 흑! 이, 개새끼들.”

한참 기세 좋게 떠들어 대던 신입은 눈물을 뚝뚝 떨어뜨리면서 진저리를 쳤다. 녀석이 그럴 때마다 차가 좌우로 요동을 친다. 규영도 눈물을 닦으며 자신들이 겪었던 일을 설명해 준다.

“신입 형이 나를 업고 수정이 누나를 끌고 도망치는 거예요. 그래서 내가 뭐라도 도울 방법을 찾아야 하는 것 아니냐고 그랬죠. 그랬더니 저 형이 하는 말이… 자기는 아무 도울 능력이 없다고, 그러니까 유빈이가 시킨 대로 눈치껏 차만 빼놓아도 엄청나게 돕는 거래요.”

“도움된 거 맞잖아! 내가 안 빼놨으면 이 차도 지금쯤 숯덩이가 됐을걸? 그럼 그냥 총 앞에 헤딩해야 그게 도와주는 거냐? 응?”

“알았어! 알았어! 진정해, 신입. 우쭈쭈, 장하다, 장해!”

삼식이가 신입을 다독거려 놓고 다시 물었다.

“근데 대체 언제 차를 뺀 거야? 응? 우리가 계속 그 근처에 있었는데, 너 못 봤는데? 시동 거는 소리도 못 들었어.”

“내가! 누나랑 저 새끼 역에 숨겨놓고 틈틈이 계속 나와서 봤다고! 물론 계속 쳐다보지는 못했어. 걸리면 큰일 나는 거니까. 근데 갑자기 총소리가 들리는 거야! 존나게 놀라서 내다봤더니, 그 개새끼들이 다 뒈져 있고, 주변에 아무도 없는 거야. 때는 이때다 싶어서 차를 빼러 갔더니, 갑자기 헬리콥터 소리가 들리더라고! 그래서 잽싸게 시동 걸어서 주차장 사이에 몰래 숨겨놓은 다음 기다렸지. 그게 얼마나 아슬아슬했는지 알아?”

겨우 울음이 좀 그친 신입은 흥분을 감추지 못하고 자신의 모험담을 늘어놓았다. 그걸 들으니 대충 상황이 정리된다.

녀석은 아마도 친구들이 사무실의 문을 열고 모두 다시 만나 감격적인 재회를 하고 있는 동안에 카니발에 다가갔을 것이다. 그리고 녀석이 시동 거는 소리는 헬기의 프로펠러 소리에 묻혔을 것이고.

"저기… 잘했어, 신입. 정말 큰일 했으니까 이제 앞에 보고 운전 잘해. 네가 눈물 닦을 때마다 차가 휘청거리는 바람에 무서워 죽겠어. 좀비들 다 떼어놓았으니까 속도도 좀 줄이고."

유빈이 깨진 뒤쪽 창을 통해 멀어진 좀비들을 확인하고 나서 말했다. 신입은 고개를 젓는다.

"아니, 집에 갈 때까지는 절대로 속도 안 줄여… 그 개새끼들 언제 또 만날지 몰라서 지금도 간이 콩알만 하다고. 이게 무섭냐? 차 좀 비틀거리는 게 뭐가 무서워? 씨발, 머리통에 총을 대고 있는 게 무서운 거지. 진짜… 내가 얼마나 무서웠는지 너희는 상상도 못할 거다. 나는 이제 한강이라면 아주 이가 부득부득 갈려. 다시는 여기 안 와! 다시는 안 올 거고! 속도도 안 줄인다고!"

정말 죽다 살아난 놈처럼 신입은 거칠게 운전을 했다. 그들을 태운 자동차는 순식간에 왔던 길을 거슬러 올라가서 아까 좀비들이 떨어져 내리던 좁은 산책로로 접어들었다.

좁은 길을 막고 멈춰 서 있는 오피러스를 쿵쿵, 부딪쳐 밀어낸 신입은 곧바로 속도를 올렸다.

찌지직— 끼이익—

난간에 차체가 긁히는 소리가 귀를 자극해도 멈칫하는 기색조차 없다.

"하아아~ 하아아~ 다 왔다, 다 왔어. 으흐흑~ 젠장, 존나게 무서웠어."

10여 분 만에 10킬로미터를 내달린 카니발은 웅덩이를 앞두고 멈춰 섰다. 문을 열고 내린 신입은 긴 한숨을 내쉬며 바닥에 주저앉았다. 녀석의 두 팔은 아직도 달달 떨리고 있다.

"크으~ 차 꼴 좀 봐라."

유리창은 박살 나고 지붕이 찌그러진데다 차체는 온통 흠집투성이가 되어버린 카니발을 보며 보안관이 혀를 찬다. 기세 좋게 출발했던 세 대의 차량 중에 겨우 한 대만 만신창이가 되어 돌아왔다.

"여기로 올라가야 하는데… 얘를 어떻게 하지?"

삼식이가 대장 개 삼식이의 목덜미를 만져 주며 선로에 설치해 두었던 줄사다리를 올려다보았다.

이런저런 수를 내봤지만 별로 마땅한 게 없어서, 결국 진우가 녀석을 업고 거기에 자신의 몸을 로프로 묶어 고정한 뒤, 힘들게 줄사다리를 기어 올라갔다.

"하아아~ 하아아~ 우와, 이거 빡세다."

선로 위로 올라선 진우는 한숨을 내쉬며 줄을 풀어냈다. 대장 개 삼식이도 두 번 다시 하고 싶지 않은 모양이다.

"여기는 또 어디야? 아… 너희 여기에서 살았던 거야?"

거지 움막처럼 허술하게 쳐둔 천막들과 쌓여 있는 박스들을 돌아보며 진우가 물었다. 보안관이 고개를 저었다.

"아니야. 여기는 한 이틀 정도 잠시 머물렀던 데고, 요즘엔 이것보다 훨씬 좋은 데에서 살았어. 거기는 꽤 편해. 가자, 선로 따라서 좀 걸어가야 돼."

진우는 '좋은 데' 라는 말이 그저 뻥뻥거리기 좋아하는 보안관 녀석의 과장이라고만 생각하며 한 귀로 흘려들었다.

좀비 세상인 지금, 좋고, 편하고, 그럴듯한 데에서 지내는 사람이 어디 있겠는가. 하물며 이놈들은 총도 없이 살아남았다. 정말 필사적으로 발버둥을 쳐왔을 것이다.

"이런 젠장… 좀비들이 또 늘었네. 왜 자꾸 여기에 멈춰 서고 그러지? 한 번 행렬이 엉키니까 영 골치 아프네."

코스트코 맞은편까지 선로를 따라 걸어온 뒤, 도로를 내다본 유빈이 난감한 표정을 지었다.

오늘 새벽에 출발할 때까지만 해도 깨끗이 정리되어 있던 도로에는 또 새로운 좀비들이 무더기로 모여서 몰려다니고 있다.

"어휴~ 50마리도 넘나 본데? 유빈아, 머리 돌아가냐?"

손가락으로 좀비들을 헤아리던 삼식이가 물었다. 유빈은 퉁퉁 부은 눈을 내리깐 채 시퍼렇게 멍이 든 턱을 괴고 생각에 잠겼다.

잠시 친구들의 얼굴을 돌아보던 진우는 혹시 자신이 모르는 어떤 제약이 더 있는가 싶어서 조심스럽게 물었다.

"왜 그렇게 고민하고 있어? 그냥 저거 다 잡으면 되는 거 아냐? 큰 소리를 내거나 하면 안 되는 건가?"

"응? 큰 소리? 아니, 그런 거는 신경 안 써도 되는데… 하지만 50마리도 넘잖아. 아무도 안 다치고 저 많은 걸 다 잡으려면 유빈이가 머리를 한참 써야 하거든."

삼식이의 대답을 들은 진우는 유빈의 얼굴을 보며 재차 확답을 받았다. 유빈도 고개를 끄덕인다. 진우는 크게 구멍을 뚫어 놓은 차단벽 앞에 서서 덤덤하게 말했다.

"아, 그래? 그러면 잡고 가지, 뭐. 조금만 기다려."

그런 후, 진우는 총구를 들어 올렸다. 조준경을 최소 배율로 조정하고 있을 때, 뒤에서 구경하고 있던 친구들이 입을 모아 걱정을 해준다.

"야, 괜찮겠어? 이렇게 먼데? 20미터도 넘게 떨어져 있구만. 총알을 아껴야 하고, 뭐 어쩌고 그러지 않았어?"

"무슨 20미터! 장난치냐? 이 정도면 30미터는 되겠는데."

친구 놈들의 대화가 너무 어처구니없어서 진우는 총을 다시 내리고 잠시 헛웃음을 지었다.

"잡을게! 총소리 크니까 놀라지 마라. 귀 막아도 돼."

겨우 웃음기를 거둔 진우는 친구들에게 경고를 해준 뒤, 다시 자세를 잡고 조준경을 눈에 갖다 댔다.

타앙—

첫 발이 날아가 좀비의 머리를 꿰뚫는 것과 동시에 차단벽 내부에는 커다란 총성의 메아리가 정신없이 울려 퍼졌다.

윽! 친구들이 일제히 귀를 막고 인상을 찌푸린다. 진우는 곧바로 계속 방아쇠를 당겼다.

탕— 탕, 탕, 탕— 탕, 탕— 탕— 탕, 탕, 탕—

빠르게 탄창 하나를 비우고, 새 탄창을 갈아 끼운 진우는 다시 좀비들의 머리에 총알 한 발씩을 박아 넣었다.

워낙 가까운데다가 공격 받을 염려도 없이 높은 곳에 서서 하는 사격이라 50여 마리는 금방 다 해치울 수 있었다.

"다 끝났어. 귀에서 손 떼도 돼."

총 쉰여덟 마리의 좀비를 모두 바닥에 눕힌 진우가 친구들을 뒤돌아보며 말했다.

거기에는 감격한 여덟 명의 남녀가 눈을 초롱초롱 빛내면서 진우를 바라보고 있었다.

"우와~"

흥분한 규영이가 숨을 헐떡거리며 감탄사를 내뱉었다.

이렇게 훌륭하신 형님이 계셨다니…….

유빈도 믿을 수 없다는 표정이었다. 그는 지금 대좀비 전술병기의 새로운 장을 막 접했다.

보안관의 압도적인 힘에 그의 꾀를 아무리 더해봐도 도저히 해결할 수 없던 문제들이 분명히 있었다. 하지만 진우 이 녀석과 함께라면 이제는 그따위쯤 스르륵 풀려 버릴 것 같다.

"세상에… 50마리가 넘는데… 그걸 다… 지금 채 5분도 안 걸린 것 같지? 대단한데?"

"아니… 나는 그것보다도, 이 새끼 방아쇠 당길 때마다 좀비가 하나씩 뻗었다는 게 더 신기해. 허공에 대고 쏜 게 없어."

유빈이 보안관과 중얼거리는 걸 들으며 진우는 마음 한구석이 찡하게 울렸다.

그리 많지도 않은 좀비들 때문에 이렇게 걱정을 해왔다니… 이 불쌍한 새끼들, 그동안 얼마나 고생이 많았을까…….

진우는 유빈의 어깨를 가볍게 두드리며 말했다.

"이제 저런 정도는 걱정하지 마. 내가 해결할 수 있어."

그토록 애틋하게 친구들을 생각하던 진우의 우정과 사랑에 뭔가 균열이 생기기까지는 그리 긴 시간이 필요하지 않았다.

ㄹ

"이… 이게… 내가 지금… 뭘 보고 있는 거지?"

코스트코의 옥상에 첫발을 내딛자마자 진우의 입에서는 힘없는 혼잣말이 터져 나왔다.

파라솔이 달린 대형 식탁에 비치 의자, 흔들의자에 그물 침대, 넘쳐 나는 술과 음식, 그리고… 액체가 가득 찬 세 개의 대형 튜브 풀.

"어때? 진우야~ 우리 사는 데가 여기야. 마음에 들어?"

삼식이가 진우의 엉덩이를 툭, 치며 물었다. 유빈과 보안관도 어깨를 두드리고 지나간다.

"아무 데나 편한 데 앉아. 딱히 정해진 자리 없어. 아… 그리고 저기 저 카트에 든 게 술이고, 이쪽 카트가 음료수야. 먹을 건 여기."

진우는 입을 벌린 채 아무 말도 하지 못했다.

마음에 드나 안 드나 하는 문제가 아니라… 이건 너무 비현실적이잖아……. 나는 너희들이 이보다 훨씬 더 비참한 상황을 참고 견디며 생존해 왔던 거라고만 생각했다고! 내가 그랬으니까!

그런데 이건…….

"오랜만에 만난 친구라니까, 같이 이야기들 하고 있어. 약은 우리가 가져올게. 어차피 이 언니도 멍든 데가 많아서 치료해야 돼. 난 좀 씻기도 해야겠다. 아, 젠장… 너무 울어서 머리가 어떻게 되는 것 같아. 가뜩이나 날씨도 뜨거운데."

마시고 남은 물을 머리에 부은 태권소녀가 유빈에게 말했다. 진우가 보기에 임수정이라는 누나도 어지간히 지쳐 있다.

신입이 정찰을 하고 차에 접근하는 동안 그녀가 계속 규영이를 업고 뛰어다녔었다고 한다.

"금방 올게요, 오빠."

인사를 남긴 제니와 태권소녀, 임수정이 생수병과 비치 타월, 갈아입을 옷을 가지고 내려간다.

짤깍, 짤깍.

그녀들이 갈아 신은 슬리퍼 끌리는 소리가 아득한 환상 속의 배경음처럼 느껴졌다.

"에어컨! 에어컨!"

나름 엄청 큰 역할을 했다고 자부하는 신입은 옥상에 올려둔 미니밴으로 들어가서 시동을 걸고 에어컨을 켰다. 그러고는 시원한 바람을 맞으며 샴페인을 병째 홀짝거린다.

"저기… 삼식아… 이거, 내가 생각하는 그 용도 맞아?"

물이 찰랑거리는 튜브 풀을 가리키며 진우가 멍청한 목소리로 물었다. 대장 개 삼식이에게 물을 부어 주던 인간 삼식이가 해맑은 미소를 지으며 되묻는다.

"하하하, 네가 뭐라고 생각했는지 알아야 내가 맞는지 틀리는지 대답을 해주지."

"뭐겠어… 수영장이지."

"음, 잘 알고 있네! 딩동댕~ 아, 그거 노란색 풀은 맥주야. 들어가고 싶으면 너도 씻고 와. 여자애들은 그냥 맹물을 더 좋아하더라."

저 풀 속에 제니랑 같이 들어가기도 하고 그랬다고?

컬처 쇼크를 받은 진우는 비틀거리며 대형 식탁 쪽으로 걸어갔다. 거기에는 온갖 사치스러운 술들의 빈 병이 잔뜩 늘어져 있다. 진우는 1/4쯤 남은 양주병을 들어 라벨을 살펴보았다.

"죠니 워커… 블루?"

진우가 믿을 수 없다는 목소리로 중얼거렸다. 말린 체리를 우물거리며 술이 담긴 카트를 뒤적거리던 삼식이가 그 소리를 듣고 대꾸한다.

"아! 그거! 먹을 만하더라! 향이 꽤 좋아서 코에 은은하게 남는 게… 에, 내가 그걸 어디에 넣어놨지……."

이런 미친…….

진우는 울컥해서 삼식이를 돌아보았다.

야! 네가 언제부터 양주를 먹어봤다고 먹을 만하다는 둥 향이 어쨌다는 둥 그딴 소리를 떠들어? 게다가 이렇게 비싼 걸…….

진우가 그런 생각을 하는 동안 담배를 피워 문 삼식이가 다가와 커다란 플라스틱 컵에 새로 딴 와인을 부어 준다.

"마셔봐. 이거 한 병에 이백만 원 넘는다고 하더라고. 진우야… 이렇게 다시 만나서 정말 다행이야. 잘 왔어."

삼식이가 진우의 머리를 끌어안았다. 흔들의자에 앉아서 이마에 물수건을 덮고 있던 보안관이 끼어들었다.

"아, 나는 그거 별로더라. 존나 떫기만 하고 영… 진우야, 포도주 마시고 싶으면 차라리 저기 까만 병에 든 거 마셔. 그게 더 나아. 달달하고 약간 탄산도 느껴지고. 이름이 뭐더라… 돔 페리뇽이었나?"

유빈이 고개를 저었다.

"아니야. 그건 그냥 얕은맛이지. 진우는 술 좋아하니까 저게 더 나을 수도 있어. 음… 아니면 위스키가 더 입에 맞으려나? 삼식아, 너 그 위스키 다 마셨어? 40년인가 된 거 있다며? 스코틀랜드 제."

"하하, 아니, 그걸 어떻게 다 마셔. 근데 일단 도수가 약한 것부터! 밤은 길고 기니까!"

삼식이가 여유롭게 웃으며 테이블 위에 와인 병을 내려놓았다. 진우는 자신의 손안에 든 와인 컵과 친구 새끼들의 얼굴을 번갈아 보았다.

너희 대체 왜 이래… 단체로 로또 맞은 새끼들처럼…….

"건배하자! 진우야! 돌아온 친구를 위하여!"

친구들은 일제히 잔을 들고 진우를 향해 외쳤다.

꿀꺽!

위화감이 들든 어쨌든, 목은 마르고 눈앞에 술이 보인다. 진우는 와인을 들이켰다.

"허!"

한 모금 만에 눈이 동그래진 진우가 와인 병을 다시 보았다.

보안관 바보 새끼! 이게 맛이 별로라고? 죽이잖아! 뭔가 엄청 복잡하고 미묘하고…….

소주 마시고 손가락으로 입술을 닦을 때에는 못 느껴봤던 맛이다. 진우는 자신의 옆자리에 앉은 삼식이에게 물었다.

"이… 이런 걸 매일 마셨다고?"

"하하하, 이것만 어떻게 매일 마셔… 먹고 싶을 때만 마시는 거지. 아, 혹시 돈 때문에 그러는 거야? 그치, 나도 그런 걱정은 했어. 이렇게 먹고 놀고 있을 때, 갑자기 세상이 원래대로 돌아가면 이 물건 값을 다 못 갚을 텐데… 하는 걱정 말이야. 그래서 난 웬만하면 내가 물어줄 수 있는 범위 내에서만 쓰려고 했는데, 제니가 그런 거 걱정 말고 다 쓰래. 자기가 전부 물어줄 수 있다고."

삼식이의 입에서 제니의 이름이 나왔다. 진우는 목소리를 낮춰 아까부터 궁금했던 것을 물었다.

"야… 근데 제니는 왜 같이 있는 거야? 대체 언제부터 같이 있었어? 아까 보니까 꽤나 친밀한 것 같던데."

"아아, 제니?"

삼식이는 담배 연기를 내뿜으며 입을 열었다.

"친밀한 거야 당연하지, 뭐. 벌써… 거의 한 달 된 것 같은데? 좀비 때문에 난리 나고 며칠 안 돼서부터 같이 살았으니까. 그 시간 동안 같은 데서 자고 먹고 똥 싸고……."

"그러니까… 거의 처음부터 쟤랑 같이 살았다고?"

"응."

삼식이는 당연하다는 듯 고개를 끄덕였다.

미녀에, 고급술에, 옥상 풀장이라니… 누가 들으면 재벌 3세의 삶인 줄 알겠네…….

공연히 억울해진 진우는 다시 와인을 들이켰다. 와인은 여전히… 아니, 조금 전에 마셨을 때보다 오히려 더 훌륭해졌다.

진우는 다시 병을 들고 라벨에 적힌 글자를 떠듬떠듬 읽었다. 대체 자신이 뭘 마시고 감탄했던 건지 정도는 알고 싶다.

"그랜드 빈… 이게 뭐라고 쓴 거냐? 채테…아우 라…투어."

"샤또 라투르…요."

등 뒤에서 갑자기 여자의 목소리가 들려와 진우는 깜짝 놀라 뒤돌아보았다. 허리를 숙여서 끼어들었던 제니가 미소를 짓고 물러나며 유빈의 옆에 앉는다.

진우의 볼은 빨갛게 달아올랐다. 그녀의 숨결이 남기고 간 향기가 아직도 귓가에 남아 있는 것 같다. 하이바 안쪽에 늘 붙어 있던 사진 속의 주인공이 지금 바로 옆을 스치고 지나갔다.

"오빠, 어우, 어떡해요. 얼굴이… 세상에… 가만히 있어요. 따가울 거예요."

제니는 약상자를 열고 알코올 솜으로 유빈의 퉁퉁 부은 얼굴을 닦아준다.

으으! 으으!

유빈이 따갑다며 난리를 치자, 제니는 얼른 후우~ 후우~ 입김을 불어주었다.

차마 눈뜨고는 못 봐줄 풍경이다. 유빈의 상처투성이 얼굴도 더 이상 불쌍해 보이지 않아졌다. 진우는 생각했다.

나도 좀 다칠걸…….

"생명의 은인을 대접하는 건데, 먹을 게 영 보잘것없어요. 그래도 좀 드세요."

간략하게 씻고 돌아온 태권소녀가 테이블 위에 음식 봉지를 내려놓았다. 햄, 즉석밥, 과일 통조림, 김치 참치, 연어 통조림, 말린 망고와 체리, 병에 든 커피… 전혀 보잘것없지 않다.

"나는… 쫄쫄 굶다가 날감자 흙 털어 먹으면서도 맛있다고 히죽거렸는데… 너희는 이, 이런 걸 먹었다고?"

진우가 멍한 얼굴로 혼잣말을 계속 중얼거린다.

"나는, 나는… 흙 웅덩이 물을 떠먹고 있을 때, 너희는 샤또 뭐시기를 마셨다고? 그리고… 내가 혼자서 강원도 산골을 다 헤매고 다니는 동안, 너희는 이렇게 예쁜 여자애들이랑… 풀에 들어가서 물놀이를 했단 말이야? 누구는 개새끼 끌어안고 풀밭에 누워서 잠을 청하는데… 어떤 새끼들은 제니랑 같은 공간에서 잤다고? 그것도 푹신한 침대 위에서? 이게… 이게 말이 돼? 너무 불공평하잖아."

말을 하다 보니 정말로 눈물이 맺혀서 진우는 몇 번이나 눈을 훔쳐야 했다. 진짜 너무 억울하다.

"아냐, 우리도 고생 엄청 했어! 여기 들어오려고 며칠 동안 죽인 좀비가 한… 백 마리는 될걸?"

보안관이 조금 과장을 보태서 말했다. 그래봐야 진우의 분노를 꺾을 수는 없다.

"백 마리? 난 매일 그 정도 죽였어! 난리 나고 삼척으로 가서 처음 며칠 동안은 하루에 그 다섯 배씩 죽였다고! 이씨… 그러고 보니까 내가 훈련소 들어가던 날도 이 개새끼들 미팅한다고 약 올렸었지… 아, 안 되겠어. 이 새끼들, 진짜 용서가 안 된다. 너희 세 명, 다 일렬로 쭉 서. 한 방에 다 죽여줄 테니까."

진우는 총을 잡는 시늉을 하며 삼식이의 어깨를 밀었다. 삼식이는 얼른 자리를 옮겨가서 보안관의 옆자리에 나란히 선다.

"쭉 서? 이렇게?"

"아니잖아! 이 새끼야! 한 방에 죽인다고 했으니까 네가 나랑 보안관 사이에 서야지! 일열 종대로! 어후~ 이 바보야!"

진우가 답답해서 가슴을 두드리자, 보안관과 유빈이 배를 잡고 웃었다.

얼- 얼-

대장 개 삼식이도 신이 나서 짖어 댄다.

"하하하, 이렇게 만났으니까 됐잖아. 이제부터 너도 여기 있는 거 다 먹고, 우리랑 재미있게 지내고, 저 풀에 들어가서 땀 식혀. 내가 특별히 너는 물속에서 오줌 싸도 뭐라고 잔소리하지 않을게."

삼식이는 다시 옆자리로 돌아와 진우의 어깨를 감싸 안는다.

젠장, 불쌍한 녀석들을 구해줬다고 생각했었는데… 알고 보니 내가 제일 불쌍한 새끼였어…….

진우는 고개를 푹 숙이고 눈물을 닦았다.

"그래요, 앞으로 친하게 지내요. 그런 의미에서… 자, 건배! 그리고 예쁜 여자애 '들' 이라고 해줘서 고마워요."

태권소녀가 샴페인을 건네며 말했다. 진우는 또 볼이 빨개져서 변명을 했다.

"아, 아니, 기분 나빠하지 마세요. 저는… 하소연을 하다 보니 나도 모르게 그냥 툭 나온 말이라서… 성희롱이나 그런 의미가 아니었어요."

"저도 그렇게 생각하지 않아요."

태권소녀는 가볍게 고개를 저었다. 화가 난 건지, 아닌지도 잘 분간이 가지 않을 만큼 무뚝뚝한 말투다. 진우가 멍해져 있는 동안 태권소녀는 대장 개 삼식이를 돌아보았다.

"얘 이런 거 먹으려나? 비싼 개 같던데, 입이 까다로우면 어쩌지?"

태권소녀는 바닥에 종이 접시를 놓고 그 위에 닭 가슴살 통조림을 몇 개나 까놓았다. 그러고는 손뼉을 쳤다.

"이리 와, 멍멍아! 밥 먹자!"

대장 개 삼식이는 신나게 달려와서 미친 듯이 입에 욱여넣는다. 보고 있는 진우가 괜히 민망해질 지경이다.

잘 먹네, 태권소녀는 기분 좋게 웃으며 녀석의 등을 쓸어준다. 보안관이 음식을 우물거리며 대장 개 삼식이를 가리켰다.

"근데 얘는 뭐야? 군견이야?"

"…나도 몰라. 그냥 여행 도중에 만나서 같이 온 친구야. 되게 똑똑해. 너희들 거기에 있는 것도 얘가 알려줘서 알았거든."

"우와! 그럼 얘도 생명의 은인이네요."

제니가 반응을 보이자 대장 개 삼식이는 얼른 그녀의 자리로 가서 아양을 부린다. 제니는 녀석의 얼굴과 머리를 쓸어주며 웃었다.

"엄청 순하네요. 애교도 많고."

"응, 이렇게 큰 애들이 의외로 순하더라."

태권소녀도 녀석에게 호감을 보인다. 여자 둘의 품에 안겨 사랑과 관심을 독차지한 녀석이, 진우를 힐끔 돌아보며 비웃는 것 같은 표정을 지었다.

지조도 없는 새끼…….

헥헥거리는 그 얼굴이 꼴 보기 싫어서 진우는 자신의 목덜미를 가리키며 솔직하게 경고를 해줬다. 치사하다고 욕해도 어쩔 수 없다.

"개… 바로 어제 사람 하나 물어 죽였는데… 여기를 이렇게 잡아 뜯어서."

"에에이! 농담도!"

여자들은 까르륵 웃으며 또 삼식이를 쓰다듬는다. 경고는 안 통했다. 개새끼는 신이 나서 구르고, 일어나고, 손도 내주고, 온갖 재주를 부려 댔다.

"진우야, 그 조끼도 벗고 총도 내려놔. 안 불편해?"

유빈이 말했다.

응?

그제야 진우는 자신이 전술 조끼를 착용하고 총을 멘 채 식탁에 앉아 있다는 걸 깨달았다. 지금까지는 몸의 일부인 것처럼 절대 따로 떼어놓지 않았는데, 이제 그렇게까지 신경을 바짝 곤두세우고 있지 않아도 된다.

"참, 그러고 보니… 너, 어떻게 여기까지 왔어? 우리는 너희 부대가 이 근처에 있다고 생각했는데… 조금 전에 하는 말 들어보니 그게 아니었나 보네? 강원도를 다 헤매고 다녔다는 둥, 혼자 감자를 캐 먹었다는 둥. 너 이렇게 우리랑 같이 있어도 되는 상황이야? 너 없어졌다고 누가 찾아다니면 어떡해?"

보안관이 걱정스러운 얼굴로 물었다. 진우는 조끼를 벗고 총을 식탁에 기대놓으며 대답했다.

"나 전역했어. 그다음에 여기로 온 거야. 삼척에서부터 여기까지… 그러니까 나 찾을 사람 아무도 없어. 봐, 옷도 민간인 옷이잖아."

"허~ 이런 상황에서 전역도 시켜줘? 총이랑 총알도 주고? 그건 좀 의왼데?"

"그럴 리가 있냐? 그냥… 나 혼자 전역하기로 한 거지. 이만하면 나라를 위해 충분히 봉사한 것 같아서."

"그렇구나. 알았어. 자식, 고생했다! 정말 장해! 고맙다, 새끼야."

보안관은 진우의 등을 팡팡, 두드리며 친구의 전역을 축하해 주었다. 역시나 엄청난 힘. 손이 닿을 때마다 숨이 턱턱 막히는 것 같다. 그래도 이 기분이 싫지 않아서 진우는 웃었다.

가족들, 그리고 오래 함께 일했던 작업반장, 황씨 아저씨, 오씨 아저씨의 안부도 궁금했지만, 묻지 않았다. 이 녀석들이 좋은 소식을 알고 있었다면 벌써 이야기해 줬을 것이기 때문이다.

"멍멍아! 멍멍아! 이거 줄게! 나한테도 와봐!"

건너편에서 밥을 먹고 있던 삼식이가 햄 조각을 흔들며 대장개 삼식이를 유혹했다. 녀석은 지조도 없이 얼른 뛰어가 삼식이의 손에서 햄을 받아 삼킨다.

"옳지! 잘했어! 하하하. 진우야, 얘는 이름이 뭐야?"

삼식이가 대장 개 삼식이의 머리를 쓸어주며 물었다.

아… 진우는 잠시 망설이다가 대답했다.

"…걔도 삼식이……."

"어? 진짜? 이런 우연이 있다니! 그렇게 흔한 이름도 아닌데!

하하하, 엄청 신기하네! 그렇지, 삼식아?"

삼식이는 개의 눈을 마주 보고 환하게 웃었다.

얼—

대장 개 삼식이는 자신의 이름에 분명하게 반응한다. 유빈이 말했다.

"우연이 아닐걸? 여행 중에 만났다고 했으니 진우가 아무 이름이나 새로 붙인 거겠지. 삼식이 네가 젤 보고 싶었나 보다, 야."

"아하! 그런 거였구나아~ 그래도 이왕이면 더 예쁜 걸로 지어주지. 더 멋있는 이름도 많을 텐데."

삼식이는 고개를 갸웃거렸다. 진우는 음식을 삼키고 나서 대답했다.

"처음에는 나도 새로 이름을 지어서 주려고 했지. 좀 멋지고 강해 보이는 이름. 그런데 암만 여러 이름을 불러봐도 저놈이 아무 반응을 안 하는 거야. 그러던 놈이 어느 날 우연히 삼식이라는 단어가 나오니까 대답을 하더라고. 뭐, 그렇게 하는 데야 어쩔 도리가 없더라."

"그래? 원래 네가 붙여주려고 했던 이름은 뭐였는데?"

"킹!"

"어? 그러게. 내 생각에도 삼식이보다 킹이 훨씬 더 멋진 것 같은데… 멍멍아, 너 킹이라고 하자. 킹!"

삼식이는 대장 개의 얼굴을 잡고 킹이라는 이름을 주입하려 애를 썼다. 녀석이 반응하지 않자 삼식이는 다시 한 번 권했다.

"잘 봐, 멍멍아. 우리 둘 다 삼식이면 헷갈려서 곤란해. 뭔가 방법을 찾아야 한다고."

그래봐야 대장 개 삼식이는 꿈쩍도 않는다. 가만히 지켜보고 있던 신입이 삼식이에게 제안을 했다.

"골 아파할 게 뭐가 있냐? 이제부터 너는 삼식이 말고 본명으로 불러. 삼식이라는 이름은 개한테 주고."

"…삼식이가 본명인데?"

삼식이와 세 친구가 동시에 대답을 했다.

그게 본명이라고? 진짜?

신입은 이해할 수 없다는 듯 고개를 갸웃거리다가 다시 삼식이에게 말했다.

"그럼 그냥 네가 킹 하면 되겠네. 너는 그 이름이 더 멋있다고 했으니까."

"미친! 말 같은 소리를 해! 삼식이가 암만 바보라도 개한테 이름을 빼앗기는 꼴은 못 봐줘!"

보안관이 곧바로 반대 의사를 표하며 언성을 높였다. 다른 사람들의 생각도 크게 다르지 않았다. 그래서 잠시 의견이 분분해졌다.

생명을 구해준 '은견' 인 만큼 개의 이름 앞에는 '킹' 을 붙여서 '킹 삼식이' 라고 구분하자는 파와 그건 부르기에 너무 불편하다는 파가 나뉘어 바보 같은 격론을 벌이고 있을 때, 유빈이가 입을 열었다.

"근데… 얘가 정말 자기 이름을 정확히 알기는 해? 혹시 한 글자 정도 속여도 모르는 거 아니야? 아무리 똑똑하다고 해도 개…잖아."

어? 듣고 보니… 말이 되는 것 같은데…….

모두의 시선이 유빈과 개에게 집중된다.

"사식아."

유빈은 은근하게 녀석의 이름을 업그레이드해서 바꿔 불렀다. 하지만 개와 인간 삼식이, 둘이 합쳐 육식이는 함께 장난치고 노느라 유빈에게는 눈길도 주지 않는다.

"안 되는 건가?"

사식이, 오식이를 시험해 보고 나서 유빈이 포기하려 할 때, 제니가 새로운 접근법을 제시한다.

"뒤의 글자를 바꿔 부르는 게 나을 것 같아요. 제가 한 번 시험해 볼게요."

제니는 테이블의 건너편을 향해 팔을 벌리고 녀석을 불렀다.

"삼숙아! 삼숙아! 언니한테 와!"

조금 전까지만 해도 삼식이였던 녀석은 얼른 제니를 향해 달려가서 의자에 앉은 그녀의 흰 허벅지 위에 두 발을 턱, 얹고 헥헥거리며 아양을 떤다.

제니는 녀석의 얼굴을 양쪽으로 잡고 장난스럽게 위아래로 돌리면서 다독거렸다.

"잘했어, 잘했어… 이제 예전 이름은 저 오빠한테 주고, 넌 삼숙이 하자, 응?"

옆자리의 태권소녀도 웃으며 녀석을 쓰다듬으며 물었다.

"그렇게 할 거냐, 삼숙아?"

멍—

녀석은 아무렇지도 않은 듯 그 호칭에 대답을 했다. 제니와 태권소녀의 사이를 오가는 녀석의 주둥이에서 침이 뚝뚝 떨어지자, 여자들은 가벼운 비명과 함께 간드러지게 웃는다.

분위기 참 좋구만. 이렇게 간단할 수가…….

진우는 허망해져서 개새끼의 옆모습을 바라보았다. '삼숙이'라는 말을 들을 때마다 녀석의 배 아래쪽, 커다란 고추에 자꾸 눈길이 간다.

인간 삼식이 못지않은 바람둥이 녀석인데 이렇게 성 정체성에 변화를 줘버려도 되는 것일까?

진우는 머뭇거리다가 입을 열었다.

"저기… 근데 개 수컷인데……."

"에이, 그게 무슨 상관이야. 왜? 이름 때문에 다른 개들에게 놀림 받을까 봐? 괜찮아."

보안관이 전혀 신경 쓸 필요 없다는 듯 손을 내저었다. 입안의 피를 닦아내고 있던 유빈도 문제없다며 거든다.

괜찮은 건가…….

듣고 보니 그런 것도 같아서 진우도 더 이상 고집을 피우지 않았다.

그리하여 삼식이는 이름을 지켰고, 대장 개 삼식이는 삼숙이로 개명을 했다. 킹을 마다하고 삼숙이를 택하다니… 진우로서는 이해가 가지 않는 결정이다.

"삼시… 삼숙아, 너 진짜 괜찮아, 그 이름?"

진우도 한 번 불러봤다. 삼숙이 새끼는 획 한 번 돌아볼 뿐, 여전히 여자들의 품에 안겨 노느라 정신이 없다. 두 번을 불러도 마찬가지다. 가벼운 배신감이 진우를 감싼다.

개새끼… 마음대로 해라.

3

"저기… 근데요. 형님, 뭐 좀 여쭤봐도 되겠습니까?"

아까 선로에서 좀비들을 사살했을 때부터 존경이 가득한 눈빛으로 진우만 바라보고 있던 규영이 은근한 목소리로 말을 걸어왔다.

"응? 뭔데…요?"

"저… 총이요. 저도 형님한테 가르침을 받으면 형님처럼 잘 쏠 수 있을까요?"

규영은 진우가 세워둔 K—2를 가리키며 부담스럽기 그지없는 극존칭을 사용해 물었다. 얼마나 그 말을 물어보고 싶었던지 녀석은 밥도 거의 먹지 않은 채 말을 걸 기회만 기다리고 있던 참이다.

"나도 궁금했어요. 엄청나던데… 근데 총이라는 건 원래 그렇게 잘 맞는 건가?"

태권소녀도 관심을 보이며 끼어들었다. 삼식이와 보안관 역시 고개를 끄덕인다.

"그러게. 요즘 국산 무기 엄청 잘 나오나 봐. 그냥 당기면 당기는 대로 다 꽂히는 것 같던데? 혹시 저게 자동 유도장치 같은 거냐, 진우야? 저거에 딱 맞추면 그냥 명중하는?"

보안관이 조준경을 가리키며 자동 유도장치 운운하자, 삼식이도 맞장구를 친다.

"음, 뭔가 굉장히 비싸 보이기는 해. 저걸 자동 장치라고 하는구나. 엄청 잘 맞더라."

"아니… 그거 자동도 아니고, 유도도 안 돼. 그냥 망원경 비슷한 거야. 너희… 내 편지 안 읽고 그냥 버렸냐? 내가… 썼잖아. 내가 우리 대대에서 제일 잘 쏴서 대대장에게 칭찬 받았다고. 사격 대회 나가게 될 거라고… 그런 말 기억 안 나?"

진우는 바보들의 이야기를 끊고 보안관부터 유빈까지를 비잉 둘러보며 물었다. 세 놈이 한목소리로 대답한다.

"읽기야 했는데, 안 믿었지. 그냥 뻥치는 거라고 생각했어. 아하~ 이 새끼, 우리가 군대 모른다고 아무 소리나 막 지껄이는구나… 뭐, 이런 심정?"

허허… 진우는 허탈하게 웃었다.

"하아~ 아무것도 모르는 놈들한테 설명하려니까 엄청 막막하네. 그냥 나중에 몇 발씩 쏴보게 해줄게. 그때 너희가 몸으로 느끼게 될 거다. 아, 총이라는 게 의외로 잘 맞추기가 어렵구나 하는 걸."

진우는 적당히 잘난 척을 하며 대답을 해줬다. 제니가 고개를 끄덕이며 물었다.

"그러니까, 오빠가 엄청나게 잘 쏘는 거네요? 대한민국 제일의 명사수?"

"아… 아니, 그렇게 노골적으로 말씀하시면… 좀……."

막상 칭찬을 받자 그건 또 좀 부끄럽다. 쑥스러운 듯 웃던 진우는 아직도 자신을 주시하며 대답을 기다리고 있는 규영의 시선을 깨달았다. 진우는 진지한 얼굴로 돌아가 생각을 해봤다.

휠체어를 타고 있는데다가 몸이 작고 마른 이 아이가 K—2를 다룰 수 있을까?

"음… 이건 반동이 꽤 있어서 팔 힘도 필요하고, 몸무게도 어느 정도 나가야 돼. 어깨에 바짝 붙이고 쏘지 않으면 곧바로 튀어 올라서 얼굴을 때리거든."

진우가 거기까지 말했을 때, 규영은 시무룩해져서 고개를 끄덕였다. 안 되는구나… 하는 좌절감이 그의 표정에서 느껴진다. 진우는 말을 계속 이었다.

"그런데… 오늘 빼앗아 온 총 중에서 MP5는 이것보다는 훨씬 다루기가 수월할 거야. 그건 더 작은 실탄을 사용하고, 무게도 약간 가볍고, 반동이 적어. 총기 자체의 길이도 짧으니까 네가 잡기에도 더 편할 거고."

"그, 그럼 저도 배울 수 있어요, 형님?"

"배울 수 있겠지만……."

거기까지 말하고 진우는 친구들과 태권소녀, 제니, 그리고 신입과 임수정의 얼굴을 돌아보았다. 미성년자인 녀석에게 총을 잡도록 해도 되는 건지 확신이 생기지 않았다.

그는 오늘 이 규영이라는 아이를 처음 봤다. 나쁜 아이 같아 보이지는 않지만, 실제 성격이나 됨됨이가 어떤지는 잘 모른다.

"정말로 그 애도 배울 수 있어요? 그럼 나도 배울래!"

규영의 보호자인 태권소녀는 허락을 넘어서 적극적인 동참 의사를 밝혀왔다. 진우와 눈이 마주치는 것을 애써 피해왔던 신입도 거기에 끼어보려 하고, 제니도 호기심을 보였다. 인기 폭발이다.

하긴 세상이 이렇게 되고 나니 사회적 약자라는 건 아무런 보호 장치도 되어주지 않는다. 그러니 미성년자도, 여자도 제 몸을 지킬 수 있는 편이 더 낫다. 진우는 무덤덤하게 고개를 끄덕였다.

"그러면 가르쳐 줄게요. 대신에 한 번에 한 사람씩만 연습해 볼 수 있어요. 혹시라도 무심코 위험한 행동을 하거나 하면 내가 곧바로 제지할 수 있어야 하니까."

"형님, 그러면 언제부터 시작하실 거예요? 식사 끝나고 나서요?"

흥분한 규영이가 욕망을 숨기지 않고 물었다. 태권소녀가 녀석을 제지한다.

"규영아, 이 형 오늘 엄청 피곤할 거야. 자꾸 보채면 안 돼."

"네에~"

조금 기운이 빠져서 대답하던 규영이 다시 눈빛을 빛내며 물었다.

"저기 근데요, 더 잘 배우기 위해서 미리 준비해야 하는 건 없을까요, 형님? 보시다시피 저는 불리한 점이 많거든요."

규영은 자신의 휠체어를 톡톡 두드리며 물었다.

글쎄… 진우는 생각을 해봤다. 휠체어의 바퀴를 목표와 직각이 되도록 하고 쏘면 반동 때문에 뒤로 밀리거나 흔들리는 걸 최소화할 수 있을 테고… 그밖에는… 사실 그 역시 잘 모른다.

자신이 왜 총을 잘 쏘느냐고 물으면 대답할 수 있는 말이 막막하니까. 그래도 역시 기본 체력은 필요할 것이다.

"아무래도 팔이나 허리에 힘이 있는 편이 좋을 거야. 총을 잡고 방아쇠를 당길 때, 얼마나 흔들림이 없는가가 명중률과 비례하니까."

"넵! 그럼 계속 운동하고 있을게요! 밥도 잘 먹고요!"

만족한 규영이가 들떠서 즉석밥과 햄을 입에 퍼 넣는다. 진우도 다시 식사를 시작했다. 이미 한 번 억울하다고 징징거리기도 했지만, 오랜만에 제대로 먹는 식사는 정말로 훌륭했다.

이 많은 종류의 즉석 식품들과 통조림, 음료수와 주류……. 신선한 육류나 야채는 없지만, 그에 필적하는 수준의 음식들이 넓은 테이블 가득 채워져 있다.

통조림 스프를 떠먹고, 통조림 소시지를 머스터드에 찍어 먹고, 피클을 베어 먹고, 블루베리 잼을 바른 크래커를 씹으며 진우는 점점 이해할 수가 없어졌다.

"근데 왜 잠실까지 가려고 했던 거야? 이렇게 풍족하게 살면서 굳이 수용소까지 가보려고 했던 이유를 모르겠네. 아무리 생각해 봐도 답이 안 나와. 잠실이 어떤지는 잘 모르지만, 어쨌든 거기도 군인들이 하는 데라고. 이런 고급 음식 같은 건 절대로 배급 안 나와. 꿈도 못 꿀걸?"

진우는 플라스틱 컵에 담긴 고가의 와인을 들어 보이며 유빈을 가리켰다.

"인간답게 대우해 주지도 않아. 얼마나 심하냐면, 나 있던 데에서는 얘처럼 다친 병사는 끌고 가서 죽였다니까? 좀비에 물렸을지도 모른다는 이유로."

푸―!

죽인다는 말에 깜짝 놀라 유빈은 마시던 음료수를 뱉어냈다.

피가 잔뜩 섞인 음료수가 플라스틱 컵 안에 퍼져 간다.

"어머, 정말이요? 언니, 진짜 잠실에서 그래요?"

제니가 걱정스러운 표정으로 물었다. 임수정은 곤란한 표정으로 대답했다.

"아니… 잠실은 그 정도는 아니었어. 군인들이 상처를 보면 질색하는 건 나도 알긴 하는데… 아주 작은 상처라도 일단 피가 보이면 엄청 긴장을 하더라고. 근데 무작정 죽이지는 않았어. 그… 격리 시설이라고, 동물 우리처럼 만든 철창이 있어. 거기에서 꼬박 이틀을 보내야 돼."

"아, 이 언니는 잠실이랑 건대 쉘터에 다 계셨었거든요."

제니가 진우를 돌아보며 보충 설명을 해준다.

오, 진우도 호기심이 생겨서 새삼스럽게 임수정을 바라보았다.

그런데 저 사람은 또 무슨 사연으로 친구들이랑 함께 살게 된 걸까? 오랜만에 친구들을 만났더니 정말로 이야기하고 싶은 것, 궁금한 것투성이다.

진우의 시선을 느낀 임수정은 가벼운 미소를 지어주고는 차분하게 이야기를 이었다.

"인간다운 대우라… 생각해 보면 잠실이나 건대는 저 친구가 있었던 곳보다는 확실히 더 나은 곳이었던 것 같기는 하지만, 그래도 의료 지원 같은 건 크게 없었어. 다들 자기가 자기 몸을 챙겨야 하는 상황이었지. 음식도… 그냥 굶어 죽지 말라고 주는 수준이었고. 그런 것보다 더 힘든 건… 사람들의 수에 비해 모든 게 너무 부족했다는 거야. 누워 잘 곳도, 화장실도……. 물론 테라는 그런 상황에서도 늘 웃었지만."
"테라요?"
진우의 눈이 빛난다. 혼자 있는 제니를 보며 당연히 테라는 죽었거나 생사 불명일 거라고만 생각했었는데, 그게 아닌가 보다. 제니가 고개를 푹 숙였다.
"네에··· 테라가 거기에 있다고, 오빠들이랑 언니들이··· 저를 거기까지 데려가 주려다가 아까 그 사달이 난 거예요. 그러니까··· 이제 진짜 가지 말아요. 오늘 하마터면 다 죽을 뻔했잖아요. 저 혼자··· 화장실에 숨어 있으면서 계속 후회했어요. 나 하나 때문에 이게 무슨 짓인가 싶어서요. 걔는 거기에서 사랑 받으면서 잘 있고, 저도 여기에서 행복하니까··· 그걸로 된 거라고 생각해요. 아무도 안 다치는 게 훨씬 더 중요해요."
태권소녀가 제니의 어깨를 다독거리며 말했다.
"그게 아니잖아. 무슨··· 네가 이기적으로 군 것처럼 말을 하냐? 테라에게 항체가 있으니까 구해와서 우리도 더 안전해지려고 했던 건데. 물론 그게 걔를 위해서도 훨씬 나은 일이기도 하고."
항체? 모르는 이야기들이 막 나온다. 무슨 항체지?
진우는 상황을 이해하고 싶어서 유빈을 돌아보았다. 진우가 입을 떼기도 전에 유빈이 설명을 시작했다.
"항체라는 게 뭐냐면··· 테라는 좀비한테 한 번 물렸는데, 변하지 않고 그대로 살아 있대. 그러니까 걔 핏속에 아마도 좀비에 대한 항체가 있나 보다 하고 추측을 하는 거야."
"그런 사람을··· 그냥 내버려 둔다고? 병원으로 끌고 가서 연

구하는 게 아니라? 아니… 그보다 유빈이, 너 독심술 하냐? 내가 네 얼굴 보자마자 항체에 대해 물을 거라는 걸 어떻게 알았어?"

"뭘 어떻게 알아? 네가 네 입으로 이야기해 놓고. 네가 그랬잖아, '항체? 모르는 이야기들이 나온다. 무슨 항체를 말하는 거지? 유빈이에게 물어봐야겠다' 는 둥 그렇게 말했잖아, 방금. 그건 그렇고……."

"내가 그 말을 소리 나게 했다고? 생각만 한 게 아니라?"

진우는 깜짝 놀라 다시 물었다. 계속 혼자 있으면서 혼잣말을 중얼거려 버릇했더니, 이제는 다른 사람들이랑 있으면서도 무심코 생각을 입 밖으로 내뱉게 된 모양이다.

으아, 곤란한데… 조심해야 되겠다. 뭔가 실수해서 뺨 맞기 딱 좋은 인간이 되어버렸어.

진우는 그런 생각을 하며 이마의 땀을 훔쳐 냈다.

"에이, 그 정도로 네 뺨을 때리겠냐? 그건 그렇고, 테라가 물리고 살아남은 사람이라는 건 아직 아무도 몰라. 테라 본인하고, 여기에 있는 우리가 아마 그 사실을 아는 전부일 거야. 그래서 우리가 잠실에 가려고 했지. 네 말처럼 위엣 놈들이 그 사실을 알게 되면 테라를 병원으로 끌고 가서 온갖 실험을 해 댈 테니까 그전에 빼 오려고. 그리고 그 애 혈청을 주사하면 우리도 면역이 될지도 모르잖아."

유빈은 아무렇지도 않게 대답을 마무리했다. 진우는 자신이 또다시 소리 내 말했나 싶어 놀라면서도 고개를 끄덕였다. 면역력을 얻는 것도 좋고, 최고의 미녀 아이돌 팀이 다시 뭉치는 것도 좋다.

다만, 문제는 이 녀석들의 실력은 아직 그런 일을 할 수준이 안 된다는 데에 있다. 진우는 모두를 돌아보며 말했다.

"그렇구나… 총을 쏠 수 있게 되면 맨손으로 다니는 것보다는 훨씬 나을 거야. 하지만 시간은 좀 걸려. 단순히 쏘고 탄창을 갈아 끼우는 게 아니라, 조심하는 법이 몸에 배어야 하거든. 그러니까 배우자마자 당일부터 총을 들고 다닐 수는 없어. 그리고 총알의 수도 제한적이고."

"에이, 어차피 며칠 내로는 안 가. 그 검은 헬기 놈들 잔뜩 독이 올라서 왔다 갔다 할 텐데, 공연히 불속에 뛰어들 필요는 없잖아. 유빈이도 저 상태로는 못 움직이고. 그러니까 지금은 일단 한 잔 더 받아."

삼식이가 다가와 진우의 컵을 다시 채우며 말했다. 진우는 눈살을 찌푸리며 물었다.

"근데, 여기는 괜찮아? 이렇게 옥상에다가 잔뜩 어지럽혀 놓으면 안 보려고 해도 눈에 띌 텐데."

"아… 여기는 그 개새끼들이 이미 한 번 훑고 갔거든. 그래서 막연히 안전하다고 생각했는데… 네 말 듣고 보니 뭔가 위장막이라든가 좀 더 조심을 해야겠네. 아니면 옥상을 아예 비워두고 아래층 주차장에서 밥을 먹어도 되고."

대답을 해준 유빈은 머뭇거리다가 빈 잔을 내민다.

"나도 한 잔 더 줘. 술이 막 땡기거나 하는 건 아닌데, 알코올 기운이 있으면 좀 덜 아파질까 해서. 아우, 턱이야."

그때, 태권소녀가 끼어들어서 엄한 목소리로 잔소리를 한다.

"유빈이, 너는 술 그만 마셔. 지금 너 입안뿐만 아니라 여기저기 혈관이 다 터졌는데, 술을 마시면 엄청 더디게 아문다고. 염증 생겨서 고생하고 싶어? 몸도 약하면서."

"크… 알았어. 그만 마실게. 근데 나 언제쯤 이 멍든 거랑 부은 거 다 풀려?"

유빈이 자신의 퉁퉁 부은 눈과 코를 가리키며 물었다. 잠시 망설이던 태권소녀가 고개를 저었다.

"그건 모르지. 나는 얼굴이 그 지경이 되도록 맞아본 적이 없으니까. 그냥 약 열심히 발라."

크흐흐흐~ 유빈은 우습기도 하고, 슬프기도 해서 헛웃음을 웃었다. 보안관과 태권소녀는 물론 말할 것도 없이 놈들을 시원하게 두들겨 패줬고, 신입도 차를 몰래 탈취하는 쇼로 놈들에게 한 방을 먹였는데, 그 자신은 그저 줄기차게 쥐어 터지기만 했다. 단 한 대도 되받아치지 못했다.

"슬슬 냄새가 풍겨오는 것 같다. 이제 신입, 너도 담배 그만 피워. 좀 참아."

삼식이가 시계를 보며 말하자, 막 새 담배를 물려던 신입도 순순히 고개를 끄덕이며 다시 내려놓는다. 당연히 진우도 그 악취를 느꼈다.

"삼식아… 이거 좀비 냄새인데? 아까 네가 보여준, 그 가둬놨다는 놈들 정도가 아니야. 꽤 많은 느낌이다."

"으응, 맞아. 이 앞으로 좀비들이 잔뜩 지나갈 거거든."

"잔뜩? 얼마나 되는데?"

"잘 모르겠네… 걔들을 다 더하면 한 몇 천 마리나 되려나?

하여간 많아. 곧 올 테니까 직접 봐. 아, 총 쏘거나 소리 지르면 안 돼."

친구들은 진우를 데리고 도로와 마주 보는 난간 쪽으로 이동했다. 하지만 크게 긴장하는 기색은 없다. 다들 목소리를 한 톤 다운시키기는 했지만, 평소처럼 이야기를 나눈다.

"오네, 왔어."

플라스틱 잔을 기울이던 삼식이가 싸구려 망원경을 진우에게 넘겨줬다. 진우는 뿌연 렌즈 너머로 보이는 좀비들의 수에 먼저 놀라고, 그놈들에게 묻어 있는 페인트에 또 한 번 놀랐다.

"왜 저렇게 큰 덩어리가… 그리고 저건 어디에서 묻혀 온 거야? 안 그래도 기분 나쁜 놈들인데, 훨씬 더 기분 나빠졌잖아."

"아, 그거… 유빈이가 묻혀둔 거야. 원래 저 새끼들이 저렇게 큰 덩어리가 아니었는데, 하도 정신없이 돌아다니니까 하나로 모아서 통제하려고. 그래야 편하잖아."

보안관이 대답해 줬지만, 진우는 여전히 이해가 가지 않았다.

"통제? 저 많은 놈들을 통제한다고? 그리고 어떻게 모을 수가 있어?"

보안관은 다시 좀비들의 이동 방식과 그들이 페인트를 사용한 이유, 그리고 하나로 놈들을 묶은 과정을 설명해 줬다. 바로 눈앞에서 결과물을 보고 있으면서도 믿기지 않는 이야기였다.

얼빠진 표정으로 고개를 끄덕이던 진우는 자신의 곁에서 퉁퉁 부은 멍투성이 얼굴을 문지르며 거리를 내려다보고 있는 유빈을 돌아보았다.

좀비들의 규모는 아무리 작게 잡아도 규모 넷 중반. 대대 병력이 상대하기에도 여간 버겁지 않은 수다. 그런데 그의 친구 놈들은 겁도 없이 맨손에 해머만 가지고 그런 일을 이뤄냈다.

그리고 그 모든 큰 그림의 뒤에 유빈이… 이 녀석이 있다. 정말 이놈, 머리 하나는…….

4

"으아~! 이제 정말 마음 편히 쉬어볼까? 좀비들도 다 지나갔으니까!"

좀비들의 행렬이 코너를 돌아 시야 밖으로 사라지자 삼식이는 시간을 기록하고 난 뒤, 기지개를 쭉 켰다. 누가 들으면 조금 전까지는 엄청 마음을 졸이고 있었던 줄 알겠다.

유빈은 규영이와 함께 도로 위에 남겨진 좀비들의 수를 헤아리고 있었다.

"열다섯 마리네."

유빈이 머리를 긁적인다. 조금 전에 진우가 거의 육십 마리를 죽였는데, 이번엔 그 반의반 정도만 남았다.

뭔가 원칙이 없이 혼란스럽다. 좀비 무리들도 갑작스러운 궤도 변화에 아직 적응이 안 된 모양이다.

"근데 저 좀비들… 대체 어디로 가는 거야?"

진우가 유빈에게 물었다.

"예전에는 건대 쉘터라는 데를 경유해서 어딘가로 갔었나 본데, 지금은 아니야. 그래서 영 정신이 없어. 지금 보니까 여기를 통과하는 주기도 조금 짧아졌네. 우리가 새벽에 나갔다가 돌아왔으니, 그 후에 이게 적어도 두 번째 방문이라는 말이거든. 정확한 답을 얻으려면 며칠 더 지켜봐야 되겠지만."

"에헤이~ 진우야, 오랜만에 만났는데 골치 아픈 건 그만 생각해! 그런 건 유빈이한테 맡기고, 우리는 진하게 한잔해야지~!"

삼식이가 진우를 번쩍 안아 올려서 튜브 풀장 쪽으로 데리고 간다. 옆에서는 오늘 개명을 한 삼숙이가 덩달아 신이 나서 펄쩍펄쩍 뛰었다. 녀석이 이렇게 사람을 좋아하는 개인지 몰랐다.

"자, 수영복으로 갈아입어! 풀 속에 들어가서 맥주 마시고 있으면 극락이야! 특히 이렇게 더운 날에는 아주 죽여줘."

삼식이가 카트를 뒤적거려 수영복 바지를 꺼내 준다. 진우는 다급히 도리질을 했다.

"야, 민망하게 왜 이래? 너는 다 친숙할지 모르지만, 나는 너희 빼고 다 초면이란 말이야. 그런데 갑자기 무슨 수영복이야? 됐어, 그냥 너나 들어가. 나는 그늘에서 의자에 앉아 마시는 것만으로도 엄청난 호강이라고."

"하하하, 민망하기는 뭐가 민망해. 앞으로 계속 얼굴 보고 살아야 하는 사이인데, 그렇게 내외하면 안 돼! 남 간호사! 이 환자 저항이 심하네요! 붙잡아주세요! 바지를 벗겨야 합니다!"

잔뜩 들뜬 삼식이는 보안관의 도움까지 요청해 가며 진우의 허리춤을 잡고 늘어졌다. 물론 보안관도 그 놀이에 동참하려고 성큼성큼 다가온다.

이 두 바보 새끼의 장단에 놀아나면 안 돼…….

진우는 필사적으로 지퍼를 움켜쥐고 애원을 했다.

"그만해. 여자애들이 보잖아. 아우, 야… 삼식아! 삼식아, 그만!"

얼— 얼—

정작 삼식이는 들은 척도 않는데 삼숙이 새끼가 대신 대답한다.

이래서야 굳이 이름을 바꾼 의미가 뭔지도 잘 모르겠다. 하여간 개판이다. 진우는 필사적으로 발버둥을 쳐서 겨우 삼식이 놈의 손아귀에서 벗어났다.

"저 바보… 엄청 신났네. 하긴 늘 웃고 있기는 했지만."

태권소녀가 삼식이를 돌아보며 중얼거렸다. 미소를 지으면서도 그녀의 얼굴에는 슬픔의 그늘이 드리워져 있다. 제니는 그녀가 무슨 생각을 하고 있는지 짐작할 수 있었다.

검은 헬기에 끌려가 버린 동료들…….

그녀 본인이 죽을 뻔했던 순간을 넘기고 나니, 희생당한 사람들에 대한 미안함이 고개를 들 것이다. 제니 역시 테라를 버려두고 달아난 뒤, 한동안 그런 종류의 죄책감 때문에 괴로웠었다.

"너무 마음 아파하지 마세요, 언니. 어쩌면 오늘 원수를 갚은 건지도 모르잖아요."

제니가 태권소녀의 손을 잡으며 말했다. 태권소녀는 고개를 젓는다.

"아니… 오늘 죽은 놈들 중에는 없었어. 경순이 언니 데려간 그놈… 다른 건 몰라도 말투만은 분명히 기억하고 있거든. 말을 심하게 더듬었어. 그 목소리… 지금도 귓가에 생생해."

먼 곳을 노려보는 태권소녀의 눈에는 살짝 눈물이 고였다. 다시 만나게 되면 복수를 하고 싶다. 자신을 속이고 아무 잘못 없는 아이들을 데려다가 잔인하게 죽였을 그놈의 죄를 철저하게 묻고 싶다.

그러나 만약 그녀에게 선택권이 있다면, 그녀는 그 검은 헬기와 두 번 다시 얽히지 않는 쪽을 택할 것이다. 오늘 몇 번이나 죽을 고비를 넘기고 동료들의 위기를 지켜보면서 그녀는 새삼 깨달았다.

자신이 이들을 얼마나 아끼고 있는지… 이 아이들과 안전하고 행복하게 살 수만 있다면 복수 같은 건 하지 못해도 상관없다.

"응? 무슨 목소리가 생생한데? 뭐 이야기하는 중이었어?"

곁을 지나던 유빈이 그녀의 말을 한쪽 귀로 얻어듣고 돌아보며 물었다. 보랏빛으로 물든 양쪽 눈두덩과 부어오른 입술과 코를 보며, 태권소녀는 씁쓸한 미소를 지었다.

이 녀석… 그 검은 군복 놈들과 일대일로 싸워도 이길 수 없으면서, 네 명을 유인해 보겠다고 버티다니…….

"네 이야기 하고 있었다. 네가 문 닫으면서 한 말이 자꾸 기억난다고. 나를 이기게 해줘~ 나는 이기고 싶어~"

눈물을 찍어내고 밝게 표정을 바꾼 태권소녀는 유빈의 말투를 흉내 내며 놀렸다. 제니는 입을 가리며 웃고, 유빈은 당황했다. 그의 얼굴 중에서 멍이 들지 않은 부위가 빨갛게 달아올랐다.

"야… 그, 그건 좀 치사하잖아! 나는 그때 엄청 절박했는데,

절박한 사람이 했던 말 가지고 놀리기 있어?"

"에이, 오빠. 놀리다니요. 멋있었다고 칭찬하는 거잖아요. 하여간에 오빠는 여자 마음을 1도 모른다니까? 얼마나 멋있어요, 이기게 해달라고 여자에게 부탁하는 남자. 후후훗."

제니는 유빈의 머리를 엉클어뜨리며 웃었다. 과장되게 웃던 제니의 눈에 눈물이 맺힌다.

이 사람을… 다시는 못 보게 될 뻔했다. 다른 사람들에게 감정을 들키기 싫어 제니는 얼른 고개를 돌려 눈물을 감추며 말했다.

"안 놀릴 테니까 이제 빨리 진우 오빠한테 가요. 하고 싶은 말 엄청 많았을 텐데."

"으응, 그럴게. 안 그래도 재 데리고 풀에 들어가려던 길이었어."

유빈은 떨떠름한 얼굴로 고개를 끄덕이고는 아직도 삼식이와 씨름 중인 진우에게 걸어갔다. 절룩거리는 그의 뒷모습을 보면서 감정을 추스른 제니가 태권소녀에게 웃어 보인다.

"우리도 물놀이할까요?"

"그래, 수정이 언니도 같이하자. 살아 있을 때 즐겨야지."

잠시 후, 래시 가드와 비키니 팬티로 갈아입고 나온 세 여자가 생수 풀 안에 몸을 담그고 샴페인을 나눠 마시기 시작했다.

물보라가 튀고 까르르 웃는 소리가 들려오자, 삼숙이 놈은 침을 사방으로 흩날리며 달려가 물속에 첨벙 뛰어들었다.

'꺄아! 이 침 어떡해!'

여자들의 즐거운 비명 소리가 한층 더 높아진다.

"저것 봐! 진우야, 저 삼숙이 녀석을 좀 보라고. 아무렇지도 않게 어울리잖아. 너는 지금 개만도 못한 거야. 그만 얌전 빼고 빨리 물에 들어가자! 너 물 구경 해본 지도 엄청 오래됐을 거 아니야."

삼식이는 진우의 등을 두드리며 채근을 해 댄다. 그래그래, 유빈과 보안관도 팔을 잡아끈다.

"야, 이 미친놈들아. 물 구경을 못했을 거라는 게 대체 뭔 소리야? 어제부터 거의 열두 시간 이상을 물속, 물 위에서 보냈다니까… 제트스키 타고 오다가 물에 빠져 죽을 뻔했다는 말은 어디로 듣고… 아니, 너희는 왜 이렇게 고집이 세냐?"

진우는 맨발로 의자 깊숙이 기대앉은 채 완강하게 버텼다. 지금 눈앞의 저 광경은… 너무 심한 자극이어서 그의 의지와는 무관하게 신체의 어떤 부위가 아주 흥분해 있다. 지금 일어났다가는 정말 엄청난 망신을 당하게 될 상황인데, 이놈들은 남의 속도 모르고…….

"나는 너희랑 달라서 시간이 좀 걸려! 아직 말도 못 놓겠어. 그러니까 여유를 줘."

"말로 해서는 안 되겠구만!"

보안관은 진우의 웃옷을 확 잡아 벗겼다. 그러고는 그를 번쩍 안아 올려서 생수 풀로 걸어갔다.

"군인 하나 배달이요!"

힘찬 구령과 함께 보안관은 진우를 풀에 빠뜨려 버렸다.

촤아악—

엄청난 양의 물이 흘러넘친다. 여자 셋, 큰 개 한 마리, 그리고 진우가 한데 모여 있게 되니, 풀에는 여유 공간이 거의 없어졌다.

"생수 추가요!"

삼식이가 양손에 생수병을 들고 콸콸, 부어준다. 졸지에 흠뻑 젖은 진우는 여자들을 향해 쑥스러운 미소를 지으며 엉덩이를 뒤로 뺐다. 고추가 커져 있다는 걸 들키면 그걸로 끝이다.

"자요! 한 모금 마시고 줘요! 영웅 오빠!"

태권소녀가 여자들끼리 돌려 마시던 샴페인 병을 척 내민다.

"하하하, 언니는~ 오빠 아니잖아요!"

제니는 화보에서보다 더 아름다운 웃음을 짓는다. 정말 예쁘다.

"나도 오빠라고 한 번 불러봤으면 좋겠어서 그랬지."

태권소녀의 너스레에 임수정도 손뼉을 쳐 댄다. 뒤쪽에서는 풍덩 소리가 들려오고, 삼식이는 계속 물을 퍼다 나르고 있다. 삼숙이 개새끼는 핥아대지, 예쁜 여자들은 술을 권하며 치켜세우지, 정신이 하나도 없다.

"아… 예, 고맙습니다."

진우는 마지못해 받아 마셨다. 술인지 물인지도 모를 지경이다. 대체 이렇게 불편한 자리를 얼마나 더 오래 지속해야 하는 건지… 눈앞이 캄캄하다.

…그렇게 두 시간이 지났다.

"이병 박진우! 원샷 들어갑니다!"

진우는 벌떡 일어나 맥주 캔을 들고 입안에 들이부었다.

콸콸콸—

맥주가 쉼 없이 목젖을 타고 넘어간다.

“캬아! 봤냐? 봤지?”

빈 맥주 캔을 머리 위에서 털어 보인 진우가 좌우로 엉덩이를 흔들며 임무 완수의 기쁨을 표현한다.

“그염, 이제 내 차예! 도저언!”

벌써 꽤나 혀가 꼬인 제니가 손을 들고 일어난다. 그러고는 고개를 홱 젖힌 후, 맥주를 쏟아붓기 시작했다. 팽팽하게 내밀고 있는 그녀의 가슴이 자석처럼 진우의 시선을 끌어당긴다.

‘우와, 가슴 진짜 크다.’

진우는 마음속으로 중얼거렸다. 분명히 마음속으로…….

“풉!”

제니가 코와 입으로 맥주를 뱉어냈고, 모두의 시선이 진우에게 향했다. 바로 옆에서 꾸벅거리며 졸고 있던 신입도 게슴츠레 풀린 눈으로 진우를 돌아다본다. 진우는 난감한 표정으로 물었다.

“야, 혹시… 내가 지금 소리 내서 말했냐?”

“응… 엄청 똑똑하게 들리던데.”

으아~ 진우는 얼굴을 쓸어내렸다.

이놈의 혼잣말… 결국 이렇게 개망신을 시키는구나…….

그가 사과를 하려고 하기도 전에 제니가 보안관을 불렀다.

“보안관 오빠아~! 진우 오빠가 나한테 야한 말 했어요!”

카우우우~ 커어어어~

하지만 보안관은 뭘 들을 수 있는 상태가 아니었다. 급한 성격답게 누구보다 빠르고 열심히 달린 덕에 벌써 아까부터 코를 골아대는 중이다.

"아우~ 진우는 역시 변태구나. 계속 야한 생각만 하나 봐. 하하하하."

녹차 풀에 들어 있던 삼식이는 삼숙이를 끌어안고 웃다가 뒤로 넘어갔다.

"아… 아니, 제니야, 이건… 내 잘못이긴 한데… 네가 좀 이해를……."

진우가 다급하게 변명을 하려는 순간, 뭔가 흰 게 눈앞으로 훅 날아온다. 태권소녀의 발이다.

"으이구! 으이구! 진짜! 생명의 은인이면 그딴 식으로 굴어도 되냐?"

태권소녀는 옆으로 비스듬히 기댄 채 긴 다리를 휘둘러 가며 기합 소리에 맞춰 발차기하는 시늉을 한다.

"야, 그런 거 아니라고! 나 원래 이런 말 지껄이는 인간 아니야. 너도 한 달 동안 혼자서 산속을 헤매고 다녀봐! 자기도 모르게 미친놈처럼 중얼중얼 혼잣말을 하게 돼. 자기 입 밖으로 나오는지도 모른단 말이야."

"누가 그런 것 때문에 그래? 응?"

태권소녀는 여전히 다리를 내리지 않은 채로 진우의 눈앞에서 흔들어 댔다. 그럴 때마다 물방울이 튄다. 진우는 난감해하며 물었다.

"그럼 뭔데?"

"왜 내 다리 예쁘다고는 혼잣말 안 하냐고오~! 그런 생각 자체를 안 했다는 거잖아! 너, 아까 예쁜 애들이라고 했던 거, 그거 뻥이었냐? 끄윽!”

얼굴이 벌개져서 딸꾹질을 해 대면서도 예쁘다는 소리는 들어야겠나 보다. 임수정도 웃고, 제니도 웃는데, 정작 진우와 태권소녀만 진지하다.

그런 꼬라지들이 맨 정신인 사람이 보기에 얼마나 가관인지, 유빈은 오늘 아주 생생히 목도하는 중이다.

“후우… 지랄들 한다. 젠장, 나도 술 마시고 싶다.”

풀 옆의 의자에 우두커니 앉아서 친구들이 노는 걸 지켜보고 있던 유빈이 힘없이 중얼거렸다. 얼굴이 붓고 입안이 온통 다 찢어져 저 즐거운 유희 속에 낄 수 없다는 게 너무 억울하다.

끄으응~ 끄응~

평소보다 격했던 모험에 지쳐 일찌감치 잠이 든 규영이 앓는 소리를 낸다. 유빈은 녀석의 어깨까지 비치 타월을 끌어 올려주고, 등을 가볍게 토닥였다.

길고 뜨거웠던 하루가 다 저물고 이제 노을빛조차 어둠 속에 사라져 가고 있다. 정말 대단한 날이었다.

“내가 먼저 당번 설까?”

모두가 곯아떨어지는 것으로 환영 파티가 끝을 맺었을 때, 삼식이가 하품을 하며 유빈에게 물었다.

대체 이 괴물은 얼마나 퍼마셔야 뻗는 걸까…….

유빈은 새삼 감탄을 했다.

“아니야. 너도 술 마셨으니까 조금 자둬. 졸려지면 깨울게.”

“그럴까? 근데 사실 유빈이, 네가 제일 많이 쉬어야 할 것 같은데… 엄청 아프지?"

삼식이는 걱정스러운 표정으로 물었다. 유빈은 씁쓸한 미소를 지었다.

"나도 자고 싶은 마음은 굴뚝같은데, 혜주 말이 이럴 때 누우면 더 붓기가 심해진대. 앉거나 서서 버틸 수 있는 만큼 버티라고 하니까, 뭐."

"그렇구나. 훗, 신기한 날이었어."

그물 침대 위에 널브러져 정신없이 자고 있는 진우를 돌아보며 삼식이가 웃는다. 유빈도 고개를 끄덕였다.

"그럼 나 먼저 잔다. 피곤하면 곧바로 깨워."

가볍게 손을 흔들고 자동차 운전석으로 들어간 삼식이도 이내 꿈나라로 떠났다. 이제 정말로 사방이 고요해지고, 적막과 달빛, 하늘의 별들과 친구들의 숨소리만 유빈의 주위를 감싼다. 유빈은 컴컴한 도로를 내려다보며 생각에 잠겼다.

산책로를 따라가는 계획은 완전 폐지다. 그 계획 속에는 몸을 숨길 만한 대피 장소가 거의 들어 있지 않았다. 하늘에서 헬리콥터가 쫓아온다는 변수를 전혀 감안하지 않은, 무모한 짓이었다.

거짓말 같은 진우의 도움이 없었다면 그들 중 대부분은 목숨을 잃었을 것이다. 그런 상상을 하는 것만으로도 소름이 쫙 돋는다.

조금 더 불편하고 시간이 걸리더라도 차근차근 정면으로 돌파하는 수밖에 없다. 이제 진우와 함께하는 만큼 더 많은 선택지를 염두에 둬도 된다.

그롸아아아—

얼마나 시간이 흘렀을까, 거리를 배회하던 좀비 중 한 놈이 포효한다. 그리 큰 소리는 아니었다.

"읏!"

진우가 벌떡 일어나서 자신의 가슴팍을 더듬거린다. 아마 총을 찾는 모양이다. 유빈은 목소리를 낮춰 말했다.

"괜찮아, 진우야. 신경 쓰지 말고 더 자. 멀리 있는 좀비야."

"아~ 아, 그래… 나… 너희들이랑 만났지."

잘 떠지지 않는 눈으로 주변을 둘러보던 진우는 고개를 끄덕이고 눕는다. 잠시 후, 그는 다시 일어났다.

"얘는 왜 여기서 자냐?"

자동차 옆에 웅크리고 잠이 든 삼숙이를 가리키며 진우가 물었다.

"아, 그놈. 총 지키는 것 같더라. 내가 그 차에 네 총 넣어뒀거든. 엄청 무서워. 근처에 지나가기만 해도 이빨을 드러내면서 으르렁거려. 눈은 꾹 감고 있으면서."

"그런 거구나. 짜식."

진우는 삼숙이의 등을 몇 번 쓸어주고 나서 유빈의 옆자리에 앉았다. 유빈은 퉁퉁 부은 눈을 깜빡거리며 말했다.

"더 자라니까. 아직 새벽 한 시도 안 됐어."

"그러려고 했는데, 한 번 깨고 나니까 두근거려서 잠이 안 와."

친구들을 돌아본 진우는 미소를 지으면서 유빈의 어깨에 팔을 걸쳤다. 유빈은 녀석의 팔을 두드려 줬다. 두 친구는 나란히 앉아서 한참 동안 말없이 밤하늘을 바라보았다.

"보고 싶었다."

둘 중 하나가 말했다.

"…응, 그래."

그런 후, 또다시 침묵이 이어졌다. 그걸로 충분했다.

2장

손실률 5%

1

고 하사는 10층짜리 건물의 옥상에서 남쪽을 노려보고 있었다. 불이 환하게 밝혀진 건대 쉘터에서는 그다지 큰 변화가 느껴지지 않는다.

한참을 더 지켜보던 고 하사는 아래쪽 도로로 시선을 돌렸다. 부근에 좀비는 없다. 돌아가기에 좋은 타이밍이다.

고 하사는 재빨리 계단을 뛰어내려 건물을 빠져나갔다. 그러고는 좌우를 한 번 둘러본 후, 맞은편의 5층짜리 상가 건물 안으로 뛰어 들어갔다.

"하아~ 하아~ 강 소위님, 저 다녀왔습니다."

5층의 문 앞에 선 고 하사가 가쁜 숨을 몰아쉬며 노크를 했다.

"응, 기다려. 잠깐만."

안쪽에서 잠겨 있던 문이 달칵, 소리를 내며 열렸다.

고 하사가 들어서서 문을 잠그는 것을 확인한 강 소위는 절룩거리며 구석으로 돌아가 총을 세워놓고는 벌렁 드러눕는다.

"아야야, 어이구… 고생 많았지? 그래, 우리 쉘터 분위기 어땠어? 뭐가 좀 바뀐 게 느껴져?"

강 소위는 총상 입은 다리를 부여잡고 인상을 쓰며 물었다. 고 하사는 고개를 저으며 땀을 닦아냈다.

"어떠나마나 뭐, 별 변화랄 게 없어요. 밤에 몰래 멀리서 쳐다보는 거라 자세한 거는 모르겠지만, 오늘도 그냥 예전이랑 똑같은 것 같습니다. 가끔 총소리 나고, 좀비들 우어우어거리고. 여전히 조명도 켜져 있고……. 확실하게 말할 수 있는 건… 망한 분위기는 아니라는 것 정도예요."

"젠장!"

강 소위는 눈살을 찌푸리며 탄식한다.

"뭔가 더럽게 억울한 기분이네. 그 조그만 조직에서 장교, 부사관이 넷이나 한꺼번에 빠져나갔는데 달라진 게 없다니… 그럼 우리는 없어도 되는 존재인 거냐, 뭐냐?"

"뭐, 한편으로는 다행인 거죠. 중대장님이랑 이 원사님 없다고 사병 애들 막 다 죽어 나갔으면 그것도 또 어지간히 속이 뒤집어지는 일 아니겠습니까."

"수색은 없고? 한동안은 엄청 여기저기 쑤시고 다니더구만. 으그그그, 아으, 쑤신다."

고 하사는 물을 마시면서 도리질을 했다.

"수색하는 기미는 안 보입니다. 병력도 부족하고, 그게 당연하기도 하죠. 고작 두 사람이 개인화기 한 정 가지고 설마 지금까지 살아 있다고 생각이나 하겠습니까? 그나저나 다리가 많이 욱신거립니까?"

"후우~ 간지럽다가 아프다가… 아주 죽겠어. 딱 보기에도 심각해 보이잖아."

강 소위는 붕대로 감은 다리를 슬쩍 들어 올리며 말했다. 달빛에 의존해서 그의 얼굴과 상처를 살피던 고 하사가 말했다.

"제가 보기에는 다 나았는데, 엄살 부리고 싶어 하시는 것 같습니다."

"큭! 크크큭! 미친! 다음에 네가 총 맞으면 나도 똑같은 말을 해주마."

강 소위는 배를 꾹 누르며 터져 나오는 웃음을 진정시켰다. 진동으로 몸이 울리면 총상 입은 부위 근처의 뼈가 쑤셔온다.

"에헤이, 큰일 날 말씀 하시네. 강 소위님은 저처럼 효율적으로 의료 처치를 못하지 않습니까? 음, 그러고 보니까……."

능글거리며 대답하던 고 하사가 흥미롭다는 표정을 지었다. 강 소위가 물었다.

"뭔데? 왜 그래?"

"아니, 그게… 얼마 전에도 옆구리에 총 맞은 남자 하나 살려냈었던 게 기억나서요. 으음, 어쩌면 제 이 손이 완전 신의 손일지도 모르겠네요. 그렇지 않습니까? 수술 한 번 하지 않고 그저 시판되는 약만으로… 제가 이뤄낸 일이지만, 정말 대단하잖습니까."

"크크큭, 빨간 약 몇 번 발라주고 신의 손 찾고 있네. 끄응~"

강 소위는 땀으로 흠뻑 젖은 군복을 펄럭거리며 낮은 신음을 내뱉었다. 말은 그렇게 했지만, 그 역시 고 하사의 실력과 정성을 잘 알고 있다.

이 고온다습한 상황에서 오로지 발로 뛰어 찾은 약품을 가지고 이만큼이나 자신을 회복시켜 주었다. 함께 탈출한 동행이 고 하사가 아니었다면 그는 꼼짝없이 죽었을 것이다.

하지만 그가 아무리 뛰어난 의무병이라고 해도 먹고 잘 곳이 없으면 제 실력을 발휘하기 힘들다. 군인과 좀비들에 쫓겨 다니면서 치료한다는 건 불가능한 일이다. 그런 의미에서 이 건물은 그들을 위한 최고의 선물이었다.

"근데 여기 살던 사람들은 대체 어디로 갔기에 며칠째 이렇게 코빼기도 안 보이는 걸까요?"

벽에 쌓여 있는 음식물들과 생필품들을 바라보며 고 하사가 말했다. 강 소위도 고개를 끄덕인다.

"그러게. 이렇게 음식을 잔뜩 모아놓고… 이 정도 살림 긁어모았으려면 고생깨나 했을 것 같은데… 정작 주인만 없네. 덕분에 불청객인 우리들만 노 났지, 뭐."

건물 내부 곳곳에는 분명히 얼마 전까지만 해도 사람들이 살았었다는 증거물들이 보인다.

먹다 남긴 음식이 부패한 상태나, 고린내가 풍기는 양말, 젖어 있는 옷가지… 근 한 달 동안이나 버려져 있던 다른 건물들과는 확연히 다른 느낌이다.

"먹을 걸 더 구하러 나갔다가 좀비에게 당해 버린 걸까요? 그런 거라면 너무 불쌍한데……."

"아니, 그렇다고 하기에는 좀 이상한 점이 많잖아. 첫째, 여기 문이 잠겨 있지 않았다는 거… 요즘 문단속 안 하고 다니는 사람이 어디 있겠어. 그리고 핏자국이랑 잔뜩 빠져 있는 긴 머리카락… 실내도 사람 살았던 곳치고는 너무 어지럽혀져 있고… 뭔가 사연이 있어, 여기."

강 소위는 사무실 바닥의 얼룩을 가리켰다. 엉켜 있는 여자 머리카락은 보기에 영 불길해서 첫날 아예 쓸어버렸다. 뭔가 대단한 난리가 한 번 났다고 하면 딱 맞을 것 같은 분위기다.

그런데 대체 어떤 난리가 나면 이렇게 가해자도, 피해자도 없어지는 건지를 모르겠다. 좀비 세상에서 귀하기 그지없는 음식들을 이렇게 내버려 두고 간다는 것도 이상하고…….

"뭐… 그런 건 됐어. 이 사람들이 어디 있는지는 모르지만, 살아 있다면 언젠가 찾아오겠지. 그런 것보다, 함께 도망쳤던 그 여자분은 무슨 흔적도 없어? 지하철역에 가봤을 것 아니야?"

강 소위의 질문에 고 하사는 말없이 고개를 저었다. 그날 헤어진 이후, 임수정은 다시 만날 수 없었다. 생사도 모르고, 끌려갔는지 어쨌지도 모른다.

워낙 다급한 상황이라 그녀의 지시를 듣기는 했지만, 지금 생각하면 너무 후회가 된다. 그렇게… 혼자 보내는 게 아니었다.

"내 다리가 좀만 더 나아지면 같이 찾아보자. 그런 표정 좀 짓지 마. 내가 죄지은 것 같아서 너무 불편해지잖아. 안 그래도 미안해 죽겠구만."

고 하사의 침울한 얼굴을 보고 있던 강 소위가 애원조로 말했다. 고 하사는 억지로 방긋 웃어 보인다.

"미안해하지 마십쇼. 어떻게든 잘 무마해 보려던 사람이 총까지 맞아놓고, 왜 미안하기까지 해야 합니까? 진짜 개새끼들은 따로 있는데……. 그리고 제가 볼 때 강 소위님 완치되려면 아직 멀고도 멀었습니다. 그러니 안정만 취하세요. 뭐, 사실 그 사격 실력으로는 완치되었다 해도 별 도움이 안 되잖습니까."

"크흐흐흐, 너 자꾸 웃기지 좀 말아라. 웃을 때마다 다리가 아주 두드려 맞는 것 같다고."

강 소위는 입술을 꾹 깨물고 웃음을 참았다. 젠장, 웃고 있는데 왠지 눈물이 날 것 같다. 시도 때도 없이 후회되는 순간들이 떠오른다.

박 소위가 재소자 작업반장을 죽음에 이르게 했던 날, 문 대위 앞에서 그를 감싸주지 말아야 했다. 가희, 그 요망한 여자가 자신의 숙소를 기웃거리던 때에 그 미모에 홀려 바보짓을 할 게 아니라, 뭔가 수상하다는 의심부터 했어야 했다. 그리고… 박 소위 개자식이 이 원사님에게 총을 겨누려 할 때, 그냥 방아쇠를 당겼어야 했다.

그랬더라면 아무도 죽지 않았어도 되고, 고 하사 역시 저렇게 생이별을 하지 않았을 것이고… 지금 다리를 절룩이며 고통스러워하는 건 그 자신이 아니라 박 소위였을 텐데.

어리석고 우유부단했다. 사람들의 목숨을 책임진다는 건 그렇게 나약한 마음으로 해낼 수 있는 일이 아니었는데… 너무 분하다.

자신이 제법 약삭빠르다고 생각했던 강 소위였기에 분한 마음은 더 컸다.

"쯧쯧쯧, 또 자책 모드에 들어가셨네. 강 소위님, 잊어버려요. 앞으로 잘하는 게 중요한 거지."

맞은편에 앉은 고 하사가 강 소위를 달랬다. 강 소위는 고개를 끄덕였다.

"그래, 알았어. 그냥… 그, 앞으로 잘할 수 있는 기회가 다시 오지 않을까 봐 그게 걱정이 돼서 속이 상한 거야."

"옵니다, 와요. 문 대위님이 복귀하시면 어차피 저놈들 죄다 들통나게 되어 있습니다. 우리는 여기서 체력 회복하면서 기다리다가, 확성기에서 문 대위님 지휘하시는 목소리 들리면, 그때 돌아가면 됩니다."

고 하사는 단호하게 말했다. 그 자신을 위해서도 그렇게 믿는 편이 더 좋다. 하지만 한 가지 의문은 계속 남아서 그를 괴롭히고 있었다.

'도대체 잠실에서는 뭔 놈의 회의를 하기에 그 성실한 중대장님이 이렇게 오랫동안 자리를 비우고 있는 거지? 이래도 되는 건가?'

☢ ☢ ☢

그 시각, 한강철교에 파견 나가 작업을 하고 있던 문 대위는 중간보고를 위해 잠시 잠실 쉘터로 복귀해 있었다.

"어이, 커피 좀 타 와라. 설탕 잔뜩 넣어서 찐하게 두 잔. 문 대위, 자네도 마실 거지?"

함께 복귀한 오 중령이 당번병에게 명령하며 문 대위를 바라본다. 문 대위는 고개를 꾸벅했다.

"아, 예. 잘 마시겠습니다."

"흐아암. 아이구, 피곤해. 이 시간에 보고가 다 웬 말이야? 졸려 죽겠구만."

커피를 받아 든 오 중령은 하품을 하며 눈을 비빈다. 졸지에 서울 탈출 작전의 공사 책임자가 된 그의 체력은 새벽부터 저녁까지 이어지는 공사와 전투 때문에 완전히 방전되어 있었다.

잊어버릴 만하면 한 번씩 밀려오는 좀비 새끼들도 골치 아프지만, 그보다는 꼼꼼하게 계획을 짜고, 부족한 보급 물자를 거기에 맞추는 데에서 오는 스트레스가 더 크다.

물론 대부분의 실무는 문 대위가 담당하고 있다. 하지만 오 중령 역시 작업 현장인 용산역 부근으로 나가 있어야 한다. 조금 편해보자고 잠실에서 버티다가 공연히 김 준장의 눈에 띄었다가는 무슨 날벼락을 맞을지 모른다.

"어이구, 이 의자… 푹신푹신하니 좋다. 여기 앉아 있으니까 저절로 눈이 감기네."

진한 커피로도 졸음을 다 털어내지 못한 오 중령이 꾸벅꾸벅 졸기 시작했을 때, 김 준장이 참모들을 거느리고 회의실로 들어왔다. 오 중령은 허둥거리며 일어나 경례를 한다.

"어, 어이쿠, 오셨습니까?"

"아, 아, 편하게 쉬어. 앉아. 작업하느라 고생 많았지? 음, 힘들었을 거라고. 푹 자야 하는 거 아는데, 진척이 좀 됐나 궁금해서 불렀어. 그, 뭐… 여기에서 내가 알 길이 없잖아. 또 할 말도 있고."

김 준장은 의자에 앉으며 지휘봉을 테이블 위에 내려놓았다. 며칠 사이 그의 얼굴도 눈에 띌 만큼 야위었다. 퀭해진 눈이며 더 홀쭉해진 볼 때문에 안 그래도 칼날처럼 오똑했던 콧날은 더욱 날카로워 보인다.

아무도 책임지지 않으려 하는 6만의 생명을 끌어안고 간다는 것은 그만큼 힘이 드는 일이다.

"작업은 순조롭게 진행 중입니다. 에… 오늘 오후 19시를 기준으로 한강철교 선로 바로 앞에 수용자들을 실어 나르기 위한 선착장을 건설했습니다. 또 둔치에서 선로까지 곧바로 올라갈 수 있는 계단을 부착하는 작업까지 완료된 상태입니다. 임시 철제 계단이 파손될 염려도 있기에 그런 상황에서 대체할 예비용 계단도 제작하고 있습니다."

오 중령은 문 대위가 준비해 준 보고서를 넘겨가며 오늘 저녁까지의 작업 성과를 읽었다. 언제나처럼 콧잔등을 손가락으로 쓸며 유심히 듣고 있던 김 준장이 물었다.

"아니야… 이거, 내가 기대했던 것보다 속도가 좀 느려. 느리다고. 좀비들이 문제인가? 그 근처에 큰 무리들의 이동 경로 같은 게 있어? 그런 놈들이 작업을 방해하고 그러는 건가? 전투가 잦아?"

"있습니다. 그… 좀비들 때문에 교전이 일어나고 있어서 작업 속도에 약간의 지연은 있습니다. 자세한 내용은 여기 문 대위에게 보고 준비를 시켜뒀습니다."

자신이 잘 모르는 부분을 물어오자, 오 중령은 얼른 문 대위를 내세웠다. 보고 준비를 시켜뒀다는 말은 물론 완전한 거짓이지만, 그래도 문제없을 거라고 생각했다. 그가 실제 전투를 총지휘했고, 워낙 똘똘하니 말도 잘하니까.

"한강철교 부근의 좀비들은 접근 방향으로 분류할 때, 크게 세 그룹이라 볼 수 있습니다. 이촌동과 마포, 그리고 용산역 방향입니다. 각각의 좀비 그룹들은 규모 오 중반 정도의 크기입니다. 현재 보유하고 있는 화력으로 완전한 섬멸을 꾀하기는 어렵습니다."

오 중령의 기대처럼 문 대위는 당황하지 않고 즉석에서 막힘없이 보고를 해 나갔다. 문 대위는 회의실 벽에 걸려 있는 대형지도 앞으로 이동해서 세 방향의 좀비들이 언제 접근하는지, 얼마나 자주, 또 가까이 오는지 따위를 자세히 설명했다.

"잠깐만… 잠깐만 기다려 봐. 왜 좀비 섬멸이 어렵다는 거지? 전차포도 발포해도 된다고 했고, 폭파도 허락해 줬구만. 도저히 이해가 안 되네. 인원이 부족한가? 아닌데. 지금 1개 대대 병력이 총 차출된 거잖아. 거기에 전차도 몇 대나 가 있고. 응, 몇 대나 가 있잖아."

보고를 듣고 있던 김 준장이 손을 들어 문 대위를 제지했다. 한참을 혼잣말처럼 중얼거리던 김 준장은 문 대위에게 질문을 던졌다.

"이런 식이면 언제부터 민간인들이 이동할 수 있겠어?"

"현 추세라면 사흘 뒤 오후부터 유람선을 이용한 이송이 가능할 것으로……."

"늦어! 너무 늦는다고! 뭐 하나만 먼저 물어보자. 지금 그 공사를 진행하면서 전투를 병행했는데, 그 과정에서 전사자가 몇이나 나왔어?"

"다행히 아직 사망 인원은 없습니다."

"전사자가 없다고?"

문 대위의 말을 들은 김 준장은 고개를 갸웃거리며 다시 물었다. 그러고는 자신의 이마를 신경질적으로 두드리며 혼잣말을 중얼거리기 시작했다.

"내가 뭔가 이상하다고 생각했었는데… 바로 이거였구만. 그래, 아무래도 이 점이 걸렸어. 음, 문제가 뭐였는지 알겠다."

생각을 정리한 김 준장은 날카로운 눈빛으로 오 중령을 돌아보며 물었다.

"여기 전투는 누가 지휘하고 있어? 서류상 지휘관 말고 실제로 병력 배치하고 명령을 내리는 게 누구냐고?"

"아… 예, 그게……."

오 중령은 바쁘게 머리를 굴렸다.

이 또라이, 지금 뭔가 불만족스러운 모양이다. 왜지? 아무도 죽지 않았다는 데 왜 화가 났지? 이유는 모르겠지만, 혼이 날 각오는 해야 한다.

이럴 때 자신이 전투를 담당하고 있다고 하는 편이 더 큰 추궁을 당하게 될까, 아니면 문 대위에게 전투를 일임했다고 말하는 편이 더 혼이 날까?

잠시 고민하던 오 중령은 문 대위를 지목했다.

"세부적인 계획을 세우고 공사 작업을 총괄하느라 전투까지는 미처 신경을 쓰지 못했습니다. 그래서 그 분야는 여기 있는 문 대위에게 일임하고 있습니다."

"그래? 그렇단 말이지……."

김 준장은 말꼬리를 길게 늘이며 문 대위 쪽으로 의자를 회전시켰다. 잠시 콧날을 쓰다듬고 있던 김 준장이 문 대위에게 질문을 던졌다.

"자네, 지금 이 상황을 너무 우습게 보고 있는 것 아니야? 지금 우리가 뭘 하고 있다고 생각하나?"

문 대위는 당황스러웠다. 여단장이 이렇게 화를 내고 있는 이유가 뭔지를 전혀 파악할 수가 없다. 문 대위는 조심스럽게 대답했다.

"민간인들을 보호하기 위해서 남쪽으로 대피시키는 중이라고 생각합니다."

"아니지."

김 준장은 단호하게 머리를 저어 댔다.

"민간인을 보호하기 위해서 대피시키는 거, 그거는 이 계획의 목표고… 우리는 전쟁 중인 거야. 좀비 새끼들이랑 전쟁을 하고 있다고. 내 의견에 이의가 있나?"

"없습니다."

문 대위는 새삼 깨닫고 고개를 끄덕였다. 김 준장은 다시 목소리의 날을 세워 물었다.

"좋아, 우리가 전쟁 상황이라는 것에는 동의한다는 말이지? 그러면 이번에는 이걸 생각해 봐. 어떤 지휘관이 전장에 대대 병력을 이끌고 갔어. 자기 말로는 계속 전투도 했대. 그런데 이틀이 지나도록 아군 전사자는 제로야. 한 명도 죽지 않았다고.

이 이야기를 들으면 자네는 뭐라고 생각하겠나? 그 지휘관이 엄청나게 유능하고 부하들을 아낀다고 생각하겠나? 그런 지휘관만 있으면 전쟁에서 승리할 수 있겠어?"

거기까지 들었을 때, 문 대위는 김 준장이 무슨 말을 하려고 하는지 알아들었다. 그리고 여단장이 옳다는 것도 동시에 깨달았다. 뒤통수를 두드려 맞은 것 같은 충격이 문 대위의 머릿속을 흔든다.

"아니면 그 지휘관이 전쟁의 승패라는 큰 그림과 무관하게 자기 눈앞의 몇 백 명을 지키는 데에만 급급하다고 생각하겠나? 어느 쪽이야? 그 지휘관이 최선을 다해서 싸운 게 맞나? 정말로 유능한 지휘관이 맞아?"

문 대위는 돌처럼 굳어서 아무 대답도 하지 못했다. 최대한 안전에 중점을 두다 보니 오히려 6만이라는 거대한 숫자가 위험에 처하는, 역설적인 상황이 되었다.

대피하는 날짜가 하루하루 늦어질 때마다 이 탈출 계획의 성공 가능성도 뚝뚝 떨어질 수밖에 없다. 김 준장은 호랑이 같은 눈으로 문 대위를 쏘아보며 말을 계속 이었다.

"일단 개전이 되면, 아군 전사자가 영인 채로 마무리될 수는 없어. 그저 누군가 죽어야 하는 상황을 계속 뒤로 미루고 있을 뿐인 거라고. '아무도 죽지 않고 전쟁에서 승리했다' 같은 이야기는 어린애들이 읽는 동화에서나 가능한 거야. 전쟁에서 지휘관의 목표는 승리여야지, 모든 병사들의 생존이어서는 안 된다는 말이라고. 알겠어?"

"…잘 알아들었습니다."

문 대위는 고통스럽게 대답했다. 심야에 그들을 불러들인 이유는 단순히 보고를 받기 위한 게 아니었다. 김 준장은 좀처럼 속도를 올리지 못하는 작업에 대해 문책하고 싶었던 것이다.

"뭐… 알아들었다니까 나도 더 말하지는 않겠어. 그냥 이것 하나만 기억해. 이 탈출 계획을 실행하다 보면 누군가는 죽는다. 그리고 그게 몇 십, 몇 백 명 수준에서 그칠 가능성은 없어."

김 준장은 지휘봉 뒤쪽으로 테이블을 탕, 찍으며 말했다.

"내가 다 안고 가겠다고 했던 건 최대한 살려보겠다는 의미지, 아무도 죽지 않도록 하겠다는 말이 아니야. 손실률을 오 퍼센트라 상정하고 작업을 진행해. 육만 중에 삼천은 죽는다는 걸 각오하라고. 현 상황에서는 그만큼만 돼도 대성공이니까."

'사망할 수밖에 없는 사람의 수가 삼천…….'

그 숫자가 너무도 크게 느껴져서 문 대위는 가슴이 먹먹해졌다. 하지만 김 준장의 말은 조금도 틀리지 않다. 오히려 너무나 날카롭고 냉정하게 현실을 꿰뚫어 보고 있었다.

오로지 좁은 선로 위로만 이동해야 하는 상황에서 6만이라는 수는 평소보다 더 거대해진다. 열 명씩 1미터 간격으로 줄을 세워도 그 길이만 6킬로미터에 달한다.

그 많은 사람들을 통제해 가며 이동하는데 한 명, 한 명에 신경을 썼다간 아무것도 할 수 없다. 그러니 가혹해져야 한다. 약한 자와 운이 없는 자들은 자연스럽게 도태될 것이다.

그런 현실을 뻔히 알고 있었으면서도 소년처럼 꿈을 꿨었다. 최대한 희생을 줄이고 안전하게 이동하는 꿈을…….

그것이 아직 중대장으로서의 경력 정도밖에 쌓지 못한 문 대위의 한계였다. 그리고 지금 김 준장은 억지로 그 한계를 깨뜨린 후, 기존 사고의 틀 밖으로 문 대위를 끄집어내려 하고 있다.

"내일 오전에 선발 병력을 먼저 이동시키고, 그 뒤에 곧바로 민간인들을 따라 보내라고. 병력도 오 퍼센트 내외 손실을 각오하면 모레 오전에는 첫 민간인 이송이 가능할 거 아냐. 유람선은 준비되어 있잖아? 아까 보니까 테스트도 하는 것 같더구만. 어때? 모레 오전부터 민간인 이송 준비 되겠어?"

김 준장이 물었다.

"가능합니다. 반드시 그렇게 되도록 하겠습니다."

잠시 계산을 해본 뒤, 문 대위가 대답했다.

"좋아, 그러면 내일 아침에 새 이송 계획을 수립해서 보고해. 모레부터 시작해서 일주일 이내에 모든 민간인들을 선로 위에 올려놓아야 해. 일주일. 그렇게 계획을 짜도 실제로는 열흘 가까이 걸리게 될 거야. 무슨 말인지 알겠어? 그러니까 계획이 조금 무리다 싶을 만큼 빡빡해야 한다고. 느긋하게 여유 부리다가는 점점 늦어져서 남쪽에 도착했을 때, 늦가을이 돼버린다고. 그렇게 되면 다 굶주린 채로 얼어 죽는 거야."

김 준장은 마지막으로 한 번 더 경고를 하고 자리에서 일어났다. 그를 배웅하고 난 뒤, 힘이 쭉 빠진 오 중령은 의자에 주저앉으며 한숨을 내쉬었다.

"후우~ 지친다. 갑자기 저러시네. 몇 명을 죽여야 한다는 둥, 삼천 명이 죽어야 나머지가 산다는 둥. 어휴~ 살벌해. 누가 들을까 겁나네. 와, 무섭구만. 갑자기 눈빛이 변해 가지고 전사자가 없다는 게 문제라고 하시는데… 자네도 놀랐지?"

"아닙니다. 괜찮습니다."

문 대위는 무표정한 얼굴로 대답했다. 오 중령은 문 대위에게 계획서를 잘 만들라고 몇 번이나 신신당부를 한 뒤, 하품을 하며 돌아갔다. 혼자 남겨진 문 대위는 지도를 빤히 보며 생각에 잠겼다.

누가 죽게 되고, 누가 살아남을지… 어디의 위험 요소를 제거하고, 어느 부분에서는 포기를 해야 할지… 계산을 하는 것은 어렵지 않지만, 자신도 모르게 자꾸 멈칫하게 된다. 숫자 하나가 한 사람의 죽음이다. 당연히 단위가 커질수록 두려워진다.

특히 일주일 이내에 모든 수용자들을 선로 위로 옮기라는 주문이 가혹하다. 유람선을 이용한 이동만으로는 그만큼 빠르게 작업을 완료할 수 없다. 어느 정도의 위험부담을 감수하더라도 산책로를 따라 육로로 이동하는 방안을 병행해야만 한다.

"역시 마지막으로 이동하는 인원들이 가장 많이 희생될 수밖에 없겠군."

몇 번이나 대략적인 계산을 해본 뒤, 문 대위는 혼잣말을 중얼거렸다.

선발대를 따라 미지의 영역을 향해 전진하는 초기 이동 인원들도 위험하겠지만, 마지막까지 잠실 쉘터에 남아 있는 민간인들에 비할 바는 못 된다. 그때쯤이면 잠실 경비 병력들은 대부분 선로 위로 재배치된 이후일 것이다.

이동의 마지막 날인 7일째에는 잠실 쉘터 전체가 거의 텅텅 비게 될 테고, 좀비 무리들의 습격을 막아낼 방법이 없다.

하지만 그런 사실을 미리부터 통지해서는 안 된다. 그랬다가는 서로 먼저 유람선에 타겠다는 사람들로 인해 커다란 혼잡이 빚어질 것이고, 그것 때문에 또 일정이 지연될 테니까.

"으음……."

문 대위는 고통스러운 신음을 뱉으며 피로해진 눈가를 꾹 눌렀다. 전쟁은 인도적이지 않다. 그 잔인한 현실을 인정하지 않으면 안 된다.

그러니 지금 그가 할 수 있는 최대한의 배려는… 마지막 날, 각 쉘터에 가능한 한 적은 숫자가 남도록 계획을 수립하는 것 정도다.

"오 퍼센트라……."

자신의 앞에 놓인 보고서를 가만히 노려보고 있던 문 대위는, 볼펜을 들어 '3,000' 이라는 숫자에 두 줄을 긋고, 새로 '2,000' 이라고 적었다. 그러고는 첫째 날 이동 가능한 인원부터 계산하기 시작했다.

사망자의 수를 2천 명 이하로 끌어내리는 것이 그의 새로운 목표에 추가되었다. 즐거운 일은 아니지만, 꼭 해야 하는 임무다.

ㄹ

다음 날, 아침 식사가 끝날 무렵부터 잠실 쉘터 내부의 스피커와 확성기에서는 안내 방송이 시끄럽게 울려 댔다.

그리고 그걸 들은 사람들은 분노와 걱정 사이를 오가며 동요하고 있었다. 이래저래 젠킨스는 짜증스러웠다.

"으으! 웽— 웽— 시끄럽기도 하군. 저게 지금 대체 뭘 알리고 있는 거지? 저 사람들은 왜 저렇게 겁을 먹은 거고? 응? 테라 양, 알려줘."

알아들을 수 없는 소음에 지친 젠킨스는 눈살을 찌푸리며 테라에게 물었다. 산책을 하는 동안 그녀와 나누는 오붓한 대화가 저 망할 확성기 때문에 방해를 받은 것이 몹시 불쾌하다.

"우리들 전부 다… 이동을 해야 한다는 내용이에요. 쉘터에 있는 모든 민간인들, 한 명도 예외 없이 전부… 선택할 수 있는 사항이 아니래요."

알려주는 테라의 표정에도 당혹감이 가득하다. 젠킨스는 입술을 삐죽거리며 중얼거렸다.

"전부 다 이동이라고? 어디로? 다른 쉘터가 생겼나? 음… 멀리 가는 건 싫은데… 무릎도 아프고, 피곤하기도 해서. 논리적인 흐름으로 볼 때, 슬슬 부메랑이 이 근처에 배치될 것이기도 하고 말이야."

"다른 쉘터가 아니에요. 열차 선로를 따라 걸어서 남쪽으로 간대요."

"남쪽? 이야기가 어째… 점점 이상해지는군. 거리는 알려주지 않았고?"

"그냥… 남쪽 지방이라고만 했어요. 내일부터 이동을 시작한다고… 원하는 일행이 있으면 그들과 함께 지원하라고요… 이게 무슨 일일까요? 너무 갑작스러워요."

테라는 불안한 눈으로 젠킨스를 바라본다. 그렇게 겁먹고 두려워하는 표정이 또 얼마나 좋은지! 덕분에 젠킨스는 짜증스러운 와중에도 미소를 지을 수 있었다.

그녀는 그의 가학성을 자극할 만한 모든 요소를 가지고 있었다. 너무도 희귀한 보석이라는 걸 알면서도 부숴 버리고 싶을 정도다.

"먼저 분명한 건……."

젠킨스는 턱을 긁적거리며 입을 열었다.

"엄청나게 먼 곳으로 갈 모양이라는 거야. 만약 가까운 곳으로의 이동이라면 거리를 밝혔겠지. 그래야 사람들이 불안해하지 않거든. 그렇게 하지 않았다는 건, 이들이 우리를 아주 멀고 먼 나라로 데려가겠다는 의미라고 보면 돼. 너무 가혹한 조건을 미리부터 일러주면 그만큼 반발도 커질 테니까 일부러 숨기는 거지. 흐음… 무슨 짓인지 모르겠군. 이렇게 멀쩡한 데를 버려두고 말이야."

선뜻 이해하기 어려운 일이어서 젠킨스는 연신 고개를 저었다. 그간 불평도 많이 했지만, 이 쉘터 정도라면 그래도 꽤나 안정적으로 운영되고 있다는 평가를 받을 만하다.

그렇게 안정적인 시스템과 이 든든한 건축물을 버리고 선로를 따라 걸어가야 한다니… 뭔가 치명적인 문제가 발생한 모양이다.

'멀리… 아주 멀리 걸어가야 한다고? 그것도 자갈로 가득한 선로 위를…….'

테라는 붕대로 감아둔 자신의 발가락을 내려다보았다. 한 번의 생명을 더 얻은 대가로 상처는 아직도 다 아물지 않았다. 피가 비칠 정도니 당연히 닿으면 아프다.

이 발로 아픔을 참아가며 장거리 이동을 하는 것은 정말 괴로운 여정이 될 것이다.

"역시 그것 외에는 다른 이유가 떠오르지 않는군."

산책을 포기한 젠킨스는 의자에 털썩 주저앉은 채 말했다. 충격에 휩싸인 테라도 그에게 일어나라는 소리조차 하지 않고 그저 멍하니 서 있다.

"그거라는 건 뭐죠?"

"식사지. 요즘 이상하게 양이 줄어든 것 같다고 내가 불평을 했지 않나. 물론 테라 양, 귀하는 그 차이를 느끼지 못할 만큼 소식가이지만……. 이 군인들 말이야, 보급 물자의 한계에 달한 거야. 흠… 하지만 그렇다고 해서 남쪽으로 가면 뭐가 달라지지? 거기에 보급 창고라도 있는 걸까?"

젠킨스는 나름 예리한 추리를 하면서 한숨을 내쉬었다. 빨리 근처에 부메랑이 설치되지 않으면 JL로의 복귀가 정말 힘들어질 것 같다. JL의 직원들은 MJ가 서울을 벗어나리라고는 생각하지 않을 테니까.

"아… 스트레스 때문에 당분의 유혹이 커지는군. 테라 양, 그 주머니 나에게 줘. 어지간히 지쳐 보이는데, 그런 것까지 들고 있는 걸 보니 마음이 아프군."

테라가 멍해져 있는 틈을 타서 그녀의 간식 주머니를 손에 넣은 젠킨스는 주스부터 입으로 가져갔다. 꿀꺽꿀꺽, 두어 모금만에 주스 팩을 다 비운 젠킨스가 은근한 목소리로 말했다.

"진정해, 테라 양. 우리는 함께 JL로 가면 돼. 선로 따위 누가 걸을 줄 알고? 그러니 안심하고 나에게 의지해. 그건 그렇고, 우리는 여기에 언제까지 머무를 수 있다고 하던가?"

"…내일부터 이동을 시작해서, 일주일 내에 전원이 선로로 가야 한다고 했어요. 거기까지는 유람선을 타고 가게 될 거라고."

"일주일? 그러면 아무리 길게 잡아도 팔 일밖에 남지 않았다는 거잖아? 설마… 후후후, 테라 양, 농담이 너무 심하군. 후후후… 내 심장이 그리 건강하지 못하다는 걸 알면서도 그렇게 놀리고 싶은가?"

빙글거리던 젠킨스의 얼굴에서 점차 웃음기가 사라진다. 테라는 농담을 하는 게 아니었다. 순식간에 흘러나온 식은땀을 쓸어내리며 젠킨스는 주변을 둘러보았다.

내야석의 의자들마다 좌절한 사람들이 주저앉아서 두려운 표정으로 이야기를 나누고 있다.

이 많은 사람들이 일주일 만에 전부 이동을 한다고?

유람선을 몇 대나 보유하고 있는지는 몰라도 불가능한 일처럼 보인다.

하지만 이미 명령은 통보되었고, 그들이 아무리 간절하게 원한다고 해도 8일 이후부터는 더 이상 이곳에 머물 수 없다. 다른 수용자들과 마찬가지로 젠킨스도 그 현실을 받아들여야 했다.

"그래, 테라 양. 귀하의 의견이 어떤지 내가 물어봐도 되겠나? 앞으로 어떻게 할 계획인지 말이야."

젠킨스의 질문을 받은 테라는 희고 가느다란 손가락으로 얼굴을 감싸며 고개를 숙였다.

"잘… 모르겠어요. 그저 지금은 너무 혼란스러워서… 대체 어디로 가게 되는 건지… 왜 그래야 하는지도 모르는 채로 무작정 끌려가야 한다는 게 너무 부당하게 느껴져요. 물론 저는 그저 보호 받는 신분이니까 지시를 따라야겠지만요. 불안하네요."

"이런… 불쌍하기도 하지. 괜찮아, 괜찮아……. 테라 양, 그렇게 괴로워하지 마. 함께 JL로 가면 된다니까? 아직 8일이나 여유가 있다고. 그사이에 분명히 새 좌표 메시지를 매단 드론이 등장할 거야. 그리고 논리적으로 봐도 이번에는 이 근방이 포함될 수밖에 없어."

젠킨스는 어떻게든 테라를 꾀어 붙잡아두기 위해 애를 썼다. 갑자기 그녀가 선로 쪽으로 이동하겠다고 나서든가 하면 큰일이다.

무엇보다도 안전하지가 않다. 이런 혼란스러운 상황에서는 어떤 일이 일어날는지 아무도 모른다. 아예 만나지 않았다면 모를까, 기적처럼 알게 된 널 키드를 이렇게 포기한다는 것은 있을 수 없는 일이었다. 그리고 새로 부메랑이 설치될 위치에 이 근방이 포함될 것이라는 계산만큼은 거짓말이 아니었다.

문제는 그게 언제 설치되느냐 하는 것이겠지만, 8일 정도라면 승부를 걸어볼 만하다.

"후우~ 당혹스럽네요. 여기에서 머물 수 없게 되리라고는 생각해 본 적이 없었거든요."

한동안 입을 다물고 있던 테라는 결심을 한 듯 고개를 들고 머리를 쓸어 넘겼다. 젠킨스는 그녀가 무슨 말을 할지 알 수 있을 것 같았다. 그래서 재빨리 통통한 두 손을 내저었다.

“이것 봐, 테라 양. 그렇게 성급하게 결론을 내리려고 하지 마. 제발 부탁이야.”

그의 과장된 몸짓과 표정을 보며 테라가 씁쓸하게 웃었다.

“제가 뭐라고 할지 모르시잖아요.”

“아니, 알아, 알겠어! 분명히 이렇게 말하려고 했을 테지! ‘젠킨스 씨, 부디 꼭 백신을 만드세요. 저는 JL로 가지 않아요. 군인들의 주변에 머무르는 게 가장 안전하니까요’ 다 알아! 같이 가자는 제안을 할 때마다 하도 많이 거절을 당하다 보니 이제는 외울 수도 있을 지경이야!”

젠킨스는 숨도 쉬지 않고 빠르게 말을 이어갔다.

“하지만 말이지… 그래도 나는 귀하를 포기할 수가 없다네, 테라 양. 마지막까지 한 번만 더 기회를 달라고 애원하고 싶은 마음뿐이야! 이 이상한 강제 이동은 너무나 허술해! 안전해 보이지가 않는다고! 나는 테라 양이 그 불완전한 계획의 희생자가 되는 걸 원치 않아.”

“저도 위험한 건 무서워요. 하지만 여기에는 어차피 더 이상 머물 수 없는걸요.”

“영원히 머물라고 하는 게 아니야! 다만 일주일! 일주일만 더 생각을 해봐 줘! 마지막 날까지 여기에서 함께 있어달라고 애원하지는 않을게. 하루 전날까지 고민을 해봐도 역시 떠나야겠다 싶으면 그때 가라고. 어느 날 갑자기 JL도 괜찮을지 모른다는 생각이 들 수도 있잖아, 응? 이렇게 애원할게! 가고 싶으면 언제든지 갈 수 있지만, 돌아오는 건 정말 힘들다는 걸 알잖아?”

젠킨스는 두 손을 꽉 마주 잡고 살찐 다람쥐처럼 흔들어 댔다. 테라는 고개를 저었다.

"이해가 안 되네요. 젠킨스 씨, 도대체 제가 뭐라고 이렇게까지 하세요?"

"소중한 사람이지."

젠킨스는 정색을 하고 말했다. 이제 더 이상 여유 따위 부릴 수 있는 상황이 아니었다. 젠킨스는 자신의 왼팔을 두드리며 말을 이었다.

"만약 신이 거래를 제안한다면, 내 이 팔… 이까짓 것 하나쯤 없어도 괜찮아. 테라 양과 함께 JL로 갈 수만 있다면! 그리고 이 두 다리도 내줄 수 있어. 얼마든지 가져가라고 해! JL의 의수와 의족으로 대체하면 되니까! 테라 양은 지금 내게 세상에서 제일 소중한 존재야! 그런 존재를 다시 못 보게 된다는 생각만으로도 미쳐 버릴 것 같아! 나는 이 세상에서 가장 정직한 사람은 아니지만, 지금 한 말들은 결코 거짓이 아니야. 뭘 걸면 믿어주겠어?"

"젠킨스 씨… 좀 진정하세요."

테라는 젠킨스의 흥분을 가라앉히며 주변의 눈치를 살폈다. 미친 것처럼 소리를 지르면서 자신의 팔다리를 두드리는 금발의 외국인. 사람들의 시선을 끌기에 충분하고도 넘친다.

"나를 진정시키려면 귀하가 약속을 해줘. 그게 유일한 길이야. 앞으로 일주일 동안은 더 여기에서 머물며 어디로 갈지 고민을 해주겠다고… 그렇게 어려운 일도 아니잖아? 응?"

젠킨스는 미친 사람처럼 지껄여 댔다. 테라의 마음을 돌릴 수만 있다면 악마에게 어머니의 영혼도 팔 수 있을 것 같은 기분이었다.

지금 그의 눈앞에 서 있는 이 작고 가냘픈 여자는 그만큼 소중하다. 너무도 소중한 실험 대상이고, 백신을 만들 수 있는 유일한 재료다.

"그 남자! 그 흉터남자의 일도 생각해 봐! 내가 전에 이야기 했었잖아! 그의 외사근은 이제 완전히 손상되었기 때문에 평생을 불편한 채로 살게 될 거라고! 하지만 JL에 가면 완전히 이야기가 달라져. 근육세포를 배양해서 이식해 줄 수 있다고! 그 모든 일들을 해줄 수 있지만, 여기에서 헤어져 버리면 그걸로 끝이잖아! 귀하는 저 사람에게 물어보지도 않았잖아! 우리가 또 만나는 일이 있겠냐고! 이 선로 여행이 어디로 가는 건지, 목적지도 모르고 있는데!"

젠킨스는 어린아이처럼 애원을 해 댄다. 테라는 망설였다. 하지만 아무리 생각을 해봐도 그까짓 며칠을 더 여기 있는다고 해서 크게 손해를 볼 일은 없을 것 같다.

사실 그녀 역시 누구보다도 이 장소에 미련이 많은 사람이었다. 결국 테라는 고개를 끄덕였다.

"알겠어요, 젠킨스 씨. 여기에서 며칠 더 지내면서 고민을 해 볼게요. 하지만 그렇다고 해도 제 결정이 그리 크게 달라질 것 같지는 않아요."

"고마워! 고마워!"

젠킨스는 어린아이처럼 눈물을 쏟아내며 깊이 고개를 숙였다. 바닥으로 향한 그의 눈동자가 빛난다.

체면은 바닥에 떨어져 버렸지만, 급한 대로 시간은 벌었다. 그러면 이제부터는 어떤 방법으로 이 보석 덩어리를 곁에 묶어 둘 수 있을지 그것만 고민하면 된다.

절대로 그녀가 떠나게 두지 않을 것이다. 테라는 오로지 그의 것이다. 그 누구에게도 줄 수 없다. 그녀 자신에게조차도…….

잠실 쉘터의 대민 지원 센터는 순식간에 구름같이 몰려든 민간인 수용자들로 북새통을 이루었다. 모두들 단단히 화가 나 있고, 그런 만큼 목소리도 격앙되어 있었다.

"누구 마음대로 여기서 나가래? 응? 잘 있는 사람들 왜 괴롭히고 지랄이냐고!"

"아니, 이럴 거면 며칠 전에 태양 그룹에서 이송시켜 준다고 할 때 왜 막았어요, 왜! 거기가 아무리 후져도 세상에, 선로만 못할까? 당신들이 무슨 자격으로 우리가 편하게 살 권리를 방해하냐고! 난 못 가! 못 가니까, 다시 태양 그룹 오라고 해요!"

"인간적으로 최소한 어디로 간다는 말 정도는 해줘야 하는 것 아니야? 우리가 당신 노예들이냐고! 가라면 가고, 오라면 오는 사람들이야? 대답 좀 해봐!"

성난 민간인 수용자들은 책상을 두드리거나 고성을 질러가며 항의를 했다. 군인들은 그들을 더 흥분시키지 않도록 애쓸 뿐, 맞서 싸우려 들지는 않았다.

부드러운 대응으로 민간인들의 심리적 충격을 최대한 완화시키라는 명령이 내려오기도 한데다가, 상대해야 하는 사람들이 너무 많았기 때문에 일일이 소통한다는 게 불가능했다.

"진정하십쇼! 저희도 여러분과 똑같이 그곳으로 이동해야 합니다! 그리고 지금은 이게 최선의 방법입니다. 여러분들을 힘들게 하려는 게 아니라고요! 그러니 좀 진정하세요!"

군인들은 최선을 다했지만, 그들도 아는 게 거의 없었다. 당연히 해명도 같은 말을 계속 반복하는 수준이어서 성난 군중들을 만족시키기는 어려웠다.

"아니, 이 중요한 결정을 자기들끼리 내리면 어떻게 하냐고? 이건 말이 안 되잖아요! 헬리콥터 타고 편하게 갈 수 있었는데! 그걸 못 가게 했으면 여기에서라도 좀 맘 편히 살게 해줘야지!"

민구는 그렇게 항의해 대는 사람들과 군인들 사이에 난감한 표정으로 끼어 있었다. 그는 오늘 치의 물과 건빵을 지급 받으러 왔다가 갑자기 밀려든 사람들에 몰려 봉변을 치르는 중이다.

'젠장, 하여간 뒈지려고 애쓰는 놈들은 인력으로 못 구한다니까……. 미친놈들아, 너희는 태양으로 가면 뒈지는 거야. 거기에 어떤 인간들이 있는지도 모르면서…….'

태양 그룹이 운영하는 시설로 보내 달라고 떼쓰는 사람들을 보며 민구는 속으로 혀를 찼다. 멍청한 놈들이 제 목에 올가미를 걸고서 당겨 달라고 조르는 형국이다.

그리고 일단… 너무 시끄럽다. 다들 뭐 그리도 하고 싶은 말들이 많은지… 민구는 인상을 쓰며 귀를 막았다.

"그럼 저희는 차라리 건대로 갈게요! 전에 그쪽으로 사람들 많이 보냈잖아요! 어딘지도 모르는 데로 가느니, 차라리 건대가 백배는 낫지. 네? 그리로 보내줘요!"

한 무리의 여자 수용자들이 한목소리로 애원을 하자, 군인들은 땀을 뻘뻘 흘리며 고개를 저었다.

"그건 안 됩니다! 어차피 건대나 한양대 같은 군소 위성 쉘터들도 조만간 이곳으로 합류하게 될 거예요! 다 이쪽으로 와서 다시 한강으로 간단 말입니다! 그렇게 될 건데 빈 체육관에서 여러분들끼리 뭐하시게요?"

건대? 건대 수용자들이 이리로 온다고?

순간, 민구는 귀가 번쩍 뜨이는 것 같았다. 흥분한 민구는 바로 직전까지 자신이 시끄럽다고 욕했던 사람들 사이로 끼어들어서 갑자기 그들보다 더 큰 소리를 질러 대기 시작했다.

"어이! 군인 양반! 건대 사람들이 언제 합류한다고? 알려주쇼! 건대는 언제 합류한다는 거요? 언제 오냐고?"

그와 눈이 마주친 군인이 어처구니없다는 듯 민구를 바라본다.

"아니, 선생님은 그게 또 왜 궁금하신지……."

"거기 일행이 있단 말이오. 날짜만 말해주면 돼. 더 귀찮게 안 할 테니까!"

민구는 필사적으로 외쳤다. 사람들이 밀어 치는 바람에 갈비뼈가 콱콱 울려 대지만, 그 정도는 신경도 쓰이지 않는다.

후우~ 짜증을 참기 위해 한숨을 내쉰 군인은 서류를 집어 들고 대답을 해주었다.

"에… 한양대가 이주 개시 5일 차에, 건대가 6일 차에 이동해서 합류합니다. 그러니까 날짜로는 일주일 뒤가 되겠네요. 됐습니까?"

"그러니까… 내일부터 이동하고, 그 6일 뒤에 건대 사람들이 온다고?"

"어휴~ 예, 예··· 여기 그렇게 적혀 있네요."

군인이 귀찮은 기색을 숨기지 않고 대답하는 동안 민구의 뒤쪽에서는 또 성난 사람들의 외침이 들려온다.

"이렇게는 못 움직여! 어디로 가는 건지! 왜 가는 건지! 설명이라도 하고, 동의를 구하라고!"

조금 전과 똑같이 거슬리는 소음이지만, 민구는 더 이상 불쾌해하지 않았다. 그의 관심은 오로지 일주일 뒤 다시 만나게 될 얼굴에게만 쏠려 있었기 때문에 그런 사소한 문제 따위는 신경 쓰고 싶지도 않다.

기동이 새끼··· 잔뜩 빚을 지고 있는 놈이 자신이 있는 곳으로 찾아오게 된다. 앞으로 일주일 뒤에··· 이런 호기가······.

민구의 흉터 진 얼굴에 섬뜩한 미소가 떠올랐다. 다시는 못 만날 지도 모르겠다고 생각했었는데 복수의 기회가 이렇게 빨리 찾아오다니, 산다는 게 이래서 참 재미가 있다.

이동이 시작되고 시간이 지날수록 당연히 잠실 쉘터는 혼돈의 장소가 되어갈 것이다. 그런 상황 속에서 문신이 가득한 시체 한두 구쯤, 화장실 구석에 버려져 있다고 해도 누가 신경을 쓸 리가 없다.

민구의 머릿속에는 순식간에 설계도가 그려졌다. 기동이 놈의 살찐 목을 따고 나서 다른 조직원들의 눈에 띄기 전에 자신은 한발 먼저 선로 쪽으로 이동하면 된다. 그러면 육만배와 더 얽힐 일 없이 빚만 깔끔하게 갚는 거다.

'앞으로 일주일 동안은 꼼짝 말고 여기에서 버텨야겠군, 몸

도 회복할 겸.'

민구는 고개를 끄덕이며 웃었다. 몇 십 미터도 걷지 못해서 비지땀을 쏟아내던 그때와는 다르다. 며칠 전, 검은 군복 놈과의 그 승부도 처음부터 날붙이를 손에 쥔 채 죽일 마음을 먹고 달려들었다면, 그런 식으로 흘러가지는 않았을 것이다.

'칼부터 한 자루 구해야겠군.'

대민 지원 센터 주변의 인파가 어느 정도 걷힌 후에 민구는 자신의 사물함으로 가서 새 담배 한 갑을 꺼냈다. 그러고는 아직 한 번도 찾아본 적 없는 암시장 쪽으로 걸음을 옮겼다. 그놈의 검색에 걸릴까 봐 라그리프 나이프를 가져오지 못한 것이 이렇게 불편하다.

"아저씨, 뭐 찾아요? 말만 해요."

상인들과 놈들을 돕는 계집애들이 민구에게 묻는다. 이동 소식의 여파 때문인지 암시장은 평소보다 조금 한가해진 상황이었다.

민구는 대꾸하지 않고 천천히 걸으며 좌판에 늘어놓은 물건들을 눈으로 훑었다.

칼은 거의 눈에 띄지 않았고, 그나마 보이는 몇 종류의 상품들도 날의 길이가 아주 짧은 놈들뿐이었다. 한동안 더 시간을 보낸 뒤에야 민구는 자신이 찾던 물건을 발견했다.

"이거."

민구는 좌판 한구석에 놓여 있는 과도를 가리켰다. 날 길이 6센티가량의 싸구려 물건이다. 어지간히 허름하고 볼품없지만,

맨손보다야 훨씬 요긴할 것이다. 사과 껍질도 깎을 수 없을 만큼 무뎌져 있는 날이지만, 그건 갈면 된다.

"얼마요?"

민구는 고개를 들어 암시장 상인들을 쳐다봤다. 아직 스무 살도 안 된 애송이들이다.

"음, 이 아저씨 뭘 좀 아네."

애송이 상인 녀석이 고개를 끄덕이며 입을 열었다.

"이동이다 뭐다 심란한 이런 상황에서는 호신 용품이 갑이지. 내 몸 하나쯤은 내가 지켜야 하거든. 건빵 같은 거 아무리 많으면 뭐해, 지킬 힘이 없으면 아무 소용이 없는데. 이 칼이 말이지, 인기가 좋은 물건이야. 도무지 가지고 들어오지를 못하게 하니까. 조금 전에도 어떤 사람이 와서 물어보더라고."

녀석의 말이 길게 늘어진다. 아마 입으로 지껄이면서 얼마에 팔 것인지를 생각해 보는 모양이다. 민구는 인상을 찌푸리며 다시 물었다.

"그래서 얼마라고."

"비싼데… 아저씨는 가지고 있는 게 뭐유? 뭘로 사려고?"

"담배."

민구는 짧게 대답했다. 주머니 속에는 몇 개비 피우지 않은 담배 한 갑과 조금 전에 꺼내 온 새 담배 한 갑이 들어 있다. 담배의 값어치가 워낙 높다고 하니, 그 정도면 이까짓 싸구려 과도 한 자루쯤 얼마든지 살 수 있을 거라 생각했었다.

"담배라… 어휴, 그런 걸로는 견적이 안 나오는데… 크크크, 몇 갑이나 가지고 왔기에 그렇게 당당하시지? KT&G 이사님이라도 되나? 어이, 아저씨. 가지고 온 거 다 꺼내봐요."

애송이 상인과 그 일행 놈들은 킬킬거리며 뭔가 장난을 치려 든다.

훗, 민구도 코웃음을 쳤다.

"받고 싶은 값을 이야기해. 귀찮게 굴지 말고."

으음… 잠시 더 고민을 하며 귀엣말을 주고받던 애송이 놈들은 이윽고 마음을 정했는지 손가락 네 개를 펴 보인다.

"네 갑만 줘요. 원래 좀 더 싸게 줄 수도 있었는데, 아저씨 말투가 너무 싸가지 없어서 그렇게는 안 되겠네. 그리고 제발 깎자고 하지 마. 그런 말 꺼내려면 그냥 꺼져. 우리는 거지새끼들이랑 거래 안 하니까."

크크크, 애송이 주변의 계집애들이 킬킬거린다. 민구는 잠시 생각에 잠겼다. 사물함에 있는 담배를 다 탈탈 털면 네 갑에서 몇 개비가 빠진다. 아마 그 정도면 거래는 될 것이다.

그런데 그걸 다 줬다가는 당장에 피울 것도 없고, 옆자리의 외국인에게 붕대를 감아달라는 말도 못하게 된다.

"네 갑도 없나 보네. 크크크, 뭐 저래? 설마 담배 몇 가치 가지고 와서 사려고 했던 건가? 미친… 크크."

민구가 잠시 고민하자 애송이 녀석들이 신이 나서 웃어 댄다. 그런 놈들을 보며 민구는 생각했다.

'그냥 빼앗을까? 인적이 없을 때쯤 다시 와서 이놈들을 때려주고… 아니지, 아니야. 공연히 시끄러워질 일은 하질 말자. 가뜩이나 이런저런 일로 눈길깨나 끌었는데…….'

민구는 고개를 끄덕였다. 이까짓 놈들 때문에 말썽이 났다가 정작 기동이 놈을 놓쳐서는 곤란하다.

"세 갑에 사지."

민구가 말했다. 그로서는 많이 양보한 셈이다. 하지만 애송이들은 단호했다.

"꺼지라고. 미친 새끼가 꼬나보면서 값을 깎고 자빠졌네. 그런 눈깔로 치켜뜨면 누가 무서워할 줄 아나? 우리도 다 믿는 구석이 있으니까 이런 거 하고 있는 거야. 왜? 애새끼들이 반말하니까 빡쳐? 확 그냥!"

애송이 중 한 놈이 등 뒤로 손을 뻗었다가 칼을 빼 들고 내휘두른다. 민구는 녀석의 칼을 빤히 노려보았다.

날 길이만 10센티 이상의 캠핑용 나이프. 두께도 두툼하다. 새것이었을 때의 가격이 결코 이만 원을 넘지 않았을 물건이지만, 과도에 댈 바는 아니다. 그리고 접어서 휴대할 수가 있다.

"이게 좋구만."

왼손으로 녀석의 팔목을 덥썩 움켜쥐고 당기며 민구가 말했다. 애송이 녀석은 당황해서 얼굴이 벌게졌다. 위협을 하기 위해 내두른 팔목을 그대로 잡혀 버릴 줄 몰랐다.

게다가 민구의 손아귀 힘… 바짝 말랐다고만 생각했는데, 뼈가 아플 만큼 강하게 잡고 놔줄 생각을 않는다.

"이, 이거 놔! 이 씨발!"

애송이의 입에서 욕설이 터져 나온다. 사람들의 시선이 자신 쪽으로 향하는 걸 느끼면서 민구는 빙긋 웃었다.

"괜찮아, 이 새끼야. 해치지 않는다. 그러니까 무서워하지 마."

그러고는 자신의 트레이닝복 왼쪽 소매를 걷어 올렸다. 팔목을 틀어 검은색 베젤의 시계를 내보인 민구가 말했다.

"자, 이걸 주마."

"…롤렉스네……."

징징거리던 애송이들이 조용해졌다. 총에 맞았을 때 구르고 자빠지며 조금 긁히기는 했어도 아직 멀쩡하다. 시계는 인기 품목이다.

암시장의 가장 큰 물주라고 할 수 있는 군인들이 워낙 좋아하는 물건이기도 하고, 값어치를 응축시켜서 보관할 수 있다는 장점도 있다.

이만하면…….

녀석들의 얼굴에서 욕심을 읽은 민구는 말을 계속했다.

"단, 나도 시계는 하나 있어야 돼. 이 칼에 아무거라도 시계 하나를 더 내놔."

"그냥 돈 안 받고 줄 만한 건 싸구려밖에 없는데……."

애송이들은 시계에서 눈을 떼지 않으며 중얼거렸다. 민구는 여전히 미소를 유지한 채 말했다.

"상관없어. 그냥 시간만 대충 맞으면 돼. 어차피 며칠만 쓸 거니까."

일주일 뒤에 기동이 놈을 벌주고 나면, 녀석의 시계를 빼앗아 찰 심산이었다. 팔목을 잡힌 애송이 놈이 눈짓을 하자, 계집애들이 뒤쪽의 박스를 뒤적거린다.

"지금은 이거밖에 없어요. 아니면 이거랑요."

그녀들이 내민 것은 전자시계와 미키 마우스가 그려진 시계, 두 개였다. 때마침 분이 새로 바뀌자 미키 마우스의 긴 팔이 철컥, 한 칸 내려간다.

이… 이건 곤란해.

민구는 얼른 전자시계 쪽으로 시선을 돌렸다. 그런데 전자시계는 줄이 끊어진 채다.

"너희 지금 장난치냐? 이게 다라고?"

"싫으면 담배를 더 얹어 줘요. 그러면 이거보다는 좀 더 나은 게 있어요."

애송이들도 여간 아니어서 완강히 버틴다. 이미 충분히 사람들의 시선을 끈 것 같아서 민구는 그냥 타협을 보기로 했다.

"뭐… 좋아. 그까짓 것, 어차피 며칠만 찰 건데. 그쪽 거, 줄 멀쩡한 놈으로 내놔."

고개를 끄덕인 민구는 시계를 풀어 놈들 앞으로 내밀었다. 애송이도 시계와 캠핑 나이프를 민구에게 건넨다. 이걸로 거래는 성립됐다. 민구는 칼을 얻었고, 팔목에 매력을 더했다.

원래대로라면 줄이 짧았을 시계지만, 살이 바짝 빠진 터라 앙상한 팔목에 겨우 고리가 채워진다.

캠핑 나이프의 날을 시험해 본 민구는 칼을 접어 호주머니에 넣고, 얼른 소매를 내려 빨강 반바지를 입은 쥐 그림을 가렸다.

찰칵, 미키 마우스의 팔이 또 한 칸 내려가며 1분이 지났음을 알린다.

3

진우의 사격 교실은 늦은 아침 식사가 끝난 뒤에 시작되었다.

총의 각 부위에 대해서 간단한 설명을 해주고, 탄창을 끼우는 요령과 모드, 방아쇠를 당기는 방법을 알려준 진우는 근엄한 얼굴로 말했다.

"절대로! 절대로 이 총구, 사람을 향해서 겨누면 안 돼. 알았지? 항상 총구를 바닥으로… 야, 너희 듣고 있냐?"

듣고 있지 않았다. 다들 잔뜩 들떠서 서로 얼굴을 마주 보고 총에 대해 수다를 떠느라 너무 바빴기 때문이다.

"이거 진짜 명심해야 하는 거야! 실수로 맞아도 죽는 건 마찬가지라고!"

진우는 친구들에게 다시 한 번 총의 위험성을 역설했다. 군에서 사격 훈련을 하기 전에 왜 그리 병사들을 굴리고 바짝 기합을 넣는지 알 것 같다.

어떻게 해야 이놈들의 얼굴에서 웃음기를 뺄 수 있는 걸까…….

"대장님, 질문 있습니다! 질문해도 됩니까?"

제니가 손을 번쩍 들고 물었다.

대장님…이라고? 풉—

신경이 곤두섰던 진우의 얼굴에도 미소가 번진다. 어제 아침, 그의 주변에는 삼숙이와 시체들밖에 없었다. 하지만 지금은 친구들과 하이바 속 사진에서 튀어나온 것 같은 제니가 함께 있다. 당연히 좋다. 황홀할 만큼…….

큼, 큼, 억지로 목소리를 가다듬은 진우는 제니를 지목하며 말했다.

"질문해도 좋다."

"그 총은 얼마나 멀리 있는 것까지 맞추는 건가요?"

물론 얼빠진 질문이지만, 진우는 그런 것도 용서할 수 있었다. 진우는 자신의 K—2 개머리판을 가볍게 두드리며 말했다.

"이 총의 유효사거리는 600미터라고 하지만, 기본적으로는 250미터 내외의 적을 맞추기 위해 세팅을 해놓았어. 그보다 멀리 있는 목표를 맞추려면 영점 조절을 다시 하는 편이 효율적일 거야."

"250미터래. 짱이다!"

제니와 태권소녀가 서로 마주 보고 손을 마주 부딪치며 환호한다. 자기들이 잘한 것도 아닌데 왜 저러나 싶다. 삼식이도 번쩍 손을 든다.

"친구님, 저도 질문해도 됩니까? 250미터 떨어진 것을 맞춘다는 게 뻥이라고 생각되면 어떻게 해야 됩니까?"

삼식이 놈은 허락을 구하는 척하더니, 하고 싶은 말을 다 지껄이고 나서야 손을 내렸다. 녀석의 바보짓에 다른 일행들도 갑자기 동조하기 시작했다.

"진짜네. 그거는 너무 멀다. 뻥을 좀 심하게 쳤어."

보안관과 유빈도 야유를 한다.

훗, 후후후, 이 바보 새끼들…….

진우는 헛웃음을 지으며 손을 들어 놈들을 제지했다.

"아, 아, 조용. 250미터 정도는 아주 질릴 만큼 쐈어. 사단 사격 대회 나가서 1등 해야 한다고 우리 대대장이 연습을 죽도록 시켰거든. 그리고 그 거리가 너희가 생각하는 만큼 그렇게 멀지 않아. 예를 들어서 저기 보이는 저 건물… 저 툭 튀어나온

석조 건물 말이야. 그게 250미터쯤 떨어져 있어. 아니려나? 실제로는 한 270미터쯤 되겠다."

진우의 말을 들은 모두의 표정이 '놀람' 으로 바뀐다. 잠시의 침묵을 깨고 유빈이 물었다.

"…저 거리가 얼마나 되는 건지 그냥 눈으로 봐서 알 수 있다고?"

"응, 당연히. 딱 보면 알잖아. 저기 저 트럭은 여기서 45미터. 저 좀비는 70미터. 주유소 180미터… 아니, 그게 짐작이 안 돼?"

일행들은 다시 서로 얼굴을 마주 보고 웅성거리기 시작했다.

"진짜? 저런 거 알 수 있어? 나는 전혀 모르는데?"

"모르는 게 당연한 거지. 무슨 인간 줄자도 아니고. 아니, 줄자라도 직접 재보기 전에 어떻게 알 수 있어?"

보안관과 삼식이도 괴물을 대하듯 진우를 보며 중얼거린다. 친구가 무사히 돌아온 줄 알았는데… 기계 인간으로 개조를 했던 건가…….

"진우야, 네 말대로라면 너는 멀리 떨어진 걸 딱 보자마자 그 거리를 실제와 거의 유사하게 알 수 있다는 거네?"

보안관이 묻자, 진우는 덤덤하게 고개를 끄덕였다.

"응. 나는 너희가 그렇게 난리를 치면서 신기해하는 이유를 오히려 모르겠다. 자, 봐봐. 보안관, 지금 너랑 나 사이의 거리가 몇 미터나 되겠어?"

보안관은 눈대중을 해봤다. 진우까지… 엎어지면 닿지 않을 거리고, 팔을 뻗으면 발목은 잡을 수 있을 것 같다.

"대략… 2미터?"

"그래, 잘 알면서……. 그럼 여기서 저기까지 가늠하는 것도 같은 원리지 뭐."

진우는 당연하다는 표정으로 제 말에 의하면 270미터 떨어져 있다는 건물을 가리킨다. 친구들은 어이가 없었다.

미친, 뭐가 같은 원리라는 거야. 엄연히 다르구만…….

"괜찮아, 괜찮아. 몇 번 연습하다 보면 금방 익숙해져. 나도 처음에는 좀 헷갈리기도 했었어."

진우는 정말로 누구나 할 수 있다고 믿는 것처럼 말했다. 그때, 규영이 조심스레 손을 들며 묻는다.

"저기… 그럼요, 형님. 그 거리를 알 수 있는 능력이 실제로 사격하는 것과는 무슨 관련이 있는 건가요? 거리를 모르면 안 되는 건가요?"

"음… 안 된다고 말할 수는 없지만, 명중률과 관련이 있어. 그게 이런 건데… 처음에 이 총의 영점을 25미터에서 조절하거든. 그러면 정확히 250미터에서 25미터와 같은 궤도를 한 번 더 지나가. 이런 식으로 포물선을 그리게 되는 거라는 이야기야."

진우는 완만한 포물선을 그려 보이며 말을 이었다.

"이 말이 무슨 의미인지 알겠지? 총알을 쏜다는 게 레이저 총처럼 직선으로 뻗어 나가는 게 아니니까 위로 한 번 올라갔다가 어느 지점을 지난 뒤부터는 계속 아래로 조금씩 떨어지며 날아간다는 말이야. 이거를 탄도라고 하는데, 탄도 때문에 거리 가늠이 의미가 있어. 어떤 거리에서는 내가 겨눴던 것보다 아래쪽에 맞을 수도 있고, 또 반대로……."

한참 설명을 하던 진우는 입을 다물었다. 규영과 임수정을 제외한 나머지 일행들의 관심과 영혼이 어딘가로 빠져나가는 걸 확연히 느낄 수 있었기 때문이다. 삼숙이를 끌어안고 있던 삼식이가 슬프다는 듯 중얼거렸다.

"뭔가 내가 아는 진우가 아닌 것 같아……."

"으응, 저 새끼… 시험 점수를 몰랐으면 깜빡 속을 뻔했어. 탄도라는 둥 포물선이 어쨌다는 둥, 굉장히 공부 잘했던 놈처럼 말하네. 책이라고는 펴본 적도 없으면서."

보안관도 고개를 끄덕이며 삼식이의 의견에 동조했다. 시퍼렇게 멍이 든 눈두덩을 문지르고 있던 유빈이 말했다.

"그런데 듣다 보니까 나는 진우가 왜 사격을 잘하는 건지 어렴풋하긴 하지만 알 것도 같아. 쟤는 총알이 날아가는 각도가 대충 머릿속으로 그려지나 봐. 거리도 딱 보이고. 신기한데? 그런 걸 감이라고 해도 되는 건가? 나는 그런 식의… 거리에 대한 감각이 별로 없거든."

"그냥 됐어. 지금 말한 건 그냥 잊어버려. 어차피 너희가 이 총 쓸 것도 아닌데, 내가 괜한 소리 한참 떠들었다."

진우는 얼른 손을 저으며 말했다. 사실 그런 이론들은 이들이 사용하게 될 MP5와는 거의 무관한 이야기 같기도 했다. 9㎜ 권총탄을 사용하는 기관단총으로 멀리 떨어진 목표를 맞출 일은 없다. 산탄총과 권총도 마찬가지다.

진우는 탄창이 끼워져 있지 않은 MP5를 들고 눈에 가져다 대는 시늉을 하며 말했다.

"너희는 그냥 이것만 염두에 두면 돼. 너희 눈이랑, 이 총 뒤에 있는 가늠자, 앞에 있는 가늠쇠울, 그리고 목표가 일직선을 이뤄야 한다는 거. 그렇게 정렬을 해둔 걸 방아쇠를 당길 때까지도 유지하면 크게 벗어날 일은 없어."

진우가 옆으로 돌아서서 사격 자세를 취하며 시범을 보이자, 일행들의 관심도는 다시 올라갔다. 역시 이론을 듣는 것보다는 직접 보는 편이 더 흥미를 불러일으키는 모양이다.

"그 이야기도 좋은데, 나는 네가 저 건물을 맞추는 것부터 보고 싶어. 네가 얼마나 멀리까지 정확하게 쏠 수 있는지 알면 앞으로 계획을 짤 때 큰 도움이 될 테니까 말이야."

유빈이 석조 건물을 가리키며 쏴보라고 권한다. 진우는 민망함이 가득한 웃음을 지었다.

"어휴, 됐어. 너희들, 왜 이렇게 자꾸 사람을 시험하려고 그래? 저 건물이 무슨 죄가 있다고… 그냥 믿어도 돼. 저 정도는 쉬워."

"…못 쏘나 보다. 그냥 군대에서 뻥만 늘은 건가 봐. 그치, 제니야?"

삼식이가 입을 가리는 시늉을 하면서 제니에게 속닥거린다. 제니도 장난기가 동해서 그 장단에 맞춰준다.

"에이, 그래도 그냥 속은 척하고 넘어가요. 어쨌든 생명의 은인이잖아요. 그리고 가까이에서라도 잘 쏘는 게 어디에요."

술렁술렁, 관객석에서 동요가 일어난다.

하… 이 새끼들…….

진우는 귀찮다는 듯 얼굴을 긁었다. 이놈들이 왜 이렇게 깐죽을 거는지 잘 알고 있다. 자신의 실력을 못 믿는 게 아니라, 서커스를 보고 싶다고 보채는 것이다.

"좋아."

진우가 고개를 끄덕였다. 이쯤에서 한 번 정도 사격 선생에 대한 녀석들의 존경심을 굳건히 하고, 불안을 잠재워줄 필요가 있어 보인다. 진우는 MP5를 다시 가방 안에 넣고 친구들에게 말했다.

"어디를 맞출지 골라봐. 그러면 쏠게."

"어머, 정말요?"

제니와 태권소녀가 손뼉을 치며 일어났고, 삼식이와 보안관도 싸구려 망원경을 들고 설친다. 규영도 존경심이 가득한 눈으로 진우의 얼굴을 우러러보고 있다.

한참 동안이나 설치던 녀석들은 결국 진우가 270미터 떨어져 있다고 지목한 석조 건물의 맨 꼭대기 층의 우측 유리를 지목했다. 진우는 어이가 없었다. 이건 표적이라고 하기도 민망할 수준이다.

"저거? 야… 저건 엄청 큰 표적이야. 가로세로 다 2미터 가까이 돼. 정말 저런 걸로 괜찮아? 그러지 말고 더 작은 걸 골라."

"역시 줄자맨… 대단하구나, 270미터 떨어진 건물의 유리창 크기를 알아맞히다니……."

삼식이가 감탄하는 동안 다른 친구들은 좀 더 어려운 과제를 찾기 위해 망원경을 돌려가며 머리를 모았다.

결국 그들은 그 건물의 외부 조명등 중에서 하나를 지목했다. 손바닥 두 개 크기 정도밖에는 안 될 만큼 작은 놈이다.

"그래, 그 정도면 괜찮겠네. 쏜다."

진우가 모두를 둘러보고 나서 사격 자세를 취하자, 삼숙이가 터벅터벅 걸어가 진우와 친구들의 사이에 앉는다. 이쪽으로 넘어오면 안 된다고 선을 그어주는 것 같다.

아직 조준경에 눈을 대지 않은 채 진우는 다시 한 번 주의 사항을 말했다.

"앞으로 귀에 딱지가 앉도록 이야기하겠지만, 방아쇠에 손가락을 대기 전에 항상 확인해. 근처에 다른 사람이 오가지는 않는지, 그리고 표적 너머에 뭐가 있는지……."

말을 마친 진우는 재빨리 조준을 하고 방아쇠를 당겼다.

타아앙~!

긴 발사음과 거의 동시에 건물의 외부 조명등이 박살 나며 떨어진다.

우와~! 우와!

망원경에 눈을 붙이고 있던 규영이 숨 막히는 신음 소리를 냈다. 망원경은 금세 여자들의 손으로 넘어갔고, 제니와 태권소녀, 임수정도 탄성을 터뜨린다.

"뭔데? 맞았어?"

보안관과 유빈이 눈을 가늘게 뜨고 어리둥절해하는 동안, 매의 시력을 가진 삼식이가 고개를 주억거린다.

"명중인데……."

우와! 진짜네! 짱이다!

놈들이 한바탕 수선스럽게 떠들어 대는 동안 진우는 탄피를 줍고 모드를 안전으로 돌려놓았다. 그러고는 분위기가 좀 가라앉기를 기다려서 입을 열었다.

"자, 이제 장난 그만 치고 연습하자."

다들 입술이 '오' 소리를 낼 때의 모양처럼 된 채로 고개를 끄덕이며 진우 쪽으로 돌아앉는다. 첫 번째 학생으로 나선 것은 규영이. 워낙에 열성적으로 배우고 싶어서 안달이 난 상태다.

목표는 도로 건너편의 건물에 걸린 대형 간판으로 정했다. 가까운 거리에 있는 커다란 표적이지만, 처음 시작은 그 정도면 된다.

진우는 녀석의 몸을 옆으로 틀어 반동으로 휠체어가 움직이지 않도록 하고, 바로 등 뒤에 서서 함께 총을 잡아주었다.

두근두근, 규영이의 가슴이 얼마나 크게 뛰고 있는지 총을 꽉 잡은 녀석의 손을 통해 진우에게도 고스란히 전해진다.

"이걸 잘하면 저도… 후우, 후우~ 형아들이랑 누나들을 도울 수 있을 거예요. 후우……."

중얼거리는 규영의 얼굴은 빨갛게 달아올랐다. 진우는 녀석의 귀에 대고 조용히 일러줬다.

"규영아, 숨을 크게, 그리고 천천히 쉬어. 이렇게 흥분하면 잘 안 맞아."

"…네. 네, 형님! 후우, 후우~"

규영은 열심히 대답하고 콧구멍을 크게 벌려서 숨을 들이쉬었다. 녀석의 호흡이 안정된 것을 확인한 후, 진우는 손가락을 방아쇠울 안에 집어넣어도 좋다고 말했다.

애초부터 MP5의 탄창 안에는 세 발만 넣어뒀다. 여유 탄창이 많지 않은 상태에서 그 이상의 양을 연습으로 써버리면 실제 전투를 위한 실탄이 부족해지기 때문이다.

"숨을 들이마시고 참은 상태에서 저 앞에 달린 동그라미가 흔들리지 않는다고 생각되면 손가락을 당겨. 알겠지? 팔 전체를 쓰는 게 아니라 손가락만."

진우의 조언을 들은 규영이는 콧바람을 내뿜으며 고개를 끄덕였다. 녀석이 준비가 된 걸 확인한 진우는 손을 뗐다.

자신의 힘만으로 할 수 있다는 걸 깨닫는 게 어쩌면 가장 중요한 일이다. 옥상 위는 순식간에 조용해졌다.

아주 미세하게 바르르 떨며 총을 받치고 있던 규영이 입술을 꽉 깨문 채 방아쇠를 당긴다.

타앙—

MP5에서 발사된 9㎜ 파라블럼탄은 순식간에 30여 미터를 날아갔다. 하지만 표적으로부터 벗어나 위쪽의 유리를 뚫어버렸다.

"어, 이게 왜……."

맞았는지 확인하기 위해 고개를 들었던 규영은 불안한 목소리로 중얼거렸다. 진우는 녀석의 어깨를 두드려 줬다.

"방아쇠를 당길 때 총이 흔들려서 그래. 좀 더 힘을 줘서 잡아."

준비를 한 규영이 두 발째를 쏘았다. 명중은 아니지만 이번에는 한결 가까워졌다. 건물의 간판 가까운 유리창에 거미줄 같은 금이 가고, 작은 구멍이 하나 생겨났다.

"보셨어요? 보셨어요? 제가! 제가 거의 맞췄어요!"

흥분한 규영이 총을 꽉 잡은 채 몸을 돌리려 한다. 진우는 재빨리 녀석의 두 팔을 꽉 잡고 총구가 사람들 쪽으로 향하지 않도록 막았다.

“안 돼, 이렇게 하면. 항상 총구 방향을 신경 써야 한다니까. 사격은 잘했어. 그 감을 잊어버리기 전에 다시 한 번 해보자.”

진우는 규영의 호흡을 가라앉히고 다시 표적을 겨누도록 했다. 규영은 잔뜩 상기된 얼굴로 세 발째를 쏴서 다시 구멍 하나를 추가했다. 첫 번째보다 목표물에 한결 가까워졌기에, 그래도 일단 명중 각이다.

진우가 총을 회수할 때, 녀석의 표정에는 아쉬움이 뚝뚝 묻어났다. 굉장히 잘했다는 칭찬과 함께 규영의 머리를 쓸어준 뒤, 진우가 모두가 앉은 쪽을 돌아보았다.

“자, 이제 다음은 누가 해볼 거야?”

“대장님! 저요, 저! 나이 어린 순서대로!”

제니가 강력한 의지를 보이며 일어섰다. 머리카락까지 질끈 동여맨 제니가 난간 부근에 서자, 이번에는 진우의 가슴이 쿵덕쿵덕 뛰기 시작했다. 조금 전, 규영이가 내뿜던 것보다 더 센 콧바람이 풍, 풍, 뿜어져 나온다.

‘내가… 제니의 등 뒤에서… 팔을 뻗어서 두 손을 마주 잡고… 후우~ 후우~’

진우는 혹시라도 혼잣말을 지껄이게 될까 봐 두려워서 입을 꾹 가린 채 코로만 숨을 몰아쉬었다. 그가 흥분한 것을 알아챈 보안관과 태권소녀가 목소리를 높여 항의한다.

“어이! 군인 아저씨! 똑바로 해! 교육에 사심을 집어넣으면 어떡해! 숨소리 관리 좀 하라고!”

"맞아! 제니야, 네가 먼저 하면 안 되겠어. 너무 자극이 심한가 봐! 진우, 쟤 저러다가 심장 터져 죽겠다!"

알았어, 알았어…….

진우는 잠시 고개를 돌리고 호흡을 가라앉혀야 했다. 가르쳐야 하는 상대가 제니가 아니라 태권소녀였다고 해도 상황이 별로 다르지 않았을 것이다.

봄에 입대해서부터 지금까지 여자라고는 거의 구경을 못해본 터라, 별것 아닌 일들도 다 가슴이 두근거리고 그저 좋기만 하다.

"알았으니까 그만 좀 놀려! 나 총 있다고!"

겨우 여유를 찾은 진우는 친구 놈들을 조용히 시켰다. 그러고는 제니에게 MP5를 쥐어 준 뒤, 탄창을 갈아 끼우는 법부터 설명을 시작했다. 조금 전까지 애교 가득한 미소를 짓던 제니의 눈빛이 진지하게 변한다.

이후에도 사격 훈련은 계속되었고, 여덟 명 전부가 차례대로 세 발씩을 쏘아봤다. 다들 처음인 만큼 해줘야 할 이야기가 많아서 유빈을 끝으로 훈련이 마무리되었을 때에는 점심 먹을 시간이 지나 있었다.

"어때, 우리? 좀 희망이 보여? 사실대로 말해봐. 형편없지?"

유빈이 커피를 건네주며 조용히 묻는다. 진우는 웃었다.

"하하, 아니, 뭐… 이제 겨우 세 발씩 쏴본 건데… 그냥 어떻게 총을 쏘는 건지에 대해서 연습한 거잖아. 그 정도 가지고는 뭐라고 평가하기에 일러."

"그래도 어느 정도 느낌이 있을 거 아니야. '아, 얘는 좀 쏘겠는데?' 라든가, 아니면 '얘는 총 쥐어 줄 필요 없겠다' 라든가 말이야."

"영 아니다 싶은 사람은 모르겠고, 처음치고는 꽤 잘한다 싶은 사람들은 좀 있었지. 삼식이도 그렇고, 혜주도… 아, 그리고 의외로 제니도……. 총소리 나면 비명부터 지르지 않을까 했는데 움츠러드는 기색도 없고."

"응, 걔도 너랑 비슷한 느낌이야. 감이 있어. 볼라라고… 이렇게 빙빙 돌리다가 던지는 무기를 만들었을 때도 그랬거든. 만든 건 난데, 처음부터 걔가 더 잘 맞추더라."

유빈은 납득하는 눈치다. 난간 쪽에서 해맑은 표정으로 담배 피우고 있는 삼식이를 보던 진우가 말했다.

"그런데 말이지, 총으로 간판을 맞히는 것하고 사람을 맞히는 건 완전히 달라. 삼식이처럼 마음이 여린 녀석은 아무리 잘 쏘게 된다고 해도 막상 방아쇠를 당겨야 할 순간이 오면 아마… 쉽게 그러지 못할 거야. 아마 여자애들도 비슷할 것 같고."

음, 유빈은 고개를 끄덕였다. 태권소녀가 의외로 여린 구석이 있는 건 사실이다. 파라다이스 모텔에서 자신이 턱을 맞아 기절했을 때도, 그녀는 치명상을 입히려 들지 않았었다.

제니는 뭐… 좀비들을 불태워 죽였던 밤에 계속 악몽을 꿨던 전력이 있는 아이이고…….

"좀비 상대로라도 경험을 많이 쌓으면 조금은 나을 테지만, 그 정도로 실탄이 여유 있지가 않아. 그러니까 총은 그냥 최소한의 호신용이라고 생각하는 게 좋을 거야. 총을 들고 다니면서 사고 안 날 만큼 익숙해지기까지도 꽤 오래 걸리거든."

진우가 말했다. 유빈 역시 아직 어설픈 친구들에게 총을 들고 다니도록 하고 싶은 마음은 추호도 없었다. 하지만 동시에 어제와 같은 최악의 상황을 마주했을 때, 그냥 맥없이 무릎을 꿇고 싶지 않다는 욕심도 있었다.

"다 잘 쏠 필요는 없어. 일단은 한두 명 정도만이라도 더 집중적으로 봐줘. 그래야 잠실로 이동했다가 테라를 데리고 돌아올 때 조금이라도 더 안전해질 테니까."

유빈은 진우의 어깨를 두드려 주며 부탁했다. 진우는 멍투성이가 된 유빈의 얼굴을 가만히 쳐다보았다.

핏줄이 터진 유빈의 흰자 아래쪽은 아직도 붉게 물들어 있고, 입술 주변에는 검붉은 피딱지가 앉았다. 진우는 씁쓸하게 웃었다.

"이 지경이 되고도 바로 다음 날 또 잠실로 갈 계획을 짜고 있는 거야? 유빈이, 너도 참 어지간하다."

"강원도에서 서울까지 혼자 올라온 놈이 할 소리는 아닌 것 같은데……."

유빈이 눈두덩을 문지르며 말했다. 진우가 물었다.

"다시 가더라도 산책로 드라이브는 너무 위험한데… 게다가 이 앞으로 지나가는 좀비 떼만 하더라도 규모가 엄청나고. 그런데 얽혀들면 살아남기 어려워. 무슨 다른 계획이 있어?"

"…응, 아마도."

유빈이 고개를 끄덕였다.

"우리끼리 있을 때는 불가능했지만, 네가 와준 덕에 몇 가지 길이 열렸지. 지하철을 통해서 최단 거리로 가는 방법 같은 거

말이야."

"지하철?"

진우는 이마를 찡그렸다. 지하철이라는 단어를 듣자마자 좀비들에게 포위되어 죽을 뻔했던 캄캄한 터널 속이 떠오른다.

시야가 좁아지고 두려움은 증폭되는, 그런 공간… 사방에서 포효가 메아리치던 오싹한 기억……. 그런 곳을 일부러 골라 들어간다는 건 별로 좋은 선택 같지 않았다.

"왜 하필 지하철이야? 그냥 밝은 도로로 가도 되는데."

진우의 질문에 유빈은 무덤덤하게 대답했다.

"그야, 뭐… 여러 가지 이유가 있긴 한데… 그중 제일 큰 건 좀 더 안전하다는 이유지. 지하철 속으로는 좀비들이 들어가지 않으니까."

"좀비들이 안 들어간다고? 진짜?"

진우는 깜짝 놀라 반문했다. 좀비들이라면 지긋지긋할 정도로 보아왔지만, 그런 사실은 몰랐다. 그리고 잠시 시간이 흐른 뒤에 자신이 모를 수밖에 없다는 것도 깨달았다.

그는 좀비 사태가 생긴 이후 계속 강원도에 있었고, 어제야 비로소 처음으로 지하철이 있는 공간에 도착했다.

"응, 여기에서 지내는 동안 제 발로 걸어 들어가는 놈은 한 번도 못 봤어. 아마 놈들 눈앞에서 누군가 그쪽으로 뛰어 들어가거나, 담배 연기를 뿜어 대지 않는 이상은 안 갈 거라고 믿어……. 그러니까 웬만해서는 엄청난 좀비 떼를 만날 일이 없어. 그냥 몇 마리 정도야."

유빈이 설명해 준다. 진우도 햇빛과 좀비가 자연스럽게 연결

되었다.

아… 그래서 그 터널 속의 느린 좀비들도 약해져 있었던 건가?

하지만 진우에게는 여전히 의문이 남았다.

"그럼 엄청 좋은 거 아니야? 왜 처음부터 그리로 안 갔어? 내가 굳이 필요할 것 같지도 않은데."

"그 안에 들어가서 한 10분 정도만 지나면 숨쉬기가 점점 힘들어져. 시꺼먼 먼지가 자욱하고, 냄새도 꽤 나고. 그래서 두 정거장마다 한 번쯤은 선로 위로 올라와서 맑은 공기를 쐬어야 해. 안 그랬다가는 점점 어지러워지더라고."

흐음…….

어떤 기분인지 알 것 같아서 진우는 자기도 모르게 크게 숨을 들이쉬었다.

터널의 중간에 이르렀을 때, 그 역시 산소 부족으로 비틀거렸었다. 지하철 선로 내에는 자신이 급한 대로 사용했던 자동차 타이어 공기조차 없으니, 꽤나 힘이 들 것이다.

"낯선 역 안에 좀비가 몇 마리나 남아 있을지 모르니까 중간에 밖으로 나가야 하는 순간도 위험하고, 또 건대 쪽에서부터 온 군인들이 돌아다니고 있었거든. 수정이 누나랑 그 일행을 잡으려고. 그놈들이 다짜고짜 총을 쏘거나 할까 봐 마음대로 불을 켜고 걸어갈 수가 없었어."

유빈이 건대와 관련한 이야기를 해줄 때, 진우는 그중 절반 정도만 이해할 수 있었다. 어제 이런저런 이야기들을 한참 나눴는데도, 아직 그가 알아야 하는 게 잔뜩 남았다. 진우는 머리를 긁적이며 물었다.

"낯선 역에 돌아다니는 좀비 몇 십 마리 정도야 크게 걱정하지 않아도 될 것 같긴 한데… 군인들 총은 어떻게 피하려고?"

"그게… 아직도 수색을 계속하고 있을지는 모르지만, 만약 그렇다면 그건 저 녀석이 해결해 줘야지."

유빈은 진우의 곁을 충성스럽게 지키고 앉아 있는 삼숙이를 가리켰다.

"어제도 우리가 거기서 두드려 맞고 있는 걸 저 녀석이 먼저 알고 알려줬다며? 그러니까 지하철 선로 안에 들어가서도 그렇게 해줄 수 있을 거라고 기대하는 중이야. 예를 들어 사람들이 근처에 있으면 짖어준다든가 하는 방식으로."

삼식… 아니, 삼숙아, 또 신세를 지게 생겼구나…….

진우가 삼숙이의 머리통을 한 번 쓸어주는 동안 유빈은 이야기를 계속했다.

"그렇게 해서 이동만 할 수 있으면, 중간중간마다 지하철역 근처에 우리가 숨을 만한 곳을 두 개 정도 만들어두고 싶어. 여기서 두 정거장 정도 떨어진 데다가 하나, 한강에서 별로 멀지 않은 곳에 또 하나. 그렇게 두 군데에 보름 치 정도의 음식이랑 생필품, 그리고 비상약을 채워둘 거야. 그런 데를 마련해 놔야 조금 안심이 될 거거든."

"그건 왜? 보험 같은 거야?"

"응. 우리들이 자리를 비우고 잠실로 가 있는 동안에 여기로 아무도 오지 말라는 법이 없잖아. 누군가가 여길 점거하고 있을 상황도 대비해 놔야지. 또… 테라를 데리고 그 잠실 쉘터라는 데를 탈출했을 때에도 우리 몸 상태가 어떨지 모르잖아. 누가 발목이라도 삐게 되면 단번에 여기까지 걸어오는 건 무리니까. 바로 근처에서 일단 회복할 수 있어야 돼."

유빈은 일어날 수 있는 모든 불행한 사건을 전부 대비하려는 사람처럼 말했다. 걱정하기 좋아하던 이 녀석의 성격이 오히려 다 강화된 걸 보며 진우는 빙긋 미소를 지었다.

확실히… 자신 외에 누군가 한 사람만 총을 휴대해야 한다면 그 역할에 가장 적합한 건 유빈이, 이 녀석일 것이다.

이 조심스러운 녀석에게 총이 맡겨져 있는 동안은 그 자신도 등 뒤에서 오발 사고가 나지 않을까 하는 우려로부터 한결 자유로워질 수 있을 테니까.

"무슨 이야기를 그렇게 열심히 하고 있냐? 밥 먹자."

음식을 가지러 아래층으로 내려갔던 보안관과 태권소녀, 그리고 제니가 돌아와 옆자리에 앉았다. 진우는 그들이 내미는 쇼핑백을 받아 테이블 위에 올리며 대답했다.

"응. 유빈이가 지하철 통해서 잠실까지 걸어갈 수 있을 것 같다고 해서 계획 짜고 있었어."

"잠실? 야, 무슨 소리야, 유빈아? 네 다리를 봐. 저렇게 부어오른 다리로는 여기서 두 정거장도 못 걸어가. 그러니까 일단 밥 잘 먹고 회복부터 해야지. 서로 다 빨리 만나면 물론 좋겠지만, 잠실 쉘터는 어디 안 가고 항상 그 자리에 있는 거잖아. 네 몸이 우선이라고."

보안관은 철없는 아이를 달래는 것처럼 유빈에게 말했다. 제니도, 태권소녀도 그의 편을 든다.

"그래요, 오빠. 일단 절룩거리는 것 좀 낫고 가도 돼요. 실은 꼭 가지 않아도 되고요."

"자, 받아. 너, 어제 이거 잘 먹더라. 아참… 그리고 이거. 그거 가지러 일부러 모텔까지 갔다 왔네."

작은 통에 든 비엔나소시지를 진우에게 건네던 보안관이 바지 주머니에서 핸드폰과 보조 배터리를 꺼내 테이블에 올려놓고, 진우를 향해 밀었다.

신 차장이 넘겨줬던 바로 그 핸드폰이다. 어리둥절해진 진우가 핸드폰을 켜고 보조 배터리에 연결하면서 물었다.

"이건 뭔데?"

"어제 그 검은 군복 입은 새끼들이 뭐하는 놈들이냐고 물었었지? 그 안에 답이 있어. 동영상을 봐봐. 사실 그냥 내가 말로 해줘도 되는 거지만, 네가 죽인 새끼들이 얼마나 좆같은 놈들이었는지 직접 보고 나면 네 기분도 좀 덜 더러워질 것 같더라고. 혜주, 너도 저거 실제로 보지는 않았지? 괜찮겠어? 같이 볼래?"

보안관이 물어보자, 태권소녀는 잠시 고민을 하다가 고개를 끄덕였다.

"뭐, 그러자. 내가 안 본다고 없던 일이 되는 것도 아닌데……."

제니가 다가와 잠금 패턴을 풀어준다. 진우는 동영상 재생기를 열었다. 폴더 안에는 날짜와 시간으로 이름 붙여진 수많은 동영상들이 들어 있었다.

"으아… 이게… 이게 진짜야? 정말로 이런 짓을 한다고? 이런 미친 개새끼들이……."

두 개째의 파일을 보던 중에 진우는 눈살을 찌푸리며 중얼거렸다.

동영상 속에서는 멀쩡하게 살아 있는 사람을… 줄에 묶어 좀비 밥으로 내려준다.

그롸아아아—

눈에 흰 막이 덮인 작은 회장 좀비가 희생자의 목덜미를 물어뜯자, 바닥 전체에 피가 뿌려졌다. 어찌나 생생한지, 그 피비린내가 액정 밖까지도 풍겨져 나오는 것 같다.

"이건 우리만 볼 게 아니네. 다른 사람들도 알아야 돼. 누군가 힘이 있는 사람도 알아야 하고."

진우가 말했다. 하지만 그 말을 입 밖에 내는 동안에도 이미 그는 믿을만한 '힘 있는 사람' 이라는 게 매우 찾기 어렵다는 걸 잘 알고 있었다. 적어도 그가 경험한 군에서는 그랬다.

3장

판도라

1

가희는 건대 쉘터 구석의 철책에 기대서서 넓은 주차장을 멍한 눈으로 보고 있었다. 갑작스런 이동 명령을 받은 터라 건대 쉘터의 전체적인 분위기도 어수선했다.

근 3주에 걸쳐 쌓아온 것들을 모두 포기하고 떠나야 하기에 사람들은 저마다 짐을 챙기느라 바빴다.

하긴 짐이라고 해봐야 너덜너덜해진 돗자리와 얇은 싸구려 담요, 그리고 각자 아껴둔 음식 몇 가지가 거의 전부이지만…….

가희로부터 그리 멀리 떨어지지 않은 곳에서는 비번 중인 군인과 여자들이 쌍쌍이 모여 이야기를 나누는 것이 보인다. 그들의 공통적인 대화 주제는 이 예기치 않은 변화에 대한 두려움이었다.

"어휴, 다시 잠실로 가면 우리 어떻게 해. 오빠랑 헤어지기 싫다고."

한 여자가 투덜대는 소리가 가희의 귀에까지 들려온다. 그녀의 애인인 병사가 고개를 저으며 대답했다.

"그런 걱정 안 해도 돼. 어차피 거기에 가도 우리는 같이 움직일 텐데, 뭐."

"만약에 안 그러면 어떡해? 오빠는 다른 데로 가버리고, 나만 남으면 어떻게 하냐고. 무섭단 말이야."

"설마… 어휴, 괜찮아. 그런 일 없어. 그리고 만에 하나 떨어지게 된다고 해도 내가 꼭 찾아갈게. 약속해."

병사가 다독거리자 여자는 그의 품에 기대서 눈물을 글썽거린다.

지랄, 영화를 찍고 자빠졌네. 못난 것들끼리…….

가희는 고개를 돌려 외면하며 코웃음을 쳤다. 그러면서도 동시에 마음 한구석으로 부러운 감정이 피어오르는 것을 막을 수가 없었다.

'이 와중에도 다들 저렇게 제 짝을 찾아서 의지하고 사네…….'

더 이상 듣고 있기 싫어서 자리를 옮기려던 가희가 끄응, 앓는 소리를 내며 눈살을 찌푸렸다. 허리부터 시작해서 온몸 전체가 몸살 난 것처럼 쑤셔온다.

이게 다 박 소위, 그놈 때문이다. 배려라고는 없이, 가장 거친 방법으로 제 욕심만 채우는 색광.

"아야야, 젠장. 뼈마디가 다 어긋난 것 같네."

우울해진 가희가 자신의 주먹을 등 뒤로 돌려 허리를 두들기고 있을 때, 초희가 다가와 말을 걸었다.

"여기서 뭐해? 궁상맞게시리… 후후후, 할머니냐?"

말은 그렇게 놀리듯 하면서도 초희는 가희의 손을 치우고 대신 허리를 두들겨 준다. 잠시 허리 안마를 받고 있던 가희가 힘없이 물었다.

"초희야, 우리는 요즘 대체 뭘 하고 있는 걸까?"

"응? 뭘 하냐니? 이사 갈 준비하라고 하니까 그런 거나 하고 있어야지, 뭐."

초희는 별생각 없이 곧바로 대답했다. 가희는 씁쓸한 표정을 지으며 다시 물었다.

"뭘 기다리면서 하루하루 살고 있는 건지 모르겠다는 생각이 들어서 묻는 거야……. 너는 뭔가 희망이 보이니?"

"희망?"

"그래… 그런 거 있잖아. 예전에는 육 회장이 시키는 대로 낯선 새끼들이랑 같이 어울려서 술 처마시고 개처럼 엮혀서 자더라도 뭔가 바라는 게 있었잖아. 한 번만 확 떠봐라. 그러면 이런 생활도 다 바이바이다. 존나 높은 데로 올라가서 비웃어주마… 그런 생각했었다고. 근데… 지금 우리한테 그런 게 있어?"

"후후후… 이년이 또 사람 더럽게 센치해지게 만드네."

초희는 담배 두 대를 꺼내 물고 불을 붙인 뒤, 한 개비를 가희에게 넘겼다. 가희는 연기를 뿜어내고는 다시 초희에게 물었다.

"너, 요새 기동이 오빠가 매일 귀찮게 하지?"

"매일이다뿐이냐? 시도 때도 없어, 아주. 아무 때고 내킬 때면 옆으로 슬쩍 와서 신호 주고 가지. 어휴, 썅! 이야기하다 보니까 또 짱 나네. 만날 똥내 풀풀 풍기는 화장실로 데리고 가서……."

초희는 생각하기도 싫다는 듯 진저리를 치며 이마를 찌푸렸다. 가희는 눈을 아래로 내리깐 채 물었다.

"…그것 봐. 그런 짓… 좋아서 하는 거 아니잖아."

"지랄, 좋은 일만 하고 살아? 그럼 너는 좋아서 그 소위 놈이랑 밤마다 그 난리를 치냐? 기동이 오빠는 빨리나 끝나지만, 그 새끼는 진짜… 가희, 너 요새 거울 보니? 너 얼굴 반쪽이야. 강제 다이어트 효과 완전 쩔어."

초희의 말을 들은 가희는 자신의 팔목을 가만히 쳐다보았다. 뼈와 가죽만 남아 초등학생의 팔보다도 더 가늘어진 팔목…….

"훗, 그러네. 요즘 같으면 내가 테라 그년보다 더 말랐겠다. 예전에는 그년 팔 날씬한 게 그렇게 부럽더니……."

가희는 허탈하게 웃으며 고개를 저었다. 살이 저절로 빠질 만큼 온몸의 통증도 심하다. 박 소위가 거친 숨을 몰아쉬며 우악스럽게 달려들 때면, 아예 죽고 싶은 마음도 들었다.

"벌써 이 난리가 난 지도 한 달이야. 그런데도 진정될 기미가 없어. 내가 볼 때, 우리나라는 끝났어. 연예인이고 뭐고 다 필요 없어질 만큼 망했다고. 그런데 우리는… 도대체 무슨 영화를 누리겠다고 이 지랄을 하고 있는 거니? 응, 초희야?"

가희가 초희를 바라보며 물었다. 초희는 어깨를 으쓱하며 담배를 들어 보인다.

"글쎄? 그렇게 물어보니까 또 막상 대답할 말이 없네? 그냥 이런 것 얻어 피우려고?"

"그딴 담배 같은 거는 군인들 중에서 아무나 하고 연애만 하더라도 보루로 쟁여놓고 피울 수 있어. 저년들 좀 봐."

가희는 군인들과 이야기를 나누고 있는 여자들을 가리켰다. 뭔가 풋풋한 설렘이 그들의 주변에 흐른다.

"저렇게 별 볼일 없는 년들도 다 제가 마음에 드는 새끼들을 꿰차고 온갖 여우 짓을 하면서 놀아. 그에 비하면 우리는… 인간도 아니야. 아니, 어쩌면 주인 마음대로 접붙이는 개돼지들도 우리보다는 나을지 모르겠다. 적어도 짐승들은 마음에도 없는 아양을 떨 필요가 없으니까."

가희의 우울한 이야기를 들은 초희는 관자놀이를 꾹꾹 눌렀다. 생각하지 않으려 했던 답답한 현실이 두통과 함께 다가온다. 초희는 한숨을 내쉬면서 말했다.

"그냥… 그렇게 생각해, 이년아. 살아 있는 게 다행이라고… 세상이 이런 꼴로 변하고 나서 뒈진 년들도 많을 테니까……. 적어도 우리는 아직 살아 있잖아."

가희는 고개를 저었다.

"그런 말도 위로가 안 돼. 그냥 뒈져 버리는 것하고, 뒈질 때까지 육 회장한테 빨대로 빨리는 것, 둘 중에서 어떤 게 더 낫냐고 물어보면… 후후후, 나 봐라. 아주 등골까지 다 쪽쪽 빨리고 있는 기분이다, 야."

"어휴, 이 기집애. 박 소위랑 하는 게 어지간히 힘들고 스트레스 받나 보네. 그냥 며칠만 참아. 어차피 잠실로 가면 그 새끼가 불러내고 싶어도 못 불러낼 거 아니야. 왜? 지금 당장 너무 힘들어서 그래? 그럼 내가 하루나 이틀 정도 교대해 줄까? 뭐라고 그러면서 박 소위 방에 들어가지? 가희는 오늘 쉬어요. 그러면 되려나……."

초희는 동정심이 가득한 표정을 지으며 가희를 위로해 주려 들었다. 그녀들 둘 사이에는 단순히 같은 소속사 연예인 이상의 유대감이 있었다.

온갖 수치스럽고 모욕적인 접대 자리를 함께 경험하면서 쌓여온 끈끈한 정이랄까… 동병상련의 감정 같은 것이다.

"후훗, 계집애. 말이라도 고맙다, 미친년아. 그럴 필요까지는 없어. 그런데… 있지, 그런 생각이 들더라고. 다시 잠실로 옮기고 나면 육 회장은 또 어떤 개새끼한테 나를 팔아넘길까? 그 개새끼가 지금 박 소위보다 더 더러운 놈이면 어쩌지… 하는 생각 말이야. 괜히 나 혼자 걱정하는 거 아니지?"

가희가 눈물까지 글썽이며 푸념하자, 초희는 다시 새 담배를 물었다. 그러고는 말했다.

"가희야, 그냥… 포기해. 그런가 보다 하고 아예 생각을 하지 마. 이제 와서 어쩔 거야. 애초에 육 회장과 연이 없었으면 모를까, 이제 와서 우리가 마음대로 하게 해줄 리가 없잖아. 우린 그 인간한테 코가 딱 꿰어 있는 거야."

"그렇겠지……. 근데 그래도 나는 있지… 이제 그만 벗어나고 싶어. 그 인간이 나를 좀 놔줬으면 좋겠어. 그 잘난 보호 같은 거 필요 없으니까, 그냥 좀 내버려 둬줬으면… 이제 써먹을 만큼 써먹었잖아. 대체 이게 뭐야? 옛날 노비들은 문서라도 있었지, 나는 그런 것도 없는데 완전히 저 뱀 같은 노인네 물건이라고… 흐윽, 젠장. 내가 왜 아무 감정도 없는… 읍!"

"쉿! 조용히 해."

초희가 서둘러 가희의 입을 손으로 가리며 말을 끊는다. 가희는 깜짝 놀라 초희의 시선이 향한 곳을 돌아봤다.

만배파 조직원 놈들이 근처로 다가오는 중이었다. 녀석들이 지나가고 난 이후에야 초희는 한숨을 지으며 가희의 입술에서 손을 떼었다.

"아무 데서나 그렇게 씨부려 대지 좀 마, 이년아. 별것도 아닌 신세 한탄하다가 괜히 육 회장 귀에 잘못 들어가면 뭔 짓을 당하게 될 줄 알고… 나는 가희, 너 괜히 다치는 거 보게 될까 봐 무서워. 너라도 없으면 내가 누구랑 이렇게 속을 털어놓겠니."

가희도 놀란 가슴을 쓸어내리며 고개를 끄덕였다.

"…억울해서 그렇지. 나도 사람이다 보니까."

"너만 억울해? 나도 존나게 분해. 그런데 억울해하면 뭐해? 힘이 없는데… 너나 나나 가진 거라곤 몸뚱이 하나뿐이어서 육 회장한테 엉겨볼 만한 힘이 없단 말이야. 그 인간 눈에 흙이 들어가기 전에는 우리 마음대로 못 살아. 그러니까 포기하라고."

초희는 은근히 다정한 성격답게 함께 눈물까지 글썽여 가며 가희를 달랬다. 눈물로 마스카라가 번진 초희의 얼굴과, 그녀가 조금 전 내뱉었던 말들이 가희의 머릿속에서 복잡하게 얽힌다.

'…뭐지?'

가슴이 두근거리는데 이유를 정확히 모르겠어서 가희는 얼굴을 찌푸렸다.

뭔가… 지금 아주 중요한 걸 깨달은 것 같았는데… 섬광처럼 휙, 하고 스쳐 갔는데…….

"헉!"

입술을 물어뜯으며 생각의 꼬리를 잡아보려던 가희의 입에서 벅찬 신음이 터져 나왔다.

'그렇구나… 이렇게 간단히 문제를 해결할 수 있었는데… 바로 눈앞에 기회가 온 거였는데… 너는 그것도 알아보지 못하고 그냥 지나치려고만 했구나…….'

가희는 연신 고개를 끄덕였다. 자신도, 그리고 초희도 잃어버렸던 자유를 찾을 수 있는 방법이 있었다. 이 지긋지긋한 굴레에서 벗어나 새 인생을 살 수 있는 기회가 있다.

…박 소위에게 육만배를 죽여 달라고 하자.

그 아이디어가 너무 마음에 들어서 가희는 가벼운 전율마저 느꼈다.

'육만배를 죽인다… 그 뱀 같고, 쥐새끼 같은 징그러운 괴물을 죽여 버린다…….'

곱씹어 상상해 볼수록 흥분되는 일이다. 피 흘리고 쓰러져 마지막 숨을 헐떡이는 육만배, 그리고 그의 머리맡에 우뚝 버티고 서서 웃음기 가득한 얼굴로 놈을 깔아보고 있는 자신…….

예전 같았으면 그녀 따위가 도저히 꿈꿔볼 수조차 없는 계획이었다. 가희는 그저 삼류 배우일 뿐이고, 육만배는 어디까지나 뒤쪽 세계의 제왕이었다.

하지만 지금은 이야기가 다르다. 천하의 육만배라고 해도 여기에서는 그저 군인들 덕분에 하루하루 연명해 나가는 교활한

늙은이일 뿐이다.

반면에 박 소위는 총이 있고, 그것을 잘 쏠 수 있는 기술이 있다. 그리고 명령을 내릴 수 있는 권력도 가졌다. 늙은 깡패 두목쯤이야 조용히 불러내서 그저 총알 한 방만 박아주면 된다. 심장을 너덜너덜하게 만들어 줄 단단한 총알.

'하지만 도대체 무슨 이유로 죽여 달라는 부탁을 하지? 공식적으로 나는 육만배와 아무런 상관이 없는 사이인 걸로 되어 있는데…….'

가희는 초조하게 손톱을 물어뜯으며 생각에 잠겼다. 이미 몇 사람을 죽인 바 있는 박 소위이지만, 그렇다고 해서 서슴없이 살인을 밥 먹듯이 하는 또라이는 아니다. 절실하고 그럴듯해 보이는 이유 없이 부탁을 해봐야 죽여줄 리 만무하다.

'그날 이 원사인지 뭔지 죽은 걸 봤다는 이유로 나를 협박하고 있다고 할까? 아니… 아니야.'

가희는 얼른 그 생각을 접었다. 그래봐야 그냥 걱정하지 말라고 대충 넘어가려 할 게 뻔하다. 아니면 육만배를 불러내서 어쭙잖게 혼을 내주려고 할지도 모른다. 박 소위가 알고 있는 육만배는 그저 흔한 장사꾼 노인네에 불과할 테니까…….

선불리 그런 짓을 했다가는 가희 자신만 온갖 심한 꼴을 본 뒤에 목숨을 잃게 될 거다.

그렇다고 이제 와서 자신이 원래 육만배의 수하였다는 걸 털어놓는다는 것도 우스운 일이다. 그렇게 제 발등을 찍으면 지금까지 박 소위 놈에게 자신이 들였던 공만 없어진다. 그러니 가희 자신도 육만배가 나쁜 인간이라는 사실을 전혀 몰랐던 것처럼 굴어야만 한다.

'뭔가 아주 절실한 이유가 있어야 해. 그리고 동시에 육만배가 실은 위험한 깡패 두목이라는 것도 알려야 하고… 그래야 박 소위가 경고 같은 쓸데없는 단계를 거치지 않고 쏴 죽이는 편을 택할 테니까. 그런데… 그럴 만한 이유가 대체 뭐지? 뭐라고 꾸며 대면 그럴듯할까?'

"야, 가희. 너 뭐해? 무슨 생각 하고 있기에 그렇게 멍해졌어?"

곁에 서 있던 초희가 어깨를 툭, 친다. 가희는 그녀의 얼굴을 빤히 쳐다보았다.

어쩌면… 초희, 이 계집애만 도와준다면 일이 쉽게 풀릴 수도 있을 것 같다. 가희는 초희의 두 손을 꽉 잡고 물었다.

"너… 너 내 편이야? 응? 초희야?"

"뭐래, 미친년. 느닷없이 무슨 네 편, 내 편 찾고 있어, 어린애처럼."

광기 어린 가희의 질문에 놀란 초희가 두려운 표정으로 눈을 동그랗게 뜨자, 가희는 다시 한 번 물었다.

"대답해. 너, 내 편이야? 우리 친구지? 그렇지?"

"그래, 당연한 거잖아……. 야, 오죽 네 편이면 네 대신 박 소위 새끼한테 대주겠다는 소리까지 하겠니, 이년아? 이 세상에 그 정도 의리 있는 년 별로 없다, 너. 그리고… 서로 아무렇지도 않게 그런 이야기 할 수 있는 친구도 거의 없을 거고."

초희는 백치미가 뚝뚝 떨어지는 눈으로 가희를 보며 대답했다. 가희도 그녀의 의견에 동감하는 바다. 최소한 그녀들의 사이에서는 내숭이나 가식 따위가 필요 없으니까.

그러나… 그렇게 서로의 발가벗은 모습을 환히 들여다보는 사이라고 해도 그것이 곧 신뢰로 이어짐을 의미하지는 않는다.

육만배 살해 계획을 털어놓기 전에 가희는 확신할 수 있는 뭔가를 보고 싶었다. 초희가 자신을 절대 배신하지 않을 것이라는 증거를. 목숨을 건 일이니만큼 그 정도를 바라는 건 별로 이상하지 않다고 생각했다.

"초희야, 너도 이렇게 사는 거 싫지? 응? 너도 나처럼, 내가 원하고 있는 것처럼, 자유롭게 살고 싶지? 이런 식으로 시키는 대로 다 해야 하는 거 싫어하지?"

가희의 물음에 초희는 고개를 끄덕였다.

"그래에~ 그렇다고! 당연한 거잖아. 이 지랄로 사는 걸 어떤 미친년이 좋아하겠어? 그러는 대가로 방송이라도 하나 꽂아주면 또 모를까. 에이… 아니야. 그것도 이젠 사실 지겨워. 나는 있지, 요즘도 가끔 그런 생각을 해. 맨 처음 그 썩을 놈의 소속사 문을 열고 들어가던 그날, 교통사고 같은 거라도 났었더라면 얼마나 좋았을까… 하는 생각. 진짜 육 회장이랑 얽힌 게 내 인생 최고의 미스다."

"그러면… 만약에 새로 인생을 시작할 수 있으면 하겠어? 응?"

"백번이라도 하지! 지금은 그냥 막장까지 내몰렸는데!"

초희가 목소리를 높여 말하자, 가희는 얼른 그녀를 진정시켰다. 그리고는 그녀의 손을 잡고 외곽 건물 화장실로 뛰어갔다. 누구의 눈도 닿지 않는 곳이어야 한다. 다짜고짜 개인용 칸막이 안으로 밀어 넣자 초희는 생난리를 친다.

"어우, 얘 왜 이래? 야, 우리 둘이 이 안에서 뭐하자고! 너까지 왜 나를 이 냄새나는 화장실로……."

"쉿, 조용히 해. 여기 있어."

초희의 입을 틀어막고 조용히 시킨 가희는 주변 칸들을 둘러보았다. 아무도 없었다. 가희는 구석에 놓여 있던 빗자루를 들어서 거울 모서리를 힘껏 후려쳤다.

쨍강!

떨어져 내린 거울 조각이 여러 개의 파편으로 나뉘어 튄다. 그중에 하나를 집어 든 가희가 칸막이 안으로 들어가서 문을 잠갔다.

"너, 이제 나랑 맹세해."

가희가 거울 조각을 들어 보이며 중얼거리자, 초희는 눈살을 찌푸렸다.

"뭐래? 가희, 너 미쳤냐? 무슨 맹세? 광년이같이 그런 건 왜 깨고 지랄이야?"

"절대로 비밀을 지키겠다는 맹세. 혈서로!"

"뭐어? 혈서? 너 무슨 사춘기냐? 그런 유치한 짓을… 그리고 뭔 비밀인지도 모르면서 맹세부터 하라고? 얘가 진짜… 야, 야, 그거 조심해서 만져. 너 그러다가 손 다쳐."

초희가 주의를 주는 동안에도 가희는 전혀 개의치 않고 자신의 손을 옷 속으로 집어넣었다. 그러고는 속옷 안쪽에 숨겨뒀던 부적을 꺼냈다.

후우~ 후우~ 흥분한 가희가 거친 숨을 몰아쉬며 말했다.

“비밀이 뭔지는 맹세하고 나면 이야기해 줄게. 초희, 네가 내 편이면 맹세를 하고, 아니면 관두면 돼. 맹세할 거야? 내가 먼저 긋는다.”

가희는 초희의 눈을 잠시 바라보다가 거울 조각으로 자신의 왼쪽 엄지손톱 아래를 그었다. 붉은 피가 순식간에 도르륵 맺혔다가 뚝뚝 떨어진다.

가희는 피가 잔뜩 묻은 엄지손가락을 부적에 대고 눌렀다. 부적 귀퉁이 위는 그녀의 엄지손가락이 일그러진 모양으로 붉게 물들었다.

“아우, 진짜… 싫다. 미친년, 그걸로 손을 그으라고? 어후~ 아플 것도 무섭지만, 더럽게 화장실 바닥 굴러다니던 걸… 내가 진짜 의리가 있어서 하기는 하는데… 가희, 네년도 제정신은 아니야.”

초희는 이마를 잔뜩 찡그리고서 거울 조각과 부적을 받아 들었다. 그러고는 고개를 돌린 채 손가락을 그었다.

윽! 가벼운 비명을 지른 초희는 피가 흐르는 손가락을 빨려다가 멈췄다.

“아니지… 빨 게 아니라… 이걸로 혈서 쓰려고 했던 거지……. 여기에다가 꾹 누르면 돼? 네 핏자국 옆에? 아우, 씽, 쓰라려.”

초희는 자신의 피를 담뿍 묻힌 부적을 넘겨주고 나서 자신의 엄지손가락을 손으로 감싸 쥐었다.

의도했던 것보다 유리가 좀 깊이 들어가는 바람에 피도 많이 나고 고통도 크다. 초희는 인상을 찌푸리며 물었다.

"자, 이제 지장도 찍었잖아. 그러니까 말해봐. 내가 대체 무슨 비밀을 지키기로 맹세한 건지."

"그래… 이제 우리는 맹세했어. 그 비밀이라는 게 뭐냐면……."

가희는 두 개의 핏자국이 안쪽으로 가도록 부적을 다시 접은 후에 속옷 안에 넣고 초희에게 바짝 다가서서 귀엣말을 속삭였다.

"초희야, 우리… 박 소위한테 부탁해서, 잠실로 돌아가기 전에……."

"응, 응. 그래, 좀 크게 말해."

"…육 회장, 그 새끼 죽여 버리자."

어머—!

가희의 말이 떨어지자 초희는 깜짝 놀라 자신의 입을 가렸다. 초희의 턱에는 그녀의 손가락에서 묻은 피가 연지처럼 남아 있다.

가희는 두려운 마음을 꾹 누르며 초희의 반응을 기다렸다.

이 계집애가 과연 동조해 줄 것인가…….

금기를 건드렸다는 놀라움 때문에 커다래져 있던 초희의 눈동자에 차츰 기쁨의 감정이 담기기 시작했다.

육만배가 사라져 버린 뒤 자신의 삶이 어떻게 바뀌게 될는지를 상상하는 것만으로도 가슴이 두근거리고 호흡이 가빠진다. 자신을 물건 취급하던 그 개새끼들…….

한동안 벅차게 숨을 헐떡이던 초희가 의견을 내놓았다.

"가희야, 근데 있지… 육만배만 죽여서는 안 돼. 그러면… 그렇게 하는 김에 기동이도 죽여 달라고 하자. 그 새끼도 위험해. 그리고 또 뒈져야 할 새끼들 몇 명 더 있어."

그렇구나…….

가희도 동의했다. 육만배에 가려져서 그렇지, 기동이네 무리들도 어지간히 질이 안 좋은 개새끼들이다.

맞아, 죽이려면 그놈들까지 다 없애서 아예 만배파의 싹을 다 밟아놔야 해…….

"하아~ 하아~ 어우, 그냥 생각만 하는 건데도 좋아서 가슴이 벌렁벌렁한다. 야, 그래… 박 소위에게 부탁은 어떻게 하면 되는 거야? 응? 가희야."

초희는 아찔한 표정을 지으면서 물었다. 가희는 문소리가 들리지 않는지 몇 번이나 확인하고 나서도 여전히 불안해서 초희의 목소리를 낮췄다.

"어우, 이년아, 목소리 좀 낮춰. 누가 들을라. 내 생각에는 있지… 초희, 네가 불쌍한 여자 역할을 하면 될 것 같아."

"불쌍한 여자 연기를 한다고? 뭐… 청순가련이 내 전공이기는 한데… 그런데 대주지 않고 그렇게만 부탁을 해도 박 소위, 그 인간이 부탁을 들어줄까?"

"아니지. 그럴 인간이 아니라는 건 잘 알잖니. 나 살 빠진 걸 좀 봐라. 그러니까 일단 기분 이빠이 좋도록 서비스해 주고, 홀려서 정신 못 차릴 때에 슬슬 밑밥을 깔자."

가희와 초희는 서로 손을 꼭 맞잡고 모의를 시작했다. 이렇게 두근거려 본 게 대체 언제였는지 기억도 나지 않을 만큼 신선한 기분이었다.

남자를 홀리는 건 원래부터 많이 해오던 짓이지만, 그 대가로 받아내야 하는 게 살인인 경우는 이 원사를 죽인 것에 이어 이번이 겨우 두 번째다.

그리고 이번에는 육만배의 계략 없이 오로지 그녀들의 머리만으로 뭔가를 꾸며내고 있다는 것이 더욱 그녀를 긴장되고 흥분하게 만든다.

"근데… 이미 너랑 그렇고 그런 사이잖아. 거기에 내가 어떻게 끼어들지? 다짜고짜 들이댈까?"

초희의 말에 가희는 고개를 저었다.

"아니, 아니… 이 인간이 의외로 고지식한 면이 있어서 대놓고 그러면 오히려 더 뻣뻣하게 굴 거야. 가끔 말하는 거 보면 자기가 무슨 대단한 도덕군자인 줄 착각하고 있더라고……. 그러니까 처음에는 점잖게 놀다가 어영부영 선을 넘어가 버려야 돼."

"그래? 그러면… 있지, 가희야. 우리 그 패턴으로 가자. 술자리에 우연히 친구가 합석했는데, 어찌어찌 깨어나 보면 쓰리섬하고 난 다음이었더라… 하는 패턴."

오…….

좋은 작전인 것 같아서 가희의 얼굴에도 화색이 돌았다. 예전의 경험으로 알고 있다. 어지간한 남자들조차도 그 패턴에 꽤나 맥없이 무너진다는 걸.

가만있어 봐. 그러면 초희는 언제 끼어들지?

가희는 마음속으로 시나리오를 쓰기 시작했다.

"그런데 가희야… 그렇게 하고 나서 박 소위가 계속 엉겨 붙으면 어떻게 해? 제가 무슨 남편이라도 된 것처럼 이래라저래라 하면… 이러다가 우리 혹시 육 회장보다 더 골치 아픈 새끼한테 코 꿰는 것 아니야?"

초희가 새삼 걱정스러운 표정을 지었다. 가희는 단호하게 도리질을 했다.

"제까짓 게 무슨 상관이야. 어차피 잠실로 가고 나서 그냥 딱 모른 체해 버리면 되는 건데. 그 넓은 잠실에서 자기가 뭐 어떡할 거야? 육만배만 제끼고 나면 우리는 말 그대로 인생 다시 시작할 수 있어. 한동안 죽은 듯이 조용히 살다가 이번에는 진짜 나 아낄 줄 아는 남자랑 좀 사귀어봐야지."

"그러게. 나도! 나는 이왕이면 의사였던 사람을 찾아볼 거야."

"후후, 이 바보 같은 년아. 의사면 뭐하고, 검사면 뭐할래? 이제 그런 거 다 소용없어졌어. 그냥 네 맘에 꽂히는 남자가 제일 좋은 거야. 있지… 나 먼저 나갈 테니까 시간 좀 보내고 나서 너도 나와. 그리고 손에 약 발라."

그렇게 말하고 칸막이 밖으로 나가려던 가희가 멈칫하더니 다시 문을 닫고 들어와 초희를 꼭 끌어안는다. 그러고는 그녀의 등을 가볍게 두드리며 말했다.

"…나랑 맹세 같이해 줘서 고마워, 초희야. 정말 고마워."

초희의 얼굴에도 미소가 번졌다. 엄청난 비밀을 공유한 사이라는 친밀감이 그녀를 사춘기 소녀처럼 들뜨게 만든다.

"그래그래, 이 계집애야. 이따가 보자."

"예쁘게 하고 와. 신경 써야 돼."

포옹을 끝내고 다시 문을 나서며 가희는 몇 번이나 뒤를 돌아보았다. 초희는 반드시 그렇게 하겠다고 대답하며 웃어 보였다.

"후우우~"

가희가 떠나고 난 빈 화장실에 혼자 남겨지자 비로소 두려움과 긴장이 초희의 어깨를 짓누른다. 다리에 힘이 빠져 버린 초희는 변기에 걸터앉아 바들거리는 손으로 담배에 불을 붙였다.

"…우욱! 후우, 후우, 괜찮아. 괜찮아……."

스트레스 때문에 치솟아 오르는 헛구역질을 꾹 눌러 잠재운 초희는 입술을 꽉 깨물었다. 너무도 달콤하고 짜릿한 계획이지만, 만약 실패하거나 발각된다면 그녀들에게 돌아올 고통 역시 상상을 초월하는 종류일 터였다.

예전에 그녀는 만배파의 약을 빼돌리려다가 걸린 여자가 어떤 꼴을 당하는지 지켜봐야 했던 적이 있었다. 멀쩡하게 아름다운 상태로 끌려왔던 갓 스물의 여자가 비명과 광기, 그리고 피비린내 속에서 죽어가던 모습…….

지난 몇 년간 초희의 악몽을 지배하던 끔찍한 기억이었지만, 이 일을 실패하게 되면 그 정도로 끝나지는 않을 것이다.

"할 수… 있어. 진정해, 이년아… 티 좀 그만 내고."

담배 연기를 내뿜은 초희는 부들거리는 자신의 팔목을 꽉 잡으며 혼잣말을 중얼거렸다. 팔목을 쥔 손아귀에 힘이 들어가자 겨우 아물려 했던 엄지손가락의 상처에서 또 피가 배어 나온다.

"떨지 마. 이건… 메소드 연기라고 보면 돼. 너 지금 인생작을 만난 거야. 언제나 그런 큰 배역 하나 맡고 싶어 했잖아. 팜므 파탈… 살인을 부르는 치명적인 악녀… 그래, 잘할 수 있어.

평생 남을 작품 하나 찍어보자."

초희는 스스로에게 끊임없이 최면을 걸기 위해 애를 썼다. 그래도 여전히 죽을 만큼 두렵다.

ㄹ

박 소위가 근무를 교대하고 자신의 장교 숙소로 돌아왔을 때, 시간은 이미 밤 11시가 지나 있었다.

"젠장… 이 짓을 뭘 때문에 하고 있는 건지……."

계단을 내려가며 박 소위는 욕설을 섞어 불평을 내뱉었다. 피곤하다. 이동 준비와 전투를 하루 종일 병행하느라 지친 몸도 피곤했고, 부사관들의 따가운 눈총을 받아야 하는 통에 마음도 지쳤다. 전차장인 김 소위는 아예 자신과 말도 섞으려 들지 않는다.

"등신 새끼들… 지금 쏘고 있는 총알이 누가 구해준 건지도 생각 못하는 새끼들이, 그깟 놈의 죄수들은 어지간히 챙기고 싶어 하네."

박 소위는 생각을 털어내 버리려고 고개를 저었다. 상부의 승인도, 다른 장교들과의 협의도 없이 임의로 수감자들을 모두 이송시켰다는 데 대해서 다들 그에게 불평을 해 댄다. 이래저래 잠실로 돌아가기 싫어진다.

물론 죄수들이 없어져서 불편해진 것은 박 소위 그 역시 마찬가지였다. 당장 모든 이동 준비 작업을 모자란 군 병력만으로 꾸려 나가야 하니, 골치 아픈 문제가 여기저기서 툭툭 불거졌다.

이럴 줄 알았으면 죄수들 중 반 정도는 남겨뒀다가 일손으로 부려먹고 나서 나중에 넘길 걸 그랬다.

하지만 그런 모든 걱정거리들보다도 가장 아프게 그를 괴롭히는 것은, 잠실 이동 후 변화할 수밖에 없을 자신과 가희의 관계 문제다.

오늘 그가 받은 명령에 따르면, 건대 쉘터의 병력과 민간인들은 잠실로 이동 후에 단 하루만 휴식을 취하고, 곧바로 또다시 한강철교로 이동하기로 되어 있다.

말이 좋아 하루 휴식인 거지, 실제로는 외부인이라 간주되어 24시간 격리를 하는 것에 불과하다. 그러면 그때부터 가희와의 밀애를 즐길 수가 없어진다. 언제까지만 참으면 된다는 기약도 없다.

'나는 사람을 죽였어… 이 사랑을 지키기 위해서 살인까지 불사한 놈이라고! 가희도 나에게 모든 것을 다 바칠 만큼 헌신적이고……. 그런데 그런 사랑을 왜 국가가 방해하는 거지? 나에게 해준 게 뭐가 있다고?'

며칠이 지나고 나면 당분간 가희를 마음대로 만날 수도, 뜨거운 밤을 보낼 수도 없다는 생각에 박 소위의 가슴속은 온통 새까맣게 타들어 갔다.

마음 같아서는 이동 준비고 뭐고 다 때려치우고 싶은데, 김 중사와 전차장인 김 소위의 눈이 신경 쓰여 어쩔 수 없이 흉내만 내는 중이다.

"모르겠어. 어떻게 해야 하는지 영 답답하기만 하고… 일단 오늘은 가희를 품고 자자. 술이라도 한잔 거하게 마시고, 아주 뜨겁게……."

어둑어둑한 복도를 지나 자신의 장교 숙소 앞에 선 박 소위는 문의 손잡이를 잡고 작게 중얼거렸다.

요즘은 장교 숙소가 거의 비어 있는 상황이어서 굳이 불편한 외부 건물까지 나가지 않고 아예 가희가 저녁부터 이곳에 와서 그를 기다린다.

보급 소대에게 뇌물로 주려고 챙겨뒀던 양주를 같이 홀짝거리고 알몸으로 뒹굴다 보면, 밤이 너무나 짧게 느껴질 지경이다.

"어, 가희, 나 왔어. 오래 기다렸지?"

박 소위는 방문 손잡이를 밀고 들어가며 밝게 웃었다. 그런데… 방 안에는 가희 말고도 한 여자가 더 있었다.

초희, 이 쉘터 내의 또 다른 연예인이자 미녀.

그녀가 가희와 마주 앉아 이야기를 나누고 있다. 자신의 방 안에서 예상치 못한 여자의 얼굴을 본 박 소위는 순간 바짝 얼어붙었다.

이러면… 이 초희라는 여자에게 나와 가희의 관계가 들통나는 것 아닌가… 이 여자가 소문을 내면 어쩌지?

하지만 가희는 전혀 신경 쓰이지 않는다는 듯 밝게 웃으며 박 소위를 맞는다. 그녀와 초희의 앞에는 이미 반쯤 비워진 양주병도 놓여 있다.

"어서 오세요, 박 소위님. 오늘도 힘드셨죠? 가희는 하루 종일 걱정했어요. 아… 인사하세요. 가희 친구예요. 초희라고…

아시죠?”

“처음 인사드리네요. 초희라고 합니다.”

초희는 자리에서 일어나 다소곳하게 허리를 숙인다.

아, 예…….

박 소위도 주춤하면서 인사를 했다. 가희가 소개를 계속한다.

“초희는 가희랑 소속사는 다르지만 같이 드라마도 찍고 그래서 예전부터 친하게 지내던 사이거든요. 근데 오늘은 얘가 술 한잔이 너무 하고 싶다는 거예요. 속상한 일이 있는데 여기서 일반인들은 술을 구할 수가 없잖아요. 가희는 소위님 덕분에 마실 수 있지만……. 그래서 가희가 불렀어요. 후훗, 먼저 같이 한잔하면서 기다리고 있자고 했지요.”

잠시 말을 멈춘 가희는 자신과 초희 사이의 빈자리를 가볍게 두드리며 고혹적인 미소를 지었다.

“박 소위님도 끼어요. 오늘 하루만 얘 술친구 좀 되어주세요.”

“아… 네… 가희 씨 친구셨군요……. 그… 편안하게 드십쇼.”

박 소위는 머뭇거리며 존댓말로 대꾸했다. 가희가 대체 어디까지 이야기했는지 모르기 때문에 어떤 태도를 보여야 할지 그저 난감했다.

그리고… 뜨거운 밤을 기대하고 들어왔는데, 혹시 오늘은 그것을 못하게 될지도 모른다는 불안함 때문에 약간 짜증스럽기도 했다.

그의 표정을 읽은 것일까? 초희라는 여자는 다시 앉지도 못한 채 눈치를 보고 있다가 자신의 짐을 주섬주섬 챙기며 작별 인사를 하려고 한다.

"어휴, 저 때문에 두 분이 영 서먹하시네요……. 그렇지 않아도 이것저것 신경 쓰실 일이 많으셔서 스트레스 받으셨을 텐데… 그러지 마시고 앉으세요. 저는 이만 나가볼게요. 가희야, 술 잘 마셨어. 고마웠다."

"아니야, 아니야. 얘, 이상한 소리 하네. 박 소위님이 그런 거 신경 쓰실 분인 것 같아? 아니거든! 가희는 그렇게 속 좁은 남자랑 사랑에 빠지는 여자 아니라고요."

서둘러 초희의 팔목을 잡아 앉힌 가희가 박 소위에게 다가와 귀엣말을 한다.

"박 소위님이 그렇게 화난 얼굴로 보시니까 쟤가 무서워서 저러잖아요. 가희는 제 피앙세가 그런 남자라고 오해 받는 거 싫단 말이에요."

"아, 아니… 화가 난 게 아니라 좀 놀라서……."

박 소위는 손을 내저으며 부정하다가 목소리를 한 톤 더 낮춰 물었다.

"대체 저분에게 뭐라고 한 거야? 우리 사이 다 이야기했어? 철저하게 비밀로 하자고 했던 건 가희였잖아."

"후후후, 왜요? 안 돼요? 박 소위님, 여자는요… 비밀을 갖고 있는 걸 좋아하지만, 때로는 자랑도 하고 싶어 하는 존재라고요. 박 소위님처럼 멋진 애인이 있는데, 제일 친한 친구한테도 자랑을 못하면 아마 가슴이 답답해서 미쳐 버릴걸요? 초희, 쟤는요… 절대로 가희에게 해될 이야기 하고 다닐 애가 아니에요.

그러니까 그런 걱정은 하지 않아도 돼요."

그런가…….

박 소위는 가희의 어깨 너머로 초희의 얼굴을 힐끔 엿봤다. 초희는 눈을 내리깐 채 연신 머리를 귀 너머로 쓸어 넘기고 있다. 가희는 박 소위의 귀에 입술을 붙이다시피 하며 귀엣말을 계속했다. 가희의 입김이 귓불을 간질이며 귓구멍을 타고 들어오자 지쳐 있던 온몸의 신경에 가벼운 전율이 인다.

"두 시간만… 딱 두 시간만 같이 마셔주세요. 어차피 저 애도 그쯤엔 가야 돼요. 그럼 그때부터 우리만의 시간이에요. 가희도 박 소위님이 몸서리쳐지도록 그리웠다고요."

말을 마친 가희는 슬쩍 박 소위의 허리춤을 쓰다듬는다. 박 소위는 움찔하며 초희의 눈치를 살폈다.

여자들이란… 이상하구나……. 왜 이리 과감하지?

박 소위는 가희의 행동을 이해할 수 없었지만, 어쨌든 그녀의 부탁을 매정하게 거절하기는 어려웠다.

"힘드셨죠? 박 소위님이 용감히 지켜주신 덕분에 오늘도 가희랑 초희는 무사히 살아남았습니다. 후훗, 자… 받으세요."

박 소위가 접이식 의자에 앉자 좌측에 앉은 가희는 애교 가득한 눈웃음을 지으며 양주를 따라 준다. 박 소위의 잔을 채운 가희는 초희 쪽으로 술병을 내밀었다.

"자, 너도 받아. 우리 건배하자."

"아니, 얘, 잠깐만. 나는 박 소위님한테 달라고 할래. 후후후, 주인이 먼저 한 잔 따라 주셔야 마음 편하게 마실 수 있을 것 같아요."

초희는 박 소위 쪽으로 고개를 돌리며 눈웃음을 쳤다. 가희도 더는 권하지 않고 술병을 탁자 위에 내려놓았다.

"아, 네… 그럼 제가 따라 드리죠."

박 소위는 초희와 가희의 잔에 술을 부어 주었다. 건배 후, 입을 적신 가희가 자신의 볼을 쓰다듬으며 배시시 웃는다.

"있지… 가희는 지금 너무 행복해요. 가희가 제일 좋아하는 친구랑 제일 사랑하는 박 소위님이랑 이렇게 오붓하게 술을 마실 수 있다니, 꿈만 같은걸요."

"어머, 어머, 쟤 저렇게 꿈같은 표정 짓는 거 진짜 오랜만에 보네. 계집애, 박 소위님이 좋기는 정말 어지간히 좋은가 보다. 박 소위님, 소위님은 가희가 저한테 얼마나 자랑했는지 모르죠? 자기가 꿈에 그리던 사람을 만났다고 어찌나 자랑하는지… 외로운 사람 가슴까지 다 흔들어놓는다니까요."

"자랑할 만하잖아! 초희, 너도 오늘 이렇게 가까이에서 보니까 알겠지? 가희가 왜 그렇게 폭 빠질 수밖에 없는지?"

"후훗, 그래. 잘생기셨다는 건 인정. 뭐, 그래봐야 남의 떡이지만… 그래도 정말 군인이라는 게 안 믿겨져요. 배우 하셨어도……."

초희는 입술을 핥으며 박 소위를 위아래로 훑어본다. 칭찬을 듣는 박 소위의 기분도 덩달아 들떴다. 비록 가희와의 불같은 밤을 방해하는 불청객이라고는 해도 그녀 역시 눈이 즐거워지는 미녀 배우니까 당연한 일이다.

사실 초희가 잠실에서 이쪽으로 이송 왔을 때부터 박 소위는 그녀의 몸매와 얼굴을 몰래 눈으로 훑었었다. 가희와 어느 쪽이 더 나은지 비교도 해보았고, 때때로 초희가 고 하사와 이야기를 나누고 있으면 은근한 질투심마저 생기곤 했었다.

하지만 지금 고 하사 놈은 뒈져 버렸을 게 분명하고, 초희는 자신의 방에서 술을 마시며 미남이라는 칭찬을 하고 있다. 이만하면 자신을 승자로 분류해도 될 것 같은 기분이다.

"어머, 잔이 비었잖아요. 그러면 이번에는 제가 한 잔 따라드릴까요?"

박 소위가 기분 좋게 술잔을 기울이는 것을 보고, 초희가 술병 쪽으로 손을 뻗는다. 그러자 가희가 얼른 먼저 병을 집어 들고 고개를 저었다.

"후훗, 안 돼. 박 소위님 술잔은 가희가 채울 거야. 가희는 질투심이 많걸랑."

"어우, 뭐야? 한 잔 정도 어떠니, 얘. 내가 무슨 네 애인 빼앗으려는 사람도 아닌데……."

"어머머? 누가 뺏긴데? 박 소위님은 가희만 사랑하셔. 욕심난다고 엿보면 안 돼요. 그쵸? 박 소위님, 저만 예뻐하시는 거죠?"

"아니죠? 애인이라 말을 못하는 것뿐이지, 실은 가희보다 제가 더 인물이 낫죠?"

한바탕 만담을 늘어놓던 두 여자가 마주 보며 까르르, 간드러지는 웃음소리를 낸다.

후후, 후후후…….

박 소위도 이를 드러내며 웃었다.

가희와 단둘이 보내는 밤만이 유일한 즐거움이라고 생각했었는데, 이렇게 한 명이 더해진 유쾌한 분위기도 꽤 괜찮다.

뭔가… 좀비 세상이 아니라 과거의 평범한 사회로 돌아가 높은 사람이 된 채 접대를 받고 있는 듯한 기분이다.

"좋군요, 능력이 있는 애인이라는 건… 가희가 아니었으면 이런 건 꿈도 못 꿔봤을 거예요."

박 소위가 따라 준 술을 홀짝이면서 초희는 나직하게 중얼거렸다. 이따금씩 고개를 푹 숙이기도 하지만 그녀의 시선은 박 소위의 얼굴에 거의 고정되어 있다. 둔한 박 소위조차도 알아챌 수 있을 만큼 노골적인 눈길이었다.

"우울했거든요. 요새… 산다는 게 뭔지 하는 회의도 들고… 하지만 오늘 가희랑 이렇게 한잔하면서 마음을 풀고, 또 둘이 이렇게 행복한 모습을 보니까… 저도 살아야겠다는 생각이 더 강해졌어요. 박 소위님처럼 멋있고 믿음직한 사람 만날 수 있을 때까지요……. 저, 잔 비었어요."

초희는 박 소위의 무릎을 살짝 쓰다듬으며 잔을 내밀었다. 박 소위는 그녀가 왜 우울하다고 하는지, 전혀 관심이 없었다. 앞으로 숙인 그녀의 가슴골을 훔쳐보는 데에만 몰두해 있었기 때문이다.

흐음, 가슴은 가희보다 더 큰 모양인데……. 아닌가? 둘이 비슷한가?

박 소위는 술을 따라 주는 동안 계속해서 곁눈질을 해 댔다.

"후아~ 덥네요. 이렇게 찐득한 여름은 정말 오랜만이에요."

몇 순의 술잔이 더 돌았을 즈음, 초희는 손으로 부채질을 하며 달아오른 얼굴을 식히고, 스커트 자락을 펄럭였다.

창이 없는 지하여서 가뜩이나 더운데, 좁은 공간 안에 청춘 남녀가 세 명이나 술을 마시고 모여 있으니 방 안의 공기는 그야말로 확확 달아오른다.

"가희처럼 이렇게 단추를 좀 더 풀러. 그렇게 싸매고 있으니까 덥지."

가희는 초희 쪽으로 팔을 뻗어 그녀의 블라우스 단추를 풀려고 했다. 초희는 당황해하며 도리질을 했다.

"아니, 아니… 너는 박 소위님이 애인이니까 그렇게 해도 되지만, 나는 그러면… 박 소위님이 비웃으시면 어떻게 해. 여자가 영 단정치 못하다고……."

"얘는, 그런 게 어디 있니? 가희 애인이 네 친구지. 그냥 편하게 있어. 그쵸~ 박 소위님? 그래도 되죠?"

이 상황에서 고개를 저을 남자가 있을까?

박 소위는 당연히 그렇다고 대답했다. 가희의 적극적인 권유로 블라우스 단추를 명치께까지 풀어 헤친 초희는 한 손으로 가슴을 가리는 시늉을 하며 흘끔흘끔 박 소위의 눈치를 본다.

그 모습이며 얼굴의 각도가 꽤나 자극적이어서 박 소위의 숨소리는 약간 거칠어졌다.

"우리 박 소위님은 육사 다니실 때, 럭비하셨었다아? 그래서 있지, 허벅지가 정말 단단해. 보통 사람들하고는 달라."

가희가 먼저 바짝 다가앉으며 박 소위의 허벅지를 쓴다. 초희도 슬쩍 몸을 기울여 '진짜?' 하며 반대쪽 다리에 손을 얹었다. 그녀의 브래지어와 가슴이 적나라하게 드러난다.

"어머! 정말이네. 세상에… 이런 근육으로… 우리 가희를 밤마다… 박 소위님, 너무하셨다. 가희, 쟤는 몸이 약해서 이런 파워 감당하지 못할 텐데……. 어휴, 저 계집애가 요새 행복해하는 게 다 이유가 있었네. 그냥 잘생겨서 좋은 게 아니었어!"

박 소위의 허벅지 안쪽을 쓰다듬고 누르던 초희가 음란한 농담을 던지면서 미소를 지었다.

"어머, 얘 좀 봐! 못하는 말이 없어. 어휴, 가희는 부끄러워서 못 듣겠다."

가희는 두 손으로 볼을 감싸는 시늉을 하며 뒤쪽으로 물러난다. 하지만 초희의 손은 여전히 박 소위의 다리에서 떠날 생각이 없다. 박 소위도 다리를 빼거나 하지 않는다.

"후후, 이렇게 하고 있으니까 어렸을 적으로 돌아간 것 같아요. 왕 게임 해요! 가희, 그거 하고 싶어졌어요."

멍한 눈으로 빈 곳을 응시하고 있던 가희가 갑자기 생기가 나서 안주로 먹고 있던 막대 과자를 빼 든다.

"왕 게임?"

"네에~ 왕 게임이요. 번호 정해놓고 왕 뽑은 다음에 뭐든지 시키는 대로 하는, 그거 있잖아요. 박 소위님이 1번, 초희가 2번, 그리고 가희는 3번. 짧은 거 뽑으면 왕. 룰은… 으음, 아픈 것만 빼고 다 되기!"

가희는 아양을 피우며 번호까지 지정해 주고 나서 과자 한 개의 끝을 오독 깨물어 먹었다. 그러고는 세 개의 과자를 주먹 안에 숨겨 쥐고 내밀었다.

"어우~ 나는 그런 거 잘 못하는데……."

박 소위가 동의하기도 전에 초희가 먼저 과자를 빼 든다.

길다.

큼큼, 박 소위도 한 개를 뽑았다. 짧다. 그가 왕이 되었다.

"자요, 이제 명령을 내리시옵소서, 대왕님. 후후훗."

가희와 초희가 색기 가득한 눈웃음을 치며 박 소위에게 말했다. 박 소위는 잠시 머뭇거리다가 명령을 내렸다.

"음, 2번 원샷."

"어우, 그게 뭐야! 너무 시시해요. 후후후후~ 그거는 왕이 아니라도 어차피 마시는 거잖아요."

별것도 아닌 명령에 여자들은 까르르 웃었다. 초희가 위스키 잔을 단번에 비우고 게임은 다시 시작되었다. 이번에는 가희가 왕이 되었다.

"가희 하는 거 잘 봐요. 왕 게임 명령은 창피하고 그런 거여야 한다고요. 2번! 바지 벗어!"

"바지? 나 바지 없는데?"

초희는 당황한 척하며 자신의 스커트를 펄럭인다. 멍해진 가희가 이마를 쓸면서 중얼거린다.

"어? 네가 2번이었어? 나는 박 소위님 바지 벗기려고 한 건데……."

"그럼 이거는 무효야? 다시 명령할 거야?"

초희의 물음에 가희는 단호하게 고개를 저었다.

"안 돼! 왕 명령은 딱 한 번이고, 바꾸는 것도 없어! 가희 왕이 명령한다! 바지 없으면 치마라도 벗어!"

"뭐어? 진짜? 아휴~ 이 계집애… 취해 가지고 번호를 혼동하는 바람에 내가 이게 무슨 꼴이야……. 뭐, 어쩔 수 없지, 게

임이니까……. 가희 너어, 이제 두고 봐."

잠시 박 소위의 눈치를 보던 초희는 돌아서서 치마를 벗었다. 치마를 접어 의자 등받이에 걸어둔 초희가 다리를 꼬고 앉았다.

그녀의 속옷을 보자, 박 소위의 심장은 더 빨리 뛰기 시작했다.

이 게임… 이런 거를 다들 하고 살았던 건가…….

"자! 빨리 한 잔씩 마시고 또 해! 내가 왕만 됐단 봐라!"

초희는 열의를 불태우며 잔을 들어 올렸다. 두 번의 게임을 거치는 동안 박 소위는 웃옷을 다 벗어야 했다.

게임의 왕이 다시 박 소위의 차지가 되었을 때, 잠시 두 여자의 눈치를 보던 박 소위는 갈라진 목소리로 명령을 내렸다.

"3… 3번하고 2번, 뽀뽀해."

가희가 부끄러운 듯 웃으며 초희에게 다가가 그녀의 무릎 위에 앉는다. 초희도 미소를 지으며 입을 살짝 벌린다.

박 소위가 내린 명령은 그저 '뽀뽀'였을 뿐인데, 두 여자는 서로의 입술과 혀를 한없이 에로틱하게 탐하며 웃어 댔다. 영화에서나 보던 장면이 박 소위의 눈앞에서 라이브로 펼쳐진다.

후우~ 후우~ 거칠어진 박 소위의 숨소리가 방 안을 가득 메웠다.

"아우, 이게 뭐야. 나는 왜 계속 당하기만 해? 이러면 재미없는데……."

길고 끈적한 키스를 마치고 가희가 자리로 돌아갔을 때, 초희가 얼굴을 찌푸리며 투덜댔다.

"잠깐 다음 게임 하기 전에 화장실 좀."

가희가 문을 열고 나가자 한껏 달아올랐던 방 안의 분위기는 순식간에 싸늘하게 식어버렸다. 적어도 박 소위에게는 그랬다.

오늘 처음 보는 애인의 친구가 그의 바로 앞에서 팬티 차림으로 앉아 있는 상황… 게다가 둘뿐. 아무리 술의 기운을 빌었다고는 해도 뻘쭘할 수밖에 없다.

"박 소위님……."

초희가 바짝 붙어 그의 어깨에 머리를 기대며 말했다. 박 소위는 목석처럼 뻣뻣해졌지만, 피하려 들지 않았다.

"가희요, 요즘 정말 행복해해요. 재랑 알고 지낸 지 오래됐지만, 저렇게 밝게 웃는 얼굴은 정말 처음 보는 것 같아요. 재는 사실 무지하게 여리고 슬픔이 많은 애거든요. 그러니까 박 소위님이 더 신경 써주시고 아껴주셔야 돼요. 물론 알아서 잘하시겠지만, 앞으로도 그 마음 변치 마세요. 가희가 아파하는 모습은 정말 보고 싶지 않아요."

그런 말을 하면서 초희는 박 소위의 가슴에 볼을 비비고, 그의 손을 잡아 자신의 가슴께로 가져갔다.

말과 행동이 완전히 정반대 방향으로 달려가는 상황이다. 이상하다. 그러나 이상하다는 걸 알면서도 박 소위는 굳이 거절하지 않고 즐겼다.

'그래… 이건 허용 가능한 범위의 장난이야. 술에 취했으니까 이 정도는 이상한 게 아니야…….'

박 소위는 말도 안 되는 이유로 자신과 초희 사이에 흐르는 묘한 분위기를 용서하고 있었다. 하지만 가희가 다시 문을 열었을 때, 두 사람은 황급하게 떨어졌다.

"미안해요, 가희 때문에 리듬이 깨졌죠? 후후후. 아참, 그리고 제가 우리 소위님, 비타민도 안 챙겨 드렸었더라고요."

가희는 두 사람 사이의 이상한 기류를 알아채지 못한 사람처럼 밝게 웃었다. 그러고는 약을 입술로 물어 박 소위의 입안에 넣어줬다.

"아유~ 우리 예쁜 소위님."

어지간히 취했는지, 가희는 비틀거리며 계속 배실배실 웃는다. 그러면서도 또 잔을 비운 후에 게임에는 열심히 동참했다.

몇 번의 야릇한 벌칙이 지나가고 다시 열기가 후끈 달아올랐을 때, 계속 벌칙만 받고 있던 초희가 드디어 왕 과자를 뽑았다. 초희는 두 손을 비비며 중얼거렸다.

"후후후, 이제 다들 마음 단단히 먹어야 할걸… 준비됐지?"

"어우~ 임금님, 제발… 가희한테 너무 힘든 거 시키시면 안 돼요……."

가희는 의자에 기댄 채 반쯤 눈을 감고 있다가 맥없이 고개를 툭, 떨어뜨렸다.

도로롱— 도로롱—

그녀가 가볍게 코 고는 소리를 낼 때마다 가슴이 들썩인다.

"얘, 가희야! 나 처음 왕 됐어. 명령 좀 해보자. 벌칙 받고 자."

초희가 어처구니없어 하면서 가희를 부른다. 하지만 대답이 없다.

"어머, 쟤는 진짜… 완전히 애기 같네요. 저 자는 모습 좀 보세요."

한없이 친구를 아끼는 듯 중얼대면서도 초희는 다시 박 소위의 품에 바짝 다가와 안긴다.

"가희는 참 좋겠어요. 이렇게 잘생기고 섹시한 남자랑……."

초희는 박 소위의 얼굴을 바라보며 그의 볼과 입술을 쓰다듬었다. 박 소위의 눈은 이미 욕망으로 벌겋게 취해 있었다.

"이런 생각을 하면 안 되는 거지만… 저도 사람이라서 조금은 질투가 나네요. 그냥… 제가 잠실에서 그렇게 오래 있지 않고 조금만 더 빨리 여기로 왔더라면… 그랬더라면 어땠을까 하는 생각을 했어요. 그랬으면… 상황이 바뀌었을 수도 있을까요? 내가 박 소위님의 연인이고… 가희는 제 친구라서 이 방에 있는… 이런 생각 하는 거, 나쁜 건가요?"

박 소위의 바지 지퍼를 따라 부드럽게 손을 움직이며 초희가 물었다. 박 소위는 숨을 헐떡이며 어쩔 줄 몰라 한다. 그는 달라붙는 초희를 밀어내기는커녕 그녀의 머리카락을 쓸고 있었다.

이 상황이… 분명히 이성적으로는 곤란하고 싫어야 하는데… 너무도 기분 좋고 흥분된다. 그래서 거절할 수가 없다.

자신이 미처 모르고 살아왔던 내면의 비열함이 자꾸 명령을 내린다. 연인의 친구를 범해보라고… 도덕의 경계를 넘어가 보라고…….

그가 머뭇거리고 있는 것은 정조관념 따위가 아니라, 혹시라도 초희가 거절을 할지 모른다는 두려움 때문이었다. 그리고 또 한편으로는 이 일이 가희에게 들키면 어쩌지 하는 걱정도 있었다.

"…1번."

초희가 박 소위의 귀에 대고 속삭인다. 처음엔 박 소위는 그녀가 무슨 말을 하는지 미처 알아차리지 못했다.

후후후, 교태 섞인 웃음을 지은 초희가 박 소위의 귓불을 살짝 깨물고 나서 다시 말했다.

“내가 왕을 뽑았었잖아요. 대답해요, 1번.”

“아… 네… 후우… 그, 그랬었죠.”

박 소위가 갈라진 목소리로 대답했다. 초희는 그의 무릎에 올라타 앉으며 헝클어진 머리카락을 좌우로 흔들었다. 박 소위의 땀투성이 목에 가볍게 입을 맞추던 초희가 속삭였다.

“명령을 내릴게요. 가희는 잠이 들었지만, 하고 있던 게임은 끝을 봐야 하니까…….”

꿀꺽…….

박 소위는 마른침을 삼키고 가희의 눈치를 살폈다. 그녀는 아직도 꾸벅꾸벅 졸고 있다.

얼마나 깊이 잠이 든 걸까… 지금 이 상황에서 깨기라도 한다면… 그래서 만약에 가희가 이 꼴을 본다면…….

“준비됐어요, 1번? 명령 내릴 거예요.”

허벅지 위에 올라탄 초희는 두 팔로 박 소위의 목을 끌어안은 채 끈적끈적한 목소리로 속삭였다. 얼굴로 쏟아지는 초희의 숨결을 느끼면서 박 소위는 갈등했다.

가희에게 들키게 될까 봐 무섭다. 아까 초희가 술을 따르는 것조차 장난을 빙자해서 싫은 내색을 할 만큼 가희는 질투가 많은 여자다.

가희가 이런 걸 알면 어쩌지…….

박 소위는 자신이 가진 도덕적 무결성과 성실한 연인으로서의 이미지가 깨질까 봐 두려워졌다. 가희가 퍼부을 비난을 상상하는 것만으로도 가슴이 답답해진다.

하지만… 동시에 이 상황이 너무도 매혹적이고, 야릇하고, 재미있다. 그래서 자신의 앞에 안겨 있는 초희를 뿌리칠 수가 없다. 술에 취해 잠든 애인 앞에서 그녀의 친구로부터 유혹을 받고 있다…….

다시는 반복되지 않을 신기한 경험이다. 게다가 이 쉘터의 넘버 원, 투 미녀가 동시에 자신을 흠모하고 있었다니…….

박 소위는 두려움과 흥분 사이에서 계속 갈등했다. 초희의 잘록한 허리에 어정쩡하게 얹혀 있는 그의 두 손이 그의 현재 심리를 대변하고 있었다.

아예 적극적으로 쾌락을 탐하지도 못하고, 그렇다고 쿨하게 거절하고 싶지도 않다.

"어디를 보는 거예요? 왕은 지금 박 소위님 무릎 위에 있는데… 가희? 걔는 술 취하면 누가 업어 가도 몰라요. 걱정하지 마세요."

가희를 힐끗 돌아본 초희가 박 소위의 시선을 가린다. 그러고는 박 소위의 손을 잡아 자신의 브래지어 위에 올려놓았다.

"1번… 2번에게 가희한테 하던 걸 해봐요."

명령을 내리는 초희의 목소리도 흥분으로 갈라져 있다. 박 소위는 숨을 헐떡이며 그녀의 눈을 바라보았다. 초희는 손끝으로 그의 얼굴을 쓸면서 속삭였다.

"심각해하지 마요. 그냥 재미있자고 하는 게임이잖아요… 장난이니까 괜찮아요… 자, 이제부터 나는 가희예요."

초희는 촉촉하게 젖은 입술로 박 소위의 입술을 덮치고 혀를 밀어 넣었다.

전혀… 장난이 아니다. 이 느낌도, 이 상황도…….

감전된 것 같은 아찔한 자극이 박 소위의 머리끝까지 치솟아 올랐다가 폭발한다.

"우… 우……."

박 소위의 입에서 쾌락에 취한 신음이 터져 나온다. 어정쩡하게 초희의 브래지어에 얹혀 있던 박 소위의 손이 그녀의 가슴을 움켜쥐었다.

이 느낌! 살아 있다는 걸 실감할 수 있는 흥분!

"흐응!"

박 소위의 손아귀에 힘이 콱 들어가자 초희는 가볍게 얼굴을 찡그리며 신음을 흘린다. 그러면서도 입술을 바르르 떨고 박 소위를 흥분시킬 만한 말들을 늘어놓았다.

"아아… 그렇게… 가희한테 그렇게 했어요? 아… 조금만 더 꽉 잡아봐요……."

초희가 몸을 비틀었다. 박 소위는 허술하게 걸려 있던 그녀의 블라우스 단추를 모두 풀어 젖히고, 브래지어를 벗겼다. 그러고는 더욱더 본격적으로 초희를 탐하기 시작했다.

박 소위는 그녀의 가슴에 얼굴을 묻고 뜨거운 숨을 토해냈다. 가희를 상대할 때와는 또 다른… 아주 자극적인 즐거움이 있다. 온몸이 뜨겁게 불타오르는 것 같고, 동시에 목덜미는 얼음처럼 서늘하다.

"아아… 좋아요… 정말로……."

초희는 박 소위의 어깨에 고개를 얹은 채 넋이 나간 사람처럼 중얼거렸다. 그러면서 두 손으로 박 소위의 허리띠를 푼다.

박 소위의 손이 그녀의 엉덩이로 미끄러져 내려간다. 자신의 얼굴을 덮고 있던 초희의 머리카락을 떼어내기 위해 입김을 불던 박 소위의 몸이 일순 경직되었다.

"허억!"

박 소위는 묵직한 비명과 함께 몸을 들썩였다. 언제서부터 보고 있었던 것일까?

가희가… 가희가 눈을 뜨고 이쪽을 빤히 바라보고 있다.

"뭐…해? 지금?"

가희는 게슴츠레한 눈을 비비며 박 소위와 초희를 향해 물었다. 박 소위는 황급하게 고개부터 저어 댔다.

"아, 아니야! 이, 이거는… 이건 그냥……."

박 소위는 아무 거짓말이라도 해보려고 했다. 그러나 도저히 변명의 여지가 없다. 반라의 초희는 자신의 허벅지 위에 다리를 벌린 채 앉아 있고, 자신의 손은 그녀의 엉덩이를 움켜쥐고 있었다. 초희는 그의 허리띠를 풀어내서 손에 들고 있다.

이 상황은… 누가 보더라도 한 가지로밖에는 해석할 수 없다.

"서… 설마. 가희를 내버려 두고… 둘이 몰래……."

가희가 입을 감싸 쥐고 벌떡 일어난다. 초희는 한 번 한숨을 내쉰 뒤, 팔을 뻗어 그녀에게 가까이 오라는 손짓을 한다.

"왕 게임하고 있었잖아. 네가 잠들어서… 박 소위님이 너 대신 벌 받는 중이었어."

"이건 지금… 장난치고 그런 거 아니잖아……."

"아니, 장난 맞아. 가희야, 이리 와서 네가 직접 확인해 봐."

초희는 몸을 기울여 가희의 팔목을 잡아끌었다. 어차피 좁은 방 안이어서 세 사람 사이의 간격은 1미터도 안 된다.

가희는 박 소위의 오른쪽 허벅지에 모로 걸터앉은 채 소리 죽여 훌쩍거리기 시작했다.

"봐봐… 내가 아무리 장난쳐도 박 소위님은 네 생각밖에 안 하셔. 너 잠든 동안에 우리 둘이 계속 네 이야기 했는걸?"

초희는 가쁜 숨을 진정시켜가며 뻔뻔한 변명을 늘어놓는다. 그러면서도 드러낸 가슴을 감추려 들지도 않고, 여전히 박 소위의 허벅지에서 내려오지도 않았다.

"정말? 흐윽… 하지만 네가 박 소위님에게 키스하는 거 다 봤단 말이야… 가희는 기분이 이상해… 가희는… 이런 거……."

가희는 숨을 죽여 흐느낀다. 그녀의 반응이 분노가 아니라서 박 소위는 꽤 놀랐다. 평소 대가 센 성격이 아니라는 것은 알았지만, 아무리 그래도 외도의 현장을 들켰는데 이렇게 소리 죽여 우는 정도라고?

그 순종적인 모습이 또 은근히 좋아서 박 소위의 가슴은 두근댔다. 물론 이 난감한 상황부터 수습해야겠지만, 어떻게 마무리 지어야 할지 전혀 계산이 되지 않는 게 문제이다.

애인은 자신의 오른쪽 다리에 걸터앉아 눈물짓고 있고, 애인의 친구는 자신의 왼쪽 다리에 반라로 올라탄 채 우는 애인을 달래고 있다. 솔로몬이 와도 없던 일로 만들어줄 수 있을 것 같지 않다.

"가희야, 그만 울어. 내가 잘못했어……."

박 소위보다 먼저 초희가 가희의 어깨를 끌어안고 사과를 했다. 초희는 눈물로 젖은 가희의 머리카락을 쓸어 넘기면서 속삭였다.

"그냥 나도 한 번… 너처럼 되어보고 싶어서 그랬어. 하도 부러워서… 박 소위님 사랑을 받으면 어떤 기분일까… 나도 평생에 한 번은 이렇게 멋있는 사람이랑 사랑을 해보고 싶어서 그랬어… 이제 여기에서 나가면 언제 죽을지도 모르잖아. 미안해, 내가 나쁜 년이야. 너는 나한테 잘해줬는데……."

초희는 가희의 머리를 끌어안고 훌쩍였다. 가희는 힘없이 중얼거렸다.

"…평생에 한 번이라고?"

"응… 그냥 딱 하루만 내가 너인 척하고 싶었어. 네가 돼보고 싶었어."

후우~ 한숨을 내쉰 가희는 잠시 생각에 잠겼다. 그러고는 결심을 한 듯, 박 소위의 다리를 쓰다듬으며 말했다.

"…박 소위님, 오늘 하루만 초희를 가희라고 생각하면서 사랑해 줘요. 얘는 정말 외롭고 불쌍한 애예요. 미안해요. 이렇게 곤란한 부탁 해서… 하지만 박 소위님은 가희를 사랑하니까 이런 부탁도 들어주실 거죠?"

부탁을 들어달라고?

박 소위는 어안이 벙벙해져서 제대로 답을 할 수 없었다. 재미도 제대로 못 보고 그저 곤란해졌다고만 생각했는데… 이게 무슨 새로운 국면으로의 전환인가. 용서해 주는 게 아니라, 아에 그 짓을 하라고 등을 떠민다는 말인가?

"안 되겠나 봐… 하긴, 박 소위님이 사랑하시는 건 가희 너지, 내가 아니니까……."

박 소위가 금방 대답을 하지 못하자 초희가 멋쩍어하며 일어나려 한다. 이번에는 가희가 그녀의 팔목을 잡아 다시 앉혔다.

"아니야, 초희야. 앉아봐. 우리 박 소위님, 그렇게 속 좁은 분 아니야."

그리고 가희는 다시 박 소위 쪽으로 고개를 돌렸다.

"그렇죠, 박 소위님? 초희의 상처를 달래주실 거죠? 저한테 해주는 것처럼 예뻐하고 사랑해 주실 거죠?"

아무리 술에 취하고 약에 취한 박 소위지만, 지금 상황은 기괴하기 짝이 없었다. 두 여자가 무슨 소리를 하는 건지 전혀 납득이 되지 않는다. 도대체 무슨 부탁을 하고 있는 건가…….

하지만 이 상황에서 중요한 것은 그 자신이 납득했는가가 아니라, 가희와 초희가 이 일그러진 관계를 용납했다는 사실이었다.

이제는 아무런 죄의식도 없이… 아니, 죄의식은커녕 오히려 감사 인사까지 받으면서 새로운 여자를 품어볼 수 있게 되었다. 오늘 밤 내내 뜨겁게 달궈지기만 하고 아직 분출되지 못한 그의 욕망이 다시 팽창하기 시작했다.

"그… 그럴게. 그게 가희가 원하는 거라면……."

박 소위는 멍해진 얼굴을 끄덕였다. 하지만 아직도 모든 게 불명확하다.

가희는 어떻게 하겠다는 거지? 나가겠다는 건가? 아니면 여기에서 지켜보겠다는 말이었나? 그… 그러면 너무 불편해지는데…….

"고마워요! 고마워요! 역시 박 소위님은……."

가희는 박 소위를 와락 안고 목에 키스를 퍼붓는다. 박 소위가 쭈뼛거리며 초희 쪽을 돌아보자, 그녀도 섹시한 미소를 지으며 그 품에 안겼다.

"허락의 의미로 주인이 열어줘. 그래야 내 마음이 편할 것 같아."

박 소위의 바지 지퍼를 만지작거리던 초희가 가희에게 말했다.

"허락할게. 오늘 하루… 초희는 가희야."

가희가 손을 뻗어 박 소위의 바지 단추를 풀고 천천히 지퍼를 내렸다. 그러자 반대쪽에서 초희의 손이 지퍼 안으로 쑤욱 파고들어 온다.

"으으……!"

박 소위는 두 여자의 얼굴을 번갈아 보며 신음 소리를 냈다. 가희마저 블라우스를 벗자, 그의 눈앞에서는 네 개의 탄력 있는 가슴이 흔들렸다. 눈알이 뱅글뱅글 도는 것 같다.

'이… 이래도 되는 건가? 멋진 남자들에게는… 이런 게… 용납되는 일인가?'

두 여자의 몸을 번갈아 탐하면서, 박 소위는 거친 숨을 몰아쉬었다. 처음에는 소극적이었던 그의 행동이 점점 더 과감해졌다. 그가 무엇을 하든 가희와 초희는 '노' 라고 하는 법이 없었다.

"아!"

여자들의 신음이 울릴 때마다 왕이라도 된 것 같은 우월감이 그의 온몸을 감싼다. 박 소위는 오늘 새로운 열락의 세계에 첫 발을 들여놓았다. 그는 대번에 이 새로운 즐거움이 마음에 쏙 들었다. 그래서 그 세계 안에서 영원히 살고 싶어졌다.

'내가 왜 이런 생활을 버리고 잠실 같은 데를 가야 하지?'

초희의 엉덩이를 잡고 가희의 가슴에 입을 맞출 때, 박 소위의 머릿속에 잠시 그런 생각이 스쳐 갔다.

3

8월 14일, 잠실 쉘터에서 한강철교로 민간인들이 이동하는 첫 번째 날이 밝았다. 아침 식사가 끝나자마자 잠실 쉘터의 외부 주차 공간에서는 이동 지원자들을 교육시키기 위한 병사들이 바쁘게 움직이는 중이었다.

"자! 거기, 줄 맞추십니다! 가로 열 줄! 세로 열 줄! 거기 선생님! 뒤로 한 칸 빠지십쇼! 옆 사람과의 간격도 맞춥니다! 아… 진짜 왜들 이러십니까? 다들 학교 다니실 때 체육도 안 해보셨습니까? 맨 앞의 긴 머리 여자분, 기준!"

병사들의 호령이 여기저기에서 쩌렁쩌렁 울린다. 그러나 그다지 효율적으로 오와 열이 맞춰지지는 않았다. 다들 어렴풋이 기억하고는 있었지만, 그렇게 줄을 맞춰 서본 것이 너무도 오래전의 일이어서 영 낯설기만 하다.

서로 겹치고, 기준으로 지목된 사람이 움직이기도 하고, 이런

저런 이유로 인해서 100명씩으로 나눈 소규모 인원이 정사각형 형태로 맞춰 서는 것만도 한참이 걸려야 했다.

점심 먹을 때가 다가올 때쯤에는 그래도 조금 진전이 있어서, 잠실의 외부 주차장에는 100명씩으로 구성된 열 개의 조가 거리를 두고 모여 서게 되었다.

가장 좌측에 모여 서 있던 14-1조의 민간인 수용자 100명 앞에, 여덟 명의 병사가 다가와 나란히 선다.

"백인대 14-1조 여러분, 안녕하십니까! 저는 여러분을 선로로 모시고 갈 백인대 14-1조 대장입니다!"

분대장으로 보이는 병장이 민간인들을 마주 보고 서서 큰소리로 인사를 건넨다. 그의 뒤에는 일곱 명의 병사가 무장을 한 채 도열해 있다.

"…안녕하세요."

민간인들이 우물거리며 답례 인사를 하자, 분대장은 고개를 저었다.

"더 크고 자신감 있게 말씀하셔야 합니다! 그렇게 우물거리면 저 밖에 나갔을 때 절대로 알아듣지를 못합니다! 자, 다시 말해봅니다! 안녕하십니까!"

"안녕하십니까!"

분대장의 우렁찬 목소리를 따라서 민간인들도 큰소리를 질렀다.

좋습니다!

분대장은 고개를 끄덕이며 설명을 계속했다.

"자! 여기 좌측의 맨 앞 여자분부터 저기 우측의 맨 뒤 남자

분까지, 이렇게 100분은 백인대 14-1 소속이십니다! 14일 출발한 첫 번째 조라는 의미입니다! 여러분! 지금부터 이 앞의 병사들, 저를 포함한 군인들의 얼굴을 잘 보고 기억하셔야 합니다! 우리는 오늘 연습을 하고 출발해서 선로 위로 이동하는 동안까지 내내 계속 함께 움직이며 여러분을 보호할 것입니다!"

와—

가벼운 환성과 함께 박수 소리가 인다. 계속 보호해 주겠다는 말에 반응한 것이다. 분대장은 가볍게 고개를 숙인 뒤, 말을 이었다.

"우리가 한강철교에 닿기까지 도보로 이동해야 하는 거리는 총 800여 미터에 불과합니다. 누구나 쉽게 돌파할 수 있는 거리입니다. 다만, 질서 정연하게 움직이기 위해서 몇 가지 원칙을 머릿속에 새겨두고, 미리 연습을 해둘 필요는 있습니다! 제가 지시하는 대로만 따르신다면 여기 계신 100분 모두 안전하게 이동을 완료하실 수 있습니다!"

분대장은 자신만만한 말투로 말했다. 엄청난 실전 경험과 노하우가 있는 것처럼 떠들고 있지만, 실은 그 역시 어제 처음으로 이 작전에 대해 배웠고, 그림으로 행동 요령을 익혔다. 그리고 엄청나게 두렵다.

그러나 그는 반드시 이 자신감 있는 태도를 끝까지 유지해 나갈 것이다. 그렇게 하지 않으면 분대원들과 민간인들을 통솔할 때, 큰 어려움이 있게 될 거라고 반복적으로 교육을 받았다. 그 역시 그 의견에 동의한다.

한 번에 이동하는 민간인들을 100명 단위로 끊어 백인대를 만들고, 그들이 잠실 쉘터를 떠날 때부터 선로 위를 걸어 이동하는 내내 하나의 분대가 통솔하도록 한 것은 문 대위의 아이디어였다.

원래 사령부에서 계획하고 있던 방식은 특정 전투 소대가 경로를 끊임없이 왕복해 가며 민간인들을 호위하는 것이었다. 이 방식의 가장 큰 문제는 전투 소대원들이 매우 심하게 육체적, 감정적으로 소모된다는 점이다.

몇 번이나 반복해서 좀비들과 싸우고 살아남았는데도 또 임무가 남았다는 것을 절감하는 순간, 그들을 지탱해 주는 이성과 인내의 끈이 무너질 게 빤했다. 그럴 바에는 차라리 한 번에 한 분대씩을 함께 이동시켜서 그들을 운명 공동체로 만드는 편이 더 효율적이다.

"이 앞자리의 열 분! 여러분은 항상 제 손을 보셔야 합니다. 무슨 일이 있든, 어디에 있든 간에 여러분의 눈은 제 손을 주목하십쇼. 제가 이렇게 손을 쫙 펴서 들면 멈추라는 표시입니다. 이걸 보자마자 여러분은 제자리에 섭니다."

분대장은 뒤돌아서서 손바닥을 펴 보이는 시늉을 했다. 그러고는 다시 돌아서서 이번에는 팔목을 앞으로 휘둘렀다.

"이 신호가 보이면 다시 가라는 겁니다. 계속 가라는 뜻도 되고요. 그러니까 제가 손을 펴서 들면 멈추셨다가, 이렇게 저으면 계속 가는 겁니다. 아셨습니까?"

맨 앞자리의 사람들이 고개를 끄덕이며 그의 수신호를 따라해 본다. 그래봐야 두 개니까 사실 외우고 자시고 할 것도 없다. 분대장은 이번에는 그 뒤의 줄 사람들을 지목했다.

"둘째 줄 분들부터는 신호를 보실 필요 없습니다. 대신에 앞사람의 뒤통수에서 눈을 떼지 않습니다. 앞사람이 서면 여러분도 서고, 앞사람이 가면 여러분도 갑니다. 그리고 항상 앞사람의 등에 손을 짚을 수 있을 정도의 거리를 유지해야 합니다. 뒷줄에 계신 분들 알겠습니까?"

분대장이 열심히 설명을 하고 있을 때, 멀리 종합운동장 사거리 쪽에서 갑자기 분대 지원화기가 난사하는 소리와 좀비들의 포효가 동시에 울려 대기 시작했다.

타타타타타— 타타타타— 투투투— 투투투투투투둑—

그롸아아아— 끄아아아—

느닷없는 총소리에 백인대 14—1조의 민간인들은 바짝 얼어붙어서 비명을 지른다. 300미터 이상 떨어진 철책 외부의 싸움인데도 그들에게는 그저 두려울 뿐이다.

"진정하십쇼! 이쪽으로 오는 게 아닙니다!"

분대장이 아무리 열심히 소리를 질러도 민간인들은 쉽사리 공포에서 빠져나오지 못하고 계속 그쪽을 흘끔거렸다.

'젠장…….'

분대장은 속으로 혀를 찼다. 아직 쉘터의 울타리를 빠져나가기도 전부터 이렇게들 무서워하고 통제가 안 된다니… 한강 철교까지 무사하게 간다는 건 정말 요원하기만 한 일인 것 같다.

그런데 문제는… 그들이 바로 몇 시간 뒤에 출발해야만 하는 가장 첫 팀이라는 사실이었다.

"집중! 집중!"

분대장은 있는 힘껏 소리를 지르며 사람들 사이를 돌아다녔다. 그렇게 아까운 시간을 한참 허비한 후에야 그는 겨우 민간인들의 시선을 되돌릴 수 있었다.

"외부로 나갔을 때 총소리가 난다고 해서 절대로 멈추거나 뒤돌아 뛰지 마십쇼! 총소리가 들린다는 것은 군이 좀비들을 저지하고 있다는 의미이고, 여러분이 멈춰 섰을 때 위험해진다는 뜻이기도 합니다! 여러분은 어떤 소리가 들리든 간에 제 손의 신호만 보고, 앞사람의 뒤통수만 보고 움직여야 합니다! 알겠습니까?"

분대장은 핏대를 세워가며 이 작전의 가장 기본적이고도 중요한 룰을 설명했다.

패닉을 일으키는 순간 대열은 무너지고, 생존 확률은 급격하게 떨어진다. 어떤 위험에 처하더라도 절대로 죽지 않을 것이라는 믿음을 가지고 줄기차게 뛰어야만 한다.

"자, 이제부터 실제 이동을 연습해 보겠습니다! 제가 일러 드린 행동 요령을 항상 명심하시고 그대로 따르십쇼!"

몇 차례나 중요한 요령들을 숙지시킨 분대장은 민간인들에게 이동 준비를 명했다.

"저기 보이는 저 주차장 표지판까지 뛰어갑니다. 제가 신호를 보내면 그 순간 출발하는 겁니다!"

잠시 대기하고 있던 분대장은 달리라는 손짓을 하고 앞서 뛰었다. 그리 속력을 내지는 않았다.

그를 교육시킨 장교들은 이동하는 내내 빠른 구보의 속도를 유지하라고 했지만, 민간인들을 실제로 대면하자마자 분대장은 그 정도의 빠르기가 불가능하다는 걸 깨달았다.

지금 잠실 쉘터에 있는 민간인 생존자들 중에는 꽤나 많은 중년 남자들과 아이를 동반한 여자들이 포함되어 있다. 그들에게 젊은 군인들과 같은 속도로 달리라고 주문하는 건, 그냥 죽으라는 명령과 별반 다르지 않다.

"으윽! 아이쿠!"

채 20미터도 전진하지 못했을 때부터 뒤쪽에서 넘어지고 구르는 소리가 들린다. 한 사람이 넘어지면 뒷줄 사람들이 줄줄이 멈춰 서야 하고, 대열은 순식간에 무너진다.

후우우~ 멈추라는 신호를 보낸 분대장은 터져 나오려는 짜증을 참기 위해서 깊은 한숨을 내쉬었다. 그러고는 넘어진 사람들 쪽으로 다가갔다.

다들 뭔가 바리바리 싸서 양손에 들고 있다. 이러니 제대로 달릴 수 있을 리가 만무하다. 애초부터 짐의 허용 기준을 작은 배낭 한 개 크기로 규정해 놓았는데, 도무지 듣는 것 같지가 않다.

'젠장… 재수도 더럽게 없지. 하필이면 내가 첫 빠따로 걸릴 게 뭐람…….'

분대장은 마음속으로 푸념하면서 옆쪽의 다른 백인대를 돌아보았다. 거기도 여기 못지않게 개판이다. 다들 자빠지고 대열은 무너져서 우왕좌왕하고 있다.

풋, 분대장의 입에서 어처구니없는 웃음이 터진다. 그 혼자만 불행을 짊어진 건 아닌 모양이어서 조금은 안심이 되었다. 그는 감정을 최대한 가라앉히고 민간인들을 향해 외쳤다.

"잘 달리고 잘 멈춰 서려면 양손 모두 자유롭게 둬야 합니다.

그렇기 때문에 등에 메고 뛸 수 있는 만큼으로 수하물의 양을 제한한 겁니다. 짐을 손에 들고 뛰는 행위는 허락되지 않습니다."

"어어… 하지만 이게 다 먹을 건데……."

"담요랑 돗자리 때문에 보따리 안에 자리가 없어요……."

여기저기서 가벼운 원성이 터져 나온다. 분대장은 단호하게 고개를 저었다.

"안 됩니다! 10분 드릴 테니, 짐을 다시 정리하세요. 그 이후부터는 손에 짐 들고 있는 걸 보면 제가 그냥 버릴 겁니다. 경고 더 하지 않습니다. 실시!"

민간인들에게 다시 짐을 꾸리게 한 뒤, 분대장은 분대원들과 동선을 다시 점검하고 속도를 조정했다.

민간인들을 대동하지 않은 채 어제부터 연습을 해봤었지만, 제식훈련도 받지 않은 사람들을 끼워 넣고 나니 영 느낌이 다르다.

"이렇게 해서 선착장까지 갈 수 있을지 잘 모르겠습니다."

상병 이상의 병사들은 회의가 가득한 표정으로 민간인들을 돌아본다. 고문관급 인원이 적어도 수십 명이나 되는데… 앞으로 몇 시간 만에 그들을 사람 구실 하도록 바꿔놓아야 한다.

"하기 싫어도 하는 수밖에 없어. 위에서 시간이랑 순서까지 다 정해놨는데 우리 사정 봐줄 것 같아? 너희들도 정신 바짝 차리고 문제 수용자 발견하면 하나하나 꼼꼼하게 교육시켜. 15시에 출발하고 나면 그때부터는 돌이키지 못한다고."

분대장은 이를 꽉 깨물어가며 분대원들에게 주의를 줬다. 그나마 다행이라면 이 지랄 맞은 짓을 여러 번 반복하지 않아도 된다는 정도다. 시간을 확인한 분대장은 담배를 전투화 바닥에 비벼 끄고, 민간인들 쪽으로 걸어갔다.

"이동 중에 여러분은 서로 도와야 합니다. 넘어지려는 사람이 있으면 옆에서 잡아주면서 버티세요! 저희는 여러분 전체를 보호해야 하기 때문에 개인적인 사정을 봐드릴 수는 없습니다! 이동 중에 혹시 병사들을 부르셔도 대답하지 않을 겁니다. 이동 수칙이 그렇게 정해져 있습니다! 자, 다시 해보겠습니다! 오와 열을 맞춰 서세요!"

민간인들의 줄을 정돈하고 나서 분대장은 다시 한 번 신호를 주고 그들과 함께 내달렸다.

이번에는 좀 더 멀리까지 빠르게 움직일 수 있었지만, 그래도 또 넘어지는 낙오자가 발생했다. 운동신경이 아주 둔하고 체력까지 약한 몇 명이 계속 발목을 잡는다.

"14-1조! 세 번째 줄, 오른쪽에서 세 번째 분! 그리고 다섯째 줄, 오른쪽 두 번째 분! 열에서 빠져나옵니다! 선생님들은 탈락입니다!"

여러 백인조 사이를 오가며 날카로운 눈으로 훈련을 살펴보고 있던 교관들이 가장 성적이 안 좋은 민간인들을 걸러낸다. 졸지에 탈락해 낙오자가 된 민간인들은 당혹감과 분노를 숨기지 않았다.

"우리가 왜 탈락이야? 이제 어떡하겠다는 거야?"

"저기에 일행이 있어요. 같이 가야 돼요……."

"물러나세요! 여러분이 어떤 백인대에 합류할 수 있을지는 추후에 논의가 끝나고 나서 알려 드리겠습니다! 쉘터로 돌아가세요! 어이, 이 사람들 돌려보내!"

교관들은 냉정하고 강압적으로 말하며 탈락자들을 무리에서 분리시켰다.

한 시간 정도의 1차 이동 연습이 끝났을 때, 대부분의 백인대 구성 인원은 100명이 아니라 90명 이하로 줄어 있었다.

낙오자가 된 이들에게는 미안한 일이지만, 그들 때문에 나머지 전체가 위험에 노출되도록 할 수는 없다.

신체적 능력이 부족해 달리기가 눈에 띄게 늦다거나 지구력이 부족한 사람들뿐 아니라, 바로 옆 사람이 넘어지는데도 손을 내밀어주지 않는 사람들도 열외시켰다. 총소리가 날 때마다 기겁을 하고 얼어붙는 이들도 마찬가지다.

한마디로 정신을 바짝 차리지 않는 인원들은 다 빼버렸다. 이동 첫날이니만큼 그렇게 해서라도 성공 확률을 높여야만 하기 때문이다. 경험이 쌓이면 차츰 더 쉽게 이동할 수 있는 방안도 모색될 것이다.

"다시 한 번 이동해 보겠습니다! 이번에는 거리를 더 늘려서 저 철책까지 쉬지 않고 한 번에 갑니다!"

분대장은 사람들이 겨우 숨을 돌릴 정도의 여유만 주고, 곧바로 다음 코스로 들어갔다.

이들을 데리고 안전장치가 확보되지 않은 800미터를 내달려야 하므로 개개인들의 대략적인 특징이나 문제 정도는 미리 파악하고 거기에 어떻게 대비할 것인지도 생각해 둬야 한다.

그러니 자꾸 더 손발을 맞춰보는 수밖에 없다. 예기치 않았던 문제가 실전에서 발생하면… 그냥 죽음이다.

연습을 한 시간 더 진행했다. 이제는 제법 가랄 때 가고, 서랄 때 설 줄 알게 되었다. 불평하는 사람도 거의 없었다. 탈락자들을 보며 다들 긴장하고 있기 때문이었다.

그런 후에야 점심 식사가 제공되었다. 첫 출발 시간인 15시까지… 이제 한 시간 반가량 남았다.

"젠장, 무슨 맛인지를 모르겠다… 체할까 봐 무섭네……."

분대장도, 분대원들도 비슷한 불평을 늘어놓으며 수저를 꾸역꾸역 입으로 옮겼다.

혹시라도 일이 잘못되면 이것이 이승에서의 마지막 식사일 수도 있다. 당연히 맛을 느낄 만한 심리적 여유가 생기지 않는다. 그저 계속해서 가슴만 두근대고, 가만히 앉아만 있는데도 숨이 가빠지는 것 같다.

그럼에도 불구하고 먹어야 한다. 유람선을 타고 도하해서 선로 위로 오르면… 오늘 저녁까지 아무 음식도 제공되지 않을 것이므로.

"시간이… 더 안 갔으면 좋겠습니다."

음식을 씹고 있던 일병 녀석이 울상을 지으며 중얼거렸다. 물론 행복해서 그런 소리가 나온 건 아니다. 그저 잠시 후에 마주해야 될 현실이 너무 두려운 것뿐이다.

"우리 다 살아남는다. 걱정하지 마라."

일찌감치 식판을 옆으로 밀어놓은 채 담배 연기를 내뿜고 있던 분대장이 일병의 어깨를 두드리며 말해줬다. 아무 근거도 없는 장담이지만, 분대원들의 마음에 아주 작은 용기를 더 부여해

주기에는 충분했다.

그들의 옆자리에서는 14—2분대와 14—3분대가 역시나 똥 씹은 얼굴로 한숨을 내쉬고 있다.

1초, 1초… 시간이 흐르고 오후 3시와 조금씩 더 가까워질 때마다 피가 바짝바짝 마르는 것 같다.

14시 30분이 되자 확성기에서 안내 방송이 울리기 시작했다.

— 14—1조, 14—2조, 제1주차장 북단에 집결 후 대기하라. 14—1조, 14—2조, 제1주차장 북단에 집결 후 대기하라.

14—1조의 민간인들과 호위 분대 병력은 워밍업을 겸해서 제1주차장의 위쪽으로 이동했다. 모두를 무릎앉아 자세로 대기시킨 뒤, 분대장은 진심을 가득 담아 그들을 독려했다.

"여러분, 우리가 이동할 이 루트는 한강철교에서 공사를 하고 있는 병사들이 이미 수없이 왕복해 온 길입니다. 꽤나 안전하다고 할 수 있습니다! 걱정하지 마시고 연습하신 대로 저희들의 지시만 잘 따라주십쇼!"

"…네에."

대답이 영 시원치 않다. 민간인들 역시 긴장감 때문에 바짝 얼어붙어 있었다. 철책 사이로 좀비 냄새가 실려 들어오는 것 같다.

저 밖의 풀숲이나 나무 뒤 어디에선가 갑자기 좀비가 툭 튀어나올지 모른다는 두려움이 그들을 떨게 만든다.

하늘에는 근처의 좀비들이 어떤 지형을 따라 이동하고 있는지 살피기 위한 드론이 여러 대 떠 있다. 저것에서 정보를 수합

하고 나면 본격적인 이동 시간이 전달될 것이다.

"14-1조, 게이트 앞으로!"

확성기에서 명령이 떨어졌다. 시간은 14시 51분. 아마 'Go' 사인이 떨어진 모양이다. 분대장은 모두를 일으켜서 함께 게이트 쪽으로 걸었다.

"자, 지금부터 앞줄 분들은 제 손 주목하셔야 합니다. 뒤의 분들은 앞사람 등에 손을 대고, 언제라도 움직일 수 있게 준비하십쇼!"

분대장은 숨을 몰아쉬며 말했다. 티를 내지 않으려고 갖은 애를 다 썼지만, 그의 목소리도 조금씩 떨려온다. 민간인들은 공포에 질린 눈을 껌뻑이며 고개를 끄덕였다.

기기기각-

여러 명의 경비병이 힘을 합쳐서 묵직한 게이트를 당긴다. 그 옆에 2층 높이로 자리한 사대에는 K-3 사수들이 대기하고 있다.

"갑시다!"

분대장은 손을 앞으로 휘저으며 먼저 달려 나갔다. 그의 바로 뒤에서 세 명의 분대원이 따라 뛰고, 그다음에는 90여 명의 민간인들이, 그리고 마지막으로 후미에 또 네 명의 병사가 따른다.

"뛰어요! 이 속도 유지합니다!"

시속 6킬로미터 정도의 속도로 내달리면서 분대장은 몇 번이나 민간인들을 돌아보았다. 이 정도 빠르기만 유지하더라도 5분 내에 선착장에 도착할 수 있다.

탄천을 좌측으로 끼고 산책로를 달리다가 우회전을 해서 선착장에 도달하는 것이 그들의 루트다. 지금 잠실 쉘터에서는 그나마 그것이 가장 안전한 길이다.

탄천동로를 따라 달린 행렬은 순식간에 자동차극장을 넘어섰다. 폭발의 흔적으로 도로가 심하게 파손되어 있기는 하지만, 그래도 그때까지는 순조로웠다.

좀비들은 14-1조의 행렬이 청담교 부근을 지날 때부터 갈대밭 사이를 헤치고 하나씩, 둘씩 등장하기 시작했다.

문제의 근원은 역시 올림픽대로 쪽이었다. 넓은 도로 위를 배회하는 좀비들은 매일 잡아 죽여도 또 매일 그만큼씩 어디에선가 몰려들었다.

철책이나 컨테이너로 암만 바리게이트를 쌓아봐야, 그 넓은 면적을 모두 차단하기란 불가능하다.

시야를 가릴 만큼 높이 자란 갈대들을 다 불태워 보려고도 했었지만, 불을 지른 후에 몰려드는 좀비들의 개체 수가 어째 더 늘어나 버렸다. 결국 그 지역은 방치되고 말았다.

"멈추지 말고 가요! 계속 이동합니다!"

분대장이 민간인 수용자들을 지휘하는 동안 선봉에 선 병사들이 우측가에 붙어서 K-2로 제압사격을 가했다.

투투투투투― 투투투투둑― 투투투투둑―

저항에 직면한 좀비들이 갈대밭에 내장을 흩뿌리며 쓰러져 가는 동안 분대장은 열심히 팔을 내휘둘렀고, 90여 명의 민간인들은 코너를 돌았다.

"정지! 정지!"

우회전을 하고 난 뒤, 전열을 재정비하기 위해 분대장이 손을 쫙 편 채 들어 올렸다. 여기에서 잠시 대기하면서 선착장 방어용 전차가 마중 와서 길을 터주기를 기다려야 한다.

이 정지 동작은 연습 때에 거의 아무런 실수도 없이 수행되었던 기본 명령이었다. 하지만 실전에서는 그 중압감을 이기지 못하고 바보짓을 하는 녀석들이 있었다.

"정지! 이런… 젠장!"

자신의 명령을 어기고 앞서 달려 나가는 두 명의 민간인을 보며 분대장은 혀를 찼다.

왜인지는 모르지만 아무것도 안 들리는 놈들처럼 쭉 뻗은 도로를 따라 그저 전속력으로 내달리고 있다. 아마 눈앞에 빤히 보이는 선착장의 유혹이 너무 컸는지도 모르겠다.

"쫓아가서 잡아옵니까?"

병사들이 물었다. 잠시 망설이던 분대장은 고개를 저었다.

"안 돼! 그러면 너희까지 위험해져! 그냥 둬!"

미안한 이야기지만, 그들을 포기할 수밖에 없었다. 산책로보다 높이 올라 솟은 갈대밭에서는 언제 좀비들이 튀어나와 그들을 덮칠지 모른다. 그러니 저렇게 무작정 달려 나가서는 안 된다.

"끄아아아! 으으으!"

아니나 다를까, 채 30초도 지나지 않아 앞쪽에서 끔찍한 비명이 울려왔다. 달려든 좀비들이 오랜만에 만난 먹잇감을 물어뜯고, 사방에 피를 흩뿌린다.

순식간에 피투성이가 된 두 명의 민간인은 좀비들을 몸에 잔뜩 붙인 채 한강으로 뛰어들어 버렸다.

"으으으… 어떡해, 어떡해… 우리 다 죽게 될 거야! 이런 짓을 왜 시작해서……."

일행의 죽음을 목도한 민간인들 사이에서 동요가 인다. 울음을 터뜨리는 사람도 있다. 도로 위의 좀비들을 사살하고 난 분대장은 그들을 진정시키기 위해 목청껏 외쳤다.

"괜찮습니다! 무서워하지 마세요! 이 부근에는 현재 대형 좀비 무리가 없습니다! 저분들이 돌아가신 건 지시를 어겨서 그런 겁니다! 이제 곧 전차가 마중을 올 테니, 그 옆으로 나란히 붙어서 달리면 됩니다!"

크르르르릉—

잠시 뒤, 전차가 갈대숲을 깔아뭉개면서 그들이 있는 방향으로 접근해 왔다. 분대장은 전차가 크게 호를 그리며 방향 전환을 할 때까지 기다렸다가 다시 손을 휘둘렀다.

"갑시다! 전차가 움직이는 속도를 따라 뜁니다! 무한궤도에 너무 가까이 달라붙으면 안 됩니다!"

와사삭, 와사삭—

전차는 갈대숲과 흙을 갈아 한 덩어리로 뭉개 버리면서 전진하고 있다. 그 옆으로 백인대 14—1조가 따라 뛰었다.

선착장까지는 약 300미터. 정말 별것 아닌 짧은 거리인데도 여전히 긴장되고 무섭다.

2분 후, 일행은 모두 선착장에 도착했다. 그들을 무사히 인솔해 온 전차는 다시 갈대숲을 바라보고 서서 언제라도 기관총을 발사할 준비를 갖췄다.

잠실 경비도 등한시할 수 없고, 새로 개척한 한강철교 부근도 경계해야 하기 때문에 정작 선착장을 지키는 전차는 겨우 한 대 뿐이다.

"저 배! 저 배, 왜 빨리 여기에 안 붙여! 우리가 오는 걸 알고 있었을 텐데, 저기서 빤히 보고만 있잖아! 미리부터 배를 대놓고 기다렸어야지! 그래야 우리가 잽싸게 옮겨 탈 거 아니야!"

강의 기슭에 떠 있는 유람선이 좀처럼 정박할 기미를 보이지 않자 민간인들이 분통을 터뜨렸다.

그롸아아— 갸아아아—

갈대숲 안쪽 어딘가로부터 계속해서 좀비들의 울음소리가 전해져 온다.

뒤쪽은 시퍼런 강물, 앞쪽은 언제 좀비들이 튀어나올지 모르는 넓은 갈대밭. 사람들은 초조해서 어쩔 줄을 몰라 했다.

"총이라도 쏴서 알려요! 저 배 왜 저렇게 한가해?"

"야! 야, 이 새끼야! 빨리 배 대! 이러다가 우리 다 죽는다!"

민간인들은 발을 동동 구르면서 배를 향해 소리를 지르고 병사들의 팔을 잡고 늘어진다. 병사들에게 말을 걸지 말라고 출발하기 전에 그렇게 단속을 시켰는데도, 마음이 급해지니까 그런 룰 따위는 금세 무너져 버렸다.

"진정하고 기다리세요! 그런 짓 할 시간에 어서 세 명씩 다시 줄을 서요! 그래야 더 빠르게 승선할 수 있습니다!"

분대장은 K—2 손잡이를 꽉 움켜쥐고 갈대숲을 노려보면서 소리를 질렀다.

"배가 안 오는데 줄이 다 무슨 소용이에요? 왜 미리 대놓지 않았냐고요?"

"저 유람선은 우리가 준비를 마친 걸 확인하고 나서 선착장에 배를 댈 겁니다! 배를 미리 대고 있다가 혹시라도 좀비에게 그걸 빼앗기게 될까 봐 그러는 겁니다!"

가용할 수 있는 유람선이 단 두 척뿐인 지금, 유람선은 그저 단순한 배가 아니라 대규모 이동의 유일한 희망이다. 그러니 몇백 명의 사람 목숨이 위협 받는다 하더라도 배의 안전을 최우선으로 둘 수밖에 없다.

뿌우우웅―

유람선이 뱃고동을 길게 울리면서 천천히 다가와 선착장에 나란히 댄다. 그 속도라는 것이 마음 급한 사람들에게는 정말 미치도록 한가하고 느리게만 느껴졌다.

하지만 전문가가 아닌 야매 함장과 항해사들에게는 그 정도의 재주를 부리는 것도 꽤나 고난이도의 묘기였다.

"빨리 타세요! 서둘러요!"

선원들이 뛰어 내려와 발판을 내리며 대기하고 있던 민간인들을 배에 태운다.

파파파파파박― 파파파파박―

갑자기 터져 나온 전차의 기관총 소리가 사람들의 마음을 더 급하게 만든다. 갈대밭이 흔들리고 좀비들의 잘려 나간 신체가 사방으로 튀어 올랐다.

20분 뒤, 14―1조를 태운 유람선은 강의 흐름을 따라 10여 킬로미터 서쪽의 한강철교 쪽으로 이동하고 있었다. 유람선 좌석에 기대앉은 사람들은 멍하니 창밖의 풍경을 보며 안도의 한숨을 내쉬었다.

지난 30여 분이 대체 어떻게 지나갔는지 아무런 생각이 나질 않는다. 그저 너무도 무서웠다는 기억만이 그들의 감정을 지배하고 있다.

얼굴이 핼쑥해진 분대장도 그런 사람들 사이에 섞여 앉아 있었다.

하아아~ 분대장은 긴 한숨을 지으며 고개를 숙였다. 다행히 대열을 무단이탈한 두 명 외에 더 이상의 피해는 발생하지 않았지만… 지독하게 무서웠음을 부정할 수 없다.

유람선이 정박할 때까지 꾹꾹 참으며 총을 들고 노려보았던 갈대밭은 마치 거대한 악마의 소굴처럼 음산하고 끔찍하다.

하지만 아직 끝난 게 아니다. 이제 막 시작했을 뿐이다.

행선지도 알려주지 않은 긴 선로 여행. 그 거칠고 위험한 광야에서 도저히 버텨낼 수 없을 것 같다는 예감에 분대장은 남몰래 눈물을 훔쳐 내었다.

"14—1조 백인대장 앞으로!"

분대장이 겨우 눈물을 추스르고 있을 때, 유람선 소속의 부사관이 앞에서 손짓을 한다. 분대장은 대답을 하며 서둘러 자리에서 일어났다.

"고생했고! 잘했다! 잠시 후면 한강철교에 도착할 텐데, 거기에서도 민간인들과 분대원들 잘 통솔해서 아무 사고 없이 무사히 올라가길 바란다! 마음이 급하다고 정박하기 전에 미리 자리를 이탈하거나 하는 일 없이 잘 인솔하도록!"

부사관은 분대장의 어깨를 꽉 잡고 명령을 전달했다.

"그… 한강철교 구조는……."

분대장이 물었다. 잠실 주변이야 근 한 달 동안 주둔하면서 지리를 어느 정도 익숙하게 알고 있었지만, 한강철교라는 곳은 아예 한 번도 본 적이 없다.

혹시라도 길을 잃고 어리바리하게 굴다가 돌이킬 수 없는 피해를 입게 될까 봐 두렵다.

"하선하자마자 커다란 화살표를 보게 될 거다! 그 화살표를 따라 계단을 올라가면 된다. 사실 도착하면 알겠지만, 헷갈릴 일이 없다. 현지 경계 병력이 안내를 해주기도 할 거고, 선착장 바로 좌측에 계단이 있으니까 그것만 올라가라. 알겠나?"

"잘 알겠습니다."

"그래, 너희가 선봉인 만큼 가장 큰 기대를 받고 있다. 잘해서 좋은 결과를 내보자. 딱 한 가지 충고하고 싶은 말은, 절대 멈춰 서지 말고 뛰라는 거다."

부사관과 헤어진 분대장은 분대원들에게 돌아와 행동 요령을 전달하고, 민간인들에게도 숙지시켰다. 물론 훨씬 더 자신감 있는 어조로 이미 잘 알고 있는 사항들을 전달하듯 말했다.

출발할 때보다도 더 바짝 기합이 들어가 있던 민간인들은 눈을 빛내며 분대장의 이야기에 귀를 기울였다. 이미 그를 따라서 한 번의 어려운 고비를 넘기며 어느 정도 신뢰가 싹 텄고, 그의 지시를 어기고 무작정 달려 나갔던 두 사람이 어떻게 되었는지를 목전에서 보았기 때문이다.

쉘터 밖으로 벗어나 철책 하나 변변하게 없는 광야를 달려본 이후, 그들은 자신들이 의지할 수 있는 유일한 사람이 이 젊은 군인이라는 걸 뼈저리게 느끼는 중이었다.

“하선 준비! 문이 열리면 열을 갖춘 상태에서 신속하게 하선할 수 있도록!”

부사관이 선내 마이크를 통해 한강철교가 가까워졌음을 알린다.

꿀꺽─!

분대장은 마른침을 삼켰다. 조금 전부터 들려오는 요란한 포화 소리가 그를 긴장하도록 만든다. 이곳은… 잠실보다 더 전쟁터 같다.

“…지금, 바깥이 너무 혼란스러워 보입니다. 안전해질 때까지 잠시 기다리는 편이…….”

머뭇거리던 분대장은 결국 용기를 내서 부사관에게 말했다. 부사관은 무표정한 얼굴로 고개를 저었다.

“지금이 그나마 한가한 시간대야. 좀비 새끼들이 본격적으로 밀려들기 시작하면 이것보다 몇 배나 시끄러워.”

대답을 하는 부사관도, 어안이 벙벙해져서 듣고 있는 분대장도 왜 그리 많은 좀비들이 몰려 들어오는지는 알지 못했다.

지난 한 달 동안 그들은 줄곧 쉘터 내에서 자신에게 주어진 임무만 수행해 왔기 때문에 좀비의 특성에 대해 잘 알지 못했다.

불을 지피고 건물을 폭파시키고, 발전기를 가동하거나 담배를 피우는 행위들이 모두 좀비들을 불러들이는 결과로 이어진다는 것을 전혀 모르고 있었다. 물론 그들의 상관들도 마찬가지다.

"발밑 조심해! 발밑!"

배가 멈춰 서고 문이 열렸다. 처음 줄을 섰던 대로 민간인들을 재배치한 채 대기시키고 있던, 분대장은 가장 앞에서 뛰어나갔다.

텅— 텅—

배와 선착장을 연결하기 위해 놓은 플라스틱 발판이 울린다.

"좌측으로 갑니다! 좌측!"

대기하고 있던 병사들이 열심히 수신호를 보낸다. 넓은 둔치 전역에 무성하게 자라 있던 잡초들은 중장비를 동원한 제초 작업 덕에 꽤나 정리되어 있었지만, 철책과 같은 격리 장치는 보이지 않았다.

50여 미터 전방에 설치된 철조망 너머에서는 전차들이 강을 등지고 산개한 채 한강을 포위하듯 세워진 아파트들을 향해 열심히 기관총을 발사하고 있었다.

콰아앙—

전차의 주포가 불을 뿜자 포탄이 음속을 돌파하는 파열음이 귀를 때린다. 그런 후, 곧바로 동쪽 이촌동 방향의 아파트 단지에서 연기와 화염이 솟아올랐다.

그 요란한 소리가 잠잠해지자마자 다시 기관총 소리가 주변을 가득 채운다. 전방은 흙먼지에 덮여 있고, 1킬로미터 이상 떨어진 용산역에서 피어오르는 검은 연기가 하늘 전체로 퍼지고 있었다.

"멈춰 서지 말고 달려! 쭉 가!"

예상치 못했던 전경에 놀라 분대장이 머뭇거리고 있자 철교 경비병들이 등을 두드리며 재촉한다. 분대장은 고개를 끄덕이며 팔을 휘젓고 앞으로 뛰었다.

30여 미터 앞에 한강철교와 둔치에서 철교로 올라갈 수 있는 철제 계단의 모습이 보인다. 빨간색 페인트로 칠해놓은 화살표를 따라 직선으로 뛰어가기만 하면 된다.

텅텅텅— 텅텅텅텅— 퍼버벙— 파바박—

철교 북단에 배치되어 있는 K—4 사수들이 쉬지 않고 고폭탄을 날려 댄다. 좀비들을 겨냥한 것이라는 사실을 알고 있지만, 그 무시무시한 소리를 듣고 있노라면 저절로 오금이 저리는 듯하다.

"올라와! 계단 조심해!"

철교 위에서 대기하고 있던 병사들이 손짓을 하며 소리쳤다. 그 극심한 혼란에 인솔하고 있는 분대장도, 뒤따르는 민간인들도 혼이 빠져나가는 것만 같다.

선로 위에 오르자 뻥 뚫린 두 줄의 철로가 그들을 맞는다. 저 멀리 남쪽에서 작업하고 있는 한 무리의 군인들이 보인다.

"수고 많았다! 출발 인원과 도착 인원 보고해!"

현장 책임자로 보이는 장교가 분대장에게 다가와 큰소리로 물었다. 총소리와 폭발물이 터지는 소리들에 묻혀 악을 써야 겨우 뭐가 좀 들린다. 분대장은 퀭해진 눈을 껌뻑거리며 대답했다.

"14—1 백인대! 분대원 8명 포함, 출발 인원 104명, 도착 인원 102명, 민간인 사망 2명, 이상입니다!"

"두 명? 물렸나?"

들고 있던 파일에 숫자를 기입한 장교는 고개를 끄덕여 주고 말했다.

“좋아! 잘했어! 이제 곧바로 남쪽을 향해 도보로 이동한다! 노량진역 주변까지 이동하면 주둔 병력들을 만날 테니까 거기에서 다음 지시를 듣고 따르도록! 아, 그리고 우측 선로 한 개만을 이용하여 이동한다. 좌측 선로는 전차가 이동하기 위한 선로이므로 항상 비워둬야 한다! 질문 있나?”

“…어디까지 갑니까?”

“지금 현재로서는 3일 이상 길을 각오를 해야 한다는 것만 대답해 줄 수 있다! 나도 모든 걸 알고 있지 못하다! 힘들겠지만, 통솔하고 있는 인원들을 잘 다독여서 이동에 차질이 없도록! 지시 사항 전달하고 지금 출발해! 우측 선로!”

장교는 분대장의 어깨를 두들겨 주고 멀어졌다. 분대장은 멍한 얼굴로 선로 북쪽 차단 철책에 배치된 병력들과 장비, 야간용 라이트, 윙윙— 소리를 내며 돌아가고 있는 대형 발전기 따위를 바라보았다.

“3일 이상 걸어야 한다고…….”

귓가를 울리는 총성에 미간을 찌푸리면서 분대장은 혼잣말을 중얼거렸다. 보이는 한계 내의 선로는 모두 자갈밭이다.

저기를 3일 이상… 보아하니 숙박 시설 같은 것도 없어 보이는데… 어디에서 뭘 깔고 자라는 거지…….

저절로 한숨이 나온다. 하지만 괴롭다고 해봐야 아무도 도와주지도, 위로해 주지도 않는다. 분대장은 철로 아래에 배치되어 있는 전차들을 쳐다보며 잠시 멈춰 있었다.

잊을 만하면 한 번씩 기관총이 불을 뿜어 댔다. 그 바로 근처에서는 철조망을 설치하는 병사들이 바쁘게 뛰어다닌다.

"후우~ 젠장, 배부른 소리 그만하자. 여기서 매일 저걸 하고 있는 놈들도 있는데……."

자신의 뺨을 두들겨 기운을 차린 분대장은 자신만만한 얼굴을 가장하며 민간인들에게 돌아가 외쳤다.

"자! 여러분! 재정비하고 다음 목표지를 향해 이동하겠습니다! 이제 위험한 구간은 다 지났으니 기운 내십쇼! 일어나십쇼! 바로 출발합니다!"

분대장의 명령을 들은 민간인들은 작은 소리로 웅얼거리며 바닥에서 엉덩이를 뗐다. 햇살에 달아올라 후끈하게 달궈진 선로 위의 공기가 강에서 피어오른 습기를 머금고 날아와 목덜미를 덮친다.

"우측에 붙어서 걸으세요! 좌측 선로는 전차들이 오가기 때문에 위험합니다!"

분대장이 큰소리로 외치며 뒷걸음질을 쳤다. 사람들은 우울한 얼굴을 푹 숙이고 곧게 뻗은 선로를 따라 자갈밭 위를 걸어가기 시작했다.

4장
에너자이저

1

백인대 14—1조가 도보 이동을 시작했을 때, 잠실 쉘터 내부에서는 아직 이동 신청을 하지 않은 사람들이 몰려서서 바깥을 구경하고 있었다.

그들이 관심 있게 지켜보는 것은 주차장을 메운 채 이동 훈련을 하고 있는 민간인들. 구경꾼들은 과연 어떤 훈련을 하는지, 훈련의 강도는 어떤지, 호기심이 가득한 눈으로 관찰했다. 2, 30대의 대부분이 징집되어 버린 터라 잠실 쉘터의 민간인 수용자들은 일부의 중장년층을 제외하면 주로 노약자와 여성 인구가 많았다.

"어이구, 나는 요새 달리기 해본 지가 너무 오래돼서 저렇게 뛸 수 있을지 모르겠네. 숨이 차서 안 될 것 같은데……."

중년 사내 하나가 걱정스러운 듯 중얼거린다. 그 옆의 일행이 대꾸했다.

"좀비들한테서 도망쳤을 때 뛰었을 거 아니야. 그거에 비하면 저 정도면 그렇게 무리하는 건 아닌데."

"에이, 그때랑 같나… 그때는 좀비들이 쫓아오니까 그야말로 아무 생각 없이 죽어라 뛴 거고… 지금 이거랑은 다르지. 그나저나 애 있는 사람들은 어쩌냐, 저렇게 못 움직일 텐데……."

최근까지도 학교 체육을 받고 있었던 십 대들에게는 별로 어려워 보이지 않는 미션일 테지만, 대부분의 사람들은 훈련 강도를 보면서 자신의 신체 능력에 대해 우려하고 있었다.

뒤늦게나마 체력을 기를 수 있을까 하는 기대를 가지고 건물 내에서 달리기 연습을 하는 사람들도 늘어났다.

그들이 볼 수 있는 것은 어디까지나 훈련 과정뿐, 실제로 쉘터의 철책 밖으로 나가서 어떤 일이 벌어지는지에 대한 정보는 전혀 없다.

쉘터를 관리하는 군에서 각 조의 이동 성공 여부나 사망자의 수 등을 일절 밝히지 않기로 정했기 때문이다. 혼란을 막기 위해서 불가피한 선택이었다.

젠킨스도 한쪽 구석에서 자리를 차지한 채 그 훈련을 지켜보고 있었다. 병사들이 뛰면 줄을 맞춰 선 사람들이 쫓아 달리고, 병사들이 멈추면 사람들도 멈춘다.

단순한 반복이지만 처음 보는 민간인들끼리 간격을 유지한 채 빠르게 달린다는 건 어지간히 어려워 보였다. 여지저기서 넘어지고 다치는 사람들이 속출한다.

"등에 짐까지 멘 채로 도대체 얼마나 달리도록 할 거지? 지독하게도 야만적이구만……. 정말로 저렇게 원시적인 방법을 써서 이동해야 한다고? 너무해. 너무 폭력적이야. 약자에 대한 배려라고는 조금도 찾기 어렵군."

전 인류에게 가장 가혹한 재앙을 몰고 온 당사자인 주제에 더 보고 있어봐야 지금 알고 있는 것 이상의 정보를 얻을 수 없다는 결론을 내리며 젠킨스는 돌아섰다.

그는 첫날 훈련 과정이나 이동 시에 대규모의 불상사가 일어나 주기를 바랐다. 그래야 대책을 찾을 때까지 이 무모한 이동이 무기한 연기되고, 자신이 테라와 함께 떠날 수 있는 시간을 벌 테니까.

이동 방식은 너무 조악하고, 훈련도 속성이다. 하지만 현재로서는 그의 바람이 실현될 가능성은 희박해 보인다. 100여 명씩 소단위로 끊어 관리하며 이동을 시키는 방식 때문이었다. 누군가 어지간히 잔머리를 쓰고 있다.

"젠장, 이런 식으로 진행되면 앞으로 6일이 남은 건가……. 그때까지는 테라 양의 발을 묶어둘 비책이 떠올라야 할 텐데……. 으음, 그렇게 고민을 하는 동안에도 또 배가 고파지다니……."

젠킨스는 출렁이는 배를 꽉 부여잡고 사물함에 들러서 과자 세 봉지를 꺼냈다. 산책을 잘하는 날마다 테라가 상처럼 선물해 준 과자들이다.

"그러고 보니… 테라 양이 가지고 있는 과자를 다 어쩌려는 건지에 대해서도 걱정이 드는군. 혹시라도 미리부터 다른 인간들에게 나눠 주거나 하는 일은 없어야 하는데… 음, 어쩌지? 미리 충고를 해줘야 하나?"

과자를 씹고 걸어가면서 젠킨스는 음식에 대해 걱정을 했다. 일주일이든 6일이든, 음식이 부족해지면 견디기 힘들다. 테라의 커다란 음식 보관함이 텅 비면, 그는 속수무책인 상태로 공복감과 싸워야 한다. 그건 곤란하다.

"후후후, 이 야만인, 하는 짓 좀 봐라? 후후후, 이젠 아주 별… 바보 흉내까지 내고 있는 건가……."

자신의 자리로 돌아온 젠킨스는 한쪽 구석에서 벽을 상대로 막대기를 휘두르고 있는 민구를 보며 가소롭다는 듯 웃었다.

자세가 너무 우습다. 오른손은 트레이닝복 바지 허리춤에 얹어놓고, 왼손으로 막대기를 휘젓는 모습은 마치… 처음 펜싱을 구경한 어린애가 그 모습을 따라 하는 꼴처럼 보인다. 어른이라면 남들이 보는 앞에서 절대 하지 않을 것 같은, 그런 행동이다.

"테라 양도 별종이야. 저런 놈이 대체 뭐가 좋다고… 눈물까지 그렁거리면서 말이지. 보아하니 이 녀석은 눈길 한 번 따뜻하게 건네지 않는 것 같던데, 대체 무슨 관계지?"

젠킨스는 자신의 자리에 벌렁 드러누워 과자를 집어 먹으면서 민구의 어설픈 댄스를 구경했다. 그가 보든 말든 흉터사내는 땀까지 뻘뻘 흘리며 열심히 막대를 휘두른다.

'대체 뭐지?'

젠킨스는 고개를 갸웃거리며 생각했다.

이 남자… 이 흉터사내의 어떤 점이 그 도도한 아이돌 미소녀의 마음을 쓰이게 하는 걸까? 벗은 몸을 보면 꽤나 견고하게 단련되어 있는 육체라는 것은 분명하지만, 전체적으로 십 대 소녀들이 반할 만한 곱상한 외모도 아니고…….

그런데도 테라는 계속 이 남자에게 신경을 쓴다. 더 이상 어린아이에게 과자 심부름을 시키지는 않는다고 해도, 몰래 먼발치서 훔쳐보는 모습을 그는 몇 번이나 목격했다. 그러면서도 신기하게도 두 사람이 대화를 나누는 경우는 거의 없다.

'저놈에게 무슨 대단한 신세라도 진 걸까?'

젠킨스는 쉽게 납득이 가지 않았다.

이 쉘터 내 거의 모든 군인들로부터 공주처럼 사랑 받으며 살고 있는 그녀가 저 난폭한 사내에게 빚을 진다? 가진 것이 전혀 없는 저런 사내에게?

흠, 그건 말이 안 되는 이야기다.

하지만 생각을 하고 있을수록 한 가지는 분명해지는 것 같았다. 저 흉터사내는 지금 젠킨스가 테라를 꾀기 위해 젠킨스가 사용할 수 있는 거의 유일한 미끼라는 것이다. 저 녀석을 어떻게 활용하느냐에 따라서 테라가 JL로 함께 가주겠다고 할 확률이 크게 달라진다.

'그렇다면 우선 이 녀석부터 홀려둬야겠군.'

결심을 한 젠킨스는 힘겹게 자리에서 일어났다. 그러고는 웃는 낯을 가장하며 민구에게 말을 걸었다.

"헤이, 네이버."

젠킨스를 힐끗 돌아본 민구는 가볍게 손을 내저었다.

"아아, 지금 붕대 안 가니까 귀찮게 하지 마라."

물론 젠킨스는 그가 뭐라고 지껄이는지 전혀 알아듣지 못했다. 하지만 호감을 얻기 위해 만국 공통으로 사용되는 행동이 뭔지는 알고 있다.

그것은 선물이라는 이름의 증여. 젠킨스는 아직 뜯지 않은 새 과자 봉지를 민구에게 내밀었다. 그러고는 공짜라는 의미를 담아서 계속 친절한 손동작을 해 보였다.

"음, 이놈… 먹을 걸 양보하는 일이 다 있네? 후후, 별일이기는 한데, 그것도 필요 없어."

민구는 다시 손을 저었다. 그러고는 다시 벽을 향해 막대기를 휘둘러 댄다. 지나가는 사람들이 힐끔거리고 수군대도 전혀 신경 쓰지 않았다. 그 모습만 보자면 완전히 미친놈이라고 해도 된다.

"바보 자식, 선물을 주면 일단 받으란 말이야. 그깟 막대 춤이 그렇게 좋으냐?"

큰마음 먹고 주려던 선물이 거절을 당해 감정이 상한 젠킨스가 투덜대며 다시 자리로 돌아가 앉았다.

쿵, 커다란 엉덩이로 엉덩방아를 찧은 젠킨스는 바닥을 짚어 가며 겨우 자세를 추스를 수 있었다. 무거운 몸 때문에 한 번에 제대로 앉기가 힘들어서 이러게 여러 번의 보조 동작을 해야 한다.

"설마 저 바보 놈……."

손바닥으로 바닥을 짚던 젠킨스는 뭔가 깨달음을 얻고, 아직도 막대 춤을 추는 흉터사내를 돌아보았다.

그는 근육이 날아가 버린 옆구리 바로 아래에 오른손을 꽉 붙인 채 정신없이 막대기를 휘두르고 있다.

"…외사근 대신에 팔로 중심을 잡아보겠다고?"

젠킨스는 어처구니없어 하며 중얼거렸다. 그 부분을 염두에 두고 보니 확실히 흉터사내는 평소보다 더 몸의 중심을 크게 움직이면서 훈련을 하고 있다.

물론 한쪽 옆구리의 근육이 거의 손실되었으니 한 번 상체가 기울면 빠르게 제자리로 돌아오지 못한다. 그러나 그는 오른팔로 버티고 밀어 대면서 어떻게든 그 단점을 최소화해 보려고 한다.

"어이, 그만둬. 미친 짓이야. 그런 게 될 리가 없잖아? 젠장, 누가 저 멍청이한테 내 말 좀 통역해 줬으면 좋겠군. 체성 반사 운동을 조건반사로 대체하려 든다는 게 얼마나 부질없는 생각인지… 그건 뇌의 계산을 거치지 않고 이뤄지는 뉴런 반응이기 때문에 속도가 완전히 달라……."

과자를 씹으며 투덜대던 젠킨스의 말이 멈췄다. 기분 탓일까, 흉터사내의 움직임이 조금은 민첩해졌다는 걸 느꼈기 때문이다.

응? 말도 안 돼…….

젠킨스는 고개를 저었다. 하지만 눈에 빤히 보이는 현상을 부인할 방법은 없었다. 이 흉포한 자식은 어쩌면 진짜 괴물일지도 모르겠다. 될 때까지 땀을 흘리며 육체를 단련하는 괴물.

젠킨스는 힘없이 중얼거렸다.

"그런데 대체… 뭘 위해서 그렇게까지 강해지려고 하는 거지?"

"젠장, 내 마음대로 안 되는군."

한차례 굵은 땀을 잔뜩 쏟아낸 뒤, 가쁜 숨을 몰아쉬며 민구는 고개를 저었다. 잠시 진전을 보이는가 싶었는데, 그 지점에서 도무지 조금도 더 나아가지를 못한다.

왼손으로 칼을 휘두른다는 것만으로도 제 실력의 반이나 나올까 싶은데, 거기에 반대쪽 옆구리까지 제대로 움직이지 않으니까 영 마뜩치가 않다.

"아무래도 너무 굼떠… 계속하다 보면 좀 나아지려나."

민구는 얼굴의 땀을 훔쳐 내며 중얼거렸다. 지금 같아서는 기습 정도나 통할까, 날아오는 공격을 피한 뒤 되받아치기는 힘들 것이다. 그때, 젠킨스가 그를 불렀다.

"헬로우! 헬로우!"

"하, 이놈. 오늘따라 어지간히 귀찮게 하는군. 또 뭐냐?"

민구는 가볍게 인상을 찌푸리며 돌아보았다. 마음 같아서는 다른 데로 옮겨갈까도 싶은데, 이 부근만큼 한적한 곳이 또 없다. 젠킨스의 낯선 체취 덕에 이쪽 가까이로는 사람들이 잘 안 온다.

"유어 무브먼트!"

시선을 획득하는 데 성공한 젠킨스는 손가락으로 민구를 가리키고 나서, 조금 전 그가 했던 행동의 흉내를 냈다.

골반 위에 올린 손으로 옷을 당겨서 옆구리를 굽히고, 다시 손바닥으로 골반을 밀며 굽혔던 옆구리를 펴고…….

"내가 움직이는 꼴도 남들 눈에 이렇게 우스워 보였으려나……."

젠킨스가 비대한 몸을 뒤뚱거리며 움직이는 모습을 보고 민구는 혀를 찼다. 어지간히 꼴불견이다.

헤엑, 헤엑…….

두어 번 같은 동작을 반복하느라 벌써 지친 젠킨스가 숨을 몰아쉬고 나서 다시 한 번 천천히 민구의 흉내를 낸다.

"원 스텝!"

먼저 그는 오른손을 과장되게 쫙 펴면서 말했다. 그러고는 그 손을 골반에 붙이고 천천히 밀면서 또 말했다.

"투 스텝!"

그런 후, 원래의 자세로 돌아와 똑바로 섰다. 그 뒤에 다시 손으로 옷을 움켜쥐고 말했다.

"원 스텝!"

또 머리를 두드린 젠킨스는 바지를 당기는 힘으로 천천히 몸을 옆으로 숙이면서 왼손을 들어 올리고 손가락 두 개를 편다.

"투 스텝! 언더스탠드? 올 웨이즈 투 스텝! 원 앤드 투! 원 앤드 투! 씨? 슬로우."

젠킨스는 천천히 옆구리를 접었다 폈다 하며 떠들어 댄다. 민구는 호기심 가득한 눈으로 고개를 끄덕였다.

영어는 원, 투밖에 못 알아듣겠지만, 녀석이 무슨 말을 하고 싶은 건지는 이해했다.

"그러니까… 나는 지금 한 가지 동작을 하는 데 두 번에 걸쳐서 움직이고 있으니 느려진다는 거잖아. 흐음, 재미있군. 운동 같은 건 하나도 모르는 녀석이라고만 생각했었는데……."

생각해 보니 맞는 말 같아서 민구는 다시 한 번 머릿속으로 자신의 행동을 되짚어봤다.

중심을 잡는 오른팔이 두 단계로 운동을 하는 것 때문에 확실히 다른 신체의 움직임에도 미묘한 지연을 주었던 것 같다.

"굿! 굿!"

민구가 이해했다는 것을 알아챈 젠킨스는 기쁜 얼굴로 한 걸음 다가와 대안 동작을 선보인다.

먼저 그는 박스를 길게 접어 넝마 같은 양복 웃옷의 깃에 끼워 넣었다. 그러고는 오른팔을 굽혀 어깨높이로 삐죽 튀어나온 박스 끝을 꽉 잡았다.

"씨? 원 스텝 업, 원 스텝 다운, 퀵."

젠킨스는 박스 끝을 손잡이처럼 잡고 팔을 올렸다 내렸다 하는 것으로 몸의 중심을 잡는 시범을 보여준다.

확실히… 손을 폈다 오므렸다 하는 것보다는 효율이 높아 보인다.

'허허, 별일이군. 이놈, 이상한 데에서 영민한데?'

민구는 희미한 미소를 지으면서 녀석의 움직임을 지켜봤다. 지금 놈의 것은 손잡이를 그저 걸쳐 둔 것뿐이라 움직일 때마다 덜렁거리지만, 어깨와 목에 고정시킬 수 있는 단단한 소재라면 시도해 볼 만한 것 같다.

"네 말이 맞아. 옆구리 잡고 뭘 해보겠다는 게 바보짓이었어."

민구는 고개를 끄덕이는 것으로 젠킨스의 말을 긍정한다는 표시를 해 보였다. 자신의 충고가 먹혀들었다는 걸 안 젠킨스도 만족한 듯 웃어 보인다.

"그래… 이 충고는 얼마짜리냐? 자, 원하는 만큼 가져가."

민구는 주머니에서 담뱃갑을 꺼내 열고 젠킨스를 향해 건넸다. 뭐든지 값을 매기는 인간이 이 정도 큰일을 했으니 당연히 대가를 지불해야 한다고 생각했다.

그리고 조금은 비싸도 상관없다고도 생각했다. 그의 주머니 속에 든 싸구려 칼 한 자루를 위해 치른 값에 비하면 이 정도는 아무것도 아니다. 하지만 젠킨스의 반응은 그의 예상 밖이었다.

"노우, 노우, 노우! 네버!"

젠킨스는 두 손을 내저으며 거래가 아님을 진지하고도 완강하게 표시한다. 민구는 의아해서 고개를 갸웃거렸다.

조금 전에도 난데없이 과자를 준다고 하더니, 지금은 갑째로 내민 담배까지도 마다한다. 이놈 인생의 기준에 무슨 대단한 변화라도 일어난 건가?

"프렌드! 프렌드!"

젠킨스는 가식이 가득한 미소를 지으며 자신과 민구를 가리키고 친구라는 말을 반복했다.

훗, 민구는 헛웃음을 터뜨렸다.

친구 같은 소리…….

하지만 젠킨스는 필사적이다.

"유, 테라, 굿 프렌드. 미, 테라? 굿 프렌드! 위? 굿 프렌드!"

영어랄 것도 없는 외마디 소리들이고, 손짓까지 더해져서 못 알아듣는다는 건 불가능했다. 가장 어려운 단어는 발음이 좀 다르게 들린 테라의 이름 정도였는데, 젠킨스는 친절하게 전광판 옆의 광고사진까지 가리켜 줬다.

민구는 젠킨스를 빤히 쳐다보았다. 확실히 이 녀석이 테라와 함께 걸어 다니는 걸 몇 번이나 목격하기는 했다. 하지만 결코 친구처럼 다정한 관계로 보이지는 않았다.

"백번을 양보해서 네가 그 계집애 친구라는 건 인정한다고 치자. 그런데 내가 왜 걔 친구냐?"

젠킨스는 민구가 하는 말을 전혀 알아듣지 못했다. 민구도 자신의 의사를 영어로 표현하겠다는 시도조차 하지 않았다. 서로 커뮤니케이션이 단절된 두 사람은 한동안 침묵 속에서 마주 보기만 했다.

"오케이!"

'위 아 더 월드' 전략이 먹히지 않았다는 걸 깨달은 젠킨스는 고개를 끄덕이며 물러났다. 그럼 이젠 이 사내가 지금 가장 간절하게 원하고 있는 것, 그것을 자신이 줄 수 있다는 신호를 줘야 한다.

"더 세지고 싶지? 그렇지?"

젠킨스는 흉터사내를 바라보며 두 팔의 이두근에 힘을 주는 포즈를 선보였다. 흉터사내는 여전히 무표정하다. 어쩌면 귀찮아하고 있는지도 모르겠다.

젠킨스는 마음이 급해졌다. 겨우 호감을 얻을 수 있었는데, 이 기회를 놓치면 안 된다.

"당신의 근육이 손상된 곳은 여기야. 이만큼이 날아갔지!"

그는 칫솔의 뒷면으로 회벽에 그림을 그리며 소리를 질렀다. 인체의 몸통을, 그리고 외사근이 떨어져 나간 것을 표시했다. 그런 후, 흉터사내의 눈치를 살폈다. 아직까지는 듣고 있다.

"이건 정상적으로 자라나지 않아! 너무 많이 한꺼번에 손상되었고, 그 표면조차 변형되었거든! 봉합을 하려는 시도조차가 없어서 그래!"

젠킨스는 칫솔로 옆구리 손상 부위에 X표를 그렸다. 그러고는 자신을 가리켰다.

"하지만 나는! 당신을 회복시킬 수 있어! 이런 식이야! 당신의 옆구리에 남아 있는 작은 근세포를 추출해서 그걸 배양하는 거야! 그리고 그걸 배양액에서 성장시켜! 그다음에 이식을 하는 거지! 부작용도 없고, 오래 걸리지도 않아!"

회벽에는 작은 살 조각을 떼어내는 그림, 비커에 들어 있는 커진 살 조각, 옆구리 근육을 다시 채우는 그림 등이 더해졌다. 그때까지도 흉터사내는 무표정하게 보고만 있다.

"그래, 마크! 당신도 이 마크 정도는 알잖아. 당신도 약을 사 먹어봤을 테니까."

젠킨스는 JL이라고 쓰고 그 트레이드마크를 간략하게 그렸다. 그러고는 그 글자와 마크를 둘러싸도록 피라미드의 정점을 그린 뒤, 자신을 가리키며 어딘가로 날아가는 시늉을 했다.

"다 알아들었지? 알아들었다고 해줘! 이 정도면… 유치원생도 알 수 있는 수준이니까! 자, 이제 나에게 데려가 달라고 부탁해!"

언어와 표정, 몸짓, 그림을 총동원한 열정적인 프레젠테이션을 마치고 나서 젠킨스는 숨을 헐떡이며 외쳤다. 그러고는 흉터사내의 눈치를 살폈다. 잠시 생각에 잠겨 있던 민구가 입을 열었다.

"…이놈 봐라? 그냥 먹보라고만 생각했더니, 위험한 냄새가 풀풀 풍기는데?"

물론 민구도 젠킨스의 설명이랄까 주장을 대충은 알아들었다. 괴발개발 그려놓은 회사 마크도 알아봤고.

이 먹보는 외국 제약 회사의 높은 신분… 아마 사장인 것 같은데, 지금 자신을 낫게 해줄 수 있다고 유혹 중이다.

그 모든 주장이 사실일지도 모른다고 민구는 생각했다. 자신이 보기에는 이미 글러 먹은 옆구리지만, 요즘은 과학이라는 게 워낙 발달했으니까 뭐가 가능하다고 해도 이상하지 않을 지경이다.

이 녀석의 회사? 물론 세상이 망한 뒤에도 태양 그룹 같은 놈들이 신이 나서 설쳐 대는 걸 보니 이놈의 회사도 그럴 수 있을 것 같기는 하다.

한데 이놈의 이야기에는… 이유가 없다. 왜? 대체 왜 나를 치료해 주겠다는 건지에 대해 놈은 언급 자체를 안 했다. 붕대 한 번 감아주는 데도 담배 한 개비를 받아 가던 녀석이 갑자기 그 복잡한 일들을 그냥 해주고 싶다고?

그건 말 같지도 않은 소리다. 놈이 오늘 처음으로 테라를 들먹였던 것과 연관 지어 생각해 보면 뭔가 기분이 더 나빠진다.

"왜 그렇게 해주겠다는 거야? 응? 와이? 이놈아!"

민구는 영어까지 써가면서 젠킨스의 얼굴에 바짝 얼굴을 붙이고 위압적으로 물었다. 젠킨스는 뒤로 물러나며 미리 준비해 뒀던 변명을 했다.

"…보디가드."

"뭐?"

"유, 마이 보디가드. 테이크 미 투 JL. JL 이즈 파 어웨이."

젠킨스는 손짓과 함께 외마디 소리들을 늘어놓으며 민구를 바라보았다.

젠장, 영어만 통했어도 이런 야만적인 인간 하나 혼을 빼놓는 것은 일도 아니었을 텐데…….

"보디가드라고? 크크크, 예전 같았으면 몰라도, 이렇게 똑바로 서지도 못하는 놈에게 네 뒤치다꺼리를 해달라고 하는 거냐?"

어처구니없는 답을 들은 민구는 쓰게 웃었다. 조금 전 놈의 손짓을 보니 이 녀석의 회사가 여기에서 꽤 떨어진 데 있고, 놈은 어떤 이유에선가 여기에 고립되어 있는 모양이다. 한참을 킥킥거리던 민구가 냉정한 표정으로 돌아가 고개를 저었다.

"처음이니까 한 번 웃어줬다. 또다시 개소리하면 두드려 맞을 줄 알아."

언어는 전달되지 않았지만, 어조와 표정이 모든 것을 말해준다. 젠킨스는 자신의 제안이 거부되었음을 알 수 있었다. 그가 어쩔 수 없이 고개를 끄덕이자 그제야 민구는 물러났다.

"테라……."

민구가 담배를 피우기 위해 걸어가려 할 때, 뒤쪽에서 젠킨스가 나지막하게 중얼거렸다. 그로서는 마지막 수를 던져 본 것이다. 민구는 눈살을 찌푸리며 놈을 돌아보았다.

"테라, 베리 씩. 블리딩 히어."

민구와 눈이 마주치자 젠킨스는 발가락을 가리키며 중얼거렸다. 놈의 말은 다 필요 없다. 테라의 발가락에 아직도 붕대가 감겨져 있다는 것은 민구도 아는 사실이다.

"서티 데이즈 블리딩, 블러드 노 스탑. 언유주얼."

젠킨스는 열 손가락으로 헤아리는 것을 세 번이나 반복하고, 상처가 아물지 않는다는 손짓을 한다.

'뭐라는 거야… 30… 30일? 그렇게나 오래됐나?'

민구는 새삼 놀라 기억을 더듬어봤다. 그러고 보니 그녀의 발에서 피가 배어 나오는 걸 봤던 게… 아마도 3주 전이다.

화장실에서 트레이닝복 입은 각다귀 새끼들로부터 그녀를 구해내 왔던 날. 그런데 그전에는 어땠지?

"오빠, 테라 저년 있지, 발가락이 뭉텅 잘려 나갔다? 가까이에서 보면 얼마나 징그러운지 모르지?"

이 쉘터에서 처음 초희를 만났을 때, 그녀가 지껄이던 소리가 기억난다.

그럼 그때 다친 상처가 아직도 안 아물었다고? 그게 말이 되나?

민구는 이해할 수가 없었다. 관심을 갖지 않은 일이라 그냥 지나쳤었는데…….

30일을 아물지 않는 상처라고? 그런 건 없다. 일부러 벌리고 후벼 파지 않는 한, 인간의 살이라는 건 결국 붙게 되어 있다. 그건 그 자신이 잘 안다.

칼도 여러 번 맞아봤고, 찔린 놈들도 수없이 봐왔으니까. 당장 자신의 옆구리만 해도 살점이 뭉텅이째 날아갔지만 벌써 예전에 어느 정도 아물었다.

그렇다고 해서 그녀가 피가 멎지 않는 특이체질이라거나 한 것도 아니었다. 민구의 주먹에 스쳐 살짝 터졌던 입술이 깨끗하게 회복되었다는 게 그 증거다.

그럼 대체 뭐지? 이 먹보의 말처럼 무슨 병이 있는 건가?

하긴 그렇게 말랐으니 무슨 병이 있다고 해도 이상할 건 없다.

“쉬즈 다잉. 베리 씩. 온리 JL 캔 트리트 허.”

민구의 관심을 끄는 데 성공한 젠킨스는 천천히 단어들을 나열했다. 물론 몸짓과 손짓도 같이…….

아픈 소녀가 죽어가다가 다시 살아나는 몸짓을 하던 젠킨스는 민구를 가리켰다.

“유 테이크 미 앤드 테라 투 JL. 보디가드.”

“…미친놈.”

놈의 얼굴을 빤히 쳐다보던 민구는 대답 대신에 낮게 욕설만 남기고 흡연 구역을 향해 걸음을 옮겼다. 담배를 피우고 와서도 기분이 여전히 더러우면 놈을 몇 대 두드려 줄까 하는 생각도 들었다.

“젠장… 영어라고는 개뿔도 모르는데, 뭔가 듣기 싫은 소리는 다 알아들어 버린 기분이네.”

재떨이 옆에서 담배 연기를 뿜으며 민구는 고개를 저었다. 그 욕심쟁이 먹보 놈이 담배까지 마다하며 떠벌여 댔던 말들… 아무래도 온전히 믿기 어려울 만큼 구린 구석이 있는데… 그럼에도 불구하고 테라의 상처가 이상하다는 사실만은 분명해 보인다.

"저것도 양반은 못 되는군……."

마침 내야석 부근을 지나는 테라가 시야에 들어오자 민구는 헛웃음을 지었다.

그녀는 언제나처럼 다가오는 군인들을 향해 밝게 웃어주고 열심히 허리를 숙여 인사 중이다. 그러고는 두 손을 공손하게 내밀어 악수를 한다.

언제나처럼 온순하고, 친절하다. 주변의 공기마저 순하게 바꿀 것 같은, 그런 느낌이다.

"저 계집애가… 죽어간다고?"

한동안 테라에게서 시선을 떼지 않던 민구는 젠킨스가 했던 말을 곱씹어보면서 담배를 빨았다. 혀끝이 유달리 쓰다.

2

코스트코의 보안관 일행은 주 거주 지역을 옥상에서 바로 아래층의 주차장으로 옮겼다. 햇살을 받고 풀에서 즐기는 것도 좋지만, 헬리콥터에 한 번 데이고 나니 적당히 몸을 사려야겠다는 생각이 들었기 때문이다.

그리고 그제 하도 난리를 치고 놀아댄 바람에 풀의 물도 재활용을 하기 어려울 만큼 더러워져 버렸다.

주차장은 여러 면에서 더 낫기도 했다. 애초에 개방되어 있는 구조여서 환기도 잘되고, 햇살도 적당히 들어온다. 그늘이 심하게 지는 곳마다 조명용 랜턴을 설치해 둬야 하지만, 그 정도를 유지할 배터리는 얼마든지 있다.

친구들은 그곳으로 옮긴 식탁에서 함께 밥을 먹고, 사격 연습을 했다.

두 번째의 사격 훈련을 마친 뒤, 진우는 전술 조끼를 입고 자신의 배낭을 꺼내 어깨에 걸쳤다. 거울을 보며 얼굴의 상처에 약을 바르고 있던 유빈이 묻는다.

"뭐해? 갑자기 왜 짐을 챙기고 그래?"

"으응, 이 앞에 잠깐 돌아보고 오려고 하는데… 내가 있는 곳 주변을 이렇게 아무것도 모르고 있었던 적이 없어서 좀 불안하기도 하고, 또 그냥 가만히 쉬려니까 왠지 죄를 짓고 있는 기분이 들어서… 쟤도 어지간히 좀이 쑤시는 모양이고."

진우는 멋쩍은 표정을 지으며 삼숙이를 가리켰다.

"아니… 너 우리 구해 가지고 여기로 온 지 이제 사흘째야. 통째로 푹 쉰 거는 어제 하루밖에 없어. 그전에 한 달이나 고생했다면서, 죄를 짓는 것 같다는 게 다 무슨 말이냐?"

"크크크, 나도 말하면서 좀 우습기는 해. 구르는 동안에 계속 그런 생각 했었거든. 며칠이고 좋으니 푹 좀 쉬어보고 싶다고… 그런데 막상 쉬고 있으니까 영 몸이 근질거려… 아마 몸을 혹사시키는 게 버릇이 됐나 봐. 걱정하지 마. 그냥 동네나 한 바퀴 돌고 올게."

진우의 대답은 진심이었다. 가만히 엉덩이를 붙이고 노닥거린다는 게 너무 부자연스럽게만 느껴진다. 그리고 마음 한구석이 계속 불안해 견딜 수가 없다.

이렇게 게으름을 피우다가 무슨 큰 문제가 생기는 게 아닐까 하는, 그런 종류의 불안이었다. 어쩌면 그간의 고생이 만들어낸, 비정상적인 강박관념일 수도 있다.

"그래, 그러면 나랑 같이 나가자. 어차피 좀비들 지나간 지도 얼마 안 됐고, 이틈에 바람 좀 쐬고 오지, 뭐."

보안관이 선뜻 같이 가겠다고 나선다. 보안관은 표준 장비 배낭을 메고 해머를 챙겨 들었다. 진우 녀석이 워낙 총을 잘 쏘니까 근접전을 할 일은 없겠지만, 그래도 뭔가 하나는 들어야 할 것 같다. 빈손으로 나간다는 것은 이제 상상이 잘 안 된다.

"진우, 너도 물 좀 챙겨 가. 먹을 거랑… 그 배낭에는 뭐 들어 있어?"

유빈이 물었다. 진우는 아무렇지도 않게 대답했다.

"몇 가지 도구들… 나머지는 거의 다 탄창이야."

"그 많은 게 다 총알이라고? 그런데 왜 그걸 전부 다 짊어지고 다니냐? 이제 집이 있으니까 필요한 만큼만 가지고 다녀도 되지 않아?"

하긴… 진우는 어깨를 짓누르는 배낭의 무게를 새삼 느꼈다. 유빈의 말을 듣고 보니 적당한 양 정도만 있으면 충분할 것 같다.

그렇지만 적당한 양이라는 게 도대체 얼마만큼인지, 그게 가늠이 안 된다.

"에… 이 정도면 되려나? 20개를 가져가면… 내 조끼에 여섯 개를 끼워놓았고, 총에도 또 장착이 되어 있으니까… 800발 정도인데… 아니야. 그래도 몇 개 더 가져가자. 불안한 것보다야 나으니까……."

탄창을 손에 꼭 쥔 채 좀처럼 덜어내지 못하고 안절부절하는 진우를 보며, 친구들은 녀석이 그동안 얼마나 불안한 삶을 살아왔는지 절감했다.

매일 풀 파워로 대적하지 않으면 이기지 못할 상대들을 헤치고 이곳까지 온 것이다. 그리고 어느새 그게 아예 습성처럼 굳어버렸다.

"알았어, 그래. 그러면 나머지는 내 배낭에 넣어. 무게를 좀 나눠 지면 되잖아."

보다 못한 보안관이 자신의 배낭을 열었다. 총알을 천 발이나 가지고 가야 마음이 놓일 만큼 불안해하면서도, 굳이 또 정찰을 나가겠다는 진우의 마음이 이해가 갈 듯 말 듯하다.

"조심해서 다녀와. 어디로 갈 건데?"

진우의 배낭에 무전기를 꽂아주면서 유빈이 물었다. 진우는 머리를 긁적인 뒤 대답했다.

"일단 다음 역까지만 갔다 올게. 별문제 없으면 거기에서 한 정거장 더 가볼 수도 있고."

진우와 보안관, 그리고 삼숙이가 코스트코 밖으로 나서자마자 주변을 배회하던 좀비들이 고개를 홱 돌리고 포효하기 시작했다. 몇 번을 들어도 언제나 짜증스럽고 소름 끼치는 소리다.

"총 쏜다. 소리 듣고 놀라지 마."

위에 있는 친구들이 놀랄까 봐 무전기에 대고 알린 진우는, 보안관의 앞으로 나서며 K—2를 들었다.

탕— 탕, 탕탕, 탕— 탕, 타앙—

맹렬한 기세로 뛰어오던 좀비들은 모두 머리가 박살 난 채 바닥에 나동그라진다. 진우는 쉬지 않고 총구를 돌려가며 방아쇠를 당겼다.

놈들을 쓰러뜨리면서 그는 자신이 왜 지난 이틀 동안 그리도 불편했는지 조금은 깨달을 수 있을 것 같았다. 바로 발밑의 도로에 이런 놈들이 돌아다니고 있는데, 그걸 가만히 방치한 채 밥을 먹고 웃고 이야기를 나눈다는 게 영 낯설었던 것이다.

"으아, 장난 아니네. 하하하, 네가 오고 난 다음부터 갑자기 내가 엄청 약한 사람이 된 기분이 든다?"

도합 스무 마리가 넘는 놈들이 순식간에 전멸하는 모습을 보면서 보안관이 혀를 내둘렀다.

길거리 여기저기에 퍼진 채 뛰어오던 좀비들이 눈으로 쫓기도 빠를 만큼의 속도로 픽픽 자빠지는 것은 신기한 광경이었다. 해머를 꽉 쥐고 만일의 사태에 대한 대비를 하고 있었던 게 바보처럼 느껴진다.

"무슨 소리야? 지금까지 맨손으로 좀비 때려잡고 살아남은 괴물 놈이. 나는 저놈들이랑 근접전은 거의 안 해봤어. 또 하고 싶지도 않고……. 저 새끼들 이빨을 가까이에서 마주하면 정말 똥꼬를 넘어서 내장 속까지 다 움찔움찔해지더라고. 사실… 총은, 총알 떨어지면 그냥 아무것도 아니야."

진우는 보안관의 두텁고 단단한 가슴을 툭, 쳤다. 보안관이 해머를 들어 보인다.

"맨손은 아니었어. 주로 이걸로 때려죽였지."

"그래, 그러니까 대단하다는 거야. 보통 사람들 같으면 그걸 몇 번 휘두르다가 제 풀에 지쳐서 쓰러질걸? 어이, 삼식아… 아니, 삼숙아, 너무 앞서가지 마. 너 여기 길 잘 모르잖아."

신이 나서 뛰어가는 삼숙이는 진우의 부름에도 멈추지 않고 고개만 홱 돌렸다가 다시 달린다. 여기저기에 오줌을 묻히고 싶어서 매우 흥분해 있다.

하긴… 계속 기운차게 돌아다니던 녀석이 건물 옥상 위에서만 머물렀으니 엔간히 답답하기도 했을 거다.

진우는 보안관과 함께 도로를 따라 걷는 동안 눈에 띄는 좀비들마다 머리를 쏘아 쓰러트려 가며 이동했다. 한참을 더 걸어가 삼거리를 만났을 때, 보안관이 중얼거렸다.

"저런 코너 가까워지면 영 찜찜해. 며칠 전에 한 번 죽을 뻔한 적 있어서."

"죽을 뻔했다고? 무슨 일이었기에……."

"어후~ 젠장, 갑자기 수십 마리가 휙 튀어나오니까 어떻게 할 도리가 없더라고. 코너에 몰렸지. 조금 전 지나온 그 주유소 기억나? 거기 근처였는데……."

보안관은 뒤쪽을 가리키며 말을 이었다.

"이상한 빨간 주사약이 있었거든. 몸에 대고 찌르면 10분인가 동안 심장이 멎는, 뭐 그런 거였는데… 급해서 그걸 찔렀어. 그러면 좀비들이 건드리지 않는다고 하더라고. 왜, 이 새끼들은 죽은 사람 시체는 거들떠도 안 보잖아."

"그런 주사가 있어? 아니… 심장이 그렇게 오래 멈춰 있어도 다시 살아나? 죽지 않나?"

진우가 놀라서 묻자 보안관이 자신의 가슴을 두드렸다.

"안 죽더라고. 뭐… 물론 실제로는 아파서 뒈지는 줄 알기는 했는데… 그것도 제니가 구해주지 않았으면 결국 죽었을지도 모르겠네. 하여간 그런 주사가 있어. 태양 그룹 보안 업체 애들이 쓰는 거라고 하던데… 아, 맞다! 그저께 한강에서 만났던 그 검은 군복 입은 새끼들도 어쩌면 그거 가지고 있었을지도 모르는데! 주머니나 한 번 뒤져 볼걸. 끄응~ 아쉬워해야 하는 건가?"

보안관은 생각의 흐름을 따라 계속 중얼거렸다. 진우는 고개를 저었다.

"그런 거 쓰지 말고 살아남으면 되지. 아파서 죽을 뻔했다면서?"

"음, 물론 나한테도 그거 또 한 번 맞을래, 물어보면 제발 용서해 달라고 빌 것 같기는 한데… 그래도 좀비가 되는 것보다는 나을 테니까."

그때의 기억을 다시 떠올리는 것만으로도 치가 떨린다는 듯 보안관은 세차게 고개를 저었다. 물론 그 바로 직후에 제니와 엄청난 시간을 보내기는 했지만… 그래도 두 번 다시 그런 일은 없기를 바라는 마음은 진심이다.

"진우야, 이런 말 하는 건 좀 웃긴데… 너 괜찮아?"

코너를 돌아 다음 면목역 쪽으로 걸어가던 중에 장갑 낀 자신의 손을 물끄러미 바라보던 보안관이 물었다.

"응? 뭐가?"

"그냥… 태양 그룹 놈들 이야기를 하다 보니까… 너 그날 쏴 죽인 게 일곱 명이었잖아. 그거 생각하면 기분이 어떠냐? 나는 그날 한 명을 죽였는데도 혼자 가만히 있을 때 그때 기억이 나면, 영 마음이 복잡하달까… 그렇더라고.”

보안관은 평소의 그답지 않게 머뭇거리며 말했다. 진우는 녀석의 얼굴을 가만히 바라보다가 물었다.

“너 사람 죽인 거 그날이 처음이었어?”

“…음, 그래.”

보안관은 무겁게 고개를 끄덕였다. 진우에게는 오히려 그게 더 놀라웠다. 미친놈들이 사방에서 판을 치는 세상에서 지금껏 아무도 죽이지 않은 채 생존할 수 있었다니……. 게다가 지금까지 친구들끼리만 격리되어 왔던 것도 아니고, 꽤나 여러 사람들과 만나고 그들과 한 무리를 이루기까지 했는데.

“좀비들 때문에 난리 나고 며칠 안 지났을 때, 유빈이가 두 명을 죽였다고 했었거든. 그때는 그냥 그런가 보다 했었어. 왜냐면 그전에 이미 좀비들을 꽤나 많이 죽였었으니까… 어차피 생긴 건 좀비나 사람이나 별 차이 없잖아. 그런데 막상 내가… 내 손으로 살아 있는 사람의 목숨을 끊고 나니까 알겠더라고. 이거는 뭔가, 좀비를 죽이는 것하고는 다른 일이구나 하는 걸…….”

보안관이 미간을 찌푸리며 이야기를 계속했다. 진우는 의외라는 표정을 지었다.

“그럼 우리들 중에 제일 먼저 사람을 죽여야 했던 건 유빈이구나… 그것도 두 명이나… 어휴, 그놈 용케 이기고 살아남았네. 그래, 보안관. 너는 기분이 어떤데?”

“그게… 젠장… 막 떨리거나 무섭거나 하지가 않아……. 내

손으로 휘두른 수조 유리 조각이 그놈의 목에 박혀서 죽었는데… 그 후려칠 때의 감촉이 고스란히 기억이 나는데도… 엄청나게 충격적이거나 하지도 않고, 나는 악몽조차도 안 꾸는 거야."

잠시 말을 멈춘 보안관은 크게 한숨을 쉬고 나서 이야기를 계속했다.

"후우~ 그래서 그게 기분이 이상해. 솔직히 좀 무섭기도 하고. 사람을 죽였는데… 이렇게 아무런 감정 변화가 느껴지지 않아도 되는 걸까 하는 것 때문에 말이야. 내가 원래 좀 성질이 더럽잖아. 그래서 실은 내 천성이 사이코 킬러였는데, 지금까지 모르고 살았던 걸까 싶은 걱정도 되고……."

보안관은 납득되지 않는다는 표정으로 중얼거렸다. 무슨 말인지 진우도 알 수 있을 것 같았다. 자신 역시 처음 살인을 했을 때, 그리 괴롭지 않았었다.

엄청나게 큰 죄의식이 밀려올 것을 각오했었는데, 그렇지 않다는 것을 조금 시간이 지난 후에 깨달았다. 그 당시에 자신을 지배하던 감정은 하 중위에 대한 미안함과 후회, 이미 죽은 놈들에 대한 분노였지, 죄책감이 아니었다.

"보안관, 너는 직접 손에 그 감촉이 남아 있다니까 이야기가 좀 다를 수 있겠지만… 나도 너랑 크게 다르지 않았어. 그래서 좀 무섭기도 했고. 내가 좀비를 너무 많이 죽이는 동안 정상인으로서의 감정을 다 잃은 건 아닌가 싶어서……."

진우가 입을 열었다. 보안관이 도중에 말을 끊으며 물었다.

"너도? 너도 그랬다고? 너는 몇 명이나……."

"몇 명? 그런 게 알고 싶어?"

반문을 한 진우는 손가락을 꼽아보기 시작했다. 하 중위를 죽인 일당 네 놈, 그리고 또 억지로 끌려가 참여한 전투에서 일단 그 저격수와…….

그의 손가락이 헤아리는 숫자가 열다섯을 넘어서도 계속 증가하자, 보안관이 얼른 그 손을 덮어버렸다.

"아니다, 됐다. 그만 세라. 그거 알아서 뭐한다고… 내가 바보 같은 소리 했네. 미안하다."

그런 후, 보안관은 한 손으로 진우의 머리를 꽉 안았다. 녀석이 대체 얼마나 지옥 같은 여행을 해왔던 것인지, 그 가장 은밀한 치부를 엿본 것 같은 기분이었다. 예전에는 단짝 친구 넷 중에서 제일 비위도 약한 녀석이었는데…….

"크, 이 새끼… 너 지금 나 불쌍해하는 거지? 아니야, 괜찮아. 나 괜찮다고."

진우는 보안관의 어깨를 두드리며 웃었다. 보안관의 파워 허그에서 겨우 풀려난 진우는 평온한 얼굴로 이야기를 이었다.

"미친놈들이 판을 치는 세상에 살면서 혼자 착한 놈 흉내 내는 건 그만두기로 했어. 조금만 더 일찍 그런 각오를 했으면 한 사람 더 살 수 있었는데……. 뭐, 물론 내가 미친놈이 돼서 아무나 다 죽이고 다니겠다는 말은 아니고."

두 사람은 인적이 사라진 도로 위를 걸어서 면목역까지 도착했다. 임수정을 만났던 날 지나면서 보았던 풍경과 그리 달라진 부분은 없었다. 죽은 자들의 도시답게 거리는 조용했고, 어디를 가더라도 늘 부패한 냄새가 은은하게 풍겨온다.

창고 안의 음식들, 사람들의 시체, 막혀 있는 하수구… 무덥고 습한 날씨 속에서 한 달을 보내며 전부 다 썩었다.

"유빈이는 이쯤이나 다음 역쯤에 새로운 임시 기지를 하나 만들었으면 좋겠다고 하던데… 괜찮아 보이는 데가 어디 있으려나."

사거리에 선 진우와 보안관은 주변을 돌아보며 후보지를 물색했다. 총인원이 아홉이나 되는데다, 삼숙이까지 합쳐 식구가 많다 보니 임시 기지의 요건도 꽤나 까다로워졌다. 일단 너무 좁은 건물은 안 된다.

남녀를 나눠 동성끼리 한데 모여 잔다고 해도 큰 방이 두 개는 있어야 하고, 화장실에, 음식과 필요한 물품을 쌓아둘 공간도 마련되어야 한다.

길거리를 누비고 다니는 좀비들이 낌새를 알아챌 수 없을 만큼 어느 정도는 거리가 확보된 곳일 필요가 있다.

그리고 마지막으로 가장 중요한 건 퇴로의 확보다. 임시 기지니까 오래 살 수 없는 곳이고, 그러니 당연히 빠져나올 방법이 있어야 한다.

그 모든 조건들을 갖춘 채 보안이 유지될 수 있는 구조의 건물은… 발견하기가 쉽지 않았다.

거기에다가 낯선 방문자를 반기며 달려드는 좀비들 때문에 도무지 집중이 안 됐다. 고민을 좀 할라 치면 한두 마리씩 울부짖으면서 뛰어오는 놈들이 있고, 그놈들의 이마에 총구멍을 뚫어주고 나면 처음부터 계산을 새로 해야 했다.

"으아… 머리가 지끈거리는 기분이네. 여기는 이거 때문에 안 되고, 저기는 그것 때문에 걸리고… 이런 거 정하는 일은 역시 유빈이가 와야 하는가 보다."

한참 길거리를 노려보고 있던 진우가 머리를 긁적이며 중얼거렸다. 보안관이 어처구니없다는 듯 녀석을 돌아본다.

"야, 넌 강원도에서 여기까지 혼자 왔다면서… 그쯤 되면 서바이벌 전문가잖아? 딱 보면 '음, 여기가 안전하군' 하고 답이 나올 거 같은데."

"아니… 나는 그… 굳이 그런 명칭을 붙이자면 산악 지형 생존 전문가랄지… 주로 산속으로 헤매고 다녔었거든. 능선을 끼고 어느 방향에서 잠을 자야 하는지, 어떤 나무 위에 기어 올라가면 편하고 안전하게 몇 시간을 보낼 수 있는지 그런 거만 빠삭해. 이런 건물들이랑은 안 친해. 그리고 나는 내 몸뚱이 하나만 챙겼었잖아. 열 명 정도가 무더기로 움직이는 건 완전히 다른 문제지."

진우는 손사래를 치며 웃었다. 그의 다리 옆에 바짝 붙어 선 삼숙이는 콧구멍을 벌름거리며 열심히 낯선 동네의 냄새를 맡고 있다.

녀석이 낮게 짖지 않는 것을 보면 적어도 이 부근에 화약 냄새 나는 인간은 없는 모양이다.

"이쪽이 코스트코 방향이지? 그럼 이 반대쪽은 뭐가 있나… 여기로 한 번 가볼까? 전에도 이리로 가려다가 수정이 누나를 만나는 바람에 그냥 돌아갔었는데……."

동일로 방향이라고 적힌 도로 표지판을 보며 보안관이 오른쪽으로 방향을 틀었다.

경치가 크게 달라지는 것은 없었다. 3층이나 4층짜리 나지막한 건물들이 양쪽으로 빽빽하게 늘어서 있는 도로를 100여 미터 정도 걸어왔을 때, 진우가 보안관의 어깨를 잡았다.

"그만 가자."

"응? 왜?"

"저 너머는 느낌이 안 좋다. 어째 슬슬 소름도 돋고, 냄새도 영……."

진우는 그들의 위치에서 120여 미터 더 떨어져 있는 아파트 단지들을 가리키며 말했다. 더 가지 말자고 하면서 녀석이 나열하는 이유들이 영 우스워서 보안관은 맥없이 웃었다.

"그게… 뭐야? 군인식 농담이냐? 느낌이 안 좋고, 소름이 돋고, 냄새가 난다고? 흐으음~ 냄새는… 음, 뭐, 구리기는 한데, 어딜 가나 이 정도 썩은 내는 나잖아."

"그렇게 물으면 좀 민망하기는 하지만, 솔직히 말하면 그… 나는 좀비 새끼들이랑 가까워지면 이렇게 소름이 돋더라고. 보여?"

진우는 자신의 팔뚝을 내보이며 말했다.

호오~!

보안관이 놀랍다는 표정을 지었다. 이 후텁지근한 날씨에 뙤약볕 아래에 서 있으면서 소름이라니… 갑자기 바람이 심하게 불거나 하는 것도 아닌데…….

"이 새끼… 너 이상한 재주가 있었네? 막 귀기가 느껴지고 그러냐?"

보안관은 농담 반, 진담 반의 태도로 진우와, 녀석이 위험하다고 말한 전방의 아파트 단지들을 번갈아 보았다.

"미친놈… 귀기 같은 소리 하고 있네. 크흐."

쑥스러워하며 웃은 진우는 멈춰 서 있는 자동차 지붕 위로 올라가서 조준경으로 전방을 살폈다. 배율을 조정하고 총구를 좌우로 훑던 진우가 보안관을 향해 올라오라고 손짓을 한다.

"봐. 저기 지나가고 있다."

정말?

보안관은 진우가 건네주는 총을 엉거주춤한 자세로 잡고 조준경에 눈을 가져다 댔다. 사차선 도로 위를 빼곡하게 메운 좀비들이 도로를 따라 걸어가는 모습이 보인다.

꽤나 많은 규모여서 처음에는 코스트코 앞을 지나는 놈들이 그쪽으로 경유한 건가 싶었지만, 금세 그게 아니라는 걸 알 수 있었다.

이 좀비 떼 중에는 페인트칠 된 놈들이 전혀 보이지 않는다. 혹시나 해서 꽤 한참을 들여다보고 있었는데도, 단 한 놈도 색깔을 덮어쓴 놈을 찾지 못했다. 그들이 몰랐던 다른 좀비 무리다.

"야, 줄자맨."

조준경에서 눈을 떼지 않은 채 보안관이 진우를 불렀다.

"저게 지금 여기에서 얼마나 떨어져 있는 거냐?"

"음, 210미터 정도?"

진우는 고민도 안 하고 곧바로 대답했다. 이놈이 보여준 실력만 아니라면 허언증이라고 생각할 수밖에 없는 재주다.

"뭐지… 별로 안 좋네. 우리가 있는 데에서 그렇게 멀지도 않은데, 저렇게 많은 놈들이 떼로 몰려다니고 있었다니……."

진우에게 총을 넘겨주면서 보안관은 턱을 쓸었다. 저놈들에 대한 정보가 전혀 없으니 놈들이 어떤 경로로 이동하고 있는지 몰라 그게 불안한 것이다.

"그래, 사방에 좀비들 천지구만. 이걸로 테라를 빨리 구해 와야 하는 이유가 하나 더 늘은 건가? 너나 나나 그 항체인지 뭔지가 있으면 그래도 한결 덜 불안하겠지."

진우는 보안관의 말에 동의하면서 차에서 내려갔다. 그러고는 유빈이 챙겨 준 지도에 볼펜으로 놈들이 돌아다니는 구역과 시간을 표시해 뒀다.

당분간 오른쪽은 거들떠보지도 않는 걸로 해야겠다. 그리고 면목역도 임시 기지 후보에서 일단 제외다.

"한 정거장 더 가볼까?"

진우가 보안관에게 물었다. 잠시 망설이던 보안관이 고개를 끄덕이며 말했다.

"한 정거장 정도야 별문제 없기는 한데, 어째 오늘 너랑 계속 돌아다닐 것 같은 기분이 든다."

"에이, 설마! 나도 그건 별로일세. 근처에 좀비 떼들 몰려다니고 있어서 위험하니까 이번에는 지하로 가보자. 보안관, 너 플래시 챙겨 왔지?"

자신의 전술 조끼에서 플래시를 꺼내 드는 진우의 표정은 꽤나 상기되어 있다. '위험하니까 안전한 곳으로 돌아가자' 가 아니고, '위험하니까 조금 덜 위험한 경로로 계속 가자' 라는 논리다.

녀석이 어딘가 조금은 이상하다고 생각하면서도 보안관은 그걸 굳이 입 밖으로 내지는 않았다.

진우, 이 녀석은 그간 엄청난 일들을 겪어오면서… 간이 커졌다고 해야 할지, 아니면 위험과 안전을 구분하는 기준선이 일반인보다 훨씬 더 위험 쪽에 치우쳐 버렸다고 해야 할지…….

하여간 아슬아슬한 데까지 가보는 걸 주저하지 않는 성격으로 변했다. 그러면서도 동시에 위험을 판단하는 능력도, 그걸 회피하는 기술도 꽤나 발달했다.

그 정도의 모험이 녀석에게는 당연한 일이 되었을지 몰라도, 옆에서 지켜보는 입장에서는 간이 떨리는 일이 한두 가지가 아니다.

오늘 여기까지 도보로 오는 것만 해도 유빈이 그 걱정 많은 녀석이었다면 분명 빠른 이동 수단, 달아날 때의 경로 따위를 꼼꼼하게 따지고 또 따졌을 것이다.

"내가 예전에 눈에 거슬리는 새끼들마다 싸움 걸고 다닐 때, 너희도 이런 기분이었겠구나……."

진우와 함께 컴컴한 지하철 계단을 내려가면서 보안관이 작게 혼잣말을 중얼거렸다. 무서움의 기준이 남다른 친구 놈과 함께 다닌다는 게 꽤나 힘들다는 걸 이제야 깨닫게 됐다.

하지만 그는 오늘 기꺼이 이 위험 버전의 진우와 함께 모험을 해주고 싶었다. 믿을 만한 동료와 함께 낯선 길을 걷는 걸 녀석이 얼마나 그리워했을지 어렴풋이나마 알 수 있을 것 같아서다.

"삼숙아, 화약 냄새 나면 곧바로 알려줘야 해."

승강장 아래로 내려가기 전, 진우는 삼숙이의 머리를 쓸어주며 부탁을 했다.

얼—

삼숙이는 다 알아들었다는 듯 짧게 대꾸했다. 사실 보안관은 이 개를 신뢰해도 되는 건지에 대해 아직 자신이 없다.

이렇게 믿어도 되나? 제 이름이 삼식이에서 삼숙이로 변경되었다는 것도 잘 모르는 녀석인데…….

"내가 앞장설게. 이 조끼 안에 방탄 패드가 들어 있으니까."

자신의 검은색 전술 조끼를 통통, 두드리며 진우가 말했다. 총을 맞을지도 모른다는 걸 이야기하면서도 녀석의 표정에는 별로 두려움이 없다. 그 정도의 위험은 당연한 일일 만큼 숫한 아수라장을 헤쳐 온 때문인가 보다.

"어휴… 숨쉬기가 어렵다는 게 정말이네. 공기 진짜 답답하다."

삼숙이를 앞세워 선로로 내려선 진우가 가볍게 기침을 하며 말했다. 좌우로 플래시를 흔들자, 불빛이 닿는 곳마다 검은 먼지가 자욱하게 흩날린다.

"쿨럭! 산소마스크 같은 걸 머릿수만큼 구해야겠어. 소방서에 가면 구할 수 있을까? 지하철역에도 그런 게 비치되어 있었던 것 같은데……."

이미 걷기 시작한 진우가 보안관을 돌아보며 말했다. 보안관은 고개를 끄덕였다. 끝이 보이지 않을 만큼 길고 어두운 터널이 그들을 기다리고 있는데, 보안관보다 더 담이 세진 그의 친구는 그 끝까지 내달릴 기세다.

3

보안관의 예상은 맞았다. 진우는 거침없이 나아갔다. 캄캄한 지하철 터널이고 뭐고 무섭지가 않은 것처럼 군다. 삼숙이가 짖는지만을 가끔씩 살펴보면서 플래시로 전면을 비춰 성큼성큼 걷고 있는 모습을 보면, 겁이라는 건 삼척에 놔두고 온 녀석처럼 보였다.

그러다가 저 멀리서 뭔가 검은 그림자가 휙— 지나가면 진우는 곧바로 기둥 위에 몸을 숨긴 채 플래시를 비추며 묻는다.

"어이! 누구요?"

지금까지 몇 번이나 검은 그림자를 마주쳤지만, 그 질문에 대답을 하는 놈은 단 하나도 보지 못했다. 그러면 진우는 곧바로 총구를 들어 겨냥을 한다.

휙—

검은 그림자가 모습을 드러내자마자 진우는 방아쇠를 당겼다.

타아아앙—

보통 한 발, 그림자가 어둠 속에 묻혀 있으면 두 발. 그러면 털썩, 그림자는 쓰러진다. 불필요한 행동도 없고, 머뭇거림도 없고, 빗나가는 일도 없다. 그야말로 기계다.

그림자가 커다란 뭉텅이여도 진우의 행동은 별로 다르지 않다. 세 발, 네 발 만에 포효하던 그림자들은 고꾸라지고 더 이상 움직이지 못했다. 물론 가까이 가보면 이마에 구멍이 뚫린 좀비 떼들이 죽어 있다.

그런 일을 반복하며 순식간에 지하철역 세 개를 지났다. 이렇게 빨리 달려도 되나 싶어서 보안관은 자꾸 뒤를 돌아보았다.

며칠 전, 유빈, 임수정과 같이 지하철 내부를 지나갈 때, 얼마나 긴장하고 땀을 흘렸었는지 생각해 보면 어처구니가 없을 지경이다.

시간은 절반도 지나지 않았는데 거리는 두 배를 넘게 와 있다. 게다가 이미 한 번 선로 위로 올라가 맑은 공기도 쐬고 오기도 했다.

물론 그 모든 과정 속에서 보안관은 좀비를 단 한 마리도 죽이지 않고 왔을 만큼 편했다. 진우의 사격 솜씨 때문이기도 하지만, 전반적으로 보자면 좀비들의 수가 예전보다 조금 적었다.

이 선로 안의 좀비들도 그 느릿한 움직임으로 어디론가 돌아다니는 게 분명하다. 참… 쉬는 법이 없는, 부지런한 새끼들이다.

"지금 탄창 안에 몇 발 있지? 아까 여섯 발 더 쐈고 지금 네 발 쐈으니까… 열한 발 남은 건가……."

진우는 가끔 소리 내서 자신의 생각을 웅얼거렸다. 버릇이 쉽게 고쳐지지 않는 모양이다.

"중곡역… 그리고 다음 역은 군자역."

중곡역에 도착했을 때, 선로에 그려진 안내표지를 보며 진우가 중얼거렸다. 삼숙이는 또 다리를 척 걸치고 오줌을 갈겨둔다.

한 놈은 좀비 죽이는 기계, 한 놈은 영역 표시하는 기계. 거침없이 질주하는 두 콤비 사이에서 걱정은 보안관의 몫으로 남겨졌다. 그런데 사실 보안관 역시 걱정을 잘 하는 성격은 아니다.
"한 정거장 더 가보자."
보안관이 진우의 어깨를 두들기며 말했다. 아직 가보지 않은 영역에 대한 호기심이 보안관의 모험심을 자극하고 있었다.
"군자역에 뭐가 있는데?"
진우가 물었다.
"그 부근에 건대 쉘터가 있어. 수정이 누나한테서 들은 이야기로는, 군자까지 도망쳤는데도 계속 쫓아와서 자기 혼자 유인했다고 그랬거든. 그때, 우리가 그 일행들 찾아주겠다고 와봤었는데, 중간에 군인들이 있어서 군자역을 미처 못 살펴보고 돌아갔지. 그 생각이 나서."
"가보는 건 가보는 거지만, 그 사람들이 아직까지도 계속 그 자리에 있을까? 그때가 벌써 언젠데……."
"뭐, 없으면 어쩔 수 없는 거고. 이왕 여기까지 왔으니까 건대 근처 한 번 구경하고 가는 셈 치지, 뭐. 군인 새끼들이 뭔 짓을 해놨기에 갑자기 좀비 새끼들이 역류하고 생지랄을 쳐 댔던 건지도 궁금하니까."
보안관은 물을 벌컥벌컥 마시고는 진우에게 병을 넘겼다. 정찰을 하며 친구와 물을 나눠 마시는 기분… 지금까지는 도통 느껴보지 못했던 그 기분이 각별해서 진우는 미소를 지으며 보안관의 넓은 가슴을 또 탁, 쳤다.
"삼숙아, 가자!"
진우는 삼숙이의 목덜미를 한 번 쓸어주고 다시 걸음을 옮겼다. 플래시를 비추고, 움직이는 검은 물체를 보면 한 번 경고를 하고, 답이 없으면 사격.

그렇게 전진의 과정을 몇 번 반복하고 나니, 금방 다음 역에 닿았다.

진우와 보안관은 승강장 위에 올라서서 노선도에 플래시를 비춰봤다. 다음 역이 어린이대공원. 거기서부터는 쉘터 부근이라고 보아야 할 것 같다.

"이제부터는 웬만하면 총 쏘지 말아봐. 괜히 군인들이 쫓아오거나 하면 귀찮아질 테니까."

보안관이 말했다.

응?

사격 허가를 박탈당한 진우가 놀라서 묻는다.

"총소리 안 내면 좀비는 어떻게 하려고……."

"웬만하면 이걸로 내가 잡을게. 뭐, 한 너덧 마리 정도는 별 문제 없으니까. 그보다 많으면 어쩔 수 없이 네 신세를 질 수밖에 없겠지만."

보안관이 해머를 빙글 돌려 어깨에 얹으며 말했다.

괜찮을까? 위험할 것 같은데…….

진우는 마음속으로 걱정했다. 늘 총으로만 싸워왔던 그로서는 너덧 마리의 좀비들을 육박전으로 싸워 이긴다는 게 잘 상상이 가지 않았다. 전에 산속에서 좀비와 맨몸으로 싸웠을 때에는 1:1인데도 꽤나 아슬아슬했었으니까.

"괜찮아, 그렇게 걱정하지 않아도. 너 오기 전까지는 이 해머가 제일 센 무기였어. 믿어봐. 그보다 네 그 감이라는 건 지금 어떠냐? 크흐흐, 이 위쪽에 귀기가 서려 있냐? 좀비 많이 돌아다니는 느낌이야?"

진우가 계속 걱정하는 눈빛으로 바라보고 있자 보안관이 실없이 웃으며 물었다.

진우는 바람이 불어오는 쪽으로 돌아서서 냄새를 맡고 귀를 기울여 본다. 그다지 대규모의 좀비가 있는 것 같지는 않다.

"…괜찮을 것 같아. 가보자."

두 사람과 한 마리의 개는 계단을 걸어 올라갔다. 지하철역 내부는 거센 태풍이라도 휩쓸고 간 것처럼 어수선했고, 이따금씩 눈에 띄는 시체는 심하게 부패해 있었다.

바람이 한 번씩 불어올 때마다 깨진 유리창 사이로 비닐이나 종이 포장지가 날리며 안 그래도 황량한 경치를 더욱 스산하게 만들었다.

"후우~ 이제야 좀 숨 쉬기가 편하구나. 그건 그렇고… 진짜 귀신 나오겠네."

해머를 대리석 바닥에 질질 끌고 걸어가며 보안관이 말했다. 그가 찾고 있는 것은 핏자국이다.

임수정의 말에 의하면 두 군인 중 한 명이 총을 맞고 피를 심하게 흘렸었다고 했으니, 분명 흔적이 남았을 거라고 생각했다. 그런데…….

"젠장, 핏자국이 너무 많잖아……. 여기도 피, 저기도 피. 어휴~ 온통 피투성이!"

보안관은 끌탕을 하며 고개를 저었다. 비바람에 지워지지 않은 채 말라붙어 있던 피들이 너무 많아서 눈앞을 어지럽혔다. 아마도 대부분 한 달 전에 좀비 사태가 처음 일어나던 날 흐른

피들이겠지만, 그래도 혼란을 준다는 사실에는 변함이 없다.

게다가 바닥에 떨어져 있는 쓰레기는 뭐 또 이리 많은지… 한동안 바닥을 훑고 다니던 보안관은 결국 핏자국 추적을 포기해야 했다.

"나가보자."

햇살이 쏟아져 들어오는 계단 아래 서서 흘끔 위쪽을 쳐다본 보안관이 말했다. 삼숙이가 가장 앞서고, 보안관, 진우의 순서로 계단을 올랐다. 진우는 혹시나 싶어서 무전을 보내봤다.

치이익— 하는 소리만 울릴 뿐, 터지지 않는다.

"후후, 유빈이 새끼 걱정하고 있겠다. 아까 지하철 내려간다고 하니까 잔소리 엄청 하던데."

진우가 웃자 보안관이 뒤를 돌아본다.

"걔는 총 쏘는 놈이랑 같이 다녀본 적이 없으니까 걱정도 되겠지. 근데 이렇게 간단히 올 수 있을 줄 알았으면 아예 그냥 애들도 다 끌고 와버릴걸."

"에이, 안 돼. 지금 나는 보안관 네 실력을 믿으니까 쭉쭉 가는 거야. 지킬 사람들이 있으면 이렇게 속도 못 내. 일단 오늘은 사전 답사 한다고 생각하자."

진우는 단호하게 고개를 저었다.

구해 달라는 직원들까지도 끌고 나서야 했던 삼척에서의 마지막 순간들…….

그 결과는 참담했다. 인원이 늘어날 때마다 그 위험성이 급격하게 커진다는 것을 그는 똑똑히 기억하고 있다.

"온다! 보안관, 앞에!"

계단 끝에 이르렀을 때, 진우의 목소리가 다급해졌다. 길거리에서 세 마리의 좀비가 포효하며 뛰어오고 있다. 진우의 손가락이 자꾸 방아쇠울 주변에서 머문다. 반면에 보안관은 별 감정의 변화 없이 말했다.

"오케이."

보안관은 오히려 앞으로 몇 발짝 뛰어나가며 해머를 크게 내휘둘렀다.

콰직—

첫 번째 좀비의 관자놀이와 턱이 박살 나면서 왼쪽으로 처박히는 동안, 보안관은 한 번 더 회전을 하며 두 번째 좀비의 갈비뼈를 후려쳐 뒤쪽으로 날려 보냈다. 그사이 세 번째 좀비가 아가리를 쫙 벌리고 날아든다.

"보안관! 괜찮아? 피해!"

진우의 입에서 비명인지 고함인지 모를 커다란 소리가 터져 나왔다. 보안관은 그 소리가 들리지 않는 사람처럼 해머 끝으로 좀비를 밀쳐놓고, 놈이 중심을 다시 잡고 일어나려는 순간, 정수리를 내려쳤다.

쩡—!

으드득—

세 번째 좀비의 머리뼈와 목뼈 부러지는 소리가 동시에 지하철 계단을 타고 퍼지며 작은 메아리를 만든다. 맥없이 쓰러지려는 놈을 옆으로 차 밀어놓은 보안관은, 갈비뼈가 살을 뚫고 나온 두 번째 좀비에게 다가갔다.

콰직—!

비틀거리며 일어나려던 두 번째 좀비가 뒤통수를 가격당하고 그대로 바닥에 처박혔다. 아무렇게나 휘저어 대던 녀석의 팔다리도 더 이상 움직이지 않는다.

"뭐, 이런……."

진우는 눈을 깜빡이며 침을 꿀떡 삼켰다. 어렴풋이 상상은 했지만, 보안관이 좀비와 싸우는 모습을 보고 있으니 눈이 어지러울 정도의 스피드와 스텝이다.

인간보다 훨씬 빠르고 힘이 센 좀비들이 세 마리나 한꺼번에 몰려들었는데, 그걸 단 몇 초 만에… 그것도 저 무거운 해머를 막대풍선처럼 휘두르면서…….

계단 위였기에 여차하면 발을 내딛다가 쓰러질 수도 있는 상황이었다. 그런데 보안관 이놈은 대체…….

"아, 그놈 참… 갑자기 소리를 그렇게 빽! 지르냐? 놀랐잖아."

좀비들이 모두 죽은 것을 확인하고 난 보안관이 장갑 낀 손으로 귀를 만지면서 뒤를 돌아본다. 진우는 어처구니가 없었다.

야이 씨, 아끼니까 아슬아슬해 보여서 그렇지! 좀비 세 마리가 침을 뚝뚝 휘날리면서 몸을 날리는 건 안 놀라운데, 뒤에서 조심하라고 소리 지르는 게 그렇게 놀랍단 말이냐? 하여간에 간도 큰 놈…….

어쨌든 보안관은 순식간에 좀비 세 마리를 때려잡았고, 두 친구와 삼숙이는 거리로 올라서서 사방을 둘러보았다.

"그… 해머 안 무거워?"

진우가 물었다. 보안관은 해머를 휘둘러 보면서 대답했다.

"아아… 이거? 처음에는 꽤 헤맸어. 이걸로 말뚝이나 박고 벽이나 허물었지, 언제 한 번이라도 인정사정없이 움직이는 걸 후려 패봤어야지. 근데 몇 번 하다 보니까 요령이 붙더라고. 이게 좀 동작이 커서 빨리빨리 못 때리는 단점은 있는데, 그래도 한 방만 잘 들어가면 끝이 나니까."

아니, 지금도 충분히 빨리 때리는 것 같은데…….

진우는 보안관의 팔뚝과 해머를 번갈아 보면서 생각했다.

얼—!

그때, 길게 쭉 뻗은 넓은 도로 너머를 향해 삼숙이가 낮게 짖었다. 진우와 보안관은 녀석이 짖어 대는 방향을 노려봤다. 움직이는 건 없다.

"이쪽이 건대 쉘터 방향인가?"

진우가 묻자 보안관이 고개를 끄덕인다. 그사이 삼숙이는 또 한 번 낮게 짖었다. 진우는 무릎을 꿇고 앉아서 녀석의 등을 쓸어주었다.

"응, 네 말이 맞아. 저기 멀리 가면 총 든 군인들 많이 있어. 잘 알아들었어."

녀석과 눈을 마주치고 경고 잘 받았다는 의미로 고개를 끄덕여 주자, 삼숙이는 그제야 자세를 풀고 짖는 것을 멈췄다.

"근데 저놈, 진짜로 화약 냄새 맡고 짖는 거냐? 그러면 완전 영물이잖아. 건대 쉘터가 어린이대공원까지 확장해 놓았다고 해도 여기에서 몇 백 미터 이상 떨어져 있을 텐데……."

신기하다는 눈으로 삼숙이를 쳐다보던 보안관이 코를 킁킁거려 본다. 물론 그렇게 해봐야 아무것도 모르겠다. 사방에 온통 썩는 냄새만 넘쳐 날 뿐이다.

"에… 있지, 우리 좀 위험한 데 서 있는 것 같은데?"

보안관이 코를 벌름거리며 개 흉내를 내고 있는 동안 주변을 관찰하던 진우가 말했다. 보안관은 무슨 말인가 싶어 진우의 시선을 따라 고개를 돌렸다.

"젠장… 그러네."

보안관도 금방 동의를 했다. 그들이 서 있는 곳은 8차선 도로와 4차선 도로가 만나는 사거리의 한 귀퉁이. 이 근방에서는 가장 넓게 도로가 트인 곳이라고 해도 과언이 아닐 정도였다.

"이거 봐."

진우가 멈춰 서 있는 자동차의 보닛을 가리켰다. 먼지가 뽀얗게 덮여 있는 위에 손자국, 발자국이 몇 개나 찍혀 있다. 그 너머의 자동차도, 그 뒤에 서 있는 차량도 모두 마찬가지다.

"이리로 밟고 돌아다니나 봐."

보안관도 긴장된 얼굴로 고개를 끄덕였다. 눈에 보이는 모든 자동차들의 여기저기에 좀비가 지났던 흔적이 묻어 있다. 한두 마리가 아니고, 방향도 잘 모를 정도로 어지럽다.

"너, 그… 좀비 디텍터는 뭐래? 무슨 신호 잡았어? 팔 좀 확인해 봐, 소름 끼쳤나."

보안관이 진우에게 물었다. 진우는 무심한 표정으로 고개를 저었다.

"이 근처에 있지 않으면 나도 모르지. 근데 말이야, 소름은 좀 끼쳤어. 딱히 뭘 느껴서가 아니고, 조금 전까지만 해도 이 주변이 좀비들로 덮여 있었다는 걸 생각하니까……. 저 손자국 보면 지나간 지 얼마 되지 않은 것 같은데?"

진우가 가리킨 것은 누가 봐도 새로 만들어진 것이라 판단할 만한 손자국이었다. 아직 그 위에 먼지가 앉지 않았을 만큼 새거다.

"방금 지나갔다 이거지? 이 부근에……."

보안관은 혼잣말을 중얼거리며 자동차 위로 뛰어 올라갔다. 그러고는 눈 위에 손으로 그늘을 만들고 먼 곳을 노려보았다.

안 보인다. 그저 뿌옇기만 하다. 그 옆으로 다가온 진우도 총을 겨누고 조준경을 통해 사방을 살핀다.

"어딘가 코너를 돌아갔나 봐. 여기에서는 안 보여."

조준경에서 눈을 뗀 진우가 말했다. 거기까지는 좋다. 문제는 어느 코너를 돌아서 어디로 가고 있느냐 하는 거였다.

"다시 이쪽으로 오려나?"

보안관이 물었다. 두렵기도 하지만, 호기심이 더 강하게 작용한다. 어차피 잠실로 가려면 이 부근을 지나갈 수밖에 없다. 그리고 건대 쉘터 전에 맑은 공기를 쐬려면 이 역에서 바깥으로 한 번 나와야 한다.

그러니 이 지역에 좀비들이 언제 어디를 지나는지 알게 된다면 나중에 움직일 때에도 큰 힘이 될 것이다.

"지금 우리가 이렇게 무방비 상태로 있을 때 오면 좆 되지. 엄청 규모가 큰 놈들인 것 같은데… 높은 데로 올라가 보자."

진우가 제안을 했다. 두 사람은 여전히 대로의 남쪽을 노려보고 있던 삼숙이를 데리고 건대 방향으로 뛰어갔다. 우측에 높다랗게 솟아 있는 멀티플렉스 극장과 그 맞은편의 빌딩이 이 부근에서 가장 높은 건물이다.

"둘 중에 어디로 갈 건데?"

도로 중앙에서 내달리고 있는 보안관을 향해 진우가 물었다. 보안관은 극장 맞은편의 빌딩을 가리킨다.

"창문 많이 나 있는 데로 가자! 깜깜한 거 지긋지긋해!"

두 사람이 방향을 트는 걸 보고 삼숙이도 신이 나서 내달린다. 그때였다.

그롸아아아아—

골목 안쪽에서 들려오는 포효!

보안관과 진우는 깜짝 놀라 소리가 나는 쪽을 돌아보았다. 코를 박고 멈춰 서 있는 자동차들을 뛰어넘으며 좀비들이 달려온다.

"와라!"

보안관이 해머를 치켜세우며 기합처럼 외쳤다. 달려드는 좀비들의 수는 점점 늘어나서 어느새 여섯 마리가 되어버렸다. 진우는 입술을 꽉 깨물었다.

너무… 많은 것 아닌가? 이걸 다 때려죽인다고? 사방이 자동차들이라서 해머 움직임에도 지장이 있을 텐데…….

"여섯 마리야! 알아? 보안관?"

방아쇠울에 손가락을 대면서 진우가 소리쳐 물었다. 보안관은 리듬이라도 타듯이 크게 고개를 끄덕이며 이미 스윙에 들어갔다.

콰작—

얼굴을 정통으로 강타당한 좀비가 자동차 앞 유리창에 처박혔다. 바로 뒤에 뛰어오던 놈의 관자놀이에 해머가 꽂혔다. 그런 후, 보안관은 붕 뛰어올라서 세 번째 놈의 머리를 부서져라 내려쳤다.

크엑—

무릎이 반대로 꺾인 좀비가 허물어지려 할 때, 뒤쪽에서 또 새로운 좀비들이 속속 튀어나온다. 또 네 마리. 아까의 여섯 마리에 이놈들을 더하면 총 열 마리나 된다. 진우는 더 이상 참지 못하고 옆쪽의 자동차 위로 뛰어 올라갔다.

"물러나! 보안관!"

"아니! 쏘지……."

뭐라고 만류를 하려던 보안관은 뒷말을 삼켜 버리며 가까이 접근한 좀비를 해머로 밀어 쳤다. 그러고는 서너 발짝 재빠르게 뒤로 물러섰다.

탕—

해머에 맞아 밀려난 좀비의 옆머리에 진우의 총알이 꽂힌다. 반대편으로 뚫고 나간 총알은 놈의 뇌수와 뇌를 사방으로 퍼뜨렸다. 좀비의 시체가 바닥에 닿기도 전에 진우는 곧바로 총구를 돌리며 연속으로 방아쇠를 당겼다.

탕— 탕, 탕, 탕, 탕, 타앙—

자동차 사이로 뛰어오던 여섯 마리의 좀비가 순식간에 쓰러져 버렸다.

타아아아아아앙~

주변의 건물들 사이로 커다란 메아리가 퍼지며 울린다.

"아이, 진짜! 이 새끼! 총소리 들리니까 쏘지 말라고! 분명히 말했잖아!"

보안관이 한숨을 몰아쉬며 인상을 쓴다. 진우도 지지 않고 미간을 찌푸린 채 받아쳤다.

"너덧 마리까지는 네가 맡는다고 했지! 새끼야! 이게 지금 몇 마리인 줄이나 알고 그래? 열 마리야, 열 마리!"

"합치면 열 마리인 건 맞는데! 이미 내가 세 마리 죽이고 또 하나 죽이려던 참이었잖아! 그러면 남은 건 다시 여섯이지! 이 멍청아!"

"여섯인 시점에서 이미 너덧 마리는 넘어선 거야! 이 밥통아!"

그렇게 서로 애들처럼 투닥대며 핏대를 올리던 중에 보안관이 갑자기 고개를 홱 돌렸다. 그러고는 길 건너편의 극장 건물을 노려보았다.

"왜 그래?"

진우도 덩달아 긴장하면서 물었다. 잠시 극장 건물을 노려보고 있던 보안관이 고개를 젓는다.

"아니… 별건 아니고, 저기에서 뭔가 움직이는 기척이랄까, 시선 같은 게 느껴졌었는데… 아닌가 봐. 아무것도 없네."

풋, 보안관의 말에 진우는 쓴웃음을 지었다.

"야, 너 저 멀리 떨어진 등 뒤의 건물에서 기척을 느꼈다고? 그런 새끼가 나한테 귀기를 느끼느니 뭐니 하고 놀렸어?"

"됐어. 그냥 그런 느낌이었다고. 그런 것보다 총소리나 걱정해. 젠장, 건대까지 들렸으면 안 되는데……."

보안관도 조금 쑥스럽다는 듯 웃었다.

두 친구가 그렇게 다시 웃고 있을 때, 극장 건물 7층의 창가에서는 벽에 모습을 숨긴 한 사람이 가쁜 숨을 몰아쉬며 놀란 가슴을 진정시키고 있었다.

저 새끼들… 대체 뭐지? 내가 여기서 엿보는 것도 들킨 건가?

4

그날, 고 하사가 목격했던 건 말 그대로 어메이징했다.

건대 쪽의 동항을 살펴보려고 계단을 오르던 그는 창문을 통해 이상한 광경을 보았다. 두 명의 남자가… 아무런 거리낌도 없이 도로 위를 달려오는 것이다. 게다가 커다란 개까지 한 마리 데리고…….

"…뭐지, 저 새끼들? 뒈지려고 환장했나?"

고 하사는 멍한 얼굴로 창문에 붙어 서서 도로 아래를 내려다보았다. 앞서 달리는 놈은 해머를 들고 있는데, 덩치가 무슨… 미국 프로레슬링 선수를 보는 것 같다.

그 뒤에는 보통 신체 사이즈의 남자가 따라오는데, 녀석이 들고 있는 소총이 굉장히 특이하다. 신형 K－2인 것 같기는 한데, 가만히 보니 엄청나게 큰 조준경이 달려 있다. 군 생활 하면서 한 번도 본 적 없는 조합이다. 게다가 탄창이 주렁주렁 달린 검은 전술 조끼…….

뒤죽박죽인 장비만 보면 어디 이라크나 남미의 전장에서 막 워프를 해온 놈 같다.

두 녀석은 빠르게 고 하사가 숨어 있는 건물의 주변까지 달려온다. 주변에 수많은 골목길이 있고 상점들이 있는데, 별로 경계를 하는 눈치도 없다. 혹시 뒤쪽에 한패거리가 더 많이 있는가 싶어서 지하철 쪽을 돌아봤지만, 아무도 따라오지 않았다.

"저렇게 부주의한 새끼들이 용케 지금까지 살아남았네……. 어디에서 도망친 놈들인가?"

고 하사는 숨을 죽인 채 두 녀석을 지켜봤다. 그런데 그때, 그의 시선 위쪽에 또 하나의 움직임이 감지됐다.

좀비들이다! 골목 안에서 내달려오는 10여 마리의 좀비들…….

두 녀석은 모르고 있다.

"야! 너희, 거기……."

고 하사는 자신도 모르게 소리를 지르려 했다. 하지만 그의 경고보다 더 빠르게 좀비들은 두 녀석을 덮쳤다. 총이고 뭐고 다 필요 없을 만큼 가까운 거리다.

"으아! 못 보겠다!"

고 하사는 얼굴을 잔뜩 찡그렸다. 좀비들이 살아 움직이는 사람을 물어뜯고 해체하는 모습을 보게 될 거라고만 생각했다. 차라리 눈을 감고 싶었다. 그런데…….

그다음부터는 믿기지 않는 일의 연속이었다. 맨 처음 그를 놀라게 한 건 두 놈의 침착함이었다. 좀비들이… 잔뜩 몰려들었는데 두 놈은 별로 두려워하지도, 달아나려 하지도 않았다. 그런 후, 커다란 덩치의 녀석이 해머를 휘두르기 시작했다.

"저! 저거… 저!"

말도 안 되는 상황을 목격하면서 고 하사의 입에서는 계속 외마디 신음만 터져 나왔다. 덩치 녀석이 뭘 했는지도 정확하게 모르겠다.

하지만 그가 분명하게 말할 수 있는 건 덩치가 뛰어드는 좀비들을 피하며 크게 한 번씩 몸을 돌렸고, 그때마다 좀비들이 픽픽 나가떨어졌다는 사실이다. 마치 놈의 주위에서만 시간이 절반 정도의 속도로 흐르는 것 같았다.

"허!"

고 하사는 감탄하며 창문에 더 바짝 붙어 섰다. 믿어지지 않는다. 좀비들을 피해가면서 일격으로 때려죽인다고?

하지만 아직 놀라기에는 일렀다. 더 황당한 상황이 그의 눈앞에 연이어 펼쳐졌다. 이번엔 이상한 개조 K—2를 들고 있는 녀석이었다.

녀석은 빠르게 총을 겨누며 자동차 지붕 위로 뛰어 올라가 뭐라고 소리를 질렀다. 덩치 큰 녀석이 해머로 좀비를 밀어 친다. 그리고…….

탕— 탕탕탕탕탕—

황당할 정도의 속사였다. 고 하사에게 단발로 세팅된 K—2를 쥐어 주고 그냥 아무렇게나 빨리 쏘기만 하라고 해도 저 정도의 속도로 방아쇠를 당기지는 못할 것이다. K—2라는 총기가 가지고 있는 최대한의 성능까지 끌어냈다고 해도 과언이 아니었다.

그런데 이놈은 그저 단순히 빨리만 쏘는 게 아니었다. 순식간에 대여섯 마리의 좀비가 풀썩풀썩 쓰러져 버렸다. 그중 단 한 마리도 다시 일어서는 놈이 없다.

"뭐야… 저 새끼들, 대체… 진짜……."

고 하사는 입을 다물지 못한 채 바보 같은 말들만 중얼거렸다. 두 놈이… 10초도 안 되어서 좀비 열 마리를 잡았다. 그것도… 바로 지근거리에서 일어난 습격을……. 게다가 한 놈은 무기가 해머다.

인류가… 진화하기라도 한 것일까? 판타지에서나 나올 법한 변종 슈퍼 키드들일까? 그게 아니라면… 자신이 본, 저 말도 안 되는 움직임을 뭐라고 설명할 수 있을지 모르겠다.

더욱 황당한 것은 좀비를 다 잡고 난 뒤에 두 녀석이 서로 성질을 부리며 말싸움을 해 대고 있다는 점이다.

아니… 왜 싸우지? 살아남았으면 서로 끌어안고 기뻐해도 시원치 않을 텐데…….

그렇게 멍해져서 창문에 매달려 있던 고 하사는 화들짝 놀라 몸을 뒤로 뺐다. 심장이 멎는 줄 알았다. 해머 든 덩치 큰 놈이 갑자기 홱 고개를 돌려 자신이 숨은 곳을 노려보았기 때문이다.

착각이 아니다. 시선의 각도가 거의 정확하다.

"아니, 아니… 이게 뭔 말도 안 되는 소리야? 저기서 여기가 거리가 얼만데… 그리고 역광이라 창문 안쪽이 들여다보일 일도 없는데……."

고 하사는 가슴을 꽉 누르고 소리 죽여 숨을 내쉬었다. 녀석들이 뭘 하고 있는지 내다봐야 하는데, 도무지 그럴 용기가 나지를 않는다.

괴물 같은 놈들…….

대체 뭐하는 놈들인지, 어떤 인성을 가졌는지 전혀 짐작조차 되지 않는다. 그러나 적으로 돌렸을 때 무시무시할 것이라는 것만은 분명히 알 수 있었다.

'내가 지금 소리를 지르거나 해서 말을 걸면, 어떤 반응을 보일까? 착한 사람이라면 물론 좋겠지만… 만약에 그렇지 않다면? 다짜고짜 패 죽이려고 한다거나, 부하로 삼으려고 한다거나 하면… 나는 저항할 수 있는 방법도 없는 거네…….'

고 하사는 입을 꾹 다물고 일단 숨어 있기로 했다. 이미 생존에 필요한 집도, 음식도 있으니 녀석들에게 바랄 수 있는 게 별로 없다.

반면에 놈들이 악당일 경우에는 감당이 안 된다. 그때, 또 총소리가 들려왔다.

투투투투투두— 투투투—

이번에는 아주 작고 희미한 총소리였다. 고 하사에게는 어느새 익숙해진 건대 쉘터의 총소리다.

"아까 이 앞으로 지나간 좀비들이 건대에 닿았나 보군……."

고 하사는 이마의 식은땀을 훔쳐 내고 아주 살짝 고개만 내밀어 창밖을 살폈다. 두 명의 슈퍼 전사는 자신들의 개를 데리고 건너편의 고층 건물 안으로 뛰어 들어가고 있었다.

보안관과 진우도 건대에서 울려 퍼진 총소리를 들었다.

"어때? 이 정도면 사실 거리 가늠이 잘 안 되는 정도 아닌가? 우리야 바로 저쪽에 군인들이 잔뜩 있다는 걸 아니까 방향이나 이런 걸 짐작하는 거지만, 쟤네는 아니잖아."

작게 울리는 총성에 귀를 기울이던 보안관이 물었다. 진우도 그 생각에 동의했다.

"음, 그럴 거 같아. 그리고 생각해 보면 총소리가 나는 게 그렇게 이상할 일도 아니야. 그 까만 군복 입은 새끼들도 막 돌아다니고, 군인이라고 해서 주변에 어떤 작전이 일어나고 있는지 다 알지는 못할 테니까. 그러니까 의외로 신경 안 쓸 수도 있어."

"그딴 식으로 네가 총 쏜 거 정당화하려고 하지 마, 이 새끼야. 나는 아까 우리 위치 들통날까 봐 간이 코딱지만 해졌다고."

"지랄, 나는 너 좀비에 물리는 줄 알고 심장이 쪼그라드는 줄 알았다."

티격태격 말싸움을 하면서도 두 친구는 삼숙이를 앞세워 계속 계단을 뛰어올랐다. 빨리 옥상 위로 올라가서 주변의 상황도, 왜 총소리가 난 건지도 살펴보고 싶어서였다.

그런데 이 건물, 굽이굽이 계단이 도무지 끝이 나지 않을 만큼 높다.

"으아, 젠장! 뭐야! 왜 이렇게 높아!"

일부러 높은 건물을 골라서 뛰어올랐으면서도 10층이 넘어가자 저절로 욕설이 나온다. 옥상으로 통하는 문을 열어젖혔을 때는 보안관도, 진우도 땀으로 범벅이 되어 있었다.

"…14층이나 올라왔어. 어이구, 다리야."

보안관이 팽팽해진 허벅지를 두드리며 앓는 소리를 한다.

투투투투—

아직도 총소리는 끊이지 않고 울려 대고 있다. 진우가 갑자기 뒤를 돌아보면서 허무하다는 듯 중얼거렸다.

"야… 그런데 우리 왜 이렇게 죽자 사자 전속력으로 뛰어 올라온 거냐? 그냥 걷다가 중간에 좀 쉬었어도 되잖아……."

그 말에 보안관도 꽤나 큰 충격을 받은 표정을 지었다. 자기 딴에는 진우와 둘이서 낯선 길을 꽤나 잘 개척하는 중이라고 생각했었는데, 지금 보니 그냥 아드레날린이 넘쳐 나는 두 말썽쟁이가 신이 나서 아무렇게나 설쳐 대고 있는 것 같기도 하다.

"너… 그 대가리로 여태까지 잘도 생존해서 여기까지 왔네. 젠장, 나는 원래 이렇게 생각 없이 움직이는 사람 아닌데… 네 옆에 있으니까 덩달아 바보가 되는 것 같다, 야."

건대 방향 난간에 기대앉으면서 보안관이 투덜거렸다. 물론 진우도 받아쳤다.

"너는 진짜 앞으로 삼식이한테 바보라고 하지 마라. 내가 보니까 진짜 바보는 너다. 나는 네가 도시에서 살아남으면서 뭔가 조금이라도 요령이 생겼을 줄 알았는데, 전혀 아니구만. 크흐흐."

삼식이가 거론되자 삼숙이는 자기를 부르는 줄 알고 얼— 하며 대답한다. 진우는 녀석을 진정시키며 총구를 건대 쪽으로 겨냥했다. 조준경의 배율을 조절하자 뿌옇던 경치가 조금씩 선명해진다.

"크아~ 시원하다. 뭐가 좀 보이냐?"

옆에 기대앉아서 물을 마시고 있던 보안관이 물었다. 진우는 여전히 조준경에서 눈을 떼지 않은 채 자신이 보는 걸 설명해

줬다.

"그… 예전에 좀비들이 갑자기 돌아왔었다고 했잖아. 그게 왜 그랬었는지 그 답은 찾은 것 같다."

"진짜? 뭔데?"

"이다음 역 사거리에 존나게 큰 벽이 있어. 딱 봐도 만든 지 며칠 안 된 것 같은 벽이야. 어휴~ 이 길 전체랑 그 양옆의 블록까지 다 막았는데… 높이도 꽤 되고, 그 앞에 도로를 다 폭파시켜 버렸나 봐. 길이 푹 파였고, 아주 엉망이야. 우와~ 저걸 쌓고 부수고 했으려면… 진짜 불쌍한 군인 애들 다 죽어났겠다."

진우는 총구를 아주 천천히 사방으로 움직이며 말했다. 보안관은 고개를 끄덕인 뒤 다시 물었다.

"그럼, 그 좀비들 역류하던 날이 그 벽이 완성되던 날이었나 보네……. 근데 총소리는 또 뭐야?"

"총소리는… 좀비들이 벽 가까이 오기만 하면 근처 건물 옥상에서 아주 정신없이 쏴대느라 나는 거야. 지금 저 앞에 엄청 많이 몰려 있거든. 근데 이놈들은 페인트 안 묻은 좀비들이야."

"벽을 쌓아놨다면서 총을 왜 그렇게 열심히 쏴?"

"그건 나도 잘 모르겠어. 아마… 벽이 무너지거나 망가질까 봐 무서워하는 것 같아."

크크큭, 진우는 진솔하게 답변했지만, 그 말이 너무 웃겨서 보안관은 실소를 터뜨렸다.

"아니, 진짜 저것들… 바보 새끼들 아니야? 벽이 망가질까 봐 무서워서 쏴댈 것 같았으면 아예 안 세우는 거랑 뭐가 달라. 크크큭."

"큭, 그러네. 하여간 눈에 보이는 건 그래. 너도 볼래?"

진우가 조준경에서 눈을 떼고 총 멜빵을 벗으려 했다. 커다란 손바닥에 물을 받아서 삼숙이에게 주고 있던 보안관은 얼른 손사래를 쳤다.

"아니, 네가 보고 알려주니까 그걸로 됐어. 나는 그거 영 잘 안 맞더라. 동전만 한데다가 눈을 붙이고 사방을 훑고 있으면 자꾸 멀미가 나는 것 같아서… 조금만 움직여도 경치가 휙휙 바뀌잖아. 어휴~ 그것도 아무나 하는 게 아닌 모양이야. 야, 물 좀 마시고 나서 봐. 너만 안 마셨어."

진우는 보안관이 넘겨준 물병을 기울였다. 건대 쉘터에 무슨 일이 일어났었는지도 알아냈고, 조금 전 사거리를 지난 좀비들이 어디로 몰려갔는지도 파악한 터라 할 일을 다 했다는 생각이 들었다. 이제 잠시 숨을 좀 돌리고 친구들이 기다리는 코스트코로 돌아가면 된다.

"야, 근데 생각해 보니까… 이 건물, 중간 기지로 어떨까? 길가에 있어서 전망 빵빵하겠다, 지하철역에서 가깝겠다. 먹을 것 채우고 필요한 거 다 가져다 놔도 자리 널널하게 남을 것 같고… 여기를 베이스캠프 삼아서 하루 이틀 보낸 다음에 잠실로 왔다 갔다 하면 거리도 몇 정거장 안 되잖아."

불어오는 바람으로 땀을 식히던 진우가 팔꿈치로 난간을 두들기면서 입을 열었다.

"음, 다 좋은데… 총소리 나면 곤란하지 않을까? 만약에 좀비들이 엄청 많이 몰려와서 포위하면, 그때는 총을 써야 할 텐데… 우리 지금 여기 올라온 것도 좀비들이 어디로 갔는지 알아 보려고…….”

중얼중얼 이야기를 하던 보안관이 눈을 동그랗게 뜨고 말을 멈춘다. 진우도 녀석이 왜 그러는지 알 것 같았다. 두 사람은 뭔가 잊고 있었다는 걸 뒤늦게, 그리고 동시에 깨달았다.

“좀비들!”

두 친구는 얼른 몸을 돌려 건대 방향의 도로를 내려다보았다.

젠장, 좀비들이 그곳으로 몰려갔었으니, 다시 되돌아 물러 나오기도 할 텐데, 그 생각을 까맣게 잊고 있었다.

“으아, 이런 젠장… 바로 이 근처까지 다 와 있잖아.”

이미 육안으로 선두가 보이는 좀비 무리들을 보며 보안관이 중얼거렸다. 진우도 난감한 표정으로 놈들과의 거리를 가늠해 보았다.

거리는 불과 250미터도 안 된다. 놈들의 이동 속도를 감안해 보면, 맨 앞줄의 놈들이 이곳까지 도달하는 데 채 1분이나 걸릴까 말까다.

반면, 그들이 앉아 있는 옥상부터 1층까지는 총 열네 층. 뛰어 내려가야 할 계단이… 어마무시하다. 4초에 한 층씩을 내려가더라도 지하철역까지 도달하기 전에 좀비들에게 발각될 것이다.

“앉아! 보안관, 움직이지 마. 저것들 지나간 다음에 나가야 돼.”

진우는 팔을 뻗어 보안관의 어깨를 누르며 속삭였다.

“그건 알아! 근데… 야이 씨! 네 소름 어떻게 된 거야? 좀비들이 저렇게 바글바글한데 왜 안 끼치는데?"

보안관도 목소리를 죽여 아우성을 친다.

"아니, 내가 무슨 삼숙이인 줄 알아? 300미터 전부터 좀비 기척을 느낄 수 있게? 그리고 바람이 반대 방향에서 불어왔잖아. 좀비 냄새가 완전히 묻혔다고!"

진우도 목소리를 죽인 채 이유를 설명했다. 보안관이 안타까워하며 한숨을 내쉰다.

높이가 있으니 갑자기 총을 난사해 대거나 불을 지르는 미친 짓만 하지 않으면 좀비들이 그들의 존재를 눈치채고 이 건물 안으로 몰려 들어오지는 않을 것이다. 하지만 놈들이 다 지나갈 때까지 꼼짝없이 이곳에 갇혀 있어야 한다는 게 속 터진다.

규모도 어지간히 커서 놈들이 시야 밖으로 빠져나가려면 적어도 앞으로 꼬박 한 시간은 여기에서 벗어날 수 없다.

"유빈이 진짜 지랄 엄청 하겠다. 지금 돌아가도 이미 별로 빨리 가는 게 아닌데. 젠장, 근데 너랑 둘이 나와서 돌아다니다 보니까 유빈이 그 걱정쟁이 새끼가 얼마나 필요한 존재인지 새삼 느낀다."

보안관이 머리를 긁적이며 중얼거렸다. 진우도 그 의견에 100퍼센트 동감하는 바였다.

"나 있지, 서울까지 오는 동안 하루도 편하게 지낸 날이 없었거든. 젠장, 나는 그게 내가 힘든 경로를 통과하느라 어쩔 수 없이 그런 줄 알았는데… 지금 돌이켜 보니까 계속해서 너무 무모한 선택을 했기 때문에 그런 거였는지도 모르겠다는 생각이 드네."

진우는 자책감으로 머리를 긁적이며 말했다. 녀석의 자아비판을 가만히 듣고 있던 보안관이 부끄러워하며 입을 열었다.

"아… 실은 나도 겁 없이 깝치다가 삼식이 새끼랑 이런 비슷한 상황에 처했던 적 있었어. 젠장, 그래도 이건 양반이지. 그때는 좀비들이 딱 건물을 에워싸고 움직일 생각을 안 해서 아주 죽는 줄 알았다."

"근데 어떻게 도망쳤어?"

"도망친 게 아니라 유빈이가 제니랑 같이 구하러 왔더라고. 근데 웃기다고 해야 하나? 민망했던 게 뭐냐면, 그날 삼식이랑 내가 나왔던 게 유빈이 그놈이 심하게 다쳐서 약을 구해주려다가 그런 거였거든."

크크크, 미친놈들. 진짜 치료 끝내주게 잘해줬네…….

진우가 소리도 내지 못하고 웃는다. 보안관도 웃었다.

두 사람은 결국 거의 한 시간 후에야 문제의 14층짜리 건물에서 빠져나올 수 있었다.

"저리로 가는구나……."

좀비들이 사라진 방향을 잠시 물끄러미 바라보던 보안관이 말했다. 시간은 좀 걸렸지만, 어쨌든 이 주변에 페인트 좀비들 말고도 꽤나 많은 수의 좀비들이 돌아다니고 있다는 걸 확인한 게 중요했다.

두 사람은 다시 코스트코로 돌아가기 위해 빠르게 지하철 계단을 내려갔다.

보안관과 진우가 역 안으로 사라진 후에도 꽤나 한참의 시간이 지난 뒤에야 고 하사는 주춤거리며 극장에서 빠져나왔다.

"완전히 가버렸나? 설마 다시 돌아오는 건 아니겠지?"

두려움이 가득한 눈으로 지하철역 입구를 노려보며 고 하사가 중얼거렸다. 만약 한 번만 더 놈들이 이 근처에서 기웃거린다면, 그때는 힘들더라도 강 소위와 함께 도피처를 다른 곳으로 옮길 수밖에 없다.

세상에는 여러 가지 인간이 있다지만, 그가 오늘 본 것 같은 종류의 인간들이 또 있을까 싶다. 그만큼이나 그들이 보여준 압도적인 힘의 차이는 무시무시한 수준의 것이었다.

"젠장, 어지간히 쫄았었네. 하여간 절대 마주치고 싶지 않은 종류의 놈들이었어."

고 하사는 목덜미를 한 번 쓸어서 땀을 닦아내고, 강 소위가 숨어 있는 골목 안쪽의 건물을 향해 뛰었다.

강 소위에게 오늘 그가 보았던 걸 이야기해 주고 싶기는 한데, 도저히 믿어줄 것 같지는 않다.

좀비들을 힘으로 압도하는 콤비라니.

진우와 보안관이 코스트코로 되돌아왔을 때, 두 사람을 기다리고 있던 것은 유빈의 엄청난 걱정과 잔소리였다.

"야! 무전이 안 터지는 데까지 가버리면 어떻게 해! 암만 기운이 넘쳐도 그렇지! 최소한 더 멀리 간다는 말 정도는 하고 가야 할 것 아냐!"

여전히 눈두덩이 보랏빛으로 부어올라 있는 유빈이 인상을 찌푸리며 소리를 지른다. 어찌나 마음을 졸이고 있었던지, 그의 입술은 바짝 말라 다시 찢어졌을 정도다.

하긴 주특기가 걱정인 놈인데, 친구 둘이 갑자기 연락이 두절되었으니… 녀석이 몇 시간 동안 얼마나 발을 동동 구르고 있었는지는 충분히 짐작하고도 남음이 있다.

오늘 수십 마리의 좀비를 때려잡고 멀리까지 모험을 하고 온 두 에너자이저는 두 손을 공손하게 앞으로 모은 채 서 있었다.

지은 죄가 있으니 얌전히 듣는 척이라도 해야 할 것 같아서 한 10분 정도는 군소리 없이 핀잔을 들을 각오를 했다. 그러나 유빈은 더 길게 말하지 않았다.

"어휴~ 진짜, 어린애처럼 굴지 좀 마라. 왜 그렇게… 후우~ 뭐, 무사히 돌아왔으니까 됐어."

친구들의 가슴을 한 번씩 가볍게 친 뒤, 유빈은 깊은 한숨을 내쉬었다. 안도의 한숨이었다. 진우가 얼른 유빈의 어깨에 한 팔을 두르며 녀석을 달랬다.

"알았어. 근데 있지, 우리 그냥 무작정 놀러만 다닌 거 아니야. 군자역에 네가 바라는 비밀 기지에 딱 맞는 후보도 찾아놨어. 진짜로. 그치, 보안관?"

"응, 응. 기가 막혀. 보안 좋고, 전망 좋고, 역세권에……."

보안관도 반대쪽에서 어깨를 감싸 안으며 유빈을 홀렸다. 유빈은 고개를 절레절레 흔들었다.

"비밀 기지? 어휴~ 너희 근데 군자역까지 갔었냐? 진짜 기운도 넘친다. 겁도 어지간히 없고……."

"아니, 조금이라도 위험했으면 안 갔지. 진우, 저 새끼 완전 편리해. 그냥 다 쏴 죽이면서 쭉쭉 나가거든. 예전에 우리들끼리 가면서 긴장했던 거 생각하면 안 돼. 그 정도 속도가 아니야. 그리고 그 건물도 진짜로 꽤 괜찮아. 14층짜리 건물인데… 거기 옥상에 올라가면 바로 건대 쉘터도 보이고… 지금 텅 비어 있어서, 그냥 옮겨 가기만 하면 된다고."

보안관이 진우와 군자역의 고층 건물을 동시에 자랑한다. 듣다 보니 유빈의 판단에도 장점이 적지 않은 것 같았다.

선로 밖으로 나갈 수 없는 어린이대공원과 건대의 직전 지하철역이라는 점이 특히 끌렸다. 어쩌면 이 근처보다 거기쯤이 더 임시 거처로 적합할는지도 모르겠다. 유빈은 얼굴을 쓸어내리며 고개를 끄덕였다.

"그래, 그러면 내일이라도 같이 한 번 가보자."

"네가 가게?"

옆에 앉아 있던 태권소녀가 놀라서 물었다. 유빈이 고개를 끄덕였다.

"응."

그러자 태권소녀는 바로 손을 뻗어서 유빈의 오금을 톡, 쳤다. 말 그대로 가볍게 톡—!

"아윽! 야, 너… 왜?"

갑작스런 타격에 유빈은 무릎이 꺾인 채 울상을 지으며 물었다. 검은 군복 놈들에게 삼단봉으로 두들겨 맞았던 오금과 허벅지가 엄청나게 시큰거린다. 태권소녀는 냉정한 표정으로 고개를 저었다.

"그냥 살짝 건드린 거야. 그게 아팠으면 네 몸 상태가 어지간히 안 좋다는 말인 건데, 그 다리로 움직여도 될까 모르겠네. 공연히 염증만 악화되는 거 아닌가?"

"야이 씨! 태권도 국가 대표한테 맞으면 아픈 게 당연하지! 그게 내 몸이 안 좋아서 그러냐?"

유빈이 다리를 문지르며 찡얼거리자 여기저기서 웃음이 터졌다. 태권소녀도 한바탕 웃고 나서 다시 무표정한 얼굴로 돌아와 말했다.

"같이 가더라도 힘든 건 멀쩡한 애들한테 맡겨. 너는 계획을 짜면 되니까. 혼자 모든 걸 다 맡아서 하려고 하지 말라고."

유빈은 고개를 끄덕였다. 다들 모여 앉아 늦은 저녁을 먹으며 내일의 이동에 대해 이야기를 나누었다. 오전에 유빈이, 진우, 보안관, 삼식이, 혜주가 먼저 방문을 해보고, 안전이 확인되면 오후에 모두가 같이 이동한다는 결론에 이르렀다.

내일 계획에 대한 세부 사항들을 정리하는 동안 해는 져버렸고, 주차장 안은 순식간에 어둠에 묻혔다.

"그럼 내일 아예 거기로 먹을 것도 좀 가져다 놓는 거야?"

랜턴으로 주변을 밝히며 삼식이가 물었다. 진우가 걱정스러운 표정을 짓는다.

"내가 음식을 짊어지고 다녀보니까 일주일 치든, 이 주일 치든 먹을 건 별문제가 안 됐었는데, 물이 엄청 무거워."

1리터만 하루 치로 잡아도 이 주일이면 14리터. 무게도 무게지만, 일단 부피가 엄청나다. 평지라면 카트에라도 담아서 끌고 간다고 하겠지만, 지하철 선로다 보니 걷기도 불편하고 계단도 수없이 오르내려야 한다.

"그렇게 한 번에 다 하려고 하면 힘드니까, 며칠에 나눠서 계속 방문할 때마다 가지고 가면 돼. 한 이삼 일 치씩 가져간다고 생각하면 별로 많지 않아. 너무 빨리 끝내 버리려고 하면 탈이 나더라. 내 얼굴 좀 봐. 겁 없이 한 번에 한강까지 갔더니 이 모양이 됐잖아."

유빈이 말했다. 퉁퉁 붓고 멍투성이인 그의 얼굴을 잠시 바라보고 다들 납득하는 분위기다. 불쌍해야 하는데 조금 웃긴다.

"저기… 군자역까지 갔었다고 하니까 혹시 지하철역에……."

모두의 입이 잠시 멈추었을 때, 임수정이 조심스럽게 말을 꺼냈다. 보안관은 그녀가 뭘 묻고 싶어 하는지 알 수 있었다.

"아, 저도 혹시 누나 일행분들 무슨 흔적이라도 찾아볼 수 있을까 싶어서 찾아는 봤는데요, 근데 거기 지하철역이 엄청 어수선해서 쉽지가 않더라고요. 오랫동안 꼼꼼히 수색을 하지는 못했어요. 내일 가면 같이 또 둘러봐요."

"미안해. 부담을 주려는 건 아닌데, 그 근방에 찾아갔었다니까 생각이 나서……."

임수정의 말에 보안관이 고개를 저었다.

"아니에요. 저야말로 그때 누나랑 같이 갔다가 중간에 돌아왔던 게 계속 마음에 걸렸었어요. 근데 이제는 여기 이 진우가 있으니까 얼마든지 빠르게 왔다 갔다 할 수 있거든요. 그렇게 미안해하지 마세요. 자기 일행 만나고 싶은 마음은 다 똑같은 건데요, 뭐. 게다가 그분들은 부상도 당한 상태고요."

"고마워, 그렇게 이해해 줘서."

임수정은 엷은 미소를 지으며 고개를 숙였다. 이 험하고 모진 시절에 이런 좋은 친구들을 만날 수 있었다는 게, 지금 생각해도 잘 믿어지지 않을 정도의 행운이다. 게다가 강인하기는 또 얼마나 강인한지…….

안전한 요새를 벗어났다가 죽을 고비를 넘긴 지 채 며칠도 지나지 않아서 다시 또 낯선 곳을 찾아가겠다고 나서고 있다. 전혀 기죽은 기색 없이 오히려 즐기는 사람들처럼 당당하게…….

"너 괜찮아? 제니야, 안색이 별론데?"

태권소녀가 옆자리의 제니를 돌아보며 물었다. 이동한다는 이야기를 할 때부터 줄곧 그녀는 표정이 굳어 있다.

"네, 그냥……."

제니는 볼을 두드리며 억지로 밝은 표정을 지어 보였다. 랜턴의 불빛에 비친 모두의 얼굴을 찬찬히 훑어보던 제니가 말했다.

"…이제는 정말 아무도 다치지 않았으면 좋겠어요."

5

건대 쉘터에 어둠이 내리기 시작하자 박 소위의 마음은 더욱 급해졌다. 하루 종일 배꼽 부근을 간질이던 욕망은 점점 그 크기가 커지고 강렬해져서 이제는 호흡마저 거칠게 만든다.

'시간 더럽게 안 가는군…….'

지난 30여 분 동안 박 소위는 몇 번이나 시계를 확인하고, 또 확인했다. 그의 기대에 비해 너무 느리게 흐르는 시간 때문에 시계가 고장 난 건 아닌가 하는 의심도 해봤다.

'으음, 좋았단 말이지… 진짜 짜릿했어.'

멍하니 어젯밤의 일과 오늘 아침 가희와의 대화를 회상하던 박 소위는 미친놈처럼 히죽거렸다. 가희 하나만으로도 분수에 넘치는 여복이라고 생각했었는데, 어젯밤에는 그녀의 친구까지 함께해서 소설 속에서나 봄직한 뜨거운 밤을 보냈다. 상상해 보지도 못했던 짜릿한 경험. 그야말로 극락이었다.

거기까지만 해도 술에 취해 벌인 실수라거나, 하룻밤의 미친 불장난이라고 생각할 수 있다. 하지만 그가 아침에 눈을 떴을 때, 옆자리를 지키고 있던 가희가 부끄러워하며 했던 말이 그를 더욱 설레게 했다.

"박 소위님, 미안하지만 오늘 밤에도 초희 또 놀러 오라고 해도 돼요? 가희는 초희가 이동하기 전, 단 며칠 동안만이라도 계속 행복해하는 걸 보고 싶어요."

가희의 그 말을 들었을 때, 박 소위는 자신의 귀를 의심했다. 물론 겉으로는 최대한 내색하지 않으면서 그게 가희가 원하는 거라면 그렇게 하라고 말해주고 나왔었다.

그리고 오늘 하루 종일, 박 소위는 밤이 되면 또 두 미녀를 품을 수 있다는 생각 외에는 아무것도 머리에 들어오지 않는 중이다.

'참, 나라는 놈도 대단하단 말이야…….'

박 소위는 뿌듯한 미소를 지으며 뜨거운 콧김을 내뿜었다. 두 여자 모두에게서 사랑을 받을 만큼 매력적이기도 하고, 그 두 여자를 모두 녹초로 만들 만큼 에너지가 넘친다. 그렇게 하고도 오늘 다시 그녀들을 만날 생각에 들떠 있다니…….

마침내 지겹기 짝이 없던 근무 시간이 종료되었을 때, 박 소위는 활짝 웃는 얼굴로 기지개를 켰다.

이제 담배 한 대 시원하게 빨고, 숙소로 돌아가 가희와 초희를 마음껏 농락하면 된다. 오늘은 두 번째 경험이니만큼 어제 미처 용기가 나지 않았던 여러 가지를 시도해 볼 계획이다.

"박 소위, 잠시 이야기 좀 하지."

마음 바쁜 그를 불러 세운 것은 전차장 김 소위였다.

뭐지?

박 소위는 고개를 갸웃거렸다. 이상한 일이었다. 놈은 요즘 자신과 도통 말을 섞으려 들지 않고 있었기 때문이다.

"담배 한 대 같이 피우자. 부사관들도 기다리고 있어."

김 소위는 박 소위를 끌고 외곽의 건물로 향했다. 예전에 민구가 고 하사로부터 치료를 받으며 누워 있던 곳이다. 먼저 와서 담배 연기를 뿜으며 기다리던 부사관들이 그들을 보고 가볍게 인사를 건넨다.

"무슨 일이야? 왜 이렇게 다들 모여서……."

박 소위는 주변의 눈치를 살피며 김 소위에게 물었다. 지은 죄가 있는 터라 이렇게 다들 모여 있는 걸 보니 불안해진다. 혹시 자신이 이 원사를 죽였다는 걸 이놈들이 알아채기라도 한 건 아닌가 하는 두려움 때문이다.

"아, 내가 내일 잠실로 복귀해야 하거든. 그것 때문에 그래."

김 소위의 설명을 들은 후에야 박 소위는 속으로 안도의 한숨을 내쉬었다. K-2 손잡이 부근에서 맴돌던 그의 손이 그제야 내려간다. 그리고 이 모임에 대한 관심도 급격하게 식어버렸다. 박 소위에게 담배를 권하고 불을 붙여준 뒤, 김 소위는 이야기를 시작했다.

"위성 쉘터에 배치되어 있던 전차들에게 내일 13시까지 잠실로 복귀하라는 일괄 명령이 전달되었습니다. 저도 예외가 아니어서 여러분보다 먼저 이곳 건대 쉘터를 떠나야 합니다."

부사관들은 다들 납득할 수 없다는 표정을 지었다. 김 중사가 손을 들고 물었다.

"왜 갑자기 그런 명령이 내려왔는지 알고 계십니까?"

"뭐… 자세한 사정 같은 건 따로 설명되어 있지 않았지만, 짐작은 갑니다. 잠실에서 한강철교로 이동하는 경로에 엄호할 수 있는 화력이 더 필요한 거겠죠."

김 소위가 말했다. 운용 가능한 병력의 규모가 제한적인 현 상황에서 위성 쉘터마다 한 대씩 분산되어 있는 전차는 당연히 사령부에서 가장 욕심낼 만한 전력이다.

하지만 이렇게 갑작스럽게 이동 명령을 내릴 정도라면, 아마도 첫날 이동의 성과가 어지간히 좋지 못했는지도 모르겠다.

"아니, 물론 거기도 상황이 긴박하다지만… 갑자기 전차가 사라지면 여기는 또 어떻게 하라고……."

부사관 중 하나가 불만을 토로하자, 김 중사가 어쩔 수 없다는 표정을 지었다.

"그거야, 거기랑 여기는 일단 보호하고 있는 민간인 수가 다르니까 어쩔 수 없는 일이지. 잠실에서 한 시간 동안 이동하는 민간인 수가 여기 전체 수용자 수보다 많을 테니까."

"하지만 그렇게 할 거면 아예 부대 전체를 함께 이동을 시키든가 하면 될 텐데……."

그 뒤로 계속 대화가 이어졌지만, 박 소위는 더 신경 써서 듣지 않았다. 어차피 여기에 남아 있을 시간은 길게 잡아도 일주일 안쪽. 벽까지 쌓아서 최대 규모의 좀비들을 차단해 놓았으니 전차가 빠진다고 해도 크게 위험하지 않을 터였다.

물론 마지막 날에 잠실로 이동할 때 조금 불안해지겠지만, 그런 것까지 미리부터 걱정하고 싶지는 않았다. 그런 골 아픈 일에 신경 쓸 여유가 있으면, 차라리 단 1분이라도 더 환락의 시간을 보내는 데 쓰고 싶다.

"위엣 분들이 어련히 알아서 지시하셨을까. 그냥 따르면 되는 거 아닙니까? 전 피곤해서 이만 들어가 보겠습니다. 김 소위, 자네도 수고. 내일 볼 수 있으면 한 번 더 보자고."

박 소위는 담배를 바닥에 버리고 모두에게 작별 인사를 했다. 회의가 끝나지도 않았는데 마음대로 돌아서 버리는 그를 향해 다들 눈살을 찌푸렸지만, 그까짓 것쯤 전혀 신경 쓰이지 않는다. 시간과 정력을 사용할 데가 없는 머저리 새끼들이 찌질거리는 데 끼어서 이 소중한 밤을 낭비하고 싶지 않다.

"가희! 초희! 나 왔어! 후후후."

숙소 문을 열고 들어가며 박 소위는 뻔뻔하게도 두 여자의 이름을 모두 불렀다. 그렇게 해도 괜찮을 것 같은 기분이었다.

하지만 숙소 안에는 가희밖에 없었다. 혹시 화장실에라도 갔나 싶어 박 소위는 방 안을 두리번거리며 초희의 흔적을 찾았다.

"오셨어요? 오늘도 고생 많으셨죠?"

쓸쓸한 표정으로 혼자 술잔을 기울이고 있던 가희가 힘없이 고개를 숙인다. 오늘 아침 색기 넘치는 제안을 했을 때와는 완전히 다른 표정이다.

혹시 뒤늦게 그 관계가 이상하다는 걸 깨달은 것일까? 그러면 이제 그 야릇한 재미는 더 못 보는 건가? 그건 싫은데…….

박 소위는 불안한 표정으로 가희의 눈치를 살폈다.

"…초희는 없어요. 안 온대요."

가희는 힘없이 중얼거렸다. 그 말을 들은 박 소위의 맥도 탁 풀리는 기분이었다. 잠시 입을 굳게 다물고 있던 박 소위는 가희의 옆에 앉아서 빈 술잔을 집었다. 가희가 따라 주는 술을 한 잔 마시고 나서 박 소위는 부끄러움도 없이 물었다.

"왜? 무슨 일이야? 혹시 싸웠어?"

냉정히 생각해 보면 초희가 오지 않는 게 사실 너무 당연한 일인데도, 지금 박 소위의 머릿속에서는 그렇지 않다. 자신의 것을 누군가 빼앗아간 것 같은 박탈감이 그를 분노하게 만들었다.

두 여자가 자신에 대한 질투 때문에 싸움이라도 벌였다면 얼마든지 달래줄 수 있다고 생각했다.

"몰라요. 이야기하지 않을래요."

가희가 까탈을 부리며 다시 술잔을 채운다. 박 소위의 눈초리가 한층 더 사나워졌다.

이것들이 보자보자 하니까… 멋대로 찾아왔다가 아무 때나 가버리면 그만인 줄 아나…….

"흥, 웃기는군. 그렇게 변덕스러운 여자였나? 그런데 가희, 너는 기분이 왜 이렇게 안 좋아?"

겨우 화를 가라앉힌 박 소위는 가희를 끌어당겨 무릎 위에 앉히며 물었다. 두 여자를 희롱하는 자극은 물 건너가 버렸지만, 일단 자신의 눈앞에 사랑스러운 가희가 있다. 이 끓어오르는 욕정은 그녀에게 풀면 된다.

"무슨 일이 있었는지 모르지만, 기분 풀어. 가희가 이렇게 우울해 있으면 나까지 기운이 빠진단 말이야. 응?"

박 소위는 능글맞게 웃으며 가희의 스커트 안쪽으로 손을 집어넣었다. 그런데 가희가 몸을 비틀어 그의 손을 피하며 새침한 표정을 짓는다. 그녀가 박 소위에게 처음으로 거절의 의사를 표현한 것이다. 애써 눌러왔던 박 소위의 분노가 터졌다.

"대체 왜 이래? 어제 일 때문에 그래? 그게 내가 졸라서 한 일이야? 네가 부탁했잖아! 서로 쿨하게 즐겼고! 근데 그래놓고 이러기야?"

박 소위는 가희의 팔목을 꽉 잡고 버럭 소리를 질렀다. 문을 열고 들어올 때에는 두 여자를 기대했었는데, 이제 한 여자마저 뜻대로 안 될지 모른다는 두려움이 그를 분개의 감정으로 치닫게 했다.

"가희가 언제 그것 때문에 그렇대요? 박 소위님은 마지못해서 억지로 한 일인지 몰라도 가희와 초희한테는 어젯밤이 정말 큰 기쁨이었다고요. 인생의 선물 같은 밤이었어요… 흐흑!"

고개를 모로 틀고 있던 가희가 왈칵 눈물을 쏟는다. 박 소위는 이해할 수가 없어서 이마를 찌푸렸다.

"그, 그럼 왜 이러는데? 대체 왜 울어?"

"그냥… 묻지 말아주세요. 어차피 박 소위님이 해결할 수 없는 문제예요. 너무 위험하다고요."

가희는 얼굴을 가린 채 울먹였다. 바르르 떨리는 그 입술이 또 은근히 섹시해서 박 소위는 뜨거운 콧김을 내뿜었다.

후우~ 한숨을 내쉬고 목소리를 가다듬은 박 소위가 말했다.

"나 성질 급한 사람이야. 좋은 말로 물어볼 때, 문제가 뭔지 빨리 이야기해. 그리고 나… 가희가 어떻게 생각하는지 몰라도 꽤 힘이 있어. 자, 말해봐."

촉촉하게 젖은 눈으로 박 소위의 눈치를 잠시 살피던 가희가 무겁게 입을 열었다.

"초희요… 어젯밤에 여기에서 우리랑 함께 있었던 게 걸려서 오늘……."

거기까지 말하고 가희는 또 눈물을 닦는다. 박 소위의 목소리가 높아졌다.

"오늘 뭐? 뭐가 어쨌다는 거야?"

"죽여 버리겠다는 소리를 들었대요. 허락도 받지 않고 아무 데나 흘리고 다닌다면서. 칼로 목을 겨누고 위협을 하는데, 너무 무서웠대요… 그래서 싹싹 빌었대요. 다시는 그런 일 없을 테니까 한 번만 살려 달라고……."

"아무 데나라고? 어떤 개새끼가 그딴 소리를 겁도 없이… 누구야? 초희에게 애인이 있어?"

박 소위의 얼굴이 시뻘겋게 달아올랐다.

누가 감히 초희를 칼로 위협해!

애인이라도 용서하지 않을 심산이었다. 하지만 가희는 슬픈 얼굴로 고개를 저었다.

"애인… 없어요. 초희는 그런 것도 못 만들어요. 왜냐하면 걘는 가희랑 달라서 소속사 사장의 노예거든요. 벗으라면 벗고, 죽으라면 죽는 시늉이라도 해야 하는 노예. 소속사 사장이 깡패라서… 너무 무섭다고… 박 소위님에게 고마웠다고 전해 달래요. 흐윽!"

가희는 또 눈물을 쏟는다.

내 쉘터 안에 깡패가 있어? 그것도 그 가엾은 초희를 겁박하는 깡패가? 제까짓 놈이 깡패라도 그렇지, 감히 내 여자를…….

박 소위의 눈에서는 불이 쏟아질 것 같다.

"그 깡패가 누구야? 가희는 알지? 말해."

"어쩌시려고요? 그 사람 엄청나게 무서운 인간이래요."

"무서운 인간? 훗, 진짜 무서운 게 뭔지를 보여주지. 아주 죽여 버리겠어."

박 소위는 이를 부드득 갈며 말했다.

'걸려든 건가?'

눈물을 짜내고 있던 가희의 눈이 빛난다. 이쯤 흥분해 있으면 이름을 알려줘도 될 타임이다. 가희는 주변을 한 번 둘러보고 나서 박 소위의 귀에 대고 속삭였다.

"박 소위님도 아는 사람이에요. 육만배 사장이요."

"뭐? 육 사장이?"

박 소위는 깜짝 놀라 뒤로 물러나며 소리를 질렀다.

그럴 리가… 그 사람 이름 있는 교회 장로에 꽤 괜찮은 사람인 것 같았는데… 내가 이 원사를 죽였을 때도 내 편을 들어줬었고…….

박 소위의 혼란을 읽은 가희는 뚱한 표정으로 물러났다.

"그것 봐요. 박 소위님이 알아도 소용없을 거라고 했잖아요. 그냥 잊어버리세요. 초희는 이미 충분히 고마웠대요. 평생 간직할 추억이 생겼다고……."

"아니… 그게 아니야. 너무 의외라서 그러지. 확실해? 가희가 잘못 알고 있는 거 아니야?"

"잘못 안다고요? 초희가 오늘 낮에 울며불며 해준 이야기인데?"

피식, 얼굴에 흐르던 눈물이 채 마르지 않은 채 가희가 한쪽 입을 찡그리며 웃는다. 비웃음을 산 것 같아서 박 소위의 자존심은 상처를 입었다.

"이해해요. 좋은 사람이라고만 알고 있었으니까 이상하게 들리겠죠. 가희도 처음에는 그랬거든요. 그런데 그 사람 겉보기하고는 달리 정말 악질이래요. 뭐… 어쩌겠어요. 초희만 불쌍한 거지."

가희는 한숨을 지으며 박 소위를 외면했다. 그는 아직까지도 현실을 받아들일 준비가 되어 있는 것 같지 않다. 둘 사이에 무거운 침묵이 흐른다. 그때였다.

똑똑—

작고 조심스러운 노크 소리. 그리고 곧바로 초희의 속삭이는 소리가 문밖에서 들려온다.

"가희야, 가희야… 나야. 혹시 잠들었니?"

"아니야! 안 자. 어서 들어와!"

가희는 박 소위의 허락도 받지 않고 벌컥 문부터 열었다. 박 소위도 놀란 눈으로 그쪽을 돌아보았다.

"후후후, 미안해요. 두 분이 행복하게 계시는데… 자꾸 이렇게 방해를 하네요. 잠깐 얼굴만 뵙고 가려고요."

가희의 손에 끌려 황급하게 방 안으로 들어온 초희가 부끄러워하며 웃었다. 기분 탓인지 박 소위의 눈에는 그녀의 눈가가 촉촉하게 젖어 있는 것처럼 보였다.

어쨌든 그녀의 얼굴을 보자마자 박 소위의 기억 속에서 뜨거웠던 어젯밤이 되살아난다. 가희가 그녀의 두 손을 꼭 잡고서 물었다.

"너 이렇게 오면 안 되잖아. 위험하지 않아?"

"으, 응? 뭐가?"

초희는 박 소위의 눈치를 살피며 딴청을 피웠다. 가희는 울먹이며 말했다.

"괜찮아, 박 소위님도 다 아셔. 가희가 말씀드렸어."

"뭐어? 아휴~ 이 기집애, 진짜~ 비밀로 해달라고 했잖아. 그러면 내가 뭐가 되니? 어후, 부끄러워."

초희는 두 손으로 눈을 가리며 어쩔 줄을 몰라 한다. 한동안 그렇게 하고 있던 초희가 이내 결심을 한 듯 가희에게 말했다.

"나 술 한잔 줘. 다들 자는 것 같아서 몰래 빠져나왔어. 그래봐야 오래는 못 있겠지만."

그리고 가희가 술을 따르는 동안 초희는 박 소위에게 바짝 다가앉았다.

"박 소위님."

박 소위의 머리카락을 쓰다듬으며 초희가 말했다.

"제 신세가 어떤지 들으셨다니까 굉장히 부끄러워요. 발가벗겨진 것보다 훨씬 더요. 이제… 이렇게 뵈러 오지 못할 것 같아요. 대체 어떤 놈이랑 붙어먹고 왔냐고 오늘 아주 곤욕을 치렀거든요. 후후후… 우습죠? 대체 내가 왜 육만배, 그 사람 물건처럼 취급당해야 하는 건지……. 그래도요, 저는 끝까지 박 소위님 이름은 대지 않았어요. 이렇게 멋진 분한테 혹시라도 피해가 가면 안 되니까요."

말을 멈추고 잠시 박 소위의 얼굴을 보고 있던 초희는 진한 키스를 선사했다. 혼란스러운 와중에도 박 소위가 충분히 달아오를 만큼 뜨겁고 육감적인 입맞춤이었다.

"하아~ 이 부드러운 감촉. 영원히 못 잊을 거예요… 크흑."

입맞춤이 끝나고 나서 초희는 그 말과 눈물을 남기고 일어섰다. 방을 나가려던 그녀의 팔목을 가희가 붙잡았다.

"술이라도 한잔 마시고 가. 따라뒀어."

"마음 같아서야 정말 그러고 싶지. 그런데 그래도 될지 모르겠어. 너무… 무서워서. 그 인간… 정말로 잔인하단 말이야. 나 또 걸렸다가는 정말로 죽을지도 몰라."

초희는 덜덜 떨면서 박 소위와 닫혀 있는 문을 번갈아 보았다. 가희의 시선도 박 소위에게 고정되어 있다.

"…초희."

마침내 결심을 한 듯 박 소위가 초희의 이름을 불렀다. 그러고는 자신의 옆자리를 두드렸다.

"여기 앉아. 앉아서 자세히 이야기해 봐. 대체 무슨 일이야? 아무리 육만배가 네 소속사 사장이고 깡패라도 그렇지, 이런 상황에서까지 왜 네가 그놈 명령에 복종해야 하는데?"

"이야기하자면 길어요……."

못 이기는 척 박 소위의 옆자리에 앉은 초희는 거짓 눈물을 찔끔거려 가며 육만배가 얼마나 지독한 인간인지에 대해 설명하기 시작했다.

사실 딱히 꾸며낼 것도 없었다. 오히려 실제로 있던 일에서 몇 가지 정도는 덜어내야 했다. 그래야 자신이 더러운 년 취급을 당하지 않을 테니까.

물론 육만배의 악행에 대해 이야기하는 동안에도 초희는 쉬지 않고 손을 놀려 박 소위를 흥분시키기 위해 노력했다. 자신을 품고 싶다는 욕망이 커지면 커질수록, 박 소위가 육만배를 죽여줄 가능성이 높다는 것을 초희는 잘 알고 있었다.

"후우~ 그 개새끼, 그런 쓰레기였나……."

초희의 넋두리를 다 듣고 난 박 소위는 입술을 꾹 깨물면서 욕설을 내뱉었다. 그런 사실을 까맣게 모르고 그간 잘해줬던 게 후회가 된다. 이 원사 사건 이후로는 고마운 마음에 웬만해서는 놈이 부탁하는 것도 들어주려고 노력했었는데, 그런데… 쓰레기 같은 깡패 새끼였다니…….

박 소위가 가장 경멸하는 부류다.

'그놈을 어쩌지?'

양팔로 초희와 가희를 끌어안은 채 박 소위는 생각에 잠겼다.

만약 육만배가 보통의 수용자라면 놈을 구속하는 게 가장 편한 방법이다. 조직폭력배 새끼가 무고한 사람들을 협박했다고 죄를 덮어 씌워버리면 된다.

하지만… 놈을 무조건 따르는 신도들이 꽤 많다는 것을 박 소위는 잘 알고 있다. 순진한 수용자들 사이에서 놈의 인망이 아주 높다는 것도. 그러니 갑자기 그런 죄목을 씌우려고 해도 반대하는 놈들이 적지 않을 것이다.

그리고 그런 사소한 문제들보다도 더 불편한 사실이 있다. 바로 놈이 그날 밤의 목격자라는 점이다. 육만배, 그놈은 박 소위가 이 원사를 쏴 죽였던 걸 본 놈이다.

지금이야 무슨 생각에서인지 박 소위의 편을 들어주고 있지만, 만약 관계가 틀어지면 어떤 방식으로든 주둥이를 나불거리고도 남을 것이다.

'이래저래 처치하기가 곤란한 놈이군… 아예 죽여 버리는 편이 깨끗할지도…….'

생각을 정리한 박 소위는 고개를 끄덕였다. 자의에서든 타의에서든 이미 그는 두 명을 죽여봤다. 좀비에 물린 죄수 놈과 이 원사. 죽여 버리려고 쐈던 강 소위까지 포함하면 셋이나 된다.

거기에 하나쯤 더해진다고 해도 별로 괴로울 것 같지는 않았다. 어차피 그놈도 쓰레기 같은 죄수 새끼니까.

술이라도 한 병 주는 척하고 이곳으로 몰래 불러서 쏴 죽여 버리면 될 것 같다. 장교 숙소에서 물건을 훔치는 놈이어서 쐈다고 하면 된다. 깜깜해서 누구인지는 몰랐는데 경고를 무시하고 오히려 위협하려 들었다고…….

녀석의 시체에 권총을 쥐여놓으면 100퍼센트 정당방위다.

"…초희야."

계획 수립까지 마친 박 소위는 초희의 어깨를 감고 있던 팔에 힘을 주어 그녀를 바짝 당겼다. 그러고는 그녀의 귀에 대고 속삭였다.

"아무 걱정 하지 마. 육만배, 그 새끼는 내가 처리해 줄게."

아아~ 황홀한 표정을 지으며 그의 입김을 느낀 초희가 눈을 빛낸다.

"섣불리 생각하시면 안 돼요. 그 인간, 어떻게 해서든 도망쳐서 복수할 테니까요. 그것도 소위님이 아니라 저에게… 저는 그게 무서워요."

"아니."

박 소위는 자신만만하게 고개를 저었다.

"죽은 새끼는 복수를 할 수 없어."

"…그럼, 저를 위해서!"

초희가 감격해하며 눈물을 글썽인다.

응, 박 소위는 고개를 끄덕거리며 살인을 예고했다.

"아아, 그럼 저는 자유예요. 이제 아무 눈치도 보지 않고, 이렇게 가희랑 박 소위님이랑 함께 그냥 행복하기만 하면 돼요. 아아~ 감사합니다, 박 소위님."

"잘됐다, 잘됐어!"

가희도 눈물을 닦으며 손뼉을 쳤다. 그리고 두 여자는 박 소위의 영혼이라도 빨아들이겠다는 듯 번갈아가며 정신없이 입을 맞춰 댔다.

"아니지, 그게 아니야……."

박 소위의 군복 단추를 풀고 있던 초희가 갑자기 바짝 얼어붙었다. 기쁜 자극이 멈추자 박 소위는 짜증스러워졌다.

"또 뭐야? 육만배, 그 새끼 내가 죽여준다고. 그럼 걱정 없잖아."

"…죄송해요. 근데 그놈 하나만 어떻게 한다고 해서 될 일이 아니었어요. 육만배 부하들이 있거든요. 바로 이 쉘터 안에……."

"부하…들?"

부하가 있는데다가 심지어 그게 여러 명이라고?

박 소위의 눈썹이 치켜올라 간다.

내가 지금까지 죄수로 부려 먹었어야 할 인간쓰레기들을 지켜주고 있었단 말인가. 치정에 얽힌 분노 못지않게 커다란 짜증이 그의 가슴속에서 폭발했다.

문 대위, 이 등신 같은 새끼… 수용자들을 무조건 감싸고돌더니, 이 지랄이 날 줄 알았다. 내부가 이렇게나 썩어 문드러질 지경이었는데, 등신이 아무것도 모르는 주제에 잘난 척만 오지게 했던 거구나…….

"몇 명이나 돼?"

박 소위가 잔뜩 흥분한 채 물었다. 죽여야 할 사람이 늘어난다는데 그게 무섭거나 두렵기는커녕 오히려 마음에 든다.

감히 나를 기만하고 선량한 국민인 척하고 숨어 있었어? 죽여 버려야지… 아무렴… 쓰레기들은 쓰레기답게 대해야 하고 말고…….

"여섯 명이요……."

초희가 박 소위의 눈치를 살피며 조심스럽게 말했다. 이미 가희와 함께 머리를 맞대고 고른 놈들이다. 기동이가 가장 먼저 이름을 올렸고, 놈의 똘마니들 중 못된 녀석들은 다 포함시켰다.

그놈들을 제외하면 나머지는 스스로의 힘으로 아무 계획도 못 짜는 것들이다. 굳이 힘들게 죽여 버리지 않아도 된다.

"꽤 많구만."

박 소위가 기묘한 표정을 지으며 중얼거렸다. 육만배까지 더하면 총 일곱.

초희와 가희는 떨리는 가슴을 꽉 움켜쥐고 그의 다음 말을 기다렸다.

역시 너무 많은가? 여기에서 거절해 버리면…….

그때는 육만배와 기동이만이라도 죽여 달라고 애원할 참이었다. 그 두 새끼만 이 세상에 없어도 숨쉬기가 한결 편안해질 것 같다.

"좋았어."

하지만 그녀들의 걱정과 달리 박 소위는 광기 어린 미소까지 지으면서 고개를 끄덕였다. 내 여자를 협박한 깡패 한 새끼를 죽이는 건 개인적인 복수지만, 국민들 사이에 숨어든 조직을 와해시키는 건 정의의 실현이다.

한 놈이든 일곱이든 죽이는 데 큰 차이는 없다. 그냥 연사 모드로 두고 방아쇠만 당겨 버리면 되니까. 문제는 놈들을 어떻게 모이도록 하고 증인을 남기지 않느냐 하는 것이었다. 보는 눈이

적으면 적을수록 좋다……

"그래… 그거 좋겠어. 그러면 되지……."

갑자기 제법 쓸 만한 아이디어가 떠오른 박 소위는 혼잣말을 중얼거리며 벌떡 일어났다. 가희와 초희는 두려움이 가득한 표정으로 그를 올려다본다.

"왜 그러세요, 박 소위님? 무서워요…, …"

"아니야. 너희가 왜 무서워해, 내가 있는데."

박 소위는 자신만만한 표정으로 두 여자의 입술을 한 번씩 어루만지면서 물었다.

"가희야, 초희야, 너희 나랑 같이 있는 거 좋지? 둘 다 내 거 맞지?"

두 여자는 적극적으로 고개를 끄덕였다. 이제 자유가 바로 눈앞인데 무슨 말이든 못하랴 하는 심정이었다.

"가희는 매일… 박 소위님이랑 같이 눈뜨고, 눈감고 싶어요. 박 소위님이 가희를 안아만 주면 다른 건 아무 상관 없어요."

"저는… 지금 이런 것도 꿈만 같아요. 오죽하면 이렇게 잠깐 얼굴을 보고 싶어서 목숨을 걸었겠어요."

두 여자의 애타는 고백을 듣고 마음을 확인한 박 소위는 만족한 웃음을 지었다. 더러운 쓰레기 새끼들도 소탕하고, 이곳에서 두 여자와 질릴 때까지 즐길 수 있는 방법을 찾은 것 같아서이다.

"아무 데도 가지 말고 여기서 기다려. 나 잠시 일 좀 보고 올게. 금방 돌아올 테니까 그때까지 그 깡패 새끼들 이름이나 적어두고 있어."

가희와 초희에게 명령한 박 소위는 총을 챙겨 들고 방을 나섰다. 그러고는 곧바로 쉘터를 벗어나 남쪽 게이트를 지키고 있는 전차 쪽으로 걸어갔다.

"음? 박 소위, 웬일이야? 쉬어야겠다면서?"

전차 위에 걸터앉아서 담배를 피우고 있던 김 소위가 놀라며 물었다. 박 소위는 최대한 정상인의 표정을 가장하고 입을 열었다.

"생각을 해봤는데… 내일 전차 이동할 때 말이야, 민간인들도 최대한 함께 이동시켰으면 해서."

"민간인들을? 그 사람들은 아직 이동 예정일이 멀었는데?"

"알지. 그런데 사실 전차가 호위하는 게 가장 안전한 이동 방법이라는 건 분명하잖아. 지정 이동일에 같이 못 갈 바에는 아예 미리 데려가는 게 어떠냐는 거지."

박 소위의 말을 들은 김 소위는 잠시 생각에 잠겼다. 확실히 지상으로 이동하는 수단 중에 전차보다 더 든든한 호위는 없다. 민간인들의 생존 확률을 높인다는 면에서는 고려해 볼 만한 사항이다.

"좋은 이야기지만, 뭘 타고 가? 여기로 장갑 트레일러가 배정된 게 닷새 뒤인데."

김 소위의 질문에 박 소위는 게이트 안쪽으로 들여다 놓은 대형 트럭을 가리켰다.

"저게 있잖아. 안전성 면에서는 저 트럭이랑 전차 조합이 장갑 트레일러보다 못할 것 같지 않다고."

대형 트럭은 외부 물품을 징발해 올 때 사용하던 것으로, 일단 차고가 월등히 높고 짐칸에 철제 덮개가 덮여 있다.

운전석 유리에도 철창으로 보강을 단단히 해두었기 때문에 저 안에 병사들을 태우고 나가서 좀비들에게 피해를 입은 적은 아직 없었다.

"흐음… 말 들어보니 나쁜 생각은 아닌데… 어쩐다?"

전차장 김 소위도 고민에 빠졌다. 그를 혼란스럽게 한 것은 다른 사람도 아니고 박 소위가 이런 제안을 했다는 사실이었다. 얼이 빠진 미친놈이라고만 생각했었는데, 이렇게 민간인들을 걱정하는 의외의 면이 있었다는 게 놀랍다.

"상부에다 말이나 한 번 해봐. 무슨 대단한 위반을 하는 것도 아니고, 민간인을 호송하겠다는 건데 들어줄 만하다고 생각해. 내 판단으로는 말이지."

김 소위가 갈등하는 것을 보고 박 소위는 설득을 계속했다. 김 소위는 고개를 갸웃거린다.

"그런데 저 트럭에 아무리 빽빽하게 태워도 다 타기는 어려울 거야. 통제 인원까지 생각하면 기껏해야 절반 정도? 여러모로 어려운 면이 많네."

"그게 어디야. 적어도 그 사람들은 안전해지는 거잖아. 뭐… 내가 마음대로 할 수는 없는 문제지만, 그래도 생각해 보라고 하고 싶었어."

박 소위는 사람 좋은 미소를 꾸며내 짓고서 김 소위의 어깨를 두드렸다.

어차피 이 녀석이 민간인들을 모두 인솔해서 가는 무거운 책임을 혼자 도맡을 거라고는 기대하지 않았다. 상부에 건의를 해

봐도 당연히 거절당할 것이다. 높으신 분들은 계획에 없던 변화를 거절한다.

하지만 이렇게 한 번 말을 해뒀으니 나중에 트럭에서 어떤 불상사가 생기더라도 변명할 수 있는 여지는 마련되었다. 모든 것은 좀 더 안전한 이송을 위한 것이었다는 변명…….

"하암~ 어휴, 걱정만 하고 잠을 못 잤더니 계속 하품이… 아무래도 나 먼저 들어가서 자야겠다. 내일 새벽에 다시 이야기해 보자고."

밑밥을 깔아두는 데 성공한 박 소위는 하품을 연발하며 김 소위에게 인사를 했다. 그러고는 서둘러 자신의 숙소로 돌아왔다. 이제 할 일을 했으니 즐길 차례다.

"어디 다녀오신 거예요? 가희, 걱정했어요."

"저도요. 얼마나 무서웠다고요. 이… 가슴 두근두근하는 것 좀 보세요."

박 소위가 문을 열고 들어가자 가희와 초희는 애절한 표정을 지으며 다가와 저마다 한쪽씩 그의 손을 잡아끈다.

'훗, 이 귀여운 것들. 아주 나에게 단단히 홀렸구나.'

두 미녀의 육탄 공세를 만끽하며 박 소위는 흐뭇한 미소를 지었다. 육만배와 그 똘마니 새끼들만 정리하고 나면 그녀들과 아주 뼈가 녹을 때까지 즐길 것이다. 단 셋이서… 오붓하게…….

한강철교 따위는 나중에, 이 여자들과의 극한의 쾌락조차 지겨워질 때, 그때 가면 된다. 그에게 필요한 것은 약간의 민간인 인질뿐이다. 민간인들이 조난되어 있는 한, 군에서는 그들을 찾고 구조하기 위해 노력할 수밖에 없을 테니까.

"후하하하하!"

그 생각만으로도 즐거워서 박 소위의 손놀림은 더욱 거칠어졌고, 그의 웃음소리는 크게 울렸다. 가희와 초희는 간드러지는 비명으로 박 소위의 흥분을 더욱 고조시켰다.

박 소위가 가희로부터 약을 받아먹고 쾌락의 폭풍에 휩싸인 때로부터 한 시간 뒤, 그의 숙소에는 두 명의 여자만 깨어 있었다.

드르렁~ 드르렁~

가지고 있는 모든 에너지를 소진해 버린 박 소위는 이미 깊은 잠에 빠져서 큰 소리로 코를 골아댄다.

"끄응··· 아이고, 어휴, 죽겠네."

바닥에 아무렇게나 널브러져 있는 속옷과 옷가지를 챙기면서 초희가 앓는 소리를 냈다. 그녀의 허벅지에는 몇 군데나 멍이 들어 있다. 모두 다 박 소위가 우악스럽게 움켜쥐는 바람에 생긴 것들이다.

도대체 이 남자··· 왜 이렇게 거칠고 여자를 위할 줄 모르는지··· 그저 함부로 다뤄주면 여자가 기뻐한다고 믿는 모양이다.

"괜찮겠어? 많이 힘들었지?"

문밖으로 나와 초희를 배웅하면서 가희가 속삭였다. 초희는 고개를 저었다.

"아니야. 겨우 이 정도만 참으면 자유인데··· 백 번이라도 할 수 있을 것 같아."

그녀의 마음은 진심이었다. 그리고 가희에 대한 동정도 있었다. 겨우 이틀째에 이렇게 몸 전체가 쑤셔 대는데… 이런 미친 새끼를 가희는 근 몇 주 동안이나 매일 상대해 왔다.

“조심해서 가. 그리고… 잘 자…….”

탈진한 가희가 가녀린 팔을 흔든다. 초희도 고개를 끄덕여 주고 돌아섰다. 컴컴한 구석으로 가서 그녀는 담배를 피워 물었다. 매운 연기와 함께 설움이 폐부를 찌른다.

“큭!”

초희는 갑자기 터지는 눈물을 닦았다. 차라리 만취해서 아무것도 모를 때가 좋았다. 혹시 무슨 실수라도 할까 봐 맨 정신인 채로 버티며, 약에 취한 놈의 비위를 맞춰주고 나면 견디기 힘든 모멸감이 밀려온다.

“씨발… 괜찮아, 이년아. 그냥 엄청 야한 베드신 찍었다고 생각해. 어차피 진심이 안 담겨 있으면 뭔 짓을 했어도 아무 의미 없는 거야.”

눈물을 찍어내고 담배 연기를 몇 모금 더 빤 초희는 숨을 고르고 나서 쉘터 안으로 조용히 들어갔다. 그러고는 자기 자리로 가서 얇은 담요를 머리까지 푹 뒤집어쓰고 누웠다. 이제 며칠만… 며칠만 더 참으면 이 연기로 대상을 거머쥘 수 있다.

그녀가 담요를 풀썩거리고 있을 때, 구석의 그늘 속에 숨어 있던 한 남자가 그녀를 빤히 쳐다보며 생각에 잠겼다. 육만배였다.

육만배는 얇은 입술을 꾹 깨물면서 마음속으로 중얼거렸다.

‘으음, 저년… 벌써 이틀째 밤이슬을 맞고 돌아다니는군.’

5장

건대 쉘터 함락

1

8월 15일, 아침이 밝았다.

잠실에서는 다른 사람들보다 일찍 아침 식사를 마친 백인대 15―1조부터 15―10조까지가 야구장 주차장으로 나와 이동 연습을 시작했다. 목숨이 걸린 일이니만큼 지시하는 쪽도, 지시받는 쪽도 다들 기합이 바짝 올라 있다.

건대와 한양대를 비롯한 위성 쉘터들에서는 차출된 전차들이 출발 준비를 마쳤다. 각 중대 병력에 할당되었던 최고의 화력이 사라지는 만큼 배웅하는 병사들의 얼굴에는 미래에 대한 두려움이 가득했다.

용산의 태양 그룹 본사에서는 쉐도우 실드 요원들을 태운 헬리콥터가 차례로 떠올랐다. 파멸의 마녀에게 모레까지 상납하기로 한 인원을 채워놓으려면 오늘도 바쁘게 인간 사냥을 해야 한다.

유빈과 보안관, 삼식이, 진우, 태권소녀는 모두의 배웅을 받으며 지하철 선로를 통해 이동하기 시작했다. 전투 요원인 진우와 보안관, 태권소녀는 비교적 가벼운 짐을 멨고, 유빈과 삼식이는 묵직한 배낭을 짊어졌다.

그리고 도망자 콤비인 고 하사와 강 소위는 아직 잠이 완전히 달아나지 않은 눈을 비비며 아침 식사를 먹고 있었다.

"참 이상해. 밤에는 상처도 엄청 쑤시고 무서워서 빨리 아침이 되기만 바라거든. 근데 막상 아침이 되면 그렇게 눈뜨기가 싫어지네. 막 잠이 달게 느껴지고."

강 소위가 하품을 하면서 말했다.

"저는 잠보다도 뜨끈한 국물 좀 먹으면서 해장하고 싶습니다. 어우, 배부른 소리 하다가 벌 받을까 봐 무섭지만, 목이 콱콱 메는 건 어쩔 수가 없네요."

고 하사가 입안에 든 음식물을 꿀꺽 삼키면서 중얼거렸다.

데우지 않은 즉석밥에 스팸, 참치…….

처음에는 그저 감사하면서 먹었지만, 비슷한 식단이 며칠이나 반복되자 슬슬 물린다.

이 집에 살던 사람들이 먹었을 장아찌 통조림 종류들이 하나같이 빈 통인 채로 굴러다니던 게 다 이유가 있는 일이었다.

"그래, 그러니까 어디 가서 냄비하고 1회용 가스레인지 좀 찾아와 봐. 그러면 저 라면들 뽀글이 해 먹을 수 있잖아."

박스째 쌓여 있는 라면들을 보며 강 소위가 말했다. 이 집에는 이상하게도 취사도구 자체가 없다. 먹을 것을 이만큼 모아놓았으면서 그 흔한 버너조차 갖춰두지 않았다는 것이 참 별나다.

물론 생 라면을 오독오독 씹어 먹어도 그럭저럭 맛이 있지만, 라면은 역시 국물이 주인공이니까. 밤에 둘이서 이야기를 나누며 소주 한잔 기울일 때마다 얼큰한 국물 생각이 간절했다.

"에이그, 안 돼요. 가스레인지 찾으러 다니는 것도 일이지만, 물이 너무 귀해서… 저걸로 뽀글이를 해 먹을 순 없잖습니까."

먼저 말을 꺼낸 당사자이면서도 고 하사가 고개를 저으며 가리킨 것은 각종 음료수들이다. 수분 섭취를 못해서 죽을 일은 없을 것 같지만, 순수한 물은 그리 넉넉하지 않다. 뽀글이 따위를 해 먹으며 물을 낭비했다가는 나중에 콜라로 양치를 해야 한다. 얼마나 오랫동안 도망자 생활을 유지해야 할지 모르니 신중에 또 신중을 기하게 된다.

"다녀오겠습니다. 담배 눈치껏 피우시고, 문 잘 잠그고 계세요."

밥을 다 먹고 난 뒤, 강 소위의 총상 부위를 소독해 준 고 하사가 나갈 준비를 한다.

강 소위로서는 참으로 면목 없는 순간이다. 자신은 아무것도 하지 않고 빈 건물에 앉아 시간을 보내는데, 고 하사는 좀비들이 돌아다니는 거리로 나가야만 하는 것이 여간 미안하지 않다.

"무리하지 마. 그리고 별거 없으면 그냥 일찍 들어오고. 이상한 놈들 만나지 않게 조심해."

음료수와 싸구려 망원경을 가방에 챙기고 있는 고 하사에게 강 소위가 당부를 했다. 고 하사는 그렇게 하겠다고 말하며 문을 나섰다.

만날 쳐다보고 있어봐야 별다른 건 없지만, 그래도 건대 쉘터 쪽에 신경은 써야 한다. 그가 가장 눈여겨보는 것은 전차.

중대장은 전차를 타고 잠실로 갔었다. 올 때에도 전차를 타고 올 것이다. 그러니 전차가 사라졌다가 다시 모습을 드러내면, 그것이 바로 중대장이 돌아왔다는 의미다.

"어디 보자……."

거리로 나온 고 하사는 사방을 힐끔거렸다. 주변에는 좀비가 눈에 띄지 않는다. 고 하사는 전속력을 다해서 대로 쪽으로 뛰었다. 이렇게 한산할 때 눈치껏 빨리 이동을 해야 한다.

코너를 돈 고 하사는 멀티플렉스 극장 안으로 뛰어 들어갔다. 그러고는 무수히 많은 계단을 오르고 또 올랐다. 계단을 몇 층이나 더 오르내려야 하고 거리도 좀 떨어져 있지만, 은신처 가까이에 있는 10층짜리 건물보다 여기가 훨씬 더 정찰하기가 좋다.

"하아~ 하아~ 젠장, 이놈의 계단… 어째 무지하게 건강해지고 있는 것 같은 기분이다."

팽팽해진 허벅지를 두드리며 쉘터가 보이는 방향의 난간에 다가선 고 하사는 망원경을 꺼내 들었다.

가스버너 하나 없는 집에 이런 건 또 비치되어 있었다는 게 우스웠는데, 실제로 그가 밖을 돌아다녀 보니 이만큼 요긴한 물건이 또 없다.

"에그, 너희들도 고생이 많다. 오늘도 뻥이 열심히 치는구나."

건물 옥상에 배치되어 있는 병사들을 훑어보며 고 하사는 혼잣말을 중얼거렸다. 그러고는 망원경의 방향을 옮겨가면서 쉘터의 이곳저곳을 살폈다.

배율이 낮아 선명하게 보이지는 않지만, 그래도 맨눈으로 살피는 것보다야 훨씬 낫다.

한동안 정찰을 하던 고 하사의 얼굴이 점점 기대와 흥분으로 굳는다. 고 하사는 떨리는 손으로 담배를 피워 물고, 다시 한 번 차근히 건대 쉘터를 눈으로 훑었다.

아무리 찾고, 또 찾아봐도 전차가 눈에 띄지 않는다.

"…드디어!"

고 하사가 감격에 찬 목소리로 중얼거렸다. 드디어 전차가 사라졌다. 중대장을 실어 오기 위해 잠실로 간 게 분명하다. 그럼 이제 이 길고 긴 도망자 생활도 끝이다. 이제 길어야 하루나 이틀만 지나면, 중대장이 돌아온다.

중대장이 돌아왔다는 걸 확인만 하면 돌아갈 수 있다. 현명한 문 대위라면 분명 이 더러운 누명에서 그들을 해방시켜 주고, 억울하게 죽어간 이 원사의 한을 풀어줄 것이다. 그러면 자신 때문에 이런 일에 휘말려 버린 임수정의 희생도 비로소 의미를 얻게 되리라.

"박 소위, 육만배… 이 개새끼들, 두고 보자. 너희들 이제 좆됐어. 우리 목숨이 이렇게 질긴 줄 몰랐지?"

고 하사는 놈들의 얼굴을 떠올리며 이를 부득 갈았다. 설레는 마음으로 한동안 더 쉘터를 살피던 고 하사는 이윽고 짐을 챙겨 옥상에서 빠져나왔다. 강 소위에게도 한시바삐 이 기쁜 소식을 알려주고 싶었다.

"음… 가스버너라……."

극장 건물을 나선 고 하사는 걸음을 멈추고 주변을 둘러봤다. 조금만 돌아가면 닿을 수 있는 곳에 식당들이 몇 개나 보인다. 찌개나 전골 종류를 파는 곳이라면, 당연히 휴대용 가스레인지를 구비해 놓고 장사를 했을 것이다. 물론 냄비와 식기도.

라면을 냄비에 팔팔 끓여 먹을 수 있다. 평소였다면 무슨 사치스런 소리냐고 하겠지만, 오늘은 꽤나 기분 좋게 특별한 날이다. 이제 며칠 지나지 않아서 건대로 돌아갈 수 있다는 걸 확인했으니, 축배를 들어도 괜찮다.

강 소위와 소주 한잔을 기울이면서 얼큰하게 끓인 라면 안주를 곁들이면… 그건 또 대단한 별미일 것이다. 어차피 길어야 사흘 내로 쉘터에 복귀할 테니, 물이 아까워서 발발 떨지 않아도 된다.

"그래, 오늘 기분 좀 내자. 살아 있기 잘했다는 걸 자축하는 의미로……."

고개를 끄덕인 고 하사는 주변을 두리번거리며 음식점들이 모여 있는 쪽으로 방향을 바꿨다. 익숙하지 않은 지역이라 후달리기는 하지만, 얼른 가스레인지와 냄비만 챙겨서 빠져나오면 될 거라 생각했다.

"오오, 김치찌개 집! 저기라면 100퍼센트지!"

몇 군데인가 셔터에 자물쇠가 잠긴 건물을 지나쳐서 골목 안으로 들어간 고 하사는 금세 적당한 가게를 찾았다.

'김치찌개'라는 단어를 떠올리고, 얼큰한 국물이 보글보글 끓어오르는 모습을 상상하는 것만으로 입안에 침이 그득 고인다.

"기다려라. 나도 아주 기막히게 맛있는 라면을 끓여 먹을 거야!"

가게 안으로 들어간 고 하사는 테이블 위에 세팅되어 있던 휴대용 가스레인지를 점화시켜 봤다.

찰칵—!

화르륵~!

가스레인지에서는 금방 맹렬한 파란 불꽃이 피어올랐다.

"오, 좋아! 그래!"

고 하사는 비 오듯 흘러내리는 땀을 닦아내고 주방 안으로 들어갔다. 살짝 열린 냉장고 문틈으로 썩은 김치와 돼지고기가 정말이지 끔찍한 냄새를 풍겨 댄다.

으읍, 고 하사는 코를 막고 냄비와 국자를 집었다.

"예비 가스도 하나 가져가야지?"

고 하사는 가스레인지에 냄비를 얹고 그 안에 예비 가스와 국자를 담아 두 손으로 소중하게 들고 식당 밖으로 나왔다.

오늘 점심은 간만에 국물 있는 요리다! 그것도 아주 좋은 기분으로 먹을 수 있다!

그렇게 들떠서 문을 나섰을 때, 골목 안으로 전혀 반갑지 않은 손님이 걸어 들어왔다.

두 마리의 좀비. 뿌옇게 흰 막이 씐 놈들의 눈동자가 고 하사 쪽을 돌아봤다. 그리고 곧바로 놈들의 포효가 골목 안으로 쩌렁쩌렁 울렸다.

그롸아아아!

"으아아아! 야이 씨!"

고 하사는 가스레인지와 냄비를 바닥에 내던지고 곧바로 뒤돌아 뛰었다.

쨍그렁!

냄비가 바닥에 튕기는 소리가 잠잠해지기도 전에 그롸아악— 좀비들의 울부짖음이 놈들의 발소리와 함께 점점 가까워진다.

"왜! 왜? 이런 쌍!"

고 하사는 오만상을 찌푸리며 전속력으로 내달렸다. 그때, 맞은편 골목에서 또 다른 좀비가 나타났다. 이번에는 세 마리나!

앞뒤가 모두 막힌 상황! 강제로 방향 전환을 할 수밖에 없어졌다. 고 하사는 마주 달려오는 좀비를 피해서 오른쪽으로 돌았다.

"아으으! 커헉!"

놈들보다 빨리 뛰려다 보니 순식간에 턱 끝까지 숨이 차오른다. 이대로는 몇 초 더 버틸 수 없다. 고 하사는 눈을 부릅뜨고 달아날 수 있는 곳을 찾았다.

대로와 인접한 모퉁이의 건물. 2층 문이 활짝 열려 있는 게 보였다.

우당탕—

고 하사는 앞을 가로막는 입간판을 뒤쪽으로 밀어 던지고, 계단 안쪽으로 몸을 날렸다. 계단 모서리에 부딪친 정강이에서 뼈 끝까지 울리는 통증이 느껴졌지만, 그런 데 신경 쓸 여유가 없다.

그는 네 발로 기어서 계단을 뛰어올랐다. 그러고는 2층의 주점 안으로 뛰어든 뒤, 묵직한 유리문을 확 밀쳐 닫았다.

쾅—!

그가 유리문을 닫자마자 바로 뒤쪽에서 쫓아오던 좀비가 박치기를 한다.

"으악!"

고 하사는 깜짝 놀라 하마터면 문을 잡고 있던 손을 놓을 뻔했다. 유리문이라서 돌진해 오는 좀비의 얼굴이 그냥 선명하게 보인다.

쿵— 쿵—

박치기 세 번 만에 녀석의 이마 피부가 벗겨지며 찐득하게 굳은 검은 피가 유리문에 묻어난다.

"야… 좀! 제발……!"

문을 꽉 밀고 있던 고 하사는 울상을 지으며 애원했다. 녀석이 전력으로 들이받을 때마다 몸 전체가 뒤로 밀릴 만큼 강력한 충격이 전해져 왔다.

이 유리문… 얼마나 튼튼한 건지는 모르겠지만, 이렇게 계속 박치기를 해오면 결국은 버티지 못하고 박살이 날 것이다.

"이런 씨발, 또 왔어?"

고 하사의 입에서 우는소리가 터져 나왔다. 한 놈을 버티고 있는 것만으로도 힘에 부치는데, 녀석의 뒤로 또 한 놈이 모습을 드러낸다.

쿵— 쿵—

두 마리가 번갈아가며 들이받아 대니 잠시도 힘을 뺄 틈이 없다. 그나마 놈들이 머리가 나쁘기에 망정이지, 만약 이놈들이 타이밍을 맞춰 한 번에 밀쳐 댄다면…….

고 하사는 이를 악물고 버티면서 주변을 둘러봤다. 계속 이렇게 좀비들과 힘 싸움을 해봐야 답이 안 나온다. 뭔가 수를 내서 여기를 고정시키고, 유리문이 박살 나기 전에 이 자리에서 벗어날 필요가 있다.

"이이익! 이이이… 좀… 닿아라!"

고 하사는 한쪽 옆구리에 체중을 실어 문을 버티면서 한쪽 발을 뻗어 뒤쪽의 의자를 끌어왔다.

몇 번이나 의자를 자빠뜨리고 다시 끌어오는 동안에도 좀비는 온몸으로 유리창에 달려들었다. 그 소리와 흔들림에 혼이 다 빠지는 것 같다.

"으윽! 으윽!"

유리문에 몇 번이나 어깨를 강타당하면서도 고 하사는 이를 악문 채 버텼고, 그러면서 길쭉한 고리처럼 생긴 문손잡이에 의자 다리 한쪽을 꽂아 넣는 데 성공했다.

까창—

좀비가 들이받는 힘에 금속제 의자 다리가 요란한 소리를 내며 울렸다.

까창— 까창—

충격이 가해질 때마다 사선으로 끼워진 의자 다리가 점점 더 단단히 고정된다. 이제는 맥없이 떨어져 내릴 것 같지 않아서 고 하사는 살짝 손을 떼어봤다.

쿵—

좀비가 들이받는데도 의자 다리에 의해 고정된 문은 열리지 않았다.

"됐어… 됐어!"

일단 급한 불을 끈 고 하사는 얼른 맥주 박스들을 끌어다가 유리문 아래에 받쳐 뒀다. 그게 무슨 의미가 있는지 계산해 보기도 전에 무조건 막아야 한다는 생각뿐이다.

"하아~ 하아~"

고 하사는 숨을 몰아쉬며 창가로 달려가서 창문을 열었다. 2층이니까 뛰어내려서 다시 도망갈 수 있을 거라고 생각했다.

그롸아아아아!

그러나 창문을 열자마자 또 다른 좀비 세 마리가 경고하듯 울부짖어 댄다. 놈들은 가게 아래쪽에서 배회하며 그가 내려오기만을 기다리고 있었다.

쿵—

뒤쪽에서는 금방이라도 부서질 듯 흔들리는 유리문, 아래쪽에는 아가리를 쫙 벌린 채 먹잇감을 노려보고 있는 좀비들.

고 하사의 얼굴은 절망감으로 굳어갔다.

"망했네……."

아래로 도망갈 수 없을 바에야 문이라도 보강해야겠다 싶어진 고 하사는 유리문 앞으로 뛰어가 손에 닿는 대로 무조건 가져다 쌓았다.

쇼케이스를 끌어와 넘어뜨리고, 그 위에 박스들을 쌓아 무게를 더하면서 고 하사는 끊임없이 후회했다.

미친… 그까짓 라면을 뭐 그렇게 먹고 싶다고… 이런 바보 같은 새끼가…….

"이주 벌을 제대로 받는구나… 음식 타박한 벌을 아주 제대로 받고 있어……."

순간적인 바보짓 때문에 진퇴양난의 상황에 갇혀 버린 스스로를 탓하면서, 고 하사는 자신의 머리통을 쥐어박았다.

이제… 도대체 어떻게 이 난관을 벗어날 수 있을지 상상이 안 간다. 지금은 좀비 다섯 마리지만, 이놈들이 계속 이렇게 울부짖어 대면 곧 점점 더 많은 놈들이 몰려올 것이다.

"여기서 안 보여… 젠장, 소리는 들릴까……."

4차선 도로 건너편을 바라보던 고 하사가 고개를 저었다. 강 소위와 그가 숨은 은닉처는 극장 건물을 포함한 여러 겹의 건물들에 가려져 보이지 않는다. 거리도 꽤나 돼서 도와달라고 소리를 쳐도 닿을 것 같지 않다.

그리고 사실… 강 소위가 도와주러 온다고 해도 그가 가지고 있는 탄알 몇 발과 별로 정확하지 않은 사격 실력으로는 이 다섯 마리 쉽게 못 잡는다.

놈들이 쏴 죽여 달라고 가만히 서 있으면 모를까, 저렇게 흥분해서 길길이 날뛰고 있으면 다섯 발 중에 한 발도 꽂기 어려울 것이다.

"젠장, 꼼짝없이 갇힌 건가……. 지금까지 잘 버텼는데, 하필이면 중대장님 돌아올 때쯤 돼서… 후우~"

창밖을 살피던 고 하사는 얼굴을 감싸 쥐었다. 사실 갇힌다는 것도 그의 바람일 뿐이다. 당장에라도 저 유리문이 박살 나면 그는 창밖으로 나가서 건물 벽을 타고 위층으로 올라가야 한다.

그렇게 낙담하고 있을 때, 저 멀리 지하철역에서 뭔가가 움직이는 것이 보였다.

"저 덩치는… 어제의……."

급하게 망원경을 갖다 댄 고 하사가 중얼거렸다. 어제 좀비들을 때려잡던 덩치와 시꺼먼 개가 앞장을 서고, 그 뒤로 말도 안 되는 아크로배틱 사격을 선보였던 녀석이 따라온다. 한데 오늘은 몇 명이 더 있다.

'도와달라고… 해야겠지?'

이 상황에서 가만히 있으면 죽을 확률이 거의 100퍼센트. 저 놈들이 나쁜 놈들이어서 고 하사를 해칠 확률은 반반, 50퍼센트다.

밑져야 본전이니 도와달라고 부탁하는 게 맞다. 일단 이 좀비들에게서 벗어나야 미래고 뭐고 있는 거니까.

"사… 살려줘! 살려줘요… 살려주세요!"

고 하사는 마음을 단단히 먹고 큰소리를 지르며 팔을 내휘둘렀다. 명색이 대한민국 군인이 민간인들에게 살려 달라고 사정을 하는 것이 영 폼 나지 않는다는 걸 알고 있지만, 달리 방법이 없다. 좀비 다섯 마리가 그에게는 태산처럼 높고 위험한 역경이니까.

"살려주세요! 여기! 저 좀 살려주세요!"

고 하사는 소리를 지르고 또 질렀다. 혹시라도 들리지 않을까 봐 가게 안에 있던 의자들까지 창밖으로 내던지며 난리를 피웠다. 저 덩치 일행이 중간에 다른 곳으로 가버리기라도 하면 말 그대로 죽을 수밖에 없다.

그때, 보안관 일행은 새로 아지트를 삼을 건물에 셔터가 부착되어 있는지, 없다면 어떤 방식으로 안전한 출입구를 만들 것인지에 대해 이야기를 나누는 중이었다.

두 번째 와보는 길이니만큼 보안관과 진우는 별 긴장을 하지 않았고, 뒤쪽에서 따라오는 유빈과 삼식이, 태권소녀가 생각하기에도 그리 무서워할 만한 구석은 없어 보였다.

친구들이 이러구러 이야기를 나누고 있을 때, 멀리에서 외치는 소리가 작게 들려왔다. 다섯 명의 일행은 서로 얼굴을 마주봤다.

얼—

삼숙이가 그쪽을 보고 낮게 짖는다. 이미 지하철역 안에서부터 녀석은 한차례 그렇게 짖어 댄 적이 있다.

"너… 어제부터 건대 보고 짖은 게 아니구나. 여기에 사람이 있다는 걸 알았구나……."

진우는 새삼 감탄을 하면서 소리가 나는 쪽으로 고개를 돌렸다. 다른 친구들이 소리의 진원지를 찾아내기도 전에 매의 시력, 삼식이가 중얼거렸다.

"흐음, 옷 보니까 군인 아저씨 같은데? 근데 철모는 안 썼어."

"군인? 어디? 어디에 있는데?"

"저기 보이잖아. 쭉 멀리 가서 길가에 2층 호프집 있는 데 까만색 유리창. 거기 보면 군인 아저씨가 살려 달라고 팔 흔들어. 어? 의자 집어 던진다. 아하… 골목 안쪽에 좀비들이 있나 보다. 여기에서 슬쩍 팔이 보였어."

땡그렁—

삼식이의 말과 동시에 철제 의자가 요란스러운 소리를 만들어내며 바닥을 구른다. 일행은 그가 일러준 건물 쪽으로 시선을 집중시켰다.

"진짜네… 이 새끼, 사람 눈이 아니란 말이지… 여기에서 맨눈으로 저 소매 접은 것만 보고 군복이란 걸 알았다는 게 말이 되나?"

조준경으로 고 하사의 위치와 상황을 파악한 진우가 삼식이를 괴물 바라보듯 한다.

"군인… 혹시 그 사람 아냐? 수정이 누나 일행! 근데 왜 혼자지?"

보안관이 걸음을 서두르며 중얼거렸다. 유빈은 근심스러운 눈으로 주변을 돌아봤다.

"군복을 입었다고 하고, 여기 위치가 군자역이니까 수정이 누나가 헤어진 일행일 가능성도 높긴 한데… 혹시 속임수나 뭐 그런 거면 어떡하지? 구하러 가까이 가면 숨어 있던 한패들이 확 달려들거나……."

그럴듯하다고 생각해서 진우는 고개를 끄덕였다. 하긴 충분히 가능한 일이긴 하다. 미친놈들이 은근히 많으니까. 삼식이가 싱거운 웃음소리를 내며 고개를 저었다.

"하하하, 말도 안 돼. 하루에 한 명도 안 지나다니는 곳에서 뭐하러 저런 짓을 해? 우리가 여기에 올 걸 미리 알고 있었던 것도 아니잖아."

듣고 보니 이놈 말이 더 맞는 것 같아서 진우는 또 고개를 끄덕였다. 매복일 가능성은 없어 보인다. 그랬다면 삼식이든, 삼숙이든 인간을 초월하는 감각을 가진 두 짐승이 뭔가 낌새를 눈치챘을 것이다.

"야, 여기에서 계속 시간 보낼 거야? 이러다가 저 사람 죽는다."

네 친구의 만담을 듣고 있던 태권소녀가 답답해한다. 진우는 K―2를 잡고 사격 자세를 취하며 말했다.

"그래, 얼른 가서 구해주자. 뭐… 설사 매복을 한 한패가 있더라도 사실 별 무서울 건 없고……."

몇 걸음을 더 걷던 진우가 문득 멈춰 서서 친구들을 돌아봤다.

"야, 근데 너희… 나 군인이라는 거 말하면 안 된다. 그랬다가는 괜히 끌려가. 알았지?"

2

진우의 경고를 들은 친구들은 동시에 고개를 끄덕였다. 이미 예전에도 한 번 강원도에서 탈영병 취급을 받았다는 이야기를 들었던 터라 녀석의 걱정이 충분히 이해가 가고도 남는다.

"빨리 가자. 저 사람 저러다가 애타서 좀비한테 물리기도 전에 죽겠다."

보안관과 진우가 앞장을 서고, 그 바로 옆으로 삼숙이가 달린다. 물론 짐이 무거운 유빈이와 삼식이는 그만큼 빨리 달리지 못하니까 태권소녀가 보호를 하면서 속도를 맞춰 뛰었다.

"조금만 기다려요! 구해줄게요!"

"아! 아! 고맙습니다! 살려주세요!"

친구들이 가까이 오는 것을 보고 고 하사는 더 크게 소리를 질렀다. 이제 살았구나 싶어 안도의 한숨을 막 내쉬던 바로 그 순간!

와장창—

아슬아슬해 보이던 유리문이 결국 박살 나버렸다. 고 하사는 간이 뚝 떨어지는 것 같은 공포를 느끼며 문 쪽을 돌아봤다.

콰창—

문을 박살 낸 좀비가 앞으로 고꾸라지고, 그 뒤의 놈은 쇼케이스 위에 올려둔 박스를 타 넘으려 하고 있다.

"으아! 야이!"

고 하사는 미친 사람처럼 소리를 지르며 의자를 집어 던졌다.

텅—

날아간 의자는 문 옆 기둥에 맞고 떨어졌다. 명중하지도 않았지만, 위력도 더럽게 약하다. 저 정도 충격에 죽을 놈들이 아니다.

그롸아이아—

문과 장애물을 타 넘은 두 마리의 좀비가 가게를 가로질러 뛰어온다. 고 하사는 앞뒤 가릴 새 없이 창틀 위로 올라섰다.

다른 곳으로는 도망갈 방법이 없다. 물론 뛰어내릴 수도 없다. 그랬다가는 대번에 아래에서 기다리고 있는 세 마리 좀비의 먹이가 될 테니까.

"크흑! 끄으으!"

고 하사는 미친 사람처럼 눈을 굴리고 사방으로 손을 뻗어 잡을 만한 곳을 찾았다. 그동안 좀비들은 탁자를 엎으며 더 가까운 곳까지 와 있다.

이제 한 호흡만 지나면 저놈들의 갈퀴 같은 손이 그의 다리를 움켜쥘 상황이다.

"제발! 제발!"

창틀을 밟고 이동하던 고 하사가 겨우 붙잡은 건 3층 가게의 간판이었다. 그런데 별로 튼튼한 것 같지가 않다. 그가 체중을 반만 실어서 매달렸는데도 벌써 뿌드득거리며 어딘가 부러지고 나사가 빠지는 것 같은 소리가 들려왔다.

그래도 그에겐 다른 선택지가 없었다. 일단은 매달려서 좀비들을 피해야 한다.

"이이익!"

고 하사는 두 손으로 간판을 붙잡고 창틀에서 발을 떼었다.

끼이이잉—

불길하고 기분 나쁜, 얇은 쇠가 휘는 소리가 그의 머리 위에서 울린다.

그롸아아—

그를 쫓던 두 마리의 좀비 중 한 마리는 몸을 날려 창문 아래로 떨어져 버렸고, 또 한 마리는 유리창을 두 손으로 있는 힘껏 후려쳤다.

콰창—

깨진 유리창 조각이 떨어져 내리며 좀비의 팔목을 가른다. 놈은 살점이 잘려 나가 덜렁거리는 팔을 열심히 휘두르며 고 하사의 발목을 잡아보려 애썼다.

"야! 야! 이 개새끼가!"

고 하사는 두 다리를 바짝 오므려 놈의 손아귀를 피했다.

끼이이이잉—

그러는 사이에도 간판은 계속 휘고 있다. 아래쪽의 좀비들은 한층 더 흥분해서 날뛰고 있다. 조금 전 아래로 떨어진 놈도 어느새 일어나 거기에 합류했다. 바닥에 떨어지면서 부러진 갈비뼈가 가죽을 뚫고 나와서 놈이 활개를 칠 때마다 좌우로 움직인다.

"야, 저 사람! 저거! 쏴야겠는데?"

해머를 들고 뛰어가던 보안관이 진우를 향해 소리쳤다. 웬만하면 총소리 내지 않고 조용히 처리하려 했는데, 이래서야 저 가게까지 닿기도 전에 저 사람이 물리는 꼴을 구경하게 될 것 같다.

"지금 쏜다!"

벌써 조준을 마치고 있던 진우는 보안관에게 경고를 하고 나서 곧바로 방아쇠를 당겼다.

타앙— 탕— 탕, 탕!

네 발의 총성, 그리고 네 마리의 좀비 시체. 펄쩍펄쩍 뛰며 포효하던 좀비들이 거의 동시에 바닥에 쭉쭉 뻗었다. 몇 번을 봐도 신기하기만 한 재주였다.

'내가 쏴보니까 전혀 이렇지 않던데… 이 새끼, 진짜… 총을 쏘는 건지, 초능력을 쓰는 건지 모르겠네…….'

신기하다는 눈으로 진우를 힐끔 돌아본 보안관이 물었다.

"저기 가게 안쪽에도 뭐가 있는 것 같은데? 저건 왜 안 쏴?"

"이 각도에서는 창문 밖으로 나온 팔밖에 안 보이니까 쏴도 무의미해. 그리고 저 아저씨가 저렇게 발버둥을 치고 있어서 오발 사고 가능성도 높고."

진우는 총구를 아래로 내리며 대답했다. 그러고는 곧바로 고하사를 향해 외쳤다.

"뛰십쇼! 밑에 좀비들 전부 사살했습니다! 클리어! 클리어!"

보안관은 또다시 진우를 돌아봤다. 자신이 군인이라는 걸 말하지 말라는 놈이… 말투며 어휘를 전부 군인처럼 사용하는 게 너무 어처구니가 없어서였다.

"네? 네? 하아~ 하아~"

간판에 매달린 고 하사는 고개만 뒤로 돌려보려 애를 썼다. 총소리가 난 건 알겠는데, 아래쪽의 좀비들이 어떻게 되었는지 잘 확인이 안 된다. 두 마리의 시체는 보이는데, 나머지 두 마리는 그의 시야 밖이다.

다 죽었나? 아닌가?

뛰어오던 슈퍼 히어로들이 뭐라고 외쳐 대는 것도 잘 들리지 않았다. 그의 눈앞에서 너덜너덜해진 팔을 휘두르며 포효하는 이 좀비 놈이 하도 혼을 빼놓고 있기 때문이다.

와장창—!

찌이익!

깨진 창문 사이로 내밀고 휘젓는 손이 가까워질 때마다 고 하사는 온 힘을 다해 다리를 당겨서 배에 붙였다.

끼기기깅—

우드드득—

간판의 위쪽이 뜯겨져 나가면서 아래로 기우뚱하게 기운다. 아래에 매달려 있던 고 하사의 몸은 자연스럽게 창문 쪽에 가까워진다. 이대로라면 잠시 후 저 좀비의 손아귀에 닿을 상황이다!

“뛰라고! 뛰어! 손 놔!”

등 뒤에서 들려오는 우렁찬 소리!

보지 않고도 알 수 있다. 이 천둥소리 같은 목소리는 해머를 든 덩치의 것이다.

“으아아!”

고 하사는 바보 같은 비명을 지르며 손을 놓고 아래로 떨어져 내렸다.

덩치의 말을 100퍼센트 신뢰해서가 아니다. 더 버텼다가는 좀비에게 붙잡혀 끌려 들어갈 것 같았기에 이판사판으로 내린 결정이다.

털썩—!

바닥에 떨어져 내린 고 하사는 중심을 제대로 잡지 못하고 옆으로 한 바퀴 크게 굴렀다.

턱—!

그의 두 다리가 뭔가 보도블록보다 물컹한 것을 때린다. 좀비다. 머리가 터져 나간 좀비의 시체가 그의 두 다리를 받쳐 준 것이다.

“흐으으으~!”

물론 그게 시체라는 것을 인식하기도 전에 고 하사는 기겁을 하고 일어나 뒤돌아 뛰었다. 30여 미터 떨어진 곳에서는 그를 구해준 덩치와 K-2 사수가 달려오고 있었다.

처음으로 가까이에서 보는 그들의 얼굴이 얼마나 반갑고 듬직해 보이는지…….

"숙여!"

비틀거리며 네 발로 기다시피 달리고 있던 고 하사에게 진우가 소리를 지른다. 그러고는 고 하사가 반응하기도 전에 조준 자세를 취했다. 고 하사는 본능적으로 머리를 감싸 쥔 채 엎어졌다.

왜 시키는 것인지는 몰라도, 총 든 사람이 명령하면 그대로 해야 한다. 이 친구처럼 명사수인 경우에는 더욱 그렇다. 빠른 속도 탓에 중심을 잃고 넘어지며 팔꿈치의 살갗이 벗겨졌다.

타앙─

머리 위로 공기를 꿰뚫으며 지나가는 총탄의 파열음. 그리고 그 지긋지긋하던 좀비의 포효가 뚝 끊겼다.

풀썩─

좀비의 시체가 바닥을 치는 소리. 고 하사는 겁에 질린 눈동자로 뒤를 돌아보았다. 조금 전까지 2층에서 그를 붙잡아보려던 좀비가 이마에 구멍이 뚫린 채 보도 위로 쓰러져 있다.

날카로운 유리가 박힌 채 살점이 엉망으로 잘려 나가는 동안에도 쉴 새 없이 움직이던 놈의 두 팔이 드디어 얌전해졌다.

"하아~ 하아~ 이 새끼, 어느새… 뛰어내렸었지?"

고 하사는 가쁜 숨을 몰아쉬며 땅을 짚고 일어났다. 하늘이 핑 돈다. 어지간히도 숨차고… 힘들고, 온몸에 기운이 다 쭉 빠졌다.

"괜찮으십니까? 다치신 데는 없습니까?"

진우가 얼른 부축을 하며 고 하사의 이름과 계급을 살펴봤다. 임수정이 말하던 그 일행 맞다. 휘청거리던 고 하사는 바짝 얼어서 고개를 끄덕였다.

"아… 네, 고맙습니다. 정말… 고맙습니다. 이렇게 살려주셔서……."

가까이에서 본 K―2 사수의 나이가 생각했던 것보다 어려 보여서 고 하사는 새삼 놀랐다. 해머 든 덩치도 마찬가지다.

이제 겨우 스물한두 살이나 되었을까… 건대 쉘터의 병사들과 비슷한 또래일 것 같다.

킁킁킁킁

시꺼멓고 커다란 개가 그의 허벅지에 코를 박고 냄새를 맡는다. 이놈은… 이놈대로 또 꽤나 무시무시하다.

고 하사는 개의 호감을 사기 위해 억지로 미소를 지으며 몸을 뒤로 뺐다.

"너무 늦지 않게 만나서 다행입니다, 고 하사님. 강 소위님은 어디 계십니까?"

고 하사의 상처들을 살펴보던 진우가 물었다. 고 하사는 눈이 휘둥그레져서 진우와 보안관을 번갈아 보았다.

자신의 이름은 명찰을 보면 알 수 있다고 해도 대체 강 소위는 어떻게…….

고 하사는 진우의 눈치를 살피며 물었다.

"저… 저희를 알아요?"

"수정이 누나로부터 말씀 들었습니다. 고 하사님이 총상을 입은 강 소위님을 부축하고 도주하셨다고… 윽!"

갑자기 뒤통수를 얻어맞은 진우가 앞으로 휘청하며 말이 끊겼다. 때린 사람은 보안관이었다.

"야! 왜 때려!"

"시끄러, 이 바보 새끼야! 군인이란 말 하지 말라더니, 자기가 티를 팍팍 내고 앉았네!"

보안관은 인상을 쓰면서 목소리를 낮춰 진우를 윽박질렀다. 보자보자 하니까 무슨 군인이었던 티를 내고 싶어서 안달이 난 놈처럼 군인 말투를 쓰고, 꼬박꼬박 계급 뒤에 존칭을 붙이는 게 하도 한심해서 저절로 손이 올라갔다.

이 추세대로라면 곧 자기 관등성명이랑 군번까지도 줄줄이 댈 기세다. 아마도 군복을 보자마자 반사적으로 저 말투가 세팅되는 모양이다.

"내가 언제?"

진우도 목소리를 죽여서 항변한다.

"네가 계속 그랬거든? 어쨌든 비켜봐. 내가 이야기할게."

뒤늦게 합류한 유빈과 삼식이 쪽으로 진우를 밀어내 버린 후에 보안관은 고 하사의 앞에 섰다.

"쟤 이야기 듣고 대충 감 잡으셨겠지만, 수정이 누나 우리랑 같이 있어요. 아저씨 이야기도 다 들었고요. 누나가 걱정 많이 했었는데, 그래도 이렇게 살아 있어서 다행……."

"수정이 누나? 임수정 씨 말하는 거예요? 그분 어디 계세요? 무사합니까?"

고 하사는 보안관의 말을 끊으며 다급하게 물었다. 이제 다시는 못 볼 거라고만 생각했었는데, 좀비들이 설치는 지하철 선로 안에서 결국 살아남지 못했는가 보다고 생각했었는데… 이게 대체 무슨 감사한 일인지…….

"아, 수정이 누나는 안전한 데 잘 있으니까 그 걱정은 하지 않아도 되고요… 어차피 이따가 다 만나게 될 거예요. 그나저나 다른 한 분은 어디 계세요? 후딱후딱 구하러 갑시다. 우리도 할 일 있는데."

보안관이 장갑 낀 손으로 해머 자루를 두드리며 말했다. 고 하사는 힘없이 손을 들어 극장 건물 방향을 가리켰다.

"저기… 극장에서 골목 안쪽으로 좀 들어가야 돼요."

전체적인 분위기나 임수정을 보호하고 있다는 말로 미루어볼 때 나쁜 놈들은 아닌 것 같다. 강 소위도 이들의 보호를 받는 편이 지금보다 훨씬 안전해질 듯하다.

물론 마음속에 아주 조금 부끄러운 감정은 느껴졌다.

군인이 민간인들의 보호를 받는다고? 그 반대여야 정상인데…….

은신처로 가는 동안 고 하사는 이 기묘한 그룹의 면면을 살펴보았다. 덩치와 K-2 사수도 눈길을 끌지만, 지금이 좀비 세상이 아니라면 키가 훌쩍 크고 존나게 잘생긴 놈과 그 옆의 모델 같은 여자애가 시선을 집중시켰을 것이다.

둘 다 어지간히 늘씬하다. 무거운 짐을 짊어진 채 땀을 흘리며 걷고 있는 유빈이라는 사람은 아마도 이 특출한 그룹의 짐꾼이나 심부름꾼쯤 되는 모양이다. 쥐어 터진 얼굴을 보니 여차하면 손찌검도 하는 것 같다.

"여기입니다. 조금만 기다리세요. 갑자기 사람들이 여럿 눈에 띄면 놀랄 수도 있으니까, 제가 먼저 말을 해서 알릴게요."

고 하사는 다섯 명과 개를 뒤쪽에서 기다리게 하고 건물 앞에 서서 강 소위를 불렀다. 그가 부르는 소리에 강 소위가 5층의 창문을 열고 고개를 내밀었다.

"뭐야? 왜 안 들어오고 거기에서 불러? 그보다 조금 전에 총소리 들었지? 어제 그 흉악한 놈들 이 근처에 또 왔나 본데? 아, 젠장… 개가 냄새 맡고 이리로 오면 어쩌지?"

강 소위는 주변을 두리번거리며 말했다. 그가 말하는 '흉악한 놈들' 이라는 건 물론 진우와 보안관이다.

어제 고 하사가 좀비를 벌레처럼 쉽게 죽이는 이상하고 흉악한 놈들을 봤다고 알려줬던 것이다. 고 하사는 얼른 강 소위의 말을 끊었다.

"아니, 아니… 저기 그 총소리는 어떤 분들이 저 구해준 거예요. 그분들이 임수정 씨도 보호하고 있답니다."

"그래? 정말? 그럼 그분들은 어디 계셔? 임수정 씨는?"

"그분들 여기 계세요. 놀라실까 봐 제가 먼저 알려 드린 겁니다."

그런 후, 고 하사는 유빈 일행을 향해 나와 달라는 손짓을 했다. 덩치 큰 해머, 이상하게 개조한 K-2 사수… 어제 고 하사가 말했던 그 흉악한 놈들이다. 그 뒤로 개와 세 사람이 더 모습을 드러냈다.

강 소위는 이게 지금 무슨 일인지 잘 이해할 수가 없었지만,

고 하사가 자신까지 위험에 빠뜨릴 인물은 아니라는 걸 알기에 더 말하지 않고 순순히 문을 열었다.

"총도 저리 치우세요. 어차피 잘 쏘지도 못하시잖아요."

건물 안으로 들어온 고 하사가 강 소위에게 말했다. 절룩이는 다리로 버티고 서서 차마 총을 손에서 떼지 못하는 강 소위의 심정도 이해는 하지만, 그를 구해준 은인들과 공연히 마찰을 빚고 싶지 않았다.

그리고 사실 진우라는 이 K-2 사수가 마음만 먹으면 강 소위가 무장을 하고 있든 아니든 상대도 안 된다.

"…안녕하세요."

보안관 일행들이 고 하사를 따라 들어오며 살짝 고개를 숙인다. 모두를 앉게 하고 목을 축일 음료수를 나눠 준 뒤, 고 하사는 강 소위에게 이들을 만나게 된 과정을 설명해 줬다.

"근데… 아저씨는 왜 길 건너까지 가서 좀비들한테 쫓겼어요? 여기에 먹을 것도 이렇게 많은데?"

삼식이가 주변을 둘러보며 물었다.

"에… 그게… 매일 정찰을 하거든요. 건대 쉘터 쪽에 무슨 변화가 없나… 우리 지나온 극장 있죠? 그 옥상에 올라가서……."

"극장이랑 아저씨 있던 데랑 거리가 꽤 되던데요? 그리고 도로도 건너야 하고……."

태권소녀가 물었다. 고 하사는 조금 부끄러워하며 솔직하게 대답했다.

"거기는… 정찰 다 마치고 휴대용 가스레인지를 구하러 나갔었어요. 이 집에는 이상하게 불을 피울 만한 게 없더라고요. 먹을 건 꽤나 갖춰져 있었는데, 그래서 라면 하나도 마음대로 못 끓여 먹으니까……."

"허! 이렇게 갇힌 구조에서 불을 피우면 그 열기가 꽤 오래갈 텐데? 이 동네에는 좀비들 안 돌아다녀요?"

"다닙니다. 거의 수시로 돌아다닌다고 보면 될 거예요. 이 앞으로도 가끔 지나가고……."

"그런데 불을 피우려 했다고요? 고작 라면 때문에… 그게 뭐야? 자살하고 싶은 사람도 아니고……."

태권소녀가 믿을 수 없다는 듯 고개를 저었다. 고 하사도, 강 소위도 그녀가 무슨 말을 하는지 이해하지 못했다.

"불을 피우면 안 됩니까? 왜 그게 문제가……."

"아, 불을 피우면 그 열기에 좀비들이 끌립니다. 군에서는 그런 사항을 전달해 주지 않는데, 대낮에 개방된 공간에서가 아니면 웬만해서는 불을 피우지 않는 게 좋습니다."

창가에 기대서 있던 진우가 알려줬다. 고 하사와 강 소위가 거의 동시에 의심 가득한 목소리로 물었다.

"설마? 그거 지금 우리 놀리는 겁니까?"

"농담 아니에요. 그나저나 이 집에 가스레인지가 없어서 그래도 지금까지 무사하셨네요. 운이 좋았어요. 보니까 담배도 꽤 피우신 것 같은데……."

소주병 안에 들어 있는 담배꽁초들을 가리키며 유빈이 말했다. 강 소위와 고 하사는 갑자기 자신들이 바보가 된 것 같은 기분이 들었다.

담배는 그래도 조심해서 피웠다. 민구가 밤톨에게, 밤톨이 또

고 하사에게 전해준 야매 지식이 있었으니까. 그런데 불은… 불과 열기가 좀비들을 불러들인다는 이야기는 금시초문이다. 그렇다면 대체 지금까지 군에서는 뭘 해왔던 건가 싶어진다.

"그런 이야기는 차차 하기로 하고, 여기 위치 알아놨으니까 돌아가서 수정이 누나랑 다 데리고 올까? 엄청 반가워할 텐데. 여기 넓고, 음식도 좀 있고 괜찮네. 우리 짐도 무거운 건 아예 여기에다가 두고 가지 뭐."

보안관이 건물 내부를 둘러보며 말했다. 강 소위는 머뭇거리다가 아까부터 도무지 이해할 수 없었던 것을 물었다.

"저기… 초면에 이런 걸 물어봐서 미안합니다만, 어딘가 안전하게 지낼 만한 곳이 있는 모양인데, 왜 여기까지 온 겁니까? 그리고 저분… 저분은 태도며 말투가 딱 현역 병사 같은데… 물론 옷이랑 장비만 보면 아닌 것 같기도 하고……."

지목당한 진우는 속이 뜨끔해서 고개를 홱 돌렸다.

어떻게… 대체 어떻게 알았지? 엄청나게 예리하구나. 유빈이 뺨치는 추리력인걸?

그의 심장이 빠르게 뛴다. 얼굴이 빨갛게 된 진우 대신에 태권소녀가 슥, 나섰다.

"우리는 잠실로 갈 거예요. 아저씨들이 원하면 함께 가도 되고요. 수정이 언니 말이, 아저씨들은 억울한 누명을 덮어썼다면서요? 그리고 거기에 가면 누명을 풀어줄 똑똑한 대장인지도 있다고 들었어요. 그러면 되잖아요. 다른 사소한 문제 때문에 신경 쓰이게 하지 마세요."

예쁘장한 얼굴에 어울리지 않게 무뚝뚝한 말투다. 트집을 잡자면 말투도 싸가지 없다. 하지만 현재의 권력관계에서 그녀의 말을 거역하거나, 토를 달 수는 없는 상황이다. 강 소위는 고개를 끄덕여 동의의 뜻을 표현했다.

"아! 맞다! 그 이야기 하는 걸 까먹고 있었네! 그놈의 좀비 때문에 혼이 나가서……."

누명 이야기가 나오자 기억이 되살아난 고 하사가 갑자기 손뼉을 치면서 외쳤다. 그러고는 강 소위에게 말했다.

"오늘, 전차가 사라졌습니다! 중대장님이 아마 곧 돌아오실 모양입니다!"

"정말? 진짜로?"

강 소위는 감격에 찬 표정으로 주먹을 꽉 쥐었다. 그러고는 고 하사의 어깨를 짚고 일어나려 했다.

"나도 직접… 내 눈으로 보고 확인하고 싶어. 정말로 전차가 없어진 건지… 그리고 앞으로도 한동안 계속 눈을 떼면 안 될 것 같아. 중대장님 돌아오시는 걸 보기 전까지는 말이야."

이번에는 보안관 일행이 영문을 모르는 상황이 되었다. 강 소위를 부축해 주던 고 하사가 대강이나마 설명을 해줬다.

"지금까지 쉘터에 배치된 전차가 자리를 비웠던 건 딱 한 번뿐입니다. 중대장님을 태우고 잠실로 갔다가 왔을 때죠. 그러니까 이번에 사라진 것도 중대장님과 관계가 있는 거예요. 오늘이든, 내일이든 그분을 태우고 다시 돌아올 겁니다."

"흐음, 그러면 아저씨들은 굳이 고생해 가면서 잠실까지 가실 이유가 없겠네요."

보안관이 물었다. 고 하사와 강 소위는 천천히 고개를 끄덕였다.

"중대장님만 돌아와 주시면 군이 거기까지 힘들여 가지 않아도… 그리고 여러분도 마찬가지입니다. 비록 이번에 불미스러운 사건이 발생했었지만, 이제 재발할 일 없을 거고요. 제반 처우 면에서도 잠실보다 건대가 나아요."

"저희는 거기에 일행이 있어서 가는 거예요. 잠실로 꼭 가야 합니다."

유빈이 딱 잘라 결론만 말했다. 여기에서 이 사람들에게 테라가 어쨌다는 둥의 쓸데없는 이야기를 하고 싶지도 않고, 해서도 안 된다. 임수정의 일행들이니까 앞뒤 계산하지 않고 일단 구했지만, 군인과 민간인은 살아가야 하는 궤적이 다르다.

"밖에 나가도 괜찮을까요? 강 소위님이 저렇게 직접 보고 싶어 하시니까."

고 하사가 보안관과 진우를 번갈아 보며 물었다. 다리가 편치 않은 강 소위와 함께 이동한다는 것은 여러모로 제약이 많고, 부담스러운 일이다. 좀비가 나타나면 싸워줄 사람이 동의해 줘야 실행에 옮길 수 있다.

"그렇게 하죠. 어차피 저희도 돌아갔다 와야 해요. 수정이 누나에게 알려 드려야 하니까."

보안관이 고개를 끄덕였다. 진우와 보안관이 앞장서고, 고 하사는 강 소위를 부축했다. 유빈과 삼식이, 태권소녀가 그 뒤를 따랐다. 삼숙이는 자유롭게 그들 사이를 오가며 동네 여기저기에 오줌을 뿌려놓고 다녔다.

"끄으응~! 끄으응!"

극장 계단을 오르면서 강 소위는 금방이라도 쓰러질 사람처럼 신음을 뱉어 댔다. 고 하사가 부축을 해준다고는 하지만, 아직 온전히 아물지 않은 다리를 가지고 14층이나 되는 높은 건물 계단을 오른다는 건 여간 고통스러운 일이 아니었다.

"후우우~ 후우우~ 올라오긴 왔는데, 이제 갈 때가 걱정이네. 여기서 또 어떻게 내려가지?"

옥상으로 올라가 파란 하늘 아래에서 큰대자로 뻗은 강 소위가 숨을 헐떡인다. 마지막엔 그를 업고 오다시피 했던 고 하사도 엎어져서 도리질을 한다.

"아이고, 그냥 여기서 찬이슬 맞고 주무세요. 나는 이 짓 두 번은 못합니다. 하아~ 하아~"

두 군인이 숨을 헐떡이는 동안, 친구들은 14층의 극장 대기실에 짐들을 가져다 놓았다. 여기 정도라면 일행 전원이 며칠을 보내도 충분할 만큼 넓다.

"여기에서 움직이지 마세요. 수정이 누나 데려올게요."

망원경으로 쉘터 쪽을 살피느라 여념이 없는 강 소위와 고 하사를 내버려 두고, 친구들은 다시 선로를 이용해 코스트코로 돌아왔다.

"허! 정말로? 둘 다 살아 있다고? 유빈 군, 지금 나 놀리는 거 아니야? 몸은 어때 보여?"

고 하사와 강 소위를 구했다는 이야기를 전했을 때, 임수정은 믿을 수 없다는 듯 입을 가리고 물었다. 제니는 자신의 일처럼 기뻐했다. 유빈도 웃었다.

"두 분 다 건강해 보였어요. 총 맞으셨다는 분도 꽤나 잘 걸어 다니셨고. 이제 직접 가서 만나셔야죠. 아, 그런데요… 한 가지만요. 테라 이야기는……."

"응, 무슨 말인지 알겠어. 당연히 비밀로 해야지. 그렇게 하는 편이 그 사람들에게도 더 좋을 거야."

유빈이 한마디만 꺼냈는데도 임수정은 바로 알아듣고 고개를 끄덕였다. 테라가 면역자라거나, 그녀를 잠실 쉘터에서 데리고 탈출할 거라는 이야기 따위는 할 수 없다. 그렇게 하면 군인들에게 자신들의 임무와 의리 사이에서 갈등하도록 만드는 것밖에 안 된다.

그리고 이 친구들은… 군이 막아선다고 해서 뜻을 굽힐 만한 순둥이들이 아니다. 당연히 충돌이 일어날 것이다. 다만, 임수정의 마음속에는 한 가지 숙제가 남기는 했다. 이 친구들을 따라 잠실로 갈 것인가, 아니면 고 하사와 함께 건대에 남을 것인가. 막상 선택의 순간이 눈앞으로 다가오자 그게 꽤 고르기 어려운 문제라는 걸 깨달을 수 있었다.

"자, 다들 자기 짐 챙기고, 움직일 준비해. 오늘부터 며칠 동안 계속 왔다 갔다 하면서 짐을 가져다 날라야 하니까 필요한 거 있으면 미리 가방에 넣어둬."

코스트코에서 기다리고 있는 일행들에게 보안관이 말했다. 첫날은 어디까지나 멤버 전원의 이동이 가장 중요한 임무니까 가방을 무겁게 챙기지는 않았다. 다만, 진우의 탄창 가방과 검은 군복들에게서 빼앗은 총기류들은 가지고 가기로 했다. 놔두고 다니기에는 너무 소중한 장비다.

"젠장… 잘 있어라. 내 코스트코… 이 안에 있던 게 다 내 거였는데."

셔터를 내리고 자물쇠를 잠그기 전에 신입이 한숨을 섞어가며 작별 인사를 한다. 유빈이 신입의 어깨를 두드리며 웃었다.

"야, 그렇게 영영 이별하는 것처럼 굴지 마. 며칠 내에 테라만 데리고 돌아올 거야. 당장 내일도 몇 번이나 왔다 갔다 해야 돼. 여러 사람이 들락거릴 거라서 자물쇠도 일부러 번호 키로 해놨구만."

일행들은 설레는 마음으로 지하철 선로로 내려갔다. 플래시 여러 개가 한꺼번에 비춰 대니, 그리 어두컴컴하다는 생각도 들지 않을 만큼 시야가 확보된다.

"괜찮아? 덜컹거려서 머리 흔들리지? 그냥 업어줄까?"

카트를 밀고 가던 삼식이가 규영이에게 물었다. 안전성을 높이기 위해 규영이를 카트에 태우고 카트 아래쪽에 녀석의 휠체어를 실었는데, 자갈밭을 지날 때마다 영 걱정이 됐다. 담요를 여러 겹 깔아놓았어도 진동이 고스란히 전해질 것 같다. 하지만 규영은 도리질을 하며 웃었다.

"괜찮아요. 후후후, 조금 멀미가 나기는 하지만… 이까짓 것! 니체도 말했잖아요. '나를 죽이지 못하는 고통은 나를 더 강하게 한다' 고. 나는 이 과정 속에서 조금 더 강해지는 거죠."

그 허세 가득한 말을 들은 모두가 웃음을 터뜨렸을 때까지는 좋았지만, 결국 두 정거장을 채 지나지 못해서 녀석의 안색은 파랗게 질렸고, 선로 구석에서 한참 토악질을 한 다음에야 겨우 안정을 되찾았다. 아무래도 충격 완화 장치가 달린 이동 수단이 필요할 것 같았다.

결국 총기와 탄창 가방을 카트에 넣어 유빈이가 밀고, 규영이는 삼식이가 업고 가는 것으로 했다. 발밑이 불편하고 숨쉬기가 어려워서 몇 번 쉬어 가기는 했지만, 진우가 미리 좀비들을 잡아뒀기에 이동 자체는 별 어려움이 없었다. 일행은 그리 오래 걸리지 않아 군자역에 도착했다.

"하아~ 고 하사님… 정말……."

"수정 씨……."

극장 옥상에서 다시 재회한 임수정과 고 하사는 잠시 서로의 손을 마주 잡고 아무 말도 하지 못했다. 강 소위가 감사 인사를 하는 동안에도 두 사람은 벅찬 숨만 몰아쉬었다. 죽었을 거라고만 생각했던 상대가 이렇게 멀쩡하게 나타나다니… 이런 거짓말 같은 기적이…….

"아아! 수정 씨! 정말 고마워요!"

마침내 고 하사가 임수정을 와락 껴안았다. 그러고는 그녀의 뺨에 키스를 퍼붓는다. 모두가 보는 앞이었지만 임수정도 그의 체온을 느끼면서 허리를 더 꽉 껴안았다. 사랑했던 사이라고는 할 수 없을 설익은 관계였지만, 다시 만날 수 있어서 너무 기뻤다.

"야… 유빈아, 저기… 수정이 누나랑 저 군인 아저씨 방 잡아줘야 하는 거 아닌가……."

삼식이가 유빈의 곁으로 와서 귀엣말을 건넸다. 유빈은 높이 있는 녀석의 귀를 잡고 자신의 얼굴 가까이로 끌어당겨 속삭였다.

"제발 부탁이니까 그런 식으로 배려하는 거 하지 마. 다들 너처럼 뻔뻔하게 대놓고 섹스하지 않아. 그냥 내버려 두면 알아서 한다고. 은밀하게……."

"으음, 그런가… 하긴 이 건물에 방이 몇 개인데."

삼식이도 납득을 하고 물러났다. 임수정과 고 하사, 그리고 강 소위가 재회의 회포를 실컷 풀도록 내버려 두고, 보안관 일행은 바로 아래층에 짐을 풀었다. 이제 한동안 이곳을 베이스캠프 삼아 잠실로의 이동을 노려봐야 한다.

"대체… 저 사람들은 어떻게 저렇게……."

임수정과 제니, 그리고 규영을 번갈아 보면서 고 하사가 중얼거렸다. 대단한 명사수 진우가 있다고 해도 고작 한 명뿐이다. 그런데 그 많은 인원이 어떻게 그토록 과감하게 서로를 보호하면서 생존하고, 이동할 수 있었던 건지 잘 상상이 가지 않았다. 제니나 규영이가 저렇게 밝은 상태로 유지될 수 있다는 것도 도통 믿기지 않는 일이었다. 그런 사실들에 비하면 유명 아이돌이 이 팀의 일원이라는 점은 그리 놀랄 만한 일도 아니었다.

"네에, 정말 대단하죠? 저도 많이 놀랐어요. 엄청난 친구들이에요."

임수정은 고 하사의 손을 잡고 고개를 끄덕였다. 지금 다시 돌이켜 봐도 보안관 일행을 만난 것은 정말이지 대단한 행운이었다. 그들이 그녀를 구하고, 고 하사를 구하고, 그들을 다시 만나게 했다.

"여기에서 뭘 보고 계셨던 거예요? 건대 쉘터가 보여요?"

바닥에 놓여 있던 망원경을 보고 임수정이 물었다. 강 소위는 얼른 망원경을 집어 그녀에게 건넸다.

"한 번 보세요. 조금 흐릿하기는 하지만, 그래도 꽤나 멀쩡하게 보입니다. 우리 있던 건물들, 앞쪽에 쳐놓았던 철책이랑 게이트들… 그리고 대형 장벽까지 다 보실 수 있습니다."

임수정은 고개를 꾸벅하고 그 망원경을 받았다. 한동안 그녀가 절망적인 기분을 느끼며 그저 '생존' 해 있던 공간이 눈앞에 펼쳐진다.

저 철책들… 그리고 경계하는 군인들…….

뭔가 아련하면서도 동시에 막막하다. 보안관 일행과의 생동감 넘치는 삶을 경험하고 나니, 저런 곳에서 혼자 견딜 수 있을 것 같지가 않았다.

"어머……."

한동안 망원경으로 주변을 훑던 임수정이 가벼운 탄식을 하며 말했다.

"저 사람들… 왜 저렇게 줄을 양쪽으로 세웠죠?"

"줄을 세워요?"

강 소위가 묻자 임수정은 망원경을 넘겼다.

"그… 주차장에 민간인들을 죽 세워놨어요. 그리고 차례차례 두 그룹으로 나누고 있는데요……."

강 소위는 굳은 얼굴로 망원경을 잡았다. 듣도 보도 못한 이야기다. 그런 행동을 할 하등의 이유가 없다. 하지만 건대 쉘터 주차장에는 정말로 모든 수용자들이 도열해 있었다. 총을 든 군인들이 바쁘게 오간다.

"뭐지? 박 소위, 이 새끼… 무슨 꿍꿍이지……."

멍해진 강 소위가 눈살을 찌푸리며 중얼거렸다. 장교가 하나밖에 남지 않은 지금, 건대 쉘터에서 뭔가 이상한 일이 벌어지려 하고 있다.

3

"순서대로 앞으로 나옵니다! 거기 옆 사람과 떠들지 않습니다! 거리 유지합니다!"

총을 굳게 잡은 병사들이 딱딱한 말투로 지시를 한다. 건대 쉘터의 수용자들은 이 난데없는 변화를 어떻게 받아들여야 할지 미처 판단하지 못한 채 명령을 따르고 있다.

"허허, 이게 대체 뭔 일이랍니까, 이요섭 형제님."

뒷줄에 서 있던 육만배가 거짓 웃음을 지으며 물었다.

"음… 전염병이랍니다. 이럴 줄 알았습니다. 어쩜 그렇게들 음탕해서, 성적으로 문란하게 굴어 대더니……."

이요섭은 잘난 척하며 아랫입술을 근엄하게 내밀었다. 육만배에 의해 교인 대표로 추대된 이후, 이놈의 근거 없는 교만함은 아주 하늘을 찌른다. 하지만 언젠가 써먹을 날이 있겠지 싶어 육만배는 녀석을 계속 얼굴마담으로 내세워 쓰고 있다.

십일조 명목으로 거둔 음식들이 거의 대부분 이미 만배파 조직원들의 뱃속으로 사라져 버렸다는 것조차 이놈은 모르고 있다. 그저 비어 있는 박스 개수만 맞춰보고 고개를 끄덕일 정도로 허술하다. 만약 식량 때문에 곤란을 겪게 되는 날이 온다면, 십일조를 빼돌린 혐의는 고스란히 이 바보 녀석에게 돌아갈 것이다.

"전염병이라… 뭐, 병이 돌 수도 있지요. 근데 그걸 대체 어떻게 알았을까요?"

"저기 저 박 소위라는 장교가 화장실에서 아주 지독한 혈변을 발견했답니다. 지금 들리는 이야기는 뭐 대충 그렇습디다. 흐음… 무슨 병이 피똥을 싸게 하지? 고약하네."

"그래서 그 혈변 본 사람은 누구랍니까?"

"그걸 모르니까 찾아내려고 이 난리겠죠. 허허, 육 장로님. 참 답답하십니다. 그 연세 드시고도 그렇게 둔하셔서야 이 모진 세상 살아가시겠습니까?"

이요섭은 또 잘난 척을 하며 육만배를 비웃었다.

혈변이라고?

육만배는 얇은 입술을 핥으며 앞쪽에서 사람들을 검사하고 있는 박 소위를 몰래 노려봤다. 딱 꼬집어 말하기는 어렵지만, 뭔가 수상한 냄새가 물씬물씬 풍긴다.

'초희 년이 밤이슬 맞고 돌아다니던 것과 상관이 있는 걸까?'

육만배는 자신의 뒤쪽에 서 있는 초희를 돌아보았다. 평소와 마찬가지로 아무 생각이 없는 년처럼 옆 사람과 노닥거리고 있던 초희가 그의 시선을 느끼고 얼른 고개를 숙인다.

하지만 박 소위와 초희라… 거기에는 아무런 인연이 없다. 박 소위에게는 이미 가희가 있고, 그렇게 미련 곰탱이 같은 인간이 감히 두 여자 사이에서 줄타기를 할 것 같지는 않았다. 순정이랍시고, 오로지 가희만 죽자 사자 괴롭힐 놈이다.

'그럼 대체 뭔 개수작이지, 저놈?'

육만배는 뱀 같은 눈을 번뜩였다. 혹시라도 자신을 전염병자 취급하면 어떻게 해야 할지를 미리부터 대비해 둬야 할 필요가 있다.

"다음 분! 앞으로!"

병사들이 손짓을 하면 민간인 수용자는 앞에 쳐진 줄 위에 선다. 그러면 파일을 들고 있는 병사가 질문을 던진다.

"성함, 연세, 말씀하세요!"

"장정식… 에… 서른일곱입니다."

수용자가 이름과 나이를 말하면 파일에 기입한다. 그 과정을 다 거치면 박 소위의 차례다.

"여기 보세요. 이 라이트 따라서 눈을 움직이세요."

박 소위는 라텍스 장갑을 낀 손으로 수용자의 눈꺼풀을 벌리고 소형 플래시를 비췄다. 그러고는 플래시를 좌우로 움직인 뒤, 몇 가지 질문을 던진다.

"설사합니까?"

"의무대에서 요즘 약 받아 가셨어요? 어이, 의무병. 기록 확인해 봐라, 무슨 약 드렸는지."

"열이 나거나 오한 있습니까?"

물론 대부분의 질문에 사람들은 아니라고 대답했다. 까딱했다가는 전염병자로 분류될 상황에서 곧이곧대로 대답할 사람은 별로 없다. 하지만 박 소위는 동공 반응 검사를 기반으로 냉엄하고 권위적으로 판단을 내려 버렸다.

"의심!"

그에 의해 의심환자로 분류되면 곧바로 왼쪽 줄로 밀려난다. 앞으로 며칠 동안 다른 건물에서 격리 수용되어야 하는 대상이다.

“아니, 근데 박 소위님이 무슨 의학 상식이 있습니까? 저렇게 진단을 할 만큼?”

“몰라. 자기가 안다니까 아는 거겠지. 에휴~ 하는 꼬라지 보면 영 미덥지 않은 인간이기는 한데, 이거는 조심해야 하는 문제니까……. 뭐, 잠실 쪽에서도 일단 격리하고 소독은 시키라고 했으니 따라보자.”

근처에서 구경하고 있던 부사관들끼리 수군댄다. 혈변도 이미 깨끗이 소독을 했다고 하고 영 이상한 구석이 많지만, 전염병이라는 문제는 일단 조심해서 나쁠 게 없다. 현재 그들이 가지고 있는 의료 체계 수준에서 치명적인 병이 한 번 돌게 되면 그냥 거의 다 죽는다고 봐야 할 테니까.

“자! 다음!”

호명하는 병사가 손가락질을 한다. 육만배도 자신의 이름과 나이를 말하고 박 소위의 앞에 섰다.

“자, 이거 보세요.”

박 소위가 플래시를 비추고 얼굴을 들이대는 순간, 육만배는 가짜 재채기를 크게 했다.

“에치! 에이치!”

갑자기 얼굴 가득 침 세례를 받은 박 소위는 이를 악물고 장갑으로 침을 닦는다. 육만배는 쑥스러워하며 실없는 웃음을 흘렸다.

"어, 어이쿠, 이거… 미안합니다. 이 재채기가… 허허, 이거, 제 침이 다 튀어서 어쩌죠?"

"괜찮습니다. 여기 보세요."

박 소위는 끓어오르는 화를 꾹 눌러 참으며 플래시를 좌우로 돌렸다. 육만배는 놈의 눈을 잠시 노려보다가 시키는 대로 따라줬다.

"안전!"

안전 판정을 받은 육만배는 오른쪽 줄을 향해 움직였다. 그러면서 박 소위를 돌아보았다. 이 세상에 전염병 검사를 저렇게 하는 놈은 없다. 의심 판정 받은 놈을 주무르던 장갑으로 다음 놈을 또 주무르고, 아직 상태가 어떤지 모르는 녀석으로부터 침세례를 받았는데도 제대로 소독하려는 의지조차 없다.

이 전염병 검사는 가짜다. 생 쇼다. 아마 혈변이니 뭐니 하는 것도 다 저 미친놈이 꾸며낸 개소리에 불과할 것이 틀림없다. 한데… 아직도 이해가 가지 않는 것이 있었다.

'왜 이런 미친 지랄을 거국적으로 하고 있는 거지? 대체 뭘 위해서?'

처음에는 살인 사건을 목격한 자신을 환자 취급하며 격리시켜 놓고, 모종의 해코지를 하려는 건가 싶었다. 하지만 안전 판정을 받았으니 그런 것도 아니다.

그럼 대체 뭐가 남은 거지?

복잡한 머릿속의 퍼즐들을 맞추기 위해 육만배가 인상을 찌푸리고 있을 때, 먼저 검사를 받고 오른쪽에 서 있던 기동이가 다가와 반갑게 인사를 한다.

"회장님도 안전 판정 받으셨군요. 헤헤, 다행입니다. 저는 은근히 걱정했는데, 저희 식구들 대부분 세이프입니다. 무엇보다도 회장님이 건강하시다니까……."

"…기동아."

육만배는 나지막한 목소리로 녀석의 말을 끊어버렸다.

"예, 옛! 회장님!"

육만배 눈치 보는 것 하나만큼은 잘하는 놈답게, 기동이는 얼른 입을 다물고 고개를 숙였다. 육만배는 앞쪽을 응시하면서 조그맣게 속삭였다.

"헛소리 지껄이지 말고, 신경 바짝 곤두세우고 있어라."

"예? 아니, 대체 뭣 때문에 그렇게……."

기동이는 이해가 가지 않는다는 표정으로 물었다.

이렇게 답답한 놈이 내 오른팔 자리에 있다니…….

육만배는 답답해서 한숨을 내쉬었다. 하지만 어쨌든 간에 가지고 있는 걸 최선을 다해서 써먹는 수밖에 없다. 주변을 둘러본 육만배는 기동이에게 몸을 기울여 조용히 속삭였다.

"이 줄 세우는 거 끝나고 나면, 두섭이 놈 데려와."

두섭이는 지금 이 쉘터 내에 있는 만배파 조직원 중에서 유일하게 군 생활을 마친 놈이다.

"끄음……."

육만배는 박 소위를 노려보며 다시 입맛을 다졌다. 그간 몰래 숨겨놨던 강 소위의 소총을 써먹어야 할 시점이 온 것 같다.

건대 쉘터의 의심 환자 분류가 거의 끝나갈 무렵, '안전' 판정을 받은 오른쪽 줄에는 불과 50여 명만이 남았다. 그 외 나머지 압도적인 대다수는 '의심' 혹은 '위험'으로 분류되어 왼쪽 줄로 밀려났다.

의심이나 위험 환자 중 3분의 2 이상이 남자들이었다. 그중에서도 위험 환자들은 살아 있는 병균처럼 취급 받아 가장 구석으로 몰렸다.

"쿨럭, 쿨럭! 나는 그냥 몸살이에요! 아니, 찬 바닥에서 자느라 기침 좀 한다고 그걸 무슨 죄인 취급하면 어쩝니까?"

위험 환자군에서 살려 달라는 식의 애원이 빗발친다. 불운하게도 때맞춰 감기에 걸렸거나, 사소한 복통에 시달려 약을 타 먹은 사람들이었다. 하지만 박 소위는 매정하게 고개를 저었다.

"혈변을 본 사람이 자백을 하지 않기 때문에 일어난 일입니다. 제가 몇 차례나 기회를 드렸는데도 꼭꼭 숨어 계시잖습니까? 그러니 여러분 모두가 연대책임을 질 수밖에 없습니다. 억울하다고 말하기 전에 책임감을 좀 가져야 합니다! 여러분의 소중한 가족이나 친구, 동료가 여러분 때문에 목숨을 잃을 수도 있어요!"

"그… 그러면 우리는 언제 여기서 나갈 수 있나요?"

중년 여자가 눈물을 그렁거리며 물었다.

이 분위기, 주변의 곱지 않은 시선, 사방에서 콜록대는 소리까지…….

죽음이 바로 머리 위에 드리워진 것 같은 기분이다. 기침 같은 걸 해선 안 되는 분위기 때문일까, 직전까지 멀쩡하던 사람들도 괜스레 목구멍이 간질간질하며 자꾸만 큼큼거리게 되었다.

“잠실 이동 당일 군의관이 함께 온다고 했으니, 그때 나오시면 됩니다.”

무고한 사람들을 공포로 옭아매 둔 박 소위는 그들을 쉘터 남쪽 끝의 건물로, 그러니까 그가 이 원사를 쐈던 건물로 몰아넣었다.

정비가 채 끝나지 않아 전기도 들어오지 않는 건물이지만, 괜찮다. 어차피 며칠만 참으면 잠실에서 보낸 장갑 트레일러가 그들을 태우러 올 테니까.

혼란스럽기는 의심 환자들도 마찬가지였다. 이들은 대부분 이렇다 할 증상도 없는 상황에서 그저 박 소위의 판단에 의해 이쪽으로 밀려나 버린 경우였다. 당연히 억울하고, 부당한 대우를 받을까 봐 두렵다.

“저기… 우리 어떻게 되는 겁니까? 우리요… 안 아파요. 설사도 안 하고…….”

잔뜩 겁에 질린 의심 환자들이 병사들 쪽으로 다가오며 물었다.

“거기서 움직이지 않습니다! 선 넘지 않습니다!”

병사들은 강경한 말투로 의심 환자들을 저지했다. 그들과 몸이 닿는 것조차도 꺼림칙하고 싫다. 이미 좀비라는 강력한 전염병을 직접 목도한 바 있기 때문에 전염에 대한 두려움은 엄청나게 커져 있는 상황이었다.

“여러분, 진정하세요. 진정하십쇼! 괜찮습니다!”

위험 환자 분산 수용을 끝낸 박 소위가 의심 환자들 쪽으로 걸어가 확성기를 잡고 소리를 질렀다.

사람들은 겁에 질린 눈동자로 박 소위의 입만 바라보았다. 그가 말하는 대로 자신의 운명이 결정지어질 것이기 때문이다. 이 살벌한 분위기 속에서는 항변조차 하기도 어렵다.

"동공 반응과 체온 때문에 격리되셨기는 하지만, 아직 여러분은 환자라 확정된 게 아닙니다! 인솔자의 명령에 따라 접촉을 최소화하시고, 안정을 취하시면 다시 정상으로 돌아가실 수 있습니다! 잠복기가 지날 때까지도 아무 일이 없으면 되는 겁니다. 알겠습니까?"

박 소위는 제멋대로 떠들어 댔다. 어차피 자신이 만들어낸 가상의 전염병. 이 사람들도 가상의 전염병 의심 환자들이니 무서울 게 없다.

물론 아무도 죽지 않는다. 다만, 그가 육만배를 죽이고 가희, 초희와 함께 자신만의 하렘을 꾸미는 데 발판 노릇을 시키기 위해 약간의 불편을 주었을 뿐이다.

"어후, 나는 진짜 안 아픈데… 아픈 사람들이랑 같이 있다가 옮으면 어떡해."

"우리 물건은요? 개인 소지품을 다 놔두고 왔는데?"

희망적인 이야기를 듣자 의심 환자들은 술렁이며 안도감을 표시한다. 박 소위는 얼른 그들을 조용히 시키고 계속 이야기를 이어갔다.

"쉘터를 깨끗하게 살균하고 소독하는 동안 여러분은 임시 거처에서 지내시게 될 겁니다. 거기에서도 청결을 신경 쓰셔야 합니다! 락스 희석액을 나눠 드릴 테니까, 자신의 주변을 계속 소독하시고, 다른 사람과의 접촉을 최대한 피하세요! 개인 소지품은 소독이 끝난 뒤에 돌려 드립니다. 자! 이제 설명 다 드렸으니까 이동하십쇼! 이동!"

박 소위는 그들을 몇 개의 건물에 분산 수용했다. 겁을 잔뜩 줘놨으니, 이제 며칠 동안 주는 밥만 먹고 나면 열심히 락스칠을 하느라 다른 생각은 아무것도 못할 것이다.

"위험 환자들도 그렇지만, 저 의심 환자들도 밖으로 나오지 못하도록 해주세요. 전염이 번지기 시작하면 이거 감당이 안 됩니다. 그렇게 되면 아마 잠실에서도 우리를 안 받아줄 겁니다."

철책 문을 잠그고 나서 박 소위는 김 중사에게 신신당부를 하고 돌아섰다. 김 중사는 떨떠름한 얼굴로 고개를 끄덕였다. 이 망나니 같은 새끼가 주도권을 잡고 휘두른다는 게 마음에 들지 않지만, 그 역시도 전염병이 두렵기는 하다.

사실… 제대로 씻지도 못하는 여름철에 이 정도의 인원이 단체 생활을 하고 있으니, 전염병이 돌 가능성은 매우 높다. 그리고 제대로 된 치료도 기대할 수 없다.

"자, 여러분은 현재 안전하다고 판정을 받으셨습니다! 하지만 잠복기라는 게 있으니까 완전히 안심할 수는 없습니다. 이 물탱크에 있는 물은 안전이 확인될 때까지 사용하지 않습니다! 그러니 물을 최대한 아껴서 사용하세요! 그리고 쉘터 본관은 지금부터 철저히 소독을 해야 하니까 여러분도 숙소를 옮깁니다."

안전 판정을 받은 소수의 인원 앞에 선 박 소위는 근엄한 얼굴로 떠들어 댔다. 태양 그룹으로 보낸 수감자들이 묵던 숙소로 그들을 데려간 박 소위는 경비병들을 양옆에 세워두고 단호하게 선언했다.

"혹시라도 지시를 어기고 임의로 외부 출입하는 사람이 있으면 곧바로 신병 구속하고 의심 환자 숙소로 보내겠습니다. 여러분이 외부로 나올 수 있는 건 별도의 지시를 받고 인솔자와 함께하는 경우뿐입니다."

그렇게 모든 준비 과정을 성공적으로 마친 박 소위는 득의만면해져서 건대 쉘터 본관으로 돌아왔다. 텅 비어버린 체육관과 주차장에는 잠이 덕지덕지 붙은 채 멍한 표정을 짓고 있는 병사들만이 남았다.

어제 야간 근무를 마치고 돌아와 몇 시간 자지도 못한 상황에서 갑자기 깨어나 그 난리를 쳤으니, 당연히 피곤하고 졸리다.

"아… 얘들 이거, 완전히 뻗기 직전이네… 큰일입니다. 쉘터 소독도 해야 하고, 할 일이 산더민데… 저 물탱크, 저건 이제 불안해서 못 쓴다고? 뭐지? 필터가 문제인가? 정수제 넣지 않았어요? 야, 이제 정수제도 못 믿는 건가?"

부사관들에게 다가간 박 소위는 짐짓 걱정하는 체하며 운을 띄웠다. 부사관이 막막하다는 듯 대꾸했다.

"소독은 차차 한다고 해도, 물탱크는… 저거라도 마시지 않으면… 지금 가지고 있는 포장 생수만으로는 이 더운 날, 한나절도 못 버틸 텐데요."

"외부로 나가서 징발을 해 와야죠, 뭐. 지금 잠시 몸뚱이 좀 편하자고 저 물 먹었다가 우리 애들 피똥 쫙쫙 쏟아내기 시작하면 누가 책임집니까?"

외부…라는 단어를 들은 부사관들의 얼굴이 굳는다. 게이트 밖으로 나가는 건 아무래도 찜찜하다. 게다가 다음 징발 대상 가게는 장벽 너머에 위치해 있다. 어린이대공원역 너머까지 멀리 뺑 돌아 나가야 하는 위험한 길. 까딱했다가는 대형 좀비 무리에 휘말린다.

멀쩡한 정신에 체력이 좋을 때라도 긴장이 될 일인데, 지금 저렇게 잠도 다 깨지 않은 애들을 데리고 나갔다가는…….

"에이그, 어쩔 수 없구만. 제가 어떻게 해볼 테니까 그만들 걱정하십쇼. 보고 있기도 힘드네요."

부사관들의 두려움을 읽은 박 소위가 능청스럽게 이야기를 시작했다.

"주간 근무조에서 한 서너 명만 빼서 제가 직접 데리고 나가겠습니다. 이 애들은 일단 조금이라도 자둬야 야간 근무 설 것 아닙니까?"

박 소위는 인자한 장교 연기를 하며 자신의 가슴을 두드렸다. 부사관 중 하나가 걱정스레 한마디 했다.

"아니… 서너 명이라고 해봐야 물의 무게가 있으니까 여기 있는 사람들 다 마실 만큼 차에 실으려면 너무 시간이 한참 걸릴 텐데요."

"그거는 생각이 있습니다. 안전 판정 받은 민간인분들 손을 좀 빌려야죠. 그분들 중에서 몇 명만 일꾼으로 좀 부리겠습니다. 웬만하면 그렇게까지 안 해야 맞는 거긴 하지만, 지금 비상사태니까요. 서로 도와야죠."

부사관들은 찜찜해하면서도 박 소위의 말에 토를 달지 않았다. 그의 결정을 반대해 봐야 '그러면 당신이 직접 애들 데리고 하라' 는 말밖에 나오지 않을 것임을 잘 알고 있어서다.

"그럼, 그렇게들 알고 계세요. 아참, 야간 근무 서시려면 잠깐이라도 좀 주무십쇼."

박 소위는 부사관들에게 통고를 하고 수감자 숙소 쪽으로 걸음을 옮겼다. 그렇게 그는 존재하지도 않는 전염병을 핑계로 모두의 혼을 쏙 빼놓았다. 이제 다음 단계로 넘어가면 된다.

박 소위가 희미한 미소를 짓고 있는 동안 수감자들의 숙소에 갇혀 버린 육만배는 불만스러운 표정으로 눈동자를 굴리고 있었다. 수감자들을 가둬두던 곳이다 보니 문도 튼튼한 자물쇠로 잠겨 있고, 창문의 유리도 모두 빼놓았다.

제대로 한 방 맞았다. 숨겨둔 총은커녕 간단한 연장조차 꺼낼 틈도 없이 맨몸뚱이인 채로 이곳에 밀려나 버렸으니…….

이래서야 꼼짝없이 우리 속에 갇힌 짐승 신세다. 마음대로 출입도 안 되고, 큰소리를 내봐야 들어줄 사람도 몇 명 안 된다.

"여기 우리 애들 몇 명이나 있냐?"

육만배는 기동이를 구석으로 불러 조용히 물었다.

"네, 회장님. 총 여섯 명입니다. 아, 회장님이 찾으시던 두섭이도 옆방에 있습니다."

대답하는 기동이의 목소리는 평온했다. 녀석은 아직까지도 위기의식이 생기지 않은 모양이다.

'여섯이라…….'

참으로 애매한 숫자여서 육만배는 또 고개를 갸웃거릴 수밖에 없었다. 그까지 합해서 일곱 명. 그러면 전체 조직원들의 반도 안 된다. 박 소위가 만배파를 타깃으로 삼고 이런 짓을 벌이는 건 아니라는 말이다.

'그럼 대체 이런 희한한 짓의 목적이 뭐지?'

육만배는 관자놀이를 꽉 누르며 고민에 잠겼다. 뭔가 좋지 않은 촉이 온다. 그런데 왜 그렇게 되어버린 건지를 모르겠다.

"안 되겠다. 초희 년 잡아다가 좀 족쳐 봐야겠어."

답을 찾지 못한 육만배는 혼잣말처럼 기동이에게 명령을 내렸다.

"초희요? 데리고 올까요?"

"음, 일단 몇 대 쥐어박고 끌고 와. 얼굴은 건드리지 말고."

"알겠습니다, 회장님."

소리 죽여 인사를 한 기동이가 방문을 나섰다. 그가 한 발짝을 떼자마자 확성기 소리가 왱— 하고 울린다.

"방에서 나오지 않습니다! 돌아갑니다!"

복도 끝에 앉아 감시를 하고 있던 경비병들의 경고가 복도 전체를 울린다. 기동이는 인상을 찌푸리면서 손을 저었다.

"아니! 밖에 나가려는 게 아니오! 잠깐 요 위층에 가서 이야기만 좀 하고 오려고 해요! 내 아는 동생이 지금 걱정을 하고 있을 것 같아서!"

사실 남자와 여자를 층을 나누어 분리 수용했다는 것도 웃기는 일이다. 여기가 정말로 교정 시설이나 군대도 아니고, 이게 뭐하자는 건지… 하지만 경비병들은 흔들리지 않았다.

"방으로 돌아가십쇼! 여자분들은 운동 시간에 만나실 수 있습니다! 더 경고하지 않겠습니다!"

"젠장, 갑자기 뭐 이렇게 까탈스러워! 우리는 안전 판정을 받았다고! 왜 죄지은 새끼처럼 취급해, 씨팔!"

기동이는 불만스러운 얼굴로 쾅! 소리가 나게 쇠문을 닫아버렸다. 그러고도 분이 풀리지 않아 벽을 걷어찼다.

커다란 덩치의 그가 욕설을 입에 담고 씩씩대자 방 안의 분위기는 금세 경직됐다. 사람들은 기동이의 눈치를 보며 시선을 마주치지 않기 위해 고개를 숙였다.

복도에 경비병들이 배치된 것과 달리, 방 안은 아무런 치안 보장이 없다. 가벼운 사고 정도는 신경 써주지 않겠다는 의미다. 그러니 알아서 몸을 사려야 하는 상황이다.

"앉읍시다, 기동 씨! 다른 분들 불편해하십니다."

육만배가 무감정한 말투로 명령을 내리면서 자신의 옆자리를 두들겼다. 기동이는 얼른 고개를 숙이며 그의 옆으로 가 얌전히 앉았다.

잠시 동안 불편한 침묵이 방 전체에 깔렸다. 그 고요함이 깨진 것은 10여 분이 지난 뒤였다.

"이 방 인원, 전원! 밖으로 나옵니다!"

경비병이 문을 열고 외쳤다. 방 안에 들어 있던 10여 명의 남자들은 경비병의 눈치를 보며 천천히 문 쪽으로 걸어 나갔다. 육만배는 거의 입술을 움직이지 않으면서 기동이에게 속삭였다.

"올 게 왔다. 기동아, 기합 바짝 넣고 있어라."

그들은 내부 게이트 밖의 공터로 인도되었다. 먼저 나와 있던 다른 방의 남자들이 두리번거리며 어설픈 목례를 건넨다. 잠시 후, 여자들도 나와 옆줄에 선다. 가희와 초희도 그중에 포함되어 있다.

“일손이 모자란 긴급 상황이라 건강한 분들께 협조 좀 구하겠습니다! 지금부터 작업을 해야 합니다. 두 조로 나누겠습니다. 한 조는 쉘터에 남아 내부 소독 작업을 하고, 다른 한 조는 외부로 나가 우리가 마실 식수를 징발해 와야 합니다. 둘 다 반드시 필요한 작업이니까 지시에 잘 따라주십쇼! 지금부터 호명하는 분들은 쉘터 소독 작업입니다.”

말을 마친 병사는 확성기에 대고 이름을 부르기 시작했다. 주변에 서 있던 사람들이 하나씩 둘씩 옆줄로 빠져나가는 걸 보면서 육만배는 사나운 눈동자를 굴렸다.

결국 그의 조직원들의 이름은 하나도 불리지 않았다. 가희 년과 초희 년까지도 호명되지 않은 걸 보면 저년들과 무관한 것 같기도 하고…….

점점 더 수상해진다. 대강 나누는 게 아니라 대체 왜 이름을 불러서 특정하는 걸까?

“이름이 호명되지 않은 분들은 외부 작업조입니다! 저희 군이 안전하게 여러분을 이송하고 호위하는 동안 여러분은 저기 보이는 트럭에 식수와 기타 필요한 물품을 적재하시면 됩니다! 남자분들은 트럭의 화물칸에, 여자분들은 승합차에 승차하십쇼!”

남아 있던 남자들은 트럭에 차례로 올랐다. 워낙 짐칸의 차고가 높아 짧은 사다리를 걸쳐 놓아야 한다.

육만배는 재촉을 받으면서도 뒤쪽으로 계속 물러났다. 초희 년과 가희 년이 어찌 반응하는지 지켜보고 싶었다.

가희는 평소처럼 고귀한 척하며 차에 올랐다. 그리고 초희는 희희낙락 밝은 얼굴로 순서를 기다리고 있다. 그녀가 차에 오르려 할 때, 옆에서 기다리고 있던 박 소위가 손을 내밀어 잡아준다.

'오호라!'

육만배는 마음속으로 탄성을 질렀다. 저 하루 종일 찡얼대기 좋아하는 초희 년이 불평 한마디 없이 외부 작업에 끌려가는 것만으로도 충분히 수상했는데, 두 연놈이 손을 덥석 잡을 때 주고받는 눈빛으로 확실해졌다. 저년들은 이미 박 소위가 모종의 흉계를 꾸미고 있다는 걸 알고 있었던 거다. 다 한패다.

"빨리 타십쇼! 해가 지기 전에 돌아오려면 서둘러야 합니다!

병사들이 육만배를 사다리로 몬다. 그는 어쩔 수 없이 트럭 짐칸에 올랐다.

"두 군데에 들러서 식수를 징발할 겁니다! 여러분 중 절반이 먼저 내려서 작업을 하고, 나머지는 그다음 가게까지 이동합니다! 이동 중에 흔들리니까 손잡이 꽉 잡으십쇼!"

주의 사항을 일러준 병사가 사다리를 트럭 위에 올려두고 문을 닫는다. 양쪽으로 짐칸의 문이 닫히는 순간, 육만배는 모든 것을 깨닫고 고개를 끄덕였다.

'이거였나…….'

박 소위의 계획이 눈앞에 그려진다. 두꺼운 쇠로 위아래와 사방이 다 막힌 이 짐칸은 그야말로 움직이는 관이다. 달아날 수도 없고, 반항할 수단도 없다.

'아마도 두 번째 가게까지 가서 우리를 죽일 생각이겠지. 먼

저 한 무리가 빠져나가고, 여기에 나와 기동이, 두섭이… 우리 식구들 일곱 명만 남았을 때.'

문을 살짝 열고 박 소위가 방아쇠를 당기면 무방비 상태로 꼼짝없이 맞게 된다. 일곱 명이든, 칠십 명이든 그냥 죽는 거다. 아니, 뭐하러 총을 쏘겠어. 수류탄이나 하나 까 넣으면 그냥 끝나는데…….

'그래… 결국 나를 제끼고 싶어졌구나… 워낙 골빈 년들이라 그 정도 생각은 못할 것 같았는데, 딴에는 애썼군.'

육만배는 입술을 꾹 깨물었다. 그년들 농간에 호락호락 놀아난대서야 그동안 쌓아온 그의 이름 석 자가 아깝다. 절대 여기서 죽지는 않을 것이다.

4

"어, 어이쿠! 어지간히 흔들리네. 이거 괜찮나……."

트럭이 출발하자 손잡이를 붙잡으며 이요섭이 앓는 소리를 한다. 육만배는 이 바보 놈을 이용하기로 했다.

"이요섭 대표님, 근데 이거 좀 너무하지 않습니까?"

육만배가 말했다. 어차피 짐칸에는 군인이 타고 있지 않으니까 목소리를 죽일 필요도 없다. 이요섭은 식은땀을 닦아내며 고개를 끄덕인다.

"음, 너무하기는 하는데… 뭐, 일손이 없다니까요."

"아니, 누구는 안전한 쉘터에 남아서 걸레질이나 하면 되는데, 우리는 왜 이 무서운 데를 끌려 나와야 합니까? 게다가 이걸 좀 보십쇼. 이 트럭 안에 탄 사람들, 거의 다 교인들입니다. 이거는 일종의 차별이고, 박해입니다."

육만배는 자신과 이요섭, 그리고 조직원 놈들을 차례로 가리켰다.

"으음, 그러고 보니 그렇게 생각할 수도……."

이요섭이 고개를 끄덕인다. 트럭에 탄 열댓 명의 사람들 중 아홉 명이 함께 모여 기도하는 사람들이다. 물론 그 본인과 육만배 쪽 무리 일곱을 제외하면 실제로는 교인이 한 명 더 섞여 있을 뿐이지만, 이요섭은 그런 전후 사정 같은 건 모른다.

"문이 열리면 대표님이 엄하게 좀 꾸짖어주시면 좋겠습니다. 항의를 안 하고 그냥 넘어가면 다음에도 또 이렇게 우리 형제들만 위험한 곳으로 내몰릴 테니까요. 네? 부탁 좀 드리겠습니다, 대표님."

"저희도 부탁드립니다, 대표님!"

육만배의 눈짓을 읽은 조직원 놈들도 한목소리로 말하며 허리를 굽혔다. 우쭐해진 이요섭은 턱을 쓸며 말했다.

"허허, 참… 그렇게까지 부탁을 하니까 한마디 하기는 해야겠습니다. 허, 이놈들 참… 잘 좀 할 것이지, 이렇게 우리 형제들 마음을 상하게 하나……."

"따끔하게 야단을 치셔야 합니다, 따끔하게. 우리의 운명이 대표님께 달린 거나 마찬가지니까요."

육만배는 계속 놈의 기분을 추켜세우며 심리적인 압박을 주었다. 그리고 기동이와 나머지 놈들에게는 눈빛으로 신호를 보냈다. 이판사판의 순간이 다가온다.

끼이익—

트럭이 멈췄다. 만배파 조직원 중 한 놈이 사다리를 얼른 집었다. 그런 후, 뒤쪽에서 철컹거리는 소리가 난다. 짐칸 문을 여는 소리다. 육만배는 눈을 부릅뜨고 그쪽을 노려보았다.

"이동하면서 힘드시지 않았습니까? 이제 사다리부터 내리고, 저희가 호명하는 분들은 내리십쇼. 그분들이 1조입니다."

문을 양쪽으로 활짝 연 상병이 말했다. 총으로 무장을 하고는 있지만, 단 두 명. 게다가 일병 한 놈은 명단이 적힌 종이에 시선이 꽂혀 있다.

이 태평한 태도로 보아 이 군인 놈들은 지금이 어떤 상황인지 까맣게 모르는 모양이다. 육만배로서는 더할 수 없는 호기다.

"아니, 근데! 내가 교인 대표로서 뭐 한마디 좀 해야겠습니다!"

육만배에게 등을 떠밀린 이요섭이 병사들에게 다가가 항의를 시작한다. 박해니, 차별이니… 하는 단어들을 이요섭이 나열하기 시작하자, 상병은 짜증스런 얼굴로 대꾸했다.

"무슨 교인 차별을 한다는 겁니까? 말도 안 되는 소리 하지 말고 물러나세요! 작업에 방해됩니다."

병사들의 시선이 이요섭에게 집중되어 있는 동안 사다리를 대는 척하던 조직원은 힘차게 뛰어내리며 가까이에 있던 일병의 얼굴을 사다리로 후려쳤다. 그와 동시에 만배파 조직원들은 한꺼번에 트럭 문을 향해 달려갔다.

"으악!"

일병의 비명. 철제 사다리에 강타당한 그의 얼굴은 처참하게 찢겨 피가 낭자하다. 상병은 뒤로 물러나며 총구를 겨눴다.

"이야! 이 씨발 놈아!"

기동이가 이요섭의 허리를 차서 트럭 아래로 밀어버렸다. 황망한 표정으로 허공에 떠올라 총 든 상병을 덮치는 이요섭! 상병의 총에서 발사된 총알은 당연히 그의 몸을 꿰뚫을 수밖에 없었다.

투투투— 투투투—

이요섭의 몸뚱이가 벌집처럼 너덜너덜해진다. 앞서 있던 만배파 조직원 하나도 목을 관통당해 쓰러졌다. 하지만 그러는 사이 일병을 공격했던 조직원이 뛰어와 상병의 손을 사다리로 후려갈겼다.

"컥!"

손가락이 짓뭉개진 상병이 총을 떨어뜨린다. 목덜미에 다시 한 번, 그리고 어깨와 다리에 날카로운 쇠사다리 공격이 퍼부어졌다.

상병은 끔찍한 고통 속에서 앞으로 쓰러졌다. 바로 옆에서는 기동이가 빼앗은 대검으로 일병의 목을 긋고 있었다.

푸슛—!

붉은 핏줄기가 솟아올랐다. 아무 죄도 없는 선량한 젊은이의 피였다.

"끄으으~! 왜? 왜?"

죽음의 문턱을 넘기 직전까지도 두 병사는 자신들이 왜 공격당하는지 알 수 없었다. 그냥 슈퍼에서 물을 실어 오는 일일 뿐이었다. 무시무시한 전과자들도 아니고, 대부분이 교인인 수용자들이었는데… 이 미친놈들은… 대체 무슨 생각으로…….

"두섭아, 총 집어라!"

육만배가 명령했다. 두섭이와 또 한 놈의 조직원이 죽은 병사들의 총을 빼앗아 들고 탄창을 챙겼다. 총으로 무장을 끝낸 두 놈이 조수석 방향으로 돌아가는 동안 육만배는 어안이 벙벙해 있는 민간인들을 방패 삼아 앞세우고 트럭에서 내렸다.

투투투— 투투둑—

야! 이 개새끼들아!

투투둑—

총소리와 사이드미러를 통해 뒤늦게 상황을 파악한 운전병이 짐칸 쪽을 향해 총알과 욕설을 함께 퍼부었다.

팅— 티팅—

짐칸에 맞고 튄 총알이 날카로운 쇳소리를 만들어낸다. 움찔하게 만드는 소리지만, 직접적인 위험은 없다. 어차피 짐칸 뒤는 운전석 쪽에서 사각이고, 거기에 문까지 양쪽으로 활짝 벌려져 있으니까.

육만배와 조직원들은 달아나려는 민간인들의 머리채를 잡아 세웠다. 그러고는 재빨리 눈을 돌려 박 소위 놈이 탄 승합차의 방향을 쫓았다. 승합차에 군인이 몇이나 타고 있는지, 그 부분에 대한 정보가 없다.

"회장님, 여기!"

기동이 놈이 다가와 두 자루의 대검 중 하나를 쥐어 준다. 물론 군인들의 시체에서 빼낸 것이다.

육만배는 자신이 방패로 삼은 민간인의 목덜미에 칼날을 딱 붙이고 뒤에 숨으며 뱀 같은 목소리로 말했다.

"형제님, 움직이지 마세요. 나는 두 번 말하지 않습니다."

"유, 육, 육 장로님, 대체 왜… 이게 무슨……."

인질로 잡힌 민간인은 덜덜 떨며 물었다. 육만배는 칼날로 놈의 피부를 꾹 눌렀다. 금세 얕은 상처가 나고 피가 맺힌다.

"움직이지 말라고 했지 않나. 주둥이도 털지 마."

얼굴이 파랗게 질린 민간인 인질들은 빳빳하게 굳어버렸다. 상상도 못했던 끔찍한 일에 휘말려 버렸다. 지금 이 상황은 좀비들이 서울에 퍼지던 그날의 기억만큼이나 무섭다.

투투둑— 투투투—

트럭 앞쪽에서는 운전병과 만배파 조직원들이 벌이는 총격전이 한창이었다. 서로 그리 대단한 명사수도 아니고, 몸을 사리며 쏴대는 것이라 쉽게 결판이 지어지지 않는다.

씨이이이이잉—

박 소위의 승합차는 트럭을 향해 전속력으로 달려오고 있었다.

"밟아! 트럭 뒤에 비스듬히 대!"

박 소위는 미친놈처럼 고함을 질렀다. 그의 옆자리에 앉은 운전병도, 뒷자리에 앉은 또 다른 병사도 뜻밖의 상황에 놀라 사색이 되어 있다. 여자들의 비명은 말할 것도 없다.

까아악— 까아악—

총소리와 피를 보고 놀라서 다들 째지는 소리를 질러 댄다.

'대체 어떻게 눈치를 채버린 거지? 뭘 보고 알았지?'

박 소위는 K—2 손잡이를 꽉 쥐며 이를 악물었다. 애써 짠 계획이 틀어져 버렸다는 게 영 기분 좋지 않다. 하지만 좋게 생각하자면, 저놈들은 이제 군인을 죽인 살인범들이다. 증인도 무지하게 많다. 무조건 쏴 죽여 버려도 아무 탈이 없다.

트럭에서 사선으로 20여 미터 떨어진 곳까지 접근했을 때, 박 소위는 승합차를 세우고 병사들과 함께 하차했다.

투투투― 투투둑―

트럭 앞쪽으로 위치를 옮긴 운전병이 응사하고 있는 게 보인다. 활짝 열린 짐칸과 인간 방패가 된 채 잡혀 있는 민간인들도, 그리고 그 옆에 피투성이가 되어 누워 있는 병사들의 시체도 보인다.

트럭에 타고 있던 병사가 셋이었으니, 적에게 두 정의 총이 넘어간 거다.

"엄호해! 내가 잡는다!"

박 소위는 두 병사에게 외친 뒤, 주차되어 있는 차들 사이로 뛰어 들어갔다.

투투투― 투투투투―

병사들은 아무 망설임 없이 트럭의 짐칸을 향해 방아쇠를 당겼다. 억지로 서 있는 민간인들이 인질일 거라는 생각도 할 수 없다. 눈앞에서 전우가 죽어 나갔으니 그들이 보기에는 그냥 한 패고, 다 똑같은 미친 살인마들일 뿐이다.

"으윽!"

민간인 인질 중 한 명의 심장에서 피가 솟구치고, 또 한 명이 팔에 총을 맞고 앞으로 고꾸라졌다. 맞은 놈보다 육만배가 더 놀랐다. 설마… 인질까지 쏠 거라고는 생각하지 않았다. 박 소위, 저놈··· 생각보다 더 미친놈이다.

"회장님! 이쪽으로 오십쇼! 이쪽!"

기동이 놈은 인질들과 육만배를 끌고 커다란 슈퍼 안으로 뛰어 들어갔다. 애초에 식수를 징발하려던 가게다.

펑— 퍼벙—

입구에 세워져 있던 과자 박스며 두루마리 휴지가 정신없이 터져 나간다. 박 소위의 솜씨다.

"야! 이쪽으로 쏴! 앞에 새끼는 내버려 두고 박 소위랑 승합차 저 개새끼들을 쏘라고!"

기동이가 두섭이에게 소리를 질러 댔다. 두섭이 놈이 황급히 뒤쪽으로 뛰어온다. 그러고는 승합차를 향해 난사했다.

투투투투투— 투투투투투투—

승합차의 유리가 깨지고, 병사들이 다급히 고개를 숙였다. 안에 있는 여자들은 비명을 질러 내고 울부짖는다. 주변은 완전히 아수라장이 되었다.

"끄응~ 이거 어째··· 영 안 좋은데?"

육만배가 머리 위로 쏟아진 과자 부스러기들을 털어내며 중얼거렸다. 이쪽도 총을 가졌다고는 하지만, 상대는 앞에 하나, 뒤에 셋, 모두 네 명이나 된다. 그리고 요즘 계속 사격을 하던 놈들이다. 반면에 그의 편 사수들은 둘뿐이고, 그나마 한 놈은 엽총이나 쏴보던 놈이다.

"저놈이 지원 요청을 하거나 하면 끝이란 말이지······."

자동차 사이에 숨은 박 소위를 힐끔 엿보며 육만배는 바쁘게 머리를 굴렸다. 지금 승산을 높이려면 일단 박 소위 놈의 마음을 흔들고, 주위의 병사들이 놈을 의심하게 만들어야 한다.

방법을 궁리한 육만배는 썩은 야채들 곁에 떨어져 있던 확성기를 집어 들었다.

"박 소위! 이 개새끼야!"

확성기를 통해 증폭된 육만배의 목소리는 도로 전체를 쩌렁쩌렁 울릴 만큼 컸다. 육만배는 배에 힘을 꽉 주고 계속 소리를 질렀다.

"이 원사 죽인 걸 덮어주고, 네가 시키는 대로 강 소위에게 누명까지 덮어씌워 줬더니! 나한테 보답이 이거냐? 응? 네가 이러고도 사람이야?"

"닥쳐! 이 개새끼야!"

얼굴이 새빨개진 박 소위가 거품을 물고 방아쇠를 당긴다.

투투투— 투투둑— 투투투—

퍼부어진 총알들은 슈퍼 입구의 물건들을 박살 냈다. 육만배는 벽 뒤에 더 바짝 붙어서 계속 외쳤다.

"증인들을 다 없앨 생각이었냐? 우리만 죽여 버리면 완전범죄가 될 것 같았어? 하하하하, 그렇게는 안 될걸! 네가 그날 이 원사랑 강 소위 쏜 거 본 사람은 우리 말고도 더 있어!"

"닥치라고! 닥쳐!"

"하하하하! 바보 같은 군인 놈들아! 잘 들어! 저기 저 박 소위 놈이 진범이다! 너희 대장이 살인범이라고!"

육만배의 심리전은 효과가 있었다. 다른 군인들은 신경 써서 듣지 않고 있지만, 제 발이 저린 박 소위만은 다급해져서 이성을 잃었다. 박 소위는 다시 승합차 쪽으로 뛰어가 병사들에게 소리를 질렀다.

"저 말 믿지 마! 개소리야! 저 새끼 지금 다급해져서 거짓말하는 거다!"

예… 예…….

병사들이 멍하니 고개를 끄덕였다. 그사이에도 육만배는 쉬지 않고 떠들어 댔다.

"내가 강 소위 총을 숨겼어! 발전기 아래 빈 공간에 비닐로 꽁꽁 싸서 넣어뒀다고! 너희가 확인해 보면 알잖아! 박 소위 부탁을 받고 했단 말이야! 저 새끼가 범인이야!"

"닥치라고 했지! 난 그딴 총 알지도 못해!"

박 소위는 미친놈처럼 악을 써가며 트럭을 향해 3점사를 퍼부었다.

끄아악!

응사하려던 두섭이 놈이 손을 부여잡고 쓰러진다. 녀석의 왼손 손가락 세 개가 한꺼번에 날아가 버렸다.

부하 놈이 피를 철철 흘리고 쓰러져 비명을 질러 대는 동안에도 육만배는 눈도 깜짝하지 않고 계속 큰소리로 지껄였다.

"너희 대장 조심해! 박 소위, 저 새끼는 수틀리면 너희들도 쏠 놈이야! 미친 개새끼라고! 이 원사 쏠 때도 그랬지! 가희, 저 더러운 년이랑 붙어먹다가 걸리니까 그걸 감추려고! 너희도 다 알잖아! 저 새끼가 그때 밤마다 떡치면서 신음 소리 내고 다녔다는 거……."

"으아아아아! 으아아아아!"

자신의 치부가 드러나려 하자 박 소위는 미친 듯이 외마디 비명을 지르면서 K—2를 난사했다.

"으아악!"

또 다른 민간인 인질이 총을 맞고 쓰러진다. 하지만 가게 안에 들어가 벽 뒤에 숨은 육만배에게는 닿지 않았다. 놈은 집요하게 확성기를 잡고 외쳤다.

"생각해 봐라! 박 소위 저놈이랑 강 소위랑 둘 중에! 누가 성질이 나서 사람을 죽일 만한 인간인지! 박 소위 아니냐? 응? 누가 봐도 박 소위라고!"

"듣지 마! 듣지 마!"

박 소위는 미친놈처럼 악을 쓰며 승합차 조수석에서 자신의 배낭을 꺼냈다. 탄창을 잔뜩 채워 넣었기 때문에 엄청나게 묵직하다. 그러고는 승합차 뒤쪽으로 돌아가서 가희와 초희를 잡아끌었다.

"내려! 너희 둘 내려!"

"왜 이래요? 무서워요, 박 소위님!"

가희와 초희는 그가 시키는 대로 차에서 끌어내지면서도 겁에 질린 표정을 지었다.

이 새끼… 무슨 대단한 계획이라도 있는 양 우쭐대더니, 어째 영 불안해. 멍청한 새끼…….

두 여자가 내리는 것을 본 승합차 안에 있던 다른 여자들은 앞뒤 사정도 모르면서 덩달아 뛰어내리려고 든다.

"박 소위님! 어디 가십니까?"

트럭을 향해 응사하고 있던 승합차 운전병이 물었다. 장교가 갑자기 여자 둘만 끌고 다급하게 뛰어가려 드니 이상해 보이는 게 당연하다. 박 소위는 뒤도 돌아보지 않은 채 외쳤다.

"저 새끼 목적이 이 여자들이다! 보호해야 돼! 계속 엄호해!"

맥락도 닿지 않는 변명이었다. 두 병사의 눈빛이 흔들린다.

'미쳤어… 어쩌면 저 확성기로 떠들어 대는 소리가 맞는 건지도 모르겠어.'

전투가 벌어졌는데, 아군 장교가 제일 무섭다.

이런 좆같은 상황이 또 있을까…….

"으아아악!"

트럭 쪽에서 또 비명이 울려 퍼진다. 트럭 운전병이 자신과 대치하고 있던 만배파 조직원을 명중시킨 것이다. 적 사수가 쓰러졌다는 걸 확인하자마자 트럭 운전병은 재빨리 트럭을 벗어나 승합차 쪽으로 뛰어오기 시작했다.

가지고 나온 탄창을 이제 거의 다 소모했기 때문에 그 자리에서 더는 버틸 수 없다.

"엄호해 줘! 엄호!"

승합차 쪽으로 달려오며 트럭 운전병이 애타게 소리를 질렀다. 승합차 뒤에 몸을 숨긴 병사들은 열심히 트럭을 향해 총알을 날려 대며 트럭 운전병의 복귀를 도왔다.

"저 새끼 잡아야 돼! 쏴! 아무라도 좀 쏴!"

트럭 운전석에 키가 없다는 걸 확인한 기동이가 외쳤다. 그리고 그 역시도 떨어져 있는 총을 집어서 마구 갈겼다. 동남아 사격 연습장에서 쏴본 가닥이 있어서 방아쇠 정도야 당길 수 있다.

"ㅇㅎㅇㅇ! ㄲㅇㅇ!"

손가락이 날아간 왼손을 감싸 쥐고 있던 두섭이 놈도 다시 총을 잡았다. 상처 부위가 총에 닿을 때마다 정신이 아득해질 만큼 고통스럽지만, 이판사판에 뛰어들었으니 이를 악물고 방아쇠를 당겼다.

투투투— 투투둑— 투투투—

양쪽에서 쏴대는 총소리가 어지럽게 울린다.

"커헉!"

트럭 운전병이 앞으로 고꾸라지며 비명을 지른다. 그의 허벅지는 흘러나온 피로 금세 붉게 물들었다. 기동이와 두섭이, 두 놈이 쏴대던 여러 총알 중 한 발이 명중한 것이다.

"끄아아아! 아아악!"

트럭 운전병은 허벅지를 움켜쥐고 울부짖었다. 10여 미터만 더 달려갔으면 승합차까지 닿는 건데… 바로 코앞에 안전한 곳을 두고 여기에서…….

핑— 핑—

그의 주변으로 총알들이 튄다.

으하하하하!

기동이 놈의 웃음소리가 총소리 사이사이 마다 울려 퍼졌다.

죽어! 죽어, 이 개새끼야!

두섭이 놈도 고통을 잊을 만큼 흥분해서 계속 방아쇠를 당긴다.

"씨발! 저런 개새끼들이!"

승합차 병사들은 이를 악물고 응사했다. 전우가 바로 몇 미터 앞에 쓰러져 있고, 그 주변으로 적의 총알이 빗발치는 상황!

애가 타고 속이 터지는 것같이 답답하다. 당장에라도 구하러 가고 싶지만, 그들 역시 목숨이 하나뿐이라 선뜻 행동에 나서지 못하고 있다.

5

그러는 동안에도 박 소위는 두 여자를 붙잡고 씨름하는 중이었다.

"박 소위님, 이러지 말아요… 이상해 보인다고요. 우리 그냥 다른 여자들이랑 같이 있도록 내버려 두고 육만배부터 잡아요. 네? 박 소위님."

가희와 초희가 무릎을 꿇고 애원을 했다. 하지만 박 소위는 힐끔 승합차 쪽의 병사들을 돌아보고 나서 단호하게 고개를 젓는다.

"아니야… 후우~ 지금 저 새끼들 눈빛을 보니까 벌써 의심하기 시작했어. 위험해… 육만배도 문제지만, 나는 저 새끼들도 못 믿어. 후우~ 가희야, 초희야, 나를 믿고 따라와. 내가… 지켜준다. 우리의… 낙원으로 가자."

박 소위는 숨을 헐떡인다. 가희와 초희는 눈물이 그렁거리는 눈으로 서로를 바라보았다.

망했다……. 이 새끼, 드디어 완전히 미쳐 버린 것 같다…….

"빨리 일어나! 내 눈 돌아가는 거 보고 싶어? 응? 시키는 대로 안 할 거야? 안 할 거냐고!"

박 소위의 눈은 핏발이 서 있고, 목소리는 갈라져서 쇳소리가 난다. 가희의 팔목을 잡기 위해 박 소위가 허리를 숙이자, 한쪽 어깨에 대충 걸쳐뒀던 그의 배낭이 바닥에 떨어졌다.

그 순간, 배낭 윗부분이 열리면서 탄창이 와르르 쏟아졌다.

병사들에겐 여분이 없다는 핑계를 대며 그동안 빠듯하게 지급해 주었는데…….

비밀을 들킨 박 소위의 얼굴에서 핏기가 싹 가신다.

"박 소위님… 왜 탄창을 그렇게 많이……."

승합차 운전병이 멍한 얼굴로 물었다. 박 소위는 녀석의 얼굴을 다짜고짜 개머리판으로 후려쳤다.

"의심하지 말라고 했지!"

바닥에 쓰러진 승합차 운전병의 코와 입에서 붉은 피가 뚝뚝 떨어져 내렸다. 또 한 명의 병사는 이 상황을 이해할 수 없었다.

왜? 대체 왜 박 소위 이놈은 아군을 조지는 걸까?

그는 자기도 모르게 뒷걸음질을 쳤다.

"멈춰!"

박 소위는 목이 찢어져라 고함을 지르며 총을 들어 올렸다. 병사는 멈추지 않고 상가 건물 안으로 뛰어 들어갔다. 그 자리에 그대로 있다가는 목숨을 잃게 될 것이라는 감이 왔다.

투투투― 투투둑―

아니나 다를까, 총알이 상가의 벽과 문을 박살 낸다. 병사는 가게 안으로 더 깊숙이 달아났다. 박 소위의 사격 실력은 익히 알고 있다. 도망가지 않으면 죽는다.

"으아악! 대체 왜 이래요?"

승합차 안에 타고 있던 여자들이 울부짖는다. 그들의 원망 가득한 목소리를 들으면서 박 소위는 다시 배낭을 승합차 조수석에 던져 넣었다. 그러고는 시계를 보았다.

슬슬 대피해 있어야 하는 시간이다. 조금 있으면 좀비들이 몰려올 거다. 애초에 그런 시간에 맞춰 여기로 나왔다. 혼란 속에서 두 여자와 함께 사라져 버리기 위해서…….

"어딜! 이 개새끼야!"

박 소위가 도로 쪽을 향해 3점사를 날린다.

투투둑— 투투둑—

그가 다른 곳에 정신이 팔린 틈을 타서 트럭 운전병의 열쇠를 훔쳐 보려던 만배파 조직원이 움찔하며 트럭 뒤로 물러난다.

팅— 티팅—

총알은 그의 머리 근처를 아슬아슬하게 스치고 지나갔다.

"너희는 여기에서 다 죽었어! 감히 나를 우습게 봤어? 응? 이 깡패 새끼들아!"

박 소위는 계속 방아쇠를 당기며 소리를 질러 댔다. 탄창의 개수로 보아도, 사격 실력으로 보아도 그가 압도적으로 유리한 싸움이다.

"너를 우습게 봤다고? 하하하! 우스운 게 뭔지는 아나, 이 등신 새끼야!"

육만배가 또 확성기를 잡고 도발을 해 댔다.

"그년들이 뭐라고 너를 꼬드기더냐? 응? 그 걸레 같은 년들이 너를 정말로 좋아하는 줄 아나? 사랑해서 매일 그렇게 떡을 쳤다고 생각해? 이용당하는 줄도 모르는 천하에 멍청한 놈!"

"가희를 그런 식으로 말하지 마! 죽여 버리겠어!"

"하하하하, 가희? 가희 좋지! 그년이 너랑 처음 떡치던 날 뭐라고 하며 너를 홀렸었는지 내가 이야기해 줄까? 비가 오는 날이었지! 네놈이 죄수 새끼를 죽여서 질질 짜던 날이었어!"

가희와 초희, 박 소위의 얼굴에서 거의 동시에 핏기가 빠져나갔다. 박 소위의 침묵이 당황한 증거라는 걸 알아챈 육만배는 신이 나서 계속 떠들었다.

"가희 년이 너에게 뛰어가서 그랬겠지! 네가 나오는 꿈을 꿨다고! 그래서 와봤다고! 그러면서 너밖에 안 보인다고 했었지! 안 그래, 박 소위? 하하하!"

박 소위는 빨게진 눈으로 가희를 돌아보았다. 가희는 다급하게 고개를 저었다.

"아니에요, 아니에요… 저거, 저거… 다 설명할 수 있어요… 그게……."

박 소위가 숨을 헐떡인다. 그의 들썩거리는 어깨 너머에서는 육만배의 목소리가 쉬지 않고 울려 댔다.

"내가 어떻게 그런 이야기를 아느냐고? 당연한 거잖아! 내가 가희 년한테 시킨 거니까! 그날 밤에 거기 가라고 한 것도 나고! 그런 말로 꼬시라고 한 것도 나다! 알겠어? 박 소위, 이 새끼야! 너희는 사랑하는 사이가 아니야! 그저 내 손바닥 위에서 놀아난 거지! 가희, 그년은 한 번도 널 사랑한 적 없어! 매일 밤마다 너랑 붙어먹고 와서 나에게 보고를 했어! 오늘도 존나게 아팠다고! 그 개새끼랑 언제까지 이 짓을 해야 하느냐고!"

"아니에요… 아니에요… 저는… 아니, 가희는… 박 소위님 사랑해요… 이것 보세요… 지금도 이렇게……."

다급해진 가희는 박 소위의 품에 안기려고 다가갔다. 하지만 박 소위는 그녀를 사납게 밀어 쳤다.

쿵—

승합차 운전석에 호되게 머리를 부딪친 가희가 비틀거리자 초희가 그녀를 부축해 일으킨다.

"왜 이래요! 이러지 말고 제발 저 새끼를 죽이라고!"

가희를 안고 초희가 울부짖었다. 박 소위는 얼이 빠진 표정으로 고개를 저으며 낮게 중얼거렸다.

"이 더러운 년들… 나를, 나를 가지고 놀았어… 나는 진심으로 사랑했는데……."

박 소위가 갑자기 대검을 뽑아 들었다. 번뜩이는 칼날을 본 초희와 가희의 눈이 더욱 커졌다. 승합차 안의 여자들은 비명을 지르며 움츠러들었다.

"안 돼! 안 돼!"

두 여자의 비명이 하늘을 가른다. 박 소위는 사정없이 대검을 휘둘렀다.

"끄윽!"

가희의 쇳소리!

그녀의 가슴이 사선으로 붉게 물든다. 박 소위는 다시 칼을 그었다. 이번에는 초희가 팔을 움켜쥐고 쓰러졌다.

어젯밤 그와 체온을 나눴던 두 여자가 모두 피를 흘리며 쓰러졌는데도 박 소위의 분노는 가라앉지 않았다. 사정없이 휘두르는 대검이 다시 가희의 목에 깊은 상처를 남겼다.

"아아악!"

가희는 울부짖으며 쓰러졌다. 박 소위가 귀신같은 얼굴로 중얼거린다.

"죽여 버릴 거야… 네년들, 조각조각내서 고통스럽게 죽일 거야……."

박 소위는 다시 대검을 들어 올렸다.

"하아~ 하아~"

흥분해서 거친 숨을 내뱉는 박 소위의 가슴은 심하게 들썩이고, 그의 피 묻은 칼끝은 가볍게 떨렸다.

눈앞에서 울부짖는 초희와 고통스러워하는 가희의 모습을 보면서도 동정심 따위는 들지 않았다. 오로지 그녀들의 비명을 원하는 폭력적인 욕망만이 그의 마음속을 가득 채우고 있었다. 이 더러운 년들의 온몸을 갈기갈기 찢어버려야만 상처 받은 그의 자존심이 회복될 것 같다.

"이러지 마요! 그간 쌓은 정을 생각해서라도! 제발… 사랑한다면서요!"

초희가 가희를 부축하며 애원한다. 박 소위는 눈을 부릅뜨며 악을 써 댔다.

"아가리 닥쳐! 이 개 같은 년들아! 나는 모든 걸 버리려고 했어! 가희, 저년을 위해서 살인까지 했다고! 그런데… 그런데 너희는! 너희는 끝까지 나를 가지고 놀았어! 이 천하의 쌍……."

광인처럼 울부짖으며 힘차게 칼을 내리찍으려던 박 소위가 멈칫한다. 얼굴을 강타당해 바닥에 쓰러져 있던 승합차 운전병이 총을 집어 들려는 모습을 보았기 때문이다.

"이 새끼야! 무슨 짓을 하고 싶어서!"

박 소위는 이미 피투성이인 운전병의 얼굴을 세차게 걷어차고 녀석의 개인화기를 멀리 밀어버렸다. 얼굴과 가슴, 옆구리를 잇달아 걷어차인 운전병은 끙끙 앓기만 할 뿐, 제대로 일어나지도 못한다.

그를 완전히 제압했다고 생각한 박 소위는 다시 가희 쪽으로 돌아섰다. 그때였다.

투투투— 투투둑— 투투둑—

총소리가 요란하게 울려 대고, 자동차와 근처 상가의 유리들이 박살 난다. 박 소위는 다급하게 허리를 숙여 승합차 뒤에 숨었다.

투둑— 투투둑—

두섭이와 기동이는 서로 교대해 가며 계속해서 총알을 퍼부었다. 손가락이 날아간 두섭이가 지시를 하면, 만배파 조직원이 탄창을 갈아 끼워준다.

기동이와 두섭이는 그걸 받아 번갈아가며 방아쇠를 당겨 박 소위의 목숨을 노렸다. 박 소위의 등과 전투모 위로 깨진 유리 조각들이 쏟아졌다.

"이… 이런 개새끼들! 어디서 감히!"

거북이처럼 잔뜩 움츠리고 있으면서 박 소위는 이를 빠득, 갈았다. 두 여우 년들에게 놀아났다는 것도 분하지만, 그 배후에 쓰레기 같은 깡패 새끼들이 있었다는 것이 더욱 화가 나는 일이다. 덕분에 그의 인생도 놈들과 같은 수준으로까지 끌어내려졌다.

키리리릭, 부우우웅—

트럭에 시동이 걸리고 엔진이 풀가동되는 소리가 들려온다. 쏟아지는 총알을 피하기 위해 박 소위가 자동차 뒤에 고개를 처박고 있는 동안 트럭 운전병으로부터 열쇠를 빼앗아 온 육만배 일당이 달아나는 소리였다.

"도망가지 마! 덤벼! 이 겁쟁이 새끼들아!"

뒤늦게 상황을 깨달은 박 소위는 벌떡 일어나 트럭을 겨냥했다. 그러고는 사정없이 난사했다. 어차피 건대 쉘터에 남아 있는 총알을 거의 다 쓸어왔으니, 실탄은 충분히 여유가 있다.

팅팅팅팅― 팅팅―

그가 쏜 총알들이 대형 트럭의 두꺼운 강판에 맞고 튕겨져 나온다.

콰직―! 콰직―!

부우웅―

트럭은 거리의 여기저기에 부딪치고 총알 세례를 받으면서도 어느새 유턴을 마쳤다. 쇠파이프로 덮어놓은 앞 유리창 너머로 조폭 새끼들의 얼굴이 보인다.

박 소위는 급하게 탄창을 갈아 끼우고 다시 방아쇠를 당겼다.

팅― 팅팅―

트럭의 사이드 미러가 날아가고, 유리창에 여러 개의 총알구멍이 생겨났다.

거미줄 같은 실금이 쫙 간 운전석 유리!

그러나 타고 있는 놈들을 맞추지는 못했다. 좀비들의 공격에 대비해서 보강하느라 박아둔 쇠파이프가 보호해 준 탓이다. 트럭은 순식간에 박 소위의 옆을 지나쳐 건대 쪽으로 달려간다.

"으아아아아아!"

도로 위로 뛰어나간 박 소위는 트럭을 쫓아 달려가며 계속 방아쇠를 당겼다. 바퀴라도 맞춰서 트럭을 멈추려는 생각이었다. 그렇게 놈들의 기동력을 마비시킨 뒤, 기어 나오는 녀석들을 하나하나 사살해 버리면 된다.

팅— 티잉—

퓨슉! 피슉~!

박 소위의 노력은 보상을 받았다. 총알에 꿰뚫린 트럭의 오른쪽 뒷바퀴에서 둔중한 소리가 울리고, 바람이 빠져나간다. 금세 트럭의 중심이 기울어 비틀거리고, 휠이 바닥에 끌렸다.

"죽어어~! 죽어! 이 개새끼들!"

약간의 성공을 거둔 박 소위는 더욱 흥분해서 날뛰며 사정없이 총구를 휘둘렀다. 난사된 총알이 트럭 짐칸과 왼쪽 뒷바퀴를 때린다.

팅— 터텅—!

휠에 갈린 타이어 조각이 너덜너덜해진 채 튕겼다. 하지만 양쪽 뒷바퀴의 공기를 잃고 휘청거리면서도 트럭은 계속 달렸다. 뛰어서 쫓는 박 소위의 속도로는 이미 따라잡을 수 없을 만큼 거리가 벌어져 버렸다.

"야, 이 비겁한 쓰레기들아! 덤벼보라고!"

박 소위는 멀어져 가는 트럭을 향해 욕설을 퍼부었다.

그의 간절한 바람이 이뤄지려는 것일까, 저 멀리 달아나던 트럭이 제대로 코너를 돌지 못하고 철책을 들이받으며 비틀거리는 모습이 보인다.

콰드드득! 우드득!

트럭의 무게와 속도 때문에 철책은 모기장처럼 뜯겨 나갔다. 계속 미끄러지던 트럭은 장벽을 들이받고 넘어지면서야 겨우 멈춰 섰다.

우르르르—

부서진 장벽의 파편들이 흙먼지와 함께 쏟아져 내린다. 막아 놓았던 쉘터의 외곽 한쪽에 커다란 균열이 생겨난 것이다.

하지만 그런 심각한 상황을 마주하면서도 박 소위의 머릿속에는 놈들을 모두 사살할 수 있다는 환희의 감정만이 떠올랐다. 뒷문을 열고 기어 나오는 육만배 일당이 모두 벌레처럼 하찮게 보인다.

"으하하하하! 이 개새끼들아! 도망갈 수 있을 줄 알았나? 으하하!"

광기 가득한 웃음소리를 터뜨리며 박 소위는 K-2의 탄창을 뽑아 잔탄 수를 확인했다.

남은 실탄의 수는 세 발. 새 탄창을 장착하기 위해 전술 조끼를 더듬던 박 소위가 잠시 멈칫했다.

"…벌써 다 쐈나?"

예비 탄창이 없다. 전술 조끼에 장착하고 있던 여섯 개의 탄창을 모두 사용했다니… 순식간에 엄청나게 퍼부은 셈이다.

"뭐, 탄창은 얼마든지 있어."

자신의 배낭에서 탄창을 보충하기 위해 돌아선 박 소위의 눈에 승합차에서 뛰어내리려는 민간인 여자들이 보였다.

그렇게는 안 되지. 못 도망가.

박 소위는 승합차 쪽으로 다시 뛰어가며 총구를 하늘로 겨누고 두 발을 쐈다.

타앙~! 타앙!

"까아악!"

여자들이 비명을 지르며 멈칫한다. 박 소위는 목에 핏대를 세우며 소리를 질렀다.

"동작 그만! 거기 서! 움직이면 다 사살할 거야! 멈추라고!"

박 소위는 승합차를 향해 달려가며 탄창에 들어 있던 마지막 한 발로 앞쪽 건물의 유리창을 부쉈다.

여자들은 그 자리에 주저앉으며 쇳소리를 냈다. 공포로 얼어붙은 여자들을 잡아 일으켜 세우며 박 소위가 악을 썼다.

"왜 도망가? 응? 당신들이 왜 도망가느냐고? 나를 믿고 보호해 달라고 해야 할 것 아니야? 빨리 차에 타!"

여자들은 공포에 질려 박 소위를 바라보았다.

너를 믿으라고? 살인에, 아군 폭행에, 사방에 총질을 하고, 가희와 초희에게 칼을 휘두르던 미친놈을 믿으라고?

이 정신병자는 조금 전까지 자신이 어떤 말을 하고, 어떤 짓을 저질렀는지조차도 제대로 인식하지 못하는 모양이다.

"그 두 년은 어디 갔어? 응? 어디 갔냐고?"

여자들을 승합차에 싣고 주변을 두리번거리던 박 소위가 가까이에 있는 파마머리여자의 멱살을 움켜쥐고 물었다.

"두 년이라니… 누구요?"

"가희, 초희, 그 개 같은 년들 말이야! 어디 갔어? 봤잖아?"

박 소위가 마구 윽박질러 대자 파마머리는 눈물이 가득 고인 채 고개를 저었다.

"제가··· 제가 어떻게 알아요?"

이이익—!

파마머리를 승합차 안에 밀어 처넣은 박 소위는 배낭을 조수석에 던지고 운전석에 올랐다. 두 년이 도망친다고 해봐야 갈 수 있는 거리라는 건 어차피 빤하다. 전차로 차량들을 밀어 길을 터둔 지역 내에 숨어 있을 것이다.

그러니 일단 차를 타고 쫓아가 육만배를 죽인 뒤, 그년들은 천천히 잡아 조지면 된다. 그년들이 충분히 후회하고 뉘우칠 수 있을 만큼 천천히··· 아주 고통스럽게······.

박 소위는 기어를 후진으로 바꾸고 힘차게 가속페달을 밟았다. 그런데··· 승합차는 도무지 움직일 기미를 보이지 않는다. 아무리 기어를 바꾸고, 모든 페달을 다 밟아봐도 소용이 없다.

"이게 왜 이래! 씨발, 차까지 왜 이 지랄인데!"

성질을 이기지 못해 핸들을 두드리던 박 소위의 눈에 뭉게뭉게 피어오르는 수증기가 보였다. 보닛 아래 엔진에서 뿜어져 나오는 수증기였다.

다급하게 뛰어내려 확인해 보니, 이미 엔진룸 부근에는 무수한 총알구멍이 나 있다. 총격전을 주고받는 동안 입은 대미지다.

"이런··· 이런 좆같은······."

당황한 박 소위는 시계를 보았다. 좀비들이 이 부근을 지나가기까지 남아 있는 시간은 아무리 길게 잡아도 이제 겨우 20여분. 그렇게 위험한 시간대를 골랐던 이유는 그가 다른 병력들로부터 고립되고자 했기 때문이다.

밀려드는 좀비 때문에 모든 것이 혼란스러워질 때, 자신은 트럭 뒤쪽의 일곱 놈을 죽이고, 가희, 초희와 함께 두 번째 목표인 슈퍼마켓 주변으로 사라질 계획이었다.

그러면 아무 걱정 없이 먹고 자면서 계속 뜨거운 사랑만을 나눌 수 있다고 생각했었다. 아주 오랫동안… 구조대가 그들을 찾아낼 때까지.

사라진 인원이 민간인과 군인을 포함해서 30명 가까이 되니까 구조대는 반드시 올 거라고 믿었다. 군이 포기하더라도 태양그룹은 구조대를 보내줄 것이라 생각했다. 만일을 대비해 위치를 표시하기 위한 연막탄도 두 개나 챙겨 왔으니까.

그런데… 모든 계획은 수포로 돌아갔고, 자동차마저 박살 나버렸다. 박 소위는 승합차의 바퀴를 신경질적으로 걷어찼다. 이제는 복수고 뭐고 따질 것이 아니라, 당장 좀비들로부터 살아남는 것이 시급한 과제가 되어버렸다.

"내려! 다 내려!"

박 소위는 배낭을 메고 여자들의 목덜미를 잡아 끌어냈다. 계획 변경. 지금부터는 이 슈퍼마켓 주변에서 음식을 빼 오며 버텨야 한다.

마침 여자들도 잔뜩 있으니 성적으로 굶주릴 일이 없다. 자물쇠가 튼튼한 집만 찾으면 그가 원래 세웠던 계획과 얼추 비슷해진다.

"따라와! 빨리!"

"그냥… 그냥 저희 놓아주시면 안 돼요? 예? 제발 살려주세요!"

거리로 끌어내려진 여자들은 눈물범벅이 되어 박 소위에게 사정을 했다. 무릎을 꿇은 그녀들을 억지로 일으키며 박 소위는 도로의 서쪽을 가리켰다.

"살려주려고 이러는 거잖아! 이 멍청한… 이 소리를 들어봐! 이 소리! 안 들려? 좀비들이 온다고! 몇 천 마리나 되는 놈들이란 말이야!"

여자들의 얼굴에 공포가 덮쳐든다. 흥분과 두려움 때문에 미처 인지하지 못했지만, 그 말을 듣고 보니 귓가를 자극하는 이 소리는… 좀비들의 포효다. 그 악취가 느껴질 만큼 꽤나 가까워져 있다.

"알아먹었으면 일어나! 노닥거릴 시간이 없어! 피해야 돼!"

박 소위는 여자들을 이끌고 슈퍼마켓 건물의 계단을 뛰어 올라갔다. 2층의 저축은행 사무실은 유리문이지만, 스테인리스 셔터가 올려져 있었다.

그만하면 충분히 튼튼하다고 판단한 박 소위는 앞뒤 가리지 않고 여자들을 전부 안으로 밀어 넣었다.

"더 안으로 들어가! 아무 사무실로라도 들어가라고! 문가에서 얼쩡거리지 말고! 빨리!"

박 소위는 여자들에게 소리를 지르며 셔터를 내렸다. 그러고는 유리문을 잠갔다.

찌이잉—

또 엄청난 강도의 두통이 뇌를 흔든다. 낮에 이따금씩 이렇게 머리가 쪼개지는 것 같고, 아무 생각도 없어진다. 마약의 부작용이지만, 박 소위는 그것을 알지 못했다. 그저 자신이 너무 격무에 시달리고 스트레스를 받아 몸이 경고를 하는 것이라고만 생각했다.

"으으으~ 젠장! 으으!"

박 소위는 욕설을 내뱉으며 여자들이 숨은 사무실 안으로 들어갔다. 배낭을 바닥에 내려놓은 박 소위는 수통을 꺼내 목을 축였다. 대체 얼마 동안이나 이렇게 악을 써가며 싸웠었는지 잘 가늠조차 되지 않는다.

"하아~ 하아~"

입가를 훔친 박 소위는 여자들을 노려보았다. 그의 섬뜩한 시선이 향하자 여자들은 더욱더 바짝 한 덩어리로 달라붙으며 벽 쪽으로 물러났다.

"흣! 내가 무서워?"

박 소위는 코웃음을 치며 여자들에게 물었다. 아무도 대답하지 않자, 그는 창가로 걸어가 블라인드를 확 걷어버렸다.

"내가 싫은 사람은 지금 말해. 나가게 해줄 테니까. 조금 있다가 이 아래로 좀비들이 지나갈 때, 창문 밖으로 던져 주지."

으흐흐흑~!

여자들 사이에서 흐느끼는 소리가 들려온다. 그 소리가 박 소위의 상할 대로 상한 기분을 조금은 달래준다. 가희와 초희에게 못한 앙갚음을 대신할 수 있을 것 같다.

박 소위는 여자들이 울도록 내버려 둔 채 그의 수중에 들어온 여섯 명의 여자를 찬찬히 훑어보았다.

가희, 초희만은 못하지만, 이 여자들과 식량이 다 떨어질 때까지 새로 알게 된 쾌락의 세계 속에서 군림하리라.

그 생각을 하는 것만으로도 그의 두통은 한결 가벼워지는 것 같았다.

☢ ☢ ☢

극장 옥상의 고 하사 일행이 육만배와 박 소위 간에 일어난 총격전을 알아차린 것은 이요섭이 사망한 첫 총성이 울릴 때였다.

당시 옥상에는 두 군인 외에 네 사람이 더 있었다. 규영이와 신입, 태권소녀, 그리고 임수정. 나머지 인원은 음식을 날라 오기 위해 고 하사들이 숨어 있던 건물로 가 있는 상황이었다.

타앙— 타타타타타—

평소보다 가까운 곳에서 들려온 총소리에 깜짝 놀란 강 소위는 재빨리 망원경을 들어 올렸다. 그들이 위치한 극장에서 300미터도 떨어져 있지 않은 곳에 멈춰 선 트럭과 승합차 사이로 총알들이 날아다니고, 사방의 유리창이 박살 나는 모습이 눈에 들어왔다.

트럭 짐칸 뒤에서 무슨 일이 벌어지고 있는지는 각도 때문에 파악되지 않지만, 좀비와 싸우는 게 아니라는 것만은 분명했다. 피범벅이 된 아군의 시체가 쓰러져 있는 모습도 보였다.

"뭐, 뭐야? 왜 갑자기 서로 총질을 해?"

강 소위는 깜짝 놀라 외쳤다. 장벽 외부까지 트럭이 나와 있다는 것도 놀라웠지만, 아군끼리 총질을 해 댄다는 게 더 황당

했다.
망원경을 돌리던 강 소위는 승합차 뒤에서 사격하고 있는 박 소위를 알아보았다.
"박 소위……."
강 소위가 가증스러운 놈의 이름을 불렀다.
박 소위, 저 미친놈이 또 뭔가 저지르고 있는 모양이다. 승합차 내부에는 울부짖는 여자들이 잔뜩 타고 있다.
"박 소위요? 저도 좀 봅시다, 강 소위님!"
고 하사의 말에 강 소위는 망원경을 넘겼다. 박 소위와 두 명의 병사가 한 방향으로 쏴대고 있다는 걸 확인한 고 하사는 트럭 쪽으로 시선을 돌렸다. 슬쩍, 그가 아는 얼굴이 나타났다가 사라진다. 기동이 놈이다.
그렇다는 건… 아마도 육만배라는 놈 역시 연관이 있을 것 같았다. 고 하사는 강 소위에게 다시 망원경을 건네며 말했다.
"저기… 그 두 잡놈이 서로 싸우는 것 같은데요? 박 소위랑 육만배랑 말입니다. 왜일까요? 뭔가 저희들끼리 사달이 났을까요?"
"가희, 그 여자도 있네……."
고 하사의 말을 들으며 망원경을 꽉 움켜쥐고 있던 강 소위가 중얼거린다. 그래도 이때까지는 어느 정도 객관적 시각을 유지할 수 있었다. 개 같은 놈들끼리 서로 원수진 것처럼 쏴대 봐야 이쪽에서는 그저 반가울 뿐이니까.
"억! 저 미친 새끼가!"
그런데 박 소위가 승합차 운전병을 후려치는 걸 본 강 소위는 깜짝 놀라 하마터면 망원경을 떨어뜨릴 뻔했다. 이미 놈에게는 아군도, 적군도 없는 상황인 것 같다.

도로 위에 아군이 쓰러져 있는데 도와주기는커녕, 박 소위는 오히려 곁의 병사들에게 총부리를 겨누는 중이었다.

"더는 못 참겠어!"

망원경을 내려놓은 강 소위는 자신의 총을 가지고 계단 쪽으로 걸음을 서둘렀다. 고 하사가 그의 뒤를 쫓는다.

"강 소위님! 어디 가십니까?"

"트럭 있는 곳으로! 저 미친놈을 막아야지!"

강 소위는 뒤도 돌아보지 않고 외쳤다.

고 하사가 그의 앞을 막아섰다.

"안 됩니다! 그 몸으로 어딜 간단 말입니까? 박 소위랑 맞싸워서 이기시겠습니까? 어떻게요? 우리는 총알도 몇 발 없어요!"

"그렇다고 여기에서 구경만 할 수는 없잖아! 저 새끼 손에 죄 없는 사병 애들이랑 민간인들 죽어 나가는 걸 보고만 있으라고? 그럼 저 새끼랑 나랑 다를 게 뭐야?"

얼굴이 붉게 상기된 강 소위가 단호하게 말했다. 그의 말을 들은 고 하사도 어쩔 수 없다는 듯 고개를 저으며 어깨를 내밀었다.

"자요, 기대요! 혼자 못 가시잖습니까!"

고 하사는 강 소위를 부축하고 계단을 내려갔다. 임수정과 태권소녀가 달려와서 외친다.

"가면 안 될 것 같아요! 저 사람들 있는 곳, 오른쪽에서 좀비들이 오고 있다고요. 꽤 가까워서 시간 여유가 별로 없어요!"

"저희도 봤습니다! 서두를게요! 아흐으으!"

기세 좋게 대답하던 강 소위가 부상당한 다리를 움켜쥐며 비명을 지른다. 서두르는 마음과 달리 불편한 다리를 이끌고 14층이나 되는 높은 건물의 아래까지 내려간다는 건 힘들고, 아프고, 2시간이 걸리는 일이었다.

1층에 내려섰을 때, 강 소위의 온몸은 땀으로 범벅이 되어 있었다.

"아무리 봐도 무리예요!"

뒤따라 내려온 임수정과 태권소녀가 만류한다. 강 소위도 무리라는 걸 잘 알고는 있었다. 하지만 피가 끓어서 도저히 손 놓고 보고만 있을 수가 없다.

"왜 내려오셨습니까?"

진우의 목소리.

강 소위는 뒤를 돌아보았다. 거기에는 총소리를 듣고 은신처에서 달려온 보안관 일행이 서 있었다.

얼— 얼—!

삼식이는 오르막 도로의 남쪽을 향해 짖어 댄다. 태권소녀가 손뼉을 치며 진우를 맞았다.

"어! 그래, 진우! 너 잘 왔어! 이 아저씨 좀 말려. 아니다. 네가 도와줄 수 있으면 좀 도와줘. 좀비들도 몰려오고… 아주 난리야!"

"무슨 일인데… 총소리 뭐야?"

상황 파악이 안 된 진우에게 고 하사가 간단히 설명을 해줬다. 바로 몇 백 미터 앞에서 미친 박 소위가 민간인과 아군 병사들을 무차별적으로 공격해 댄다고. 강 소위가 고 하사의 말을 가로막았다.

"고 하사! 그만! 다른 것도 아니고, 군 내부에서 총격전이 벌어진 상황인데 민간인을 끌어들이면 안 돼!"

그런 후, 강 소위는 진우에게 말했다.

"진우 씨, 고 하사랑 나 살려준 것 고마워요. 사격 실력이 뛰어나다는 이야기도 들었고요. 하지만 이건… 이야기가 달라요. 군인들끼리 해결해야 하는 일입니다. 그래도 정 돕고 싶으면, 탄창만… 탄창 몇 개만 부탁할게요."

후우~ 진우는 한 번 크게 숨을 들이마셨다. 무관한 사람들이랑 얽히는 것도 싫고, 군인들과 얽히는 것도 싫다.

하지만 제정신이 아닌 지휘관 때문에 목숨을 잃는 사병이 생기는 게 훨씬 더 싫었다. 그런 이유로 죽어간 동료들의 얼굴이 눈앞을 스쳐 간다.

결심을 굳힌 진우가 무겁게 입을 열었다.

"…내 신분에 대해서는 우리 서로 입을 다물고 있는 것뿐이잖습니까. 가시죠, 군인들끼리 해결하러……."

〈『좀비묵시록 82-08』 제15권에서 계속〉

좀비묵시록 82-08

1판 1쇄 찍음 2016년 8월 11일
1판 1쇄 펴냄 2016년 8월 18일

지은이 | 박스오피스
펴낸이 | 정 필
펴낸곳 | 도서출판 **뿔미디어**

편집장 | 이재권
기획 · 편집 | 문정흠

출판등록 | 2002년 9월 11일 (제1081-1-132호)
주소 | 경기도 부천시 원미구 소향로 17번길(두성프라자) 303호 (우) 14544
전화 | 032)651-6513 / 팩스 032)651-6094
E-mail | bbulmedia@hanmail.net
홈페이지 | http://bbulmedia.com

값 8,000원

ISBN 979-11-315-7337-2 04810
ISBN 979-11-315-6934-4 04810 (세트)

※파본은 구입하신 서점에서 교환하여 드립니다.

BBULMEDIA

BBULMEDIA